Ted Allbeury GRENZGÄNGER

TED ALLBEURY

GRENZGÄNGER

Roman

Aus dem Englischen von
Georg Schmidt

Oesch Verlag

Die englische Originalausgabe erschien 1993
unter dem Titel *The Line-Crosser*
bei New English Library, Hodder and Stoughton Ltd,
Dunton Green, Sevenoaks, Kent

Die Deutsche Bibliothek – CIP-Einheitsaufnahme

Allbeury, Ted:

Grenzgänger : Roman / Ted Allbeury.
Aus dem Engl. von Georg Schmidt. – Zürich :
Oesch, 1999

ISBN 3-85833-251-8

Satz: Oesch Verlag
Druck und Bindung: Wiener Verlag, Himberg bei Wien

ISBN 3-85833-251-8

Gern senden wir Ihnen unser Verlagsverzeichnis:
Oesch Verlag, Jungholzstraße 28, CH-8050 Zürich
E-Mail: info@oeschverlag.ch
Telefax: 0041/1 305 70 66 (CH: 01/305 70 66)

Unser Buchprogramm finden Sie im Internet unter:
www.oeschverlag.ch

6 5 4 3 2 1

Meine Frau mußte sich unlängst einer Lebertransplantation unterziehen. Ein herzliches Dankeschön gilt an dieser Stelle unseren praktischen Ärzten Dr. Rob und Dr. Gill Johnson sowie dem Lebertransplantationsteam am Royal Free Hospital in Hamdstead. Ein Dankeschön nicht nur für ihr Können und ihre Erfahrung, sondern auch für die Freundlichkeit und Fürsorge, die sie uns über Jahre hinweg zukommen ließen.

Wir danken Dr. Burroughs, der sein Team zur Verfügung stellte: Mr. Rolles, den Chirurgen, und die Anästhesisten Dr. Caroline Marshall und Dr. Jonathan Appleby. Ebenso Sister Alison Ibbetson und ihren Kollegen und Kolleginnen von der Intensive Therapy Unit, Dr. Thompson, dem Chefarzt, und seinem Team junger Mediziner sowie dem gesamten Pflegepersonal des Hassal Ward für die Weiterbehandlung nach der Transplantation. Besonders bedanken möchten wir uns bei Linda Selves, die die Transplantation organisiert und uns zu jeder Zeit behilflich war.

Abschließend, aber keinesfalls zuletzt, gilt unser Dank dem National Health Service, der all dies ermöglichte.

Ted Allbeury

Nach dem Verrat bedarf man des Verräters nicht mehr.

Pedro Calderón de la Barca

ERSTER TEIL

1. KAPITEL

Man hatte Willoughby zu ihr geschickt. Er sollte ihr ein letztes Mal gut zureden, auf sie einwirken. Denn Willoughby sah gut aus, und er war nur zwei Jahre älter als sie.

Während sie die Gläser füllte, blickte er sich in dem Zimmer um. Es war hell und elegant. Weiße Wände, hellblauer Stuck, ein Tupfen Gold an den Säulen und am Deckenfries. Johnny Tarrant konnte er sich in diesem Ambiente beim besten Willen nicht vorstellen, aber zu ihr paßte es.

Sie trug einen weißen Kaschmirpulli, einen schwarzen Rock und schwarze Schuhe mit kleinen, straßbesetzten Schleifchen. Sie war mehr als hübsch, sie war bildschön. Und sie wußte es auch. Lange, weit über die Schultern reichende blonde Haare, große, leicht verhangene Augen, eine zierliche Nase, dazu ein Schmollmund wie ein Teenager. Sie sah aus wie ein- oder zweiundzwanzig, doch aus der Personalakte wußte er, daß sie bereits achtundzwanzig war.

Als sie sich umdrehte und ihm das Glas reichte, musterte er einen Moment lang ihren großen, festen Busen, dann schaute er ihr wieder ins Gesicht und sah das Lächeln. Sie wußte offenbar genau, wo er den Blick hatte verweilen lassen. Sie setzte sich und schlug die Beine übereinander, so daß ihr Rock bis zur Mitte der Schenkel hochrutschte.

»Hat Slaney Sie zu mir geschickt?«

»Ja, er hat mich gebeten, mit Ihnen zu reden.«

»Er ist ein Schleimer, ein Widerling.«

»Wie kommen Sie denn darauf?«

»Er ist wie ein altes Weib. Prüde und scheinheilig.«

»Ist mir noch nie aufgefallen.«

»Er tut so, als seien ihm attraktive Frauen gleichgültig. Stimmt aber nicht. Er hat mal auf einer Party bei den Harrises mit mir getanzt, und glauben Sie mir, der ist so spitz wie nur was.«

»Trotzdem ist er ein hochintelligenter Mann, Mrs. Tarrant.«

Sie lächelte. »Offenbar nicht, wenn er meint, er könnte mir die Sache im jetzigen Stadium noch ausreden.«

»Gab es denn ein Stadium, in dem er Ihnen die Sache hätte ausreden können?«

»Wer weiß. Aber mir von Anfang an mit der offiziösen Geheimhaltungsklausel zu drohen war jedenfalls kein guter Zug.«

Willoughby nickte. »Sie haben sie schließlich nicht unterschrieben, oder?«

»Selbstverständlich nicht. Wieso sollte ich? Ich war nicht bei eurem Drecksverein. Gottlob.«

Willoughby seufzte und erwiderte ruhig: »Wir sind kein Drecksverein, Mrs. Tarrant. Wir sind ebenso Teil dieser Gesellschaft wie der Diplomatische Dienst, die Polizei oder die Gerichtsbarkeit. Wir müssen uns mit unangenehmen Menschen abgeben, aber deswegen sind wir doch nicht ebenfalls unangenehm.«

»Wie lange sind Sie schon bei dem Verein?«

»Vier Jahre.«

»Frisch von Oxford?«

»Cambridge genaugenommen.«

Sie zuckte die Achseln. »So wie Philby und die beiden anderen.«

»Die gleiche Universität, aber damit erschöpfen sich die Gemeinsamkeiten.«

»Nun ja, bestellen Sie Slaney, da läuft nichts.«

»Darf ich Ihnen eine offene Frage stellen, Mrs. Tarrant?«

Sie zuckte die Achseln. »Nur zu.«

»Warum wollen Sie diese ganze Angelegenheit vor Gericht breittreten? So etwas ließe sich in aller Diskretion abwickeln. Wir hätten uns der Sache angenommen.«

»Darüber sollten Sie mit Johnny sprechen, nicht mit mir. Er hätte sich doch fügen können. Statt dessen will er die Sache anfechten. Punkt für Punkt.«

»Sie hätten sich auch ohne diese ganzen Schuldzuweisungen scheiden lassen können. Nur deswegen setzt er sich zur Wehr. Aus Stolz.«

»Wer's glaubt. Das ist kein Stolz, das ist seelische Grausamkeit. Er möchte mich demütigen.«

»Das glaube ich nicht. Ich habe mit ihm gesprochen, und den Eindruck hatte ich ganz und gar nicht. Seiner Ansicht nach handelt es sich um reine Schikane … eine Art Kesseltreiben.«

»So ein Quatsch. Er leidet unter Verfolgungswahn, das ist alles.«

Willoughby lächelte zaghaft. »Auch andere sind der Ansicht, daß es sich um eine Schikane handelt.«

»Wie heißen Sie mit Vornamen?«

»Hugh.«

»Darf ich Sie Hugh nennen?«

»Bitte sehr.«

»Ich heiße Jenny, aber das wissen Sie bestimmt schon.« Sie lächelte. »Bei diesem ganzen Aktenkram.«

»Ich weiß es.«

»Passen Sie mal auf, mein Lieber. Meine Anwälte werden für ihre Dienste gut bezahlt, und die haben mir geraten, die Sache so und nicht anders anzugehen. Wenn Sie den Streit unterbinden wollen, müssen Sie sich an Johnny wenden. Er muß sich bloß mit meiner Erklärung abfinden. Er soll sich nur einmal wie ein Gentleman verhalten, nicht wie ein Straßenjunge. Wen schert es schon, was ich über ihn sage? Außerdem stimmt es.«

»Für die Presse wird das ein gefundenes Fressen sein. Die stehen auf so etwas.« Er schwieg einen Moment. »Sie sind noch jung, Jenny, und bildschön. Das paßt überhaupt nicht zu Ihnen.«

»Sind Sie verheiratet, Hughie?«

»Nein, bin ich nicht.«

»Freundin?«

»Ein paar, aber nichts Ernstes.«

Sie musterte ihn mit ihren großen, blauen Augen. »Hat Slaney Sie beauftragt, mich ins Bett zu locken?«

»Gute Güte, nein.« Doch er wirkte keineswegs überrascht. Daher nahm sie an, daß man die Frage zumindest angesprochen hatte. Aber er war beim SIS, Geheimagent von Beruf, und seine grauen Augen musterten sie einen Moment lang ruhig und ungerührt, ehe er wieder das Wort ergriff.

»Können wir irgend etwas tun, durch das sich diese gerichtliche Auseinandersetzung vermeiden ließe?«

»Zum Beispiel?«

»Wir könnten Ihre Verfahrenskosten übernehmen und Ihnen eine finanzielle Entschädigung zukommen lassen.«

»Johnny wird die Verfahrenskosten ohnehin übernehmen müssen.

Und nach all dem, was er über mich verbreitet hat, geht es mir nur noch darum, den wahren Sachverhalt darzustellen.«

»Er hat es im Zorn gesagt. Das wissen Sie doch.«

»Er hat es jedenfalls gesagt. Und zwar vor anderen Leuten. Alles andere ist mir egal.«

»Unsere Hausjuristen haben darauf hingewiesen, daß man auch Sie vor Gericht befragen könnte. Das ist ein zweischneidiges Schwert.«

Sie zuckte die Achseln. »Von mir aus. Er wird in jedem Fall verlieren.«

Willoughby erhob sich langsam. »Danke für den Drink, Jenny. Ich sollte jetzt besser gehen.«

Als sie im Vorsaal standen, blickte sie lächelnd zu ihm auf. »*Hat* Slaney Sie nun beauftragt, mit mir ins Bett zu gehen?«

Er zögerte einen Moment lang und sagte dann: »Natürlich nicht.«

Sie lächelte noch immer. »Würden Sie ihm eine Nachricht von mir überbringen?«

»Natürlich.«

Sie schlang die Arme um seine Schulter und zog ihn an sich, spürte, wie er an ihrem Bauch steif wurde, als sie ihm die Zunge in den Mund schob. Dann löste sie sich von ihm, lachte kurz auf und gab ihn wieder frei.

»Was für eine Nachricht, Jenny?« sagte er leise.

»Das war die Nachricht, Hughie.«

Damit öffnete sie die Haustür und sah ihm lächelnd hinterher, als er die Treppe hinunterrannte und eilends die Straße überquerte.

Slaney schob die dicke Brille hoch und bedachte Hawkins, den Haussyndikus des SIS, der ihm am Schreibtisch gegenübersaß, mit einem bösen Blick.

»Johnny Tarrant wird eine ganze Weile nur mehr bedingt verwendungsfähig sein, wenn diese Sache vorbei ist.«

»Woran hat er gearbeitet?«

»Er war für die Unterwanderung linksextremistischer Gruppierungen zuständig.«

»Sie können ihm doch sicherlich einen Schreibtischjob geben.«

Slaney zuckte mit der Schulter. »Sicher können wir das, aber es wäre ein Jammer. Er ist ein erfahrener Agent.«

»Wir haben keinerlei Handhabe gegen sie. Und sie ist fest entschlossen, ihn durch den Wolf zu drehen.«

»Was ist mit den Passagen ihrer Erklärung, die Sie als sicherheitsrelevant gekennzeichnet haben. Können wir wenigstens die verhindern?«

»Ich fürchte, nein. Wenn die Sache vor Gericht kommt, kann sie sagen, was sie will, solange es sachbezogen ist.«

»Wird das Gericht ihre Einlassungen als sachbezogen anerkennen?«

»Im großen und ganzen. Kommt darauf an, wie ihr Anwalt die Fragen formuliert.«

»Haben Sie mit ihrem Anwalt gesprochen?«

»Selbstverständlich. Aber er sagt, sie beharre auf ihrem Standpunkt. Denke gar nicht daran nachzugeben.«

»Glauben Sie, er hat wirklich versucht, sie zum Einlenken zu bewegen. Ist ihm überhaupt das Ausmaß dessen, was sie vorhat, bewußt?«

»Davon bin ich überzeugt, aber er kann lediglich beratend auf sie einwirken. Sie ist die Mandantin, und ihre Aussagen könnten leider durchaus als relevant bewertet werden.«

»Würde es etwas nützen, wenn wir Druck auf Tarrant ausüben, damit er die Sache unangefochten durchgehen läßt?«

»Zunächst einmal glaube ich nicht, daß Sie ihn dazu bewegen könnten. Mrs. Tarrant hat vor, ihm das Fell über die Ohren zu ziehen, ihn auszunehmen bis aufs letzte Hemd. Er hat eine geradezu panische Angst davor. Ich meine das ernst. Und allein durch ihren Antrag würde Tarrants Tarnung himmelhoch auffliegen.«

»Wie kann man nur mit so einem Luder verheiratet sein?«

Hawkins lächelte. »Es dürfte auch seine Vorzüge haben.«

»Haben Sie sie kennengelernt?«

»Nein, ich habe nur die Fotos in der Akte gesehen. Sie ist hinreißend.«

»Wird ihr das vor Gericht etwas nützen?«

»Aber natürlich. Ist doch immer so. Inwieweit allerdings, das hängt ganz vom Richter ab.«

»Wer ist mit der Sache betraut?«

»Bislang wurde noch niemand benannt.«

»Dann läßt sich die Sache also durch nichts mehr aufhalten?«

»Nein, es sei denn durch drastische Maßnahmen gegen ihre Person.«

»Sie meinen, indem man verhindert, daß sie vor Gericht auftritt?«

»Selbst das kann die Sache womöglich nicht mehr aufhalten. Ihre Scheidungsklage dürfte genügen. Vierzig bis fünfzig Seiten, die sich wie eine Mischung aus *Fanny Hill* und *Am Abgrund des Lebens* mit einem Hauch Eric Ambler lesen.«

»Können wir die oberste Justizbehörde um Hilfe bitten?«

»Zu welchem Behuf?«

»Damit die Sache hinter verschlossenen Türen stattfindet. Eine nicht öffentliche Verhandlung unter strengen Auflagen, was die Berichterstattung angeht.«

»Das ließe sich bewerkstelligen. Ich werde mal anfragen. Aber die Presse würde dadurch sofort hellhörig werden.«

»Dafür wird dieses Luder ohnehin sorgen.«

»Soll ich einen entsprechenden Antrag stellen?«

Slaney nahm seine Brille ab, wischte sich mit einem Kleenex über die Augen und polierte dann damit die Gläser. Langsam setzte er die Brille wieder auf und seufzte.

»Ja. Aber sehen Sie zu, daß er von der Justizbehörde gestellt wird. Nicht von uns.«

»Ich sage Ihnen Bescheid, wie's weitergeht.«

Slaney nickte. »Tun Sie das.«

Als Slaney um acht Uhr abends nach Hause kam, stand auf dem Tisch im Flur ein Glas Whisky für ihn bereit. Seine Frau lächelte nur, als er ins Wohnzimmer kam.

»Ein gewisser Hawkins hat angerufen. Sagte, ich soll dir ausrichten, die oberste Justizbehörde hätte nein gesagt. Er sagte, du brauchtest bestimmt einen Drink.«

»Wie ist es gelaufen, Liebes?«

»Er hat mir andere Tabletten gegeben. Ein anderes Medikament. Er sagte, es könnte langfristig etwas bewirken.«

»Hättest du Lust, mit mir essen zu gehen?«

»Ich kann uns doch ein Omelett machen.«

»*Ich* werde uns ein Omelett machen. Du bleibst, wo du bist.«

Slaney beugte sich über sie und gab ihr einen zärtlichen Kuß. Dann richtete er sich wieder auf und ging mit dem Whiskyglas in der Hand zur Küche.

Er band die gestreifte Schürze um, öffnete den Kühlschrank und versuchte soweit wie möglich nicht daran zu denken, wie man sich als Frau fühlen mochte, wenn einem beide Brüste abgenommen wurden und man hinterher erfuhr, daß es zu spät gewesen war, man aber bei entsprechender Behandlung noch etwa neun bis achtzehn Monate zu leben habe. In den ersten Wochen nach ihrer Entlassung aus dem Krankenhaus war es der reinste Alptraum gewesen. Das war vier Monate her, und mittlerweile hatte sie fünf Kilo abgenommen.

Als er die Eier in eine rote Plastikschüssel schlug, schloß er die Augen und sprach ein kurzes, stilles Gebet. Ohne Worte, nur in Gedanken. Wenn es einen Gott gab, würde er es schon verstehen. Er glaubte nicht an Gott, aber als umsichtiger Verwaltungsmensch baute er von Natur aus für alle Eventualitäten vor. Und er fand durch dieses unausgesprochene Stoßgebet zumindest ein paar Minuten lang Frieden. Selbst die tagtäglichen Krisen und Probleme, die sein Beruf mit sich brachte, waren ein Kinderspiel gegen die Hilflosigkeit und Seelenpein, die ihn zu Hause befiel.

Willoughby teilte sich eine Wohnung mit einem Altersgenossen, der im Ressort Sowjetunion arbeitete, einer Abteilung, die Tarrant unterstanden hatte, bevor er heillos in diesen Rechtsstreit verwickelt worden war. Von Amts wegen hatte man keine Vorbehalte gegen diese gemeinsame Wohnung gehabt. Porter war zu sehr Macho, als daß man ihn einer gleichgeschlechtlichen Beziehung verdächtigt hätte. Trotz der strengen Vorschriften plauderten sie offen über ihre Berufskollegen und die Einsätze, mit denen sie betraut waren. Beide waren Anfang Dreißig, wirkten aber jünger. Sie hatten etwas Studentenhaftes an sich, trinkfest und rugbygestählt, und der Zynismus, in dem sie sich übten, war eher aufgesetzt als echt.

Porter grinste. »Wie war sie denn?«

»Eine echte Puppe. Noch besser als die Fotos in der Akte.«

»Hat sie tatsächlich gesagt, daß sie mit dir vögeln will?«

»Nicht wortwörtlich, aber gewollt hat sie schon. Das war eindeutig.«

»Ich frage mich, wie Johnny Tarrant an so ein Miststück geraten konnte?«

Willoughby deutete auf sein Bier. »Die Sorte taugt meiner Meinung nach nicht viel.« Er schwieg einen Moment und blickte dann wieder zu Porter. »Was hast du gesagt? O ja, Johnny Tarrant. Ich nehme an, es ging um Sex, und wer könnte es ihm verübeln? Hast du ihn überhaupt mal gesehen, seit die Sache losging?«

»Ein-, zweimal. Er läuft rum wie ein Zombie. Ich habe ihn in die laufenden Aktionen eingeweiht, und ich schwör' dir, der hat kein Wort mitgekriegt. Hat bloß aus dem Fenster geglotzt. Eine Sauerei ist so was.«

»Was für ein Typ ist er.«

»Johnny? Der ist ein echter Profi. Cool, tüchtig. Taff wie nur irgendwas, hat alle Züge im voraus parat. Wie ein Schachmeister.«

»Und wie ist er vom Umgang her?«

»Schwer zu sagen. Solange du gute Arbeit leistest, ist er freundlich. Aber wehe, jemand verbockt etwas, dann wird er stinksauer.«

»Magst du ihn?«

»Na klar. Ich wär' froh, wenn ich mal so werden würde wie der.«

Johnny Tarrant achtete nur mit halbem Ohr auf die Nachrichten, während er Kaffee trank und eine Scheibe Toast mit Butter aß.

Dann stand er auf und ließ den Blick einmal mehr durch die Wohnung schweifen. Von einer Wohnung konnte man kaum sprechen. Eine winzige Küche. Eine kleine Toilette samt Duschkabine, dazu das Zimmer mit der Liege, die mit Seidenkissen notdürftig als Sofa kaschiert war. Die beiden Korbsessel und der mit einer Glasplatte belegte Couchtisch waren die einzigen neuen Möbelstücke in diesem Raum. Keinerlei Bilder an den Wänden, nicht ein einziges Buch in den Regalen. Eine billige Digitaluhr und ein Plastikmodell von einer Westland Lysander standen auf der schmiedeeisernen Garderobe.

Er seufzte auf, als er sich umblickte. Vor zwei Wochen war er hier eingezogen, und er wußte, daß er auf lange, lange Zeit so würde leben müssen. Diese schäbige Kammer war jetzt sein Zuhause. Dann schaute er an sich herab, betrachtete den hellgrauen Gabardineanzug mit dem dezenten Nadelstreifenmuster. Beinahe gedankenlos ging er zum größeren der beiden Lederkoffer, die offen auf dem Bett lagen. Vermutlich spielte es keine Rolle, welchen Anzug er trug, aber vielleicht war ein heller Anzug nicht die angemessene Kleidung für einen Auftritt vor Gericht.

Er zog sich rasch um und steckte Schlüssel, Brieftasche und Kleingeld ein. Als er fertig war, blieb er einen Moment stehen, atmete tief durch und schloß die Augen. Da war sie wieder, diese bange Unentschlossenheit, von der er nun schon so lange befallen wurde. Er war nie unentschlossen gewesen, geschweige denn ängstlich, doch zur Zeit achtete er auf jedes noch so lächerliche Omen, griff buchstäblich nach jedem Strohhalm. Er las das Horoskop – er war Skorpion – im *Evening Standard*, er trat heimlich auf die Ritzen zwischen den Pflastersteinen, fragte sich fortwährend, was er von den Aussagen anderer Leute halten sollte. Einerseits hatte er Angst davor, abgelehnt zu werden, wenn sie allzu kurzangebunden waren, doch wenn sie unbefangen losplauderten, hatte er das Gefühl, sie wollten nur ihre Betretenheit überspielen.

Er ging zur Tür, drehte sich noch einmal um, ließ den Blick durch das Zimmer schweifen und bemerkte das kleine Papierbündel auf dem Couchtisch. Steifes, cremefarbiges Papier, Blatt für Blatt durchgestanzt und mit rosa Schleifchen zusammengeheftet. So widerspenstig, daß es trotz zweimaligen Faltens nach wie vor aufklaffte wie eine Falle für irgendwelches Kleingetier. Er ging zurück, nahm das Paket und steckte es in die Brusttasche seiner Jacke.

An der King's Road hielt er ein Taxi an – ein ausgesprochener Luxus. Er wußte, daß er sich wieder daran würde gewöhnen müssen, daß Taxis nur in äußersten Notfällen in Frage kamen. An der Buckingham Palace Road gab es eine kurze Verzögerung, als eine Kutsche des Königshauses aus den Royal Mews rollte. Endlos lange schien es her, als er vor der Verleihung an eben dieser Straße auf- und abgegangen war. Anschließend hatten er und Jenny sich vor dem Palasttor mit aufgeklapptem Ordenskästchen fotografieren lassen. Drei schmale weiße Streifen auf rotem Grund, das Band zum Orden des britischen Empire. So geringschätzig er damals auch getan haben mochte, er war ziemlich stolz darauf gewesen. Von seiner Bestallung und den Beförderungen einmal abgesehen, war dies die erste offizielle Anerkennung gewesen, die er für seine Arbeit erhalten hatte.

Drei Wochen später hatten sie geheiratet, kurz bevor er wieder zum Dienst an der Botschaft in Warschau antrat. Er war dreiundzwanzig gewesen, sie gerade neunzehn. »Pongo« Wallace war ihr Brautführer und Trauzeuge gewesen. Ihre Mutter hatte sich geweigert, an der Hochzeit teilzunehmen.

2. KAPITEL

Sie stand am anderen Ende des Korridors und hörte nickend zu, während der größere der beiden Männer auf sie einredete. Der andere war Martin, ihr Rechtsbeistand. Einst sein Rechtsbeistand, jetzt aber der ihre. Im Fall Tarrant gegen Tarrant. Er nahm an, daß der Große ihr Anwalt war.

Nächsten Monat hatte sie Geburtstag – sie wurde neunundzwanzig. Doch sie sah fast noch genauso aus wie damals, als er sie in einem Club kennengelernt hatte. Sie gehörte zu den Frauen, die im Lauf der Jahre immer schöner wurden. Vermutlich lag es an den großen, blauen Augen, dem verhangenen Blick und den langen Wimpern. Wenn sie einen ansah, kam man sich vor wie unter Hypnose. Dazu der sinnliche Mund mit den vollen, stets leicht geöffneten Lippen, hinter denen verheißungsvoll die weißen Zähne glitzerten. Sie trug ein auf Taille geschnittenes schwarzes Kostüm mit schwarzer Borde. Und sie hatte einen Hut auf. Vermutlich hatte ihr Martin dazu geraten, weil sie dadurch vor Gericht verletzlicher wirkte, so als wäre sie eher trauernde Witwe als Klage führende Partei in einem Scheidungsprozeß. Darunter ein enger Pulli, der ihre wunderschönen Brüste betonte. Eine Belohnung, so nahm er an, für den Mann, der ihr in der Stunde der Not beistand. Er registrierte es voller Bitterkeit, gallig und wütend. Und zugleich betete er, sie möge sich ihm zuwenden, ihn bemerken. Auf ihn zugehen und ihm erklären, daß es nicht geschehen werde. Daß sie zu ihm zurückkehren werde, weil er der einzige Mann sei, den sie jemals geliebt habe.

Dann nahm er Sellars' Blick wahr, so als warte er auf eine Antwort.

»Ich war geistesabwesend. Was haben Sie gesagt?«

»Man wird Sie provozieren, wenn Sie in den Zeugenstand treten. Sie aufs Blut reizen. Lassen Sie sich nicht darauf ein, egal, was die andere Seite sagt. Die wollen vor Gericht lediglich den Eindruck vermitteln, daß Sie jähzornig und gewalttätig sind. Ein alter Trick, aber er funktioniert leider nur allzu oft.«

»Ich werde mir Mühe geben.«

Kopfschüttelnd schaute Sellars ihn an. »Sie sollen sich keine Mühe geben, Johnny. Gehen Sie einfach nicht darauf ein. Denken Sie an eins: Sie kommt zuerst dran, und sie wird nüchtern, ruhig und gefaßt sein. Die duldsame, nachsichtige Frau, die zu guter Letzt das Handtuch geworfen hat. Gewalttätigkeit, Trunkenheit, Untreue, Eifersucht und schlußendlich Trennung von Tisch und Bett. Sie haben doch gesehen, was in ihrer Einlassung steht, und Sie haben die eidesstattlichen Erklärungen gelesen. Das alles wird man gegen Sie vorbringen, und Sie müssen die Ruhe bewahren.«

»Was glauben Sie, wie es laufen wird, Sellars?«

Sellars zuckte die Achseln. »Kann man nie sagen. Unglücklicherweise hat man uns den alten Rawlins zugeteilt. Der läßt sich durch ein hübsches Gesicht leicht beeindrucken.«

Tarrant nickte wortlos. Er hatte es oft genug miterlebt. Es war, als ließe sich die ganze Welt von diesem einen hübschen Gesicht beeindrucken. Dann wandte sie den Kopf und schaute zu ihm her, und sein Herz schlug einen Takt schneller. Einen Moment lang sahen sie einander an, dann drehte sie sich wieder um, legte die Hand auf Martins Arm, blickte lächelnd zu ihm auf und sagte irgend etwas, das auch ihm ein Lächeln entlockte. Dieses Miststück. Zum Teufel mit ihr, es gab jede Menge anderer hübscher Frauen. Endlich konnte er wieder ein sorgloses Leben führen. Frei und ungebunden. Dann hatte er wieder eine dieser schrecklichen Eingebungen, die jegliche Vernunft über den Haufen warfen, und er wandte sich an Sellars.

»Wissen Sie, ich glaube nicht, daß Sie es wirklich will. Vielleicht sollte ich einfach hingehen und mit ihr reden.«

Sellars holte tief Luft, zögerte einen Moment. Einerseits wollte er ihm nicht weh tun, andererseits aber auch jedes Aufsehen vermeiden.

»Das würde ich nicht tun, Johnny. Nur die Ruhe bewahren. Selbst wenn man zu ihren Gunsten entscheiden sollte, dauert es noch drei Monate, bis das Urteil rechtskräftig wird. Die Sache sieht gut für Sie aus. Wir wollen doch nicht die Pferde scheu machen.«

»Glauben Sie wirklich, daß es gut für *mich* aussieht?«

»Aber natürlich, sonst hätte ich Ihnen doch nicht geraten, Rechtsmittel einzulegen. Das Gericht ist durchaus in der Lage, eine Provokation zu erkennen. Warum gehen Sie nicht nach unten und trinken einen Tasse Tee. Ich hole Sie schon, wenn wir aufgerufen werden.«

»Ich bleibe lieber hier, Sellars. Vielleicht wollen sie mit uns reden. Könnte ja sein, daß sie in letzter Minute ihre Meinung ändert. Sie wissen doch, wie Frauen sind.«

Sellars ergriff ihn behutsam am Arm, zog ihn herum und ging langsam mit ihm auf die Steintreppe zu, die in das große Vestibül hinabführte. Am Kopf der Treppe blieb Sellars stehen.

»Jetzt hören Sie mal genau zu, Johnny. Hier handelt es sich nicht nur um eine Scheidungsklage. Es geht um Ihre Karriere. Das wissen Sie doch genausogut wie ich. Ihre Leute haben mit mir gesprochen. Die stehen zu Ihnen, egal, wie die Sache ausgeht, aber entscheidend wird auch sein, daß Sie mitspielen.«

Tarrant schüttelte den Kopf. »Die verstehen das nicht, Sellars. Ich habe es satt, mich von ihr unterbuttern zu lassen.«

»Johnny, hören Sie mal zu. Die stehen auf Ihrer Seite. Die wissen, daß sie ein durchtriebenes Luder ist. Das sind keine Dummköpfe. Die blicken durch. Sie halten zu Ihnen.«

»Ich wünschte, ich könnte Ihnen glauben.«

»Würde das wirklich etwas ändern?«

Tarrant seufzte. »Sie wissen nicht, wie das ist, Sellars. Sie wickelt die Leute um den Finger. Ich habe keinen einzigen Freund mehr.« Er stockte. »Selbst Tony Martin hat sich auf ihre Seite geschlagen.«

»Hat er nicht. Das ist doch lächerlich. Er macht nur seine Arbeit.«

»Das stimmt nicht. Tony Martin und ich waren Freunde. Lange bevor ich sie kennengelernt habe. Wir waren zusammen auf der Schule. Aber jetzt vertritt er sie, nicht mich.«

»Aber nur, weil sie sich zuerst an ihn gewandt hat.«

»Er hätte sie abweisen oder ihr jemand anderen empfehlen können.«

»Dazu hatte er keinerlei Anlaß. Er ist Anwalt, es ist sein Beruf.«

»Blödsinn. Er ist ein Mann, und sie lächelt ihn an und streckt ihm die Titten entgegen. Das ist alles.«

»Zufällig weiß ich, daß er sie ganz und gar nicht mag. Er verabscheut sie sogar. Er mochte sie von Anfang an nicht, schon als Sie sie geheiratet haben. Er hält sie für eine Blenderin und Lügnerin.«

»Das sagen Sie noch nur, um mich zu besänftigen.«

»Keineswegs. Er hat es mir genau so gesagt.«

Tarrant schwieg eine ganze Weile, dann sagte er: »Meinen Sie das ernst? Oder wollen Sie mich nur beruhigen?«

»Natürlich meine ich es ernst. Er hat sich durch ihre Geschichte nicht täuschen lassen, und auch ihr Aussehen läßt ihn kalt. Damit beeindruckt sie niemanden.«

Plötzlich ließ die monatelange Anspannung nach, und Johnny Tarrant sagte leise: »Was erwarten Sie von mir?«

Sellars atmete tief durch und erwiderte ruhig und bedächtig: »Ich möchte, daß Sie nach Hause gehen. Ich will Sie nicht in den Zeugenstand rufen. Überlassen Sie ihr doch das Gekeife. Nehmen Sie es als das, was es ist. Gar nichts. Sie wird ihre Scheidung bekommen, aber moralisch werden Sie der Sieger sein. Sie ist versessen darauf, Sie im Zeugenstand zu sehen, mitzuerleben, wie Sie durch den Wolf gedreht werden. Tun Sie ihr den Gefallen nicht, Johnny. Befolgen Sie meinen Rat.«

Tarrant nickte. »Sie halten mich auf dem laufenden?«

»Natürlich.« Er blickte den Jüngeren eindringlich an. »Wird Zeit, daß Sie wieder zur Normalität zurückfinden, Johnny. Ziehen Sie eine Lehre daraus, und lassen Sie es dabei bewenden.«

»Besten Dank für die Auskunft. Ich wünschte, ich hätte es vorher gewußt.«

»Im Grunde genommen war es ein Verstoß gegen die guten Sitten. Martin hat es mir immerhin vertraulich mitgeteilt. Aber es mußte einfach gesagt werden.«

Sellars blieb stehen und blickte seinem Mandanten hinterher, als dieser die breite Steintreppe hinunterstieg und durch das Vestibül zu der Tür ging, die auf den Strand führte.

3. KAPITEL

Powell wußte genau, was er wollte, doch zunächst mußte er mit Slaney reden. Es war ein Gebot der Höflichkeit, und zwar aus mehreren Gründen. Erstens war Slaney derzeit Tarrants Vorgesetzter, zweitens sollte Tarrant abgezogen werden, und drittens – das war das Allerwichtigste – war Slaney von Anfang an in den Fall Foster verwickelt gewesen. Doch Slaney hatte Powells Vorhaben offenbar vorbehaltlos gebilligt.

Jetzt mußte er die Sache mit Mitchell und Willis durchsprechen, und da diese Sitzung nach Möglichkeit außerhalb des Century House stattfinden sollte, hatte er einen kleinen Raum im Reform Club reservieren lassen, wo sie offen miteinander reden konnte. Zumindest so offen, wie ihre natürliche Vorsicht dies zuließ. Er bestellte ein kaltes Büfett, damit sie keinen Kellner brauchten. Dazu je zwei Flaschen Rot- und Weißwein, die übliche Hausmarke, sowie einen Servierwagen mit Kaffeemaschine und allem, was dazugehörte. Powell stammte aus einer betuchten Familie, so daß er von Haus aus aufs Geld achtete, auch wenn es sich um das Geld des SIS handelte.

Sie saßen in ledernen Clubsesseln um ein niedriges Kaffeetischchen mit einer Glasplatte, und als er sich davon überzeugt hatte, daß jeder ein, zwei Happen zu sich genommen hatte, eröffnete er die Runde. Er wollte gerade sagen: »Wie Sie gesehen haben ...«, als ihm bewußt wurde, daß dies allzu herablassend klingen könnte, da er in der Rangordnung über den beiden anderen stand. »Wir« mußte es heißen, nicht »Sie«.

»Ich gehe davon aus, daß wir alle die Gelegenheit hatten, uns die Lageberichte aus der DDR zu Gemüte zu führen.« Er lächelte, wenn auch eher unterkühlt. »Sieht so aus, als würde der Kessel allmählich überkochen. Außerdem dachte ich, wir sollten uns vielleicht ein paar Gedanken über unseren Freund ›F‹ machen.«

Er schaute die beiden anderen an. Er war mit sich zufrieden – es hatte so geklungen, als ob er wirklich Wert auf ihre Meinung legte. Willis reagierte zuerst. Stirnrunzelnd sagte er: »Wer hat das ursprünglich veranlaßt?«

Powell zuckte mit der Schulter. »Ich nehme an, das war Slaney. Aber es war eine Notlösung in einer Notlage.«

»Und um welches Problem geht es nun?«

Powell lächelte. »Um die gleiche alte Geschichte.«

»Klären Sie mich auf.«

Mitchell mischte sich ein. Er war seinerzeit, als die Sache passiert war, in Berlin gewesen. »Zunächst einmal haben wir keine Ahnung, wo er steckt. Und was noch wichtiger ist: Wir stehen hier vor dem gleichen Dilemma wie bei allen anderen Doppelagenten – wir wissen nicht, auf welcher Seite er wirklich steht.« Er schwieg einen Moment und goß sich eine Tasse Kaffee ein. Dann wandte er sich wieder an Willis und sagte: »Normalerweise haben wir wenigstens die Gelegenheit, mit dem Mann zu reden und uns ein Urteil zu bilden. Aber wir haben unseren Freund nicht mehr gesehen, seit er sich auf die andere Seite der Mauer abgesetzt hat.«

Mitchell zuckte die Achseln. »Und warum machen wir nicht einfach weiter wie bisher?«

Powell ergriff wieder das Wort. »Weil es hinter dem Eisernen Vorhang drunter und drüber geht. Früher oder später wird er sich Gedanken machen müssen, wohin er gehört. Zu uns oder zum KGB. Unseren Erkenntnissen zufolge bleiben uns vermutlich nur noch wenige Monate, um auf ihn einzuwirken.«

»Liegt uns denn soviel an ihm?«

Powell runzelte die Stirn. »Er ist unsere einzige Quelle auf der anderen Seite, die uns Erkenntnisse aus erster Hand liefern kann.« Er hielt inne. »Ich habe mir überlegt, ob wir jemanden losschicken sollen, der ihn sucht und uns einen Eindruck vom Stand der Dinge gibt.«

»An wen haben Sie dabei gedacht?«

»An Tarrant.«

»Inwieweit gedenken Sie ihn einzuweihen?«

»So wenig wie möglich. Nur insoweit, daß er eine Ahnung bekommt, in welche Richtung er sich wenden muß. Wenn es denn, was ich hoffe, überhaupt die richtige ist.«

Mitchell schüttelte langsam den Kopf. »Slaney wird es gar nicht recht sein, wenn der ganze Kram wieder aufgewärmt wird.«

Powell zuckte mit der Schulter. »Ich werde Tarrant darauf hinweisen, daß er sich äußerst diplomatisch verhalten soll.«

»Haben Sie eine Ahnung, wohin unser Freund sich wenden wird, wenn in der DDR alles den Bach runtergeht?«

»Nicht die geringste. Genau das müssen wir ja herausfinden.«

»Durchaus möglich, daß uns dabei ein weiterer Mann über den Jordan geht.«

»Sei's drum.«

Willis stand auf, ging zum Fenster und schaute hinaus. Dann wandte er sich wieder an Powell.

»Warum Tarrant?«

Powell hatte darauf gewartet. »Er ist hart im Nehmen, er hat Erfahrung, außerdem kann er recht gut Deutsch und einigermaßen Russisch. Und er hat ein feines Gespür für andere Menschen.« Als er Willis' hochgezogene Augenbrauen sah, fügte er achselzuckend hinzu. »Was Männer betrifft, jedenfalls.«

»Und Tarrant wäre eine Zeitlang aus der Schußlinie. Inwieweit spielt das eine Rolle?«

»Er ist im Augenblick zufällig nirgendwo eingespannt«, versetzte Powell bissig, und Willis wußte den Ton zu deuten. »Womit kann ich Ihnen dienen, Tony?«

Powells Antwort kam zu rasch, als daß es sich um eine spontane Eingebung handeln konnte. »In Berlin müssen finanzielle Mittel zur Verfügung stehen, und ...« – an Mitchell gewandt – »... er wird von Ihrer Abteilung die entsprechenden Papiere benötigen.«

Mitchell blickte überrascht auf. »Wieso greift er nicht auf unsere Einrichtungen in Berlin zurück.«

»Er wird nicht zu unserem Berliner Team gehören. Er wird weitestgehend auf sich gestellt sein.«

»Haben Sie es ihm schon mitgeteilt?«

»Nein. Wenn es soweit ist, werde ich ihn an Sie beide verweisen.«

Anschließend wandte sich Powell der Etatplanung für die Spezialabteilung zu, die in drei Monaten zur Beratung anstand. Willis und Mitchell wußten sehr wohl, daß Powell Vorsitzender des Unterausschusses war, der über ihren Etat befand. Er ließ mit keinem Wort durchblicken, daß die Angelegenheit in irgendeinem Zusammenhang mit dem zuvor angesprochenen Thema stand, doch als die beiden anderen mit dem Taxi zur Victoria Station fuhren, sagte Willis: »Und was sollte das Ganze deiner Meinung nach?«

Mitchell lächelte. »Willst du mich veräppeln?«

»Keineswegs.«

»Tja, diese Tarrant-Sache läuft darauf hinaus, daß Powell hinterher behaupten kann, er hätte den Einsatz von Anfang an mit uns abgesprochen. Wenn also irgendwas schiefgeht, sind wir genauso dafür verantwortlich wie er.«

»Aber wir haben doch weder zugestimmt noch abgelehnt. Er hat nicht einmal um unsere Zustimmung gebeten.«

»Aber wir haben auch nicht gesagt, daß wir dagegen sind.«

»Wie denn auch? Ich weiß nicht einmal genau, was er damit beabsichtigt.«

Mitchell lachte leise. »Du kannst ihm ja im nachhinein eine Aktennotiz zukommen lassen, in der du deine Einwände vorbringst.«

»Vielleicht habe ich gar keine Einwände.«

Mitchell lachte. »Ganz genau. Ich nämlich auch nicht.«

Powell legte Tarrant gegenüber eine ungewöhnliche Freundlichkeit an den Tag, die allerdings nicht ganz echt war. Seiner Ansicht nach hatte Johnny Tarrant nur die verdiente Quittung bekommen. Diese Frau war eine Schlampe. Zugegeben, sie war eine einmalig schöne Schlampe, aber das war keine Entschuldigung. Man mußte ja so eine Frau nicht gleich heiraten, nur weil man etwas von ihr wollte. Schlechtes Urteilsvermögen. Aber Tarrant war ein tüchtiger Agent, und nur darauf kam es Powells Ansicht nach an. Einen gutausgebildeten und erfahrenen Mann opferte man nicht wegen einer einzigen Unbesonnenheit. Außerdem hatte Powell ohnhin Vorbehalte gegen jedermann – und diese Meinung teilte er mit etlichen hochrangigen SIS-Offizieren –, der aus freien Stücken im Feldeinsatz tätig war. Nach außen hin gaben sie sich als abgebrühte Einzelgänger, im Privatleben jedoch waren sie fast immer unausgeglichene und haltlose Menschen.

Er deutete auf den Sessel. »Machen Sie es sich bequem, Johnny.« Und als Tarrant Platz nahm, musterte Powell ihn von oben bis unten. Er wirkte ruhig und wachsam. Vielleicht hatte er tatsächlich das Gröbste hinter sich.

»Bevor wir zur Sache kommen, Johnny, lassen Sie mich eines sagen: Sie hatten unser aller Mitgefühl wegen dieser Unannehmlichkeiten, mit denen Sie sich in den letzten Monaten herumschlagen mußten.

Meiner Meinung nach haben Sie sich sehr umsichtig und vernünftig verhalten. Man ist nur allzu leicht versucht, den Kampf aufzunehmen, doch sobald die Anwälte eingeschaltet sind, zahlt sich das nur selten aus.« Er nickte kurz und knapp. »Gut gemacht jedenfalls.« Er hielt inne und lächelte. »Und nun wollen wir uns einem erquicklicheren Thema zuwenden – Ihrem beruflichen Weiterkommen.« Powell lehnte sich in den Ledersessel zurück. »Können Sie sich an einen gewissen Foster erinnern, einen unserer Jungs?«

»Den Namen habe ich schon mal gehört, aber ich kannte ihn nicht persönlich. Irgend jemand hat in Berlin einen Bock geschossen, nicht wahr?«

Powell schürzte die Lippen. »So könnte man es vermutlich auch darstellen. Aber es war ein bißchen komplizierter. Und einen Bock hat ganz bestimmt niemand geschossen. Sagen wir mal: Es gab seinerzeit Meinungsverschiedenheiten zwischen Foster und unseren Leuten in Berlin. Foster hat sich das ziemlich zu Herzen genommen.«

Tarrant hob die Augenbrauen. »Was heißt das im Klartext?«

Powell lächelte. »Um es grob auszudrücken – Foster hat sich abgesetzt.«

»Und?«

Powell zuckte die Achseln. »Genau darum geht es. Wir wissen nicht genau, was danach geschah.«

»Wann ist das passiert?«

»Vor etwas über einem Jahr – Ende siebenundachtzig.«

»Und warum interessiert man sich plötzlich wieder für ihn?«

»Unseres Wissens nach – genauer gesagt, wir nehmen es an – hält er sich irgendwo in Deutschland auf. Wir wissen nicht einmal, in welchem Teil – ob im Westen oder im Osten. Beides kommt in Frage. Die Situation auf der anderen Seite der Mauer gerät zunehmend außer Kontrolle, und wir müssen wissen, wo er sich befindet. Aus mehreren Gründen. Es gibt ...«

»Weshalb sind Sie so sicher, daß er überhaupt in Deutschland ist?« unterbrach ihn Tarrant.

»Darauf möchte ich zum jetzigen Zeitpunkt nicht näher eingehen.« Er hielt kurz inne. »Abgesehen davon, daß es da gewisse sicherheitstechnische Probleme gibt, könnte unsere Interpretation auch irreführend sein.«

»Und wenn ich ihn finde?«

»Ach ja. Wenn Sie ihn finden.« Er schwieg einen Moment und schaute Tarrant an. »Einer der Gründe, weshalb man Sie mit dieser Mission betraut, ist Ihr gutes Gespür für ... für faule Agenten. Wir möchten, daß Sie ihn aufspüren, ohne mit ihm in Kontakt zu treten. Führen Sie eine umfassende Observation durch – Lebenswandel, Gewohnheiten, Freunde, Kontaktpersonen, finanzielle Verhältnisse und dergleichen mehr. Zum eigentlichen Kern des Problems werden wir kommen, wenn wir Ihnen grünes Licht für eine Kontaktaufnahme geben. In Anbetracht der Umbrüche, die sich abzeichnen, stellt sich für uns die Frage ... auf welche Seite er sich letztlich schlagen wird. Auf unsere oder auf deren? Er wird Ihnen nicht die Wahrheit sagen. Sie sollten also genug über ihn wissen, um entscheiden zu können, wie wir uns weiter verhalten sollen.«

»In welcher Hinsicht?«

»Hinsichtlich einer Entscheidung, auf welcher Seite er steht und wie im jeweiligen Fall zu verfahren ist.«

»Meinen Sie, er möchte vielleicht zurückkommen?«

»Möglich wäre es.«

»Gab es diesbezüglich irgendwelche Vorstöße von seiner Seite?«

»Nein, nicht einen.«

»Und falls er zurückkommen möchte?«

Powell lächelte. »Damit befassen wir uns, wenn es soweit ist.«

»Wer war für unsere Aktivitäten in Berlin zuständig, als er sich abgesetzt hat?«

»Slaney war der Leiter.« Er schwieg einen Moment und atmete tief durch. »Aber es stehen noch andere Leute zur Verfügung, die seinerzeit ebenfalls in Berlin waren. Sie sollten Slaney lieber in Ruhe lassen. Im Augenblick jedenfalls.«

»Warum das?«

»Er hat im Moment viel um die Ohren. Wir möchten ihn nicht ohne Not mit weiteren Problemen belasten.«

Tarrant zuckte die Achseln. »Wenn Sie es so wollen. Wann soll ich anfangen?«

»Sobald Sie können. Aber nehmen Sie vorher ein paar Tage Urlaub.« Er schwieg einen Moment. »Sie werden auf sich gestellt sein. Unsere Dienstleistungsabteilung wird für Sie ein Bankkonto in Berlin einrichten, und Mister Mitchell hat den Auftrag, Sie mit allen erforderlichen Papieren auszustatten.«

Powell stand auf, und Tarrant wußte, daß er entlassen war. Doch Powell begleitete ihn noch zur Tür. »Bei meiner Sekretärin liegt eine eher dürftige Akte zu Ihrer Instruktion. Und in den Unterlagen finden Sie eine Telefonnummer, über die Sie mich Tag und Nacht erreichen können, wann immer Sie es für erforderlich halten. Viel Glück.«

Im Vorzimmer händigte ihm Powells Sekretärin einen großen, aber dünnen Briefumschlag aus und bat ihn, den Empfang des Materials zu bestätigen, das unter der Bezeichnung »Diverses 504« ausgewiesen war.

Nachdenklich fuhr er mit dem Aufzug in seine Büroetage. Ihm war nicht entgangen, daß Powell von einer »Mission« gesprochen hatte. Eine »Mission« war der übliche dienstliche Euphemismus für einen Einsatz, bei dem nichts heraussprang. Klang ganz nach blindem Aktionismus. Oder hatten sich Powell und Slaney gemeinsam etwas einfallen lassen, um ihn abzulenken? Irgendeinen nebulösen und vermutlich sinnlosen Auftrag? Ein bißchen Rätselraten, damit er nicht aus der Übung kam?

Tarrant holte sich am Automaten eine Tasse Kaffee und ging in sein kleines Büro. Er hatte immer kleine Büros. Vermutlich hielt er sich nicht oft genug im Century House auf, um Anspruch auf elegantere Räumlichkeiten zu haben. Er hängte sein Sakko über die Sessellehne, erbrach das Siegel an dem Umschlag und kippte den Inhalt auf seinen Schreibtisch. Die Fotos rutschten zuerst heraus. Es waren drei Stück, dazu ein halbes Dutzend DIN-A4-Seiten, in doppeltem Zeilenabstand beschrieben.

Er drehte die Fotos um, doch auf der Rückseite stand keinerlei Anmerkung. Bei dem einen handelte es sich offenbar um ein Familienfoto, einen Schnappschuß. Ein Mann, eine Frau und ein kleiner Junge, die in einem Garten standen und teilnahmslos in die Kamera blickten. Auf dem zweiten war ein junger Mann, etwa Mitte Zwanzig, in Uniform zu sehen. Ein Lieutenant in seiner besten Ausgehkluft mit dem Abzeichen des Intelligence Corps an der Mütze. Das übliche Erinnerungsfoto, wenn man gerade mit der Ausbildung in den Templer Barracks fertig geworden war. Das letzte Foto war eine kleine, viereckige Porträtaufnahme, anscheinend ein Paßbild. Dunkle Haare, dunkle Augen, buschige Brauen, energisches Kinn, entschlossener Mund, eine breite, rundliche Nase. Offensichtlich war es jüngeren Datums als die beiden anderen Fotos. Der Gesichtsausdruck, vor allem um Augen und Mund, deutete auf eine gewisse Anspannung hin.

Der Akte lag eine Kopie der Geburtsurkunde bei. Demnach war Foster im August 1952 in einem Militärhospital in der Nähe von Hannover geboren. Der Vater war Berufssoldat, ein Sergeant beim Royal Corps of Signals, britische Rheinarmee. Name der Mutter: Helga. Das Zeugnis der King Edward's School in Aston, Birmingham, deutete darauf hin, daß Foster ein überaus aufgeweckter Schüler gewesen war. Ferner war ein fotokopierter Zeitungsausschnitt aus der *Birmingham Mail* vom September 1970 beigelegt. Charlie Foster, der achtzehnjährige Sohn des Stadtrates Eddie Foster, hatte einen Studienplatz an der Aston University abgelehnt und sich getreu dem väterlichen Vorbild beim Fernmeldecorps beworben. Die Mutter, Helga Foster, war Sprachlehrerin am Ursuline Convent in Erdington.

Der Text auf den übrigen Blättern las sich eher wie ein Nachruf als ein SIS-Bericht über einen abgängigen Agenten. Allerdings wurde dort vermeldet, daß Captain Foster eine Auseinandersetzung mit dem Leiter des SIS-Teams in Westberlin gehabt hatte. Eine Auseinandersetzung, die anscheinend nicht beigelegt worden war, denn zwei Wochen später hatte sich Captain Foster nicht zum Dienst gemeldet. Und bei einer Durchsuchung seiner Unterkunft hatte man festgestellt, daß sich dort offenbar seit mehreren Tagen niemand aufgehalten hatte. Daraufhin hatte man in Tegel nachgefragt und herausgefunden, daß Foster bei British Airways einen Flug über London-Heathrow nach Dublin gebucht hatte. In einer weiteren Anmerkung wurde darauf hingewiesen, daß der Flug nicht angetreten worden war.

Nirgendwo fand sich ein Hinweis darauf, daß man nähere Nachforschungen angestellt hatte. Allerdings hatte man den Vorfall MI-5 gemeldet, dem für Sicherheitsfragen im Inland zuständigen Dienst, doch von dort lag keinerlei Rückmeldung vor. Tarrant steckte die Unterlagen in den Umschlag zurück und schob ihn in die unterste Schublade seines Schreibtisches. Er wußte jetzt, daß seine erste Reaktion in Powells Büro richtig gewesen war. Hier hatte jemand einen

Bock geschossen. Die ganze Geschichte stank geradezu nach Mauschelei – selbst in dem Bericht wurde weiterhin vertuscht und verschleiert. Er hatte es mit einem Blindgänger zu tun. Entweder das, oder die Herren in den höheren Etagen meinten ihn mittels einer kleinen Beschäftigungstherapie von den Ereignissen der letzten Monate ablenken zu müssen.

Er schaute auf seine Uhr, griff dann zum Haustelefon und wählte Powells Nummer. Powell meldete sich persönlich, und als Tarrant ihn fragte, wieviel Zeit man ihm gewähre, erwiderte er: »Soviel wie nötig.« Außerdem wies er darauf hin, daß Tarrant sämtliche Mittel und Möglichkeiten des Century House zur Verfügung stünden und auch für eine großzügige finanzielle Ausstattung gesorgt sei. Als er mit dem Taxi zurück zu seiner Bude in Fulham fuhr, dachte er über das Telefonat mit Powell nach. Vielleicht irrte er sich. Unbegrenzte Mittel und Möglichkeiten standen einem normalerweise nicht zur Verfügung, es sei denn, die Sache war ernst gemeint.

Er nahm die Post mit in sein Zimmer und las sie, während er darauf wartete, daß das Teewasser kochte. Ein Anschreiben der Bibliothek in Chelsea, in der die Rückgabe eines ausgeliehenen Buches angemahnt wurde, ein Kostenvoranschlag für Fenster mit Doppelverglasung und zwei Briefe von Bekannten, die ihm ihr Mitgefühl wegen der Scheidung aussprachen. Der eine stammte von einem Mann, den er noch nie hatte leiden können, und durch eine Zeile wie »bedaure die schmutzigen Einzelheiten, die ich in der *News of the World* lesen mußte« fühlte er sich in seiner Abneigung um so mehr bestätigt. Ferner eine Mitteilung seiner Bank, wonach er höher im Plus lag als erwartet. Der letzte Brief, den er aufriß, kam von seinem Anwalt. Bei der gerichtlichen Festsetzung der Unterhaltskosten habe der Richter entschieden, daß Jenny jung, bei bester Gesundheit und daher durchaus in der Lage sei, für sich selbst zu sorgen. Man habe ihr eine symbolische Zahlung von einem Pfund pro Woche zugesprochen, damit man die Sache wieder aufgreifen könne, falls es sich in Zukunft als notwendig erweisen sollte. Er müsse die Verfahrenskosten tragen, doch handle es sich dabei wahrscheinlich nur um ein paar hundert Pfund.

Als er den Teebeutel in die Tasse hängte und das heiße Wasser darübergoß, fragte er sich, was er zur Feier des Tages unternehmen sollte.

Sie war vermutlich fuchsteufelswild über dieses Urteil. Sie hatte damit gerechnet, daß sie ihn finanziell zugrunde richten konnte, und er war trotz der Hinweise seiner Vertrauten, wonach in Fragen der Unterhaltszahlung heutzutage anders geurteilt werde, davon ausgegangen, daß sie damit durchkommen werde. Er trank einen Schluck Tee und mußte lächeln, als er sich vorstellte, wie sie diese Nachricht wohl aufnehmen mochte.

Er trug seine Habseligkeiten zusammen und packte sie in zwei Koffer. Diese elende Absteige war jetzt nicht mehr nötig. Er wollte zunächst zu seinem Vater fahren, sich dort ein, zwei Tage ausruhen und zur Besinnung kommen. Von dort aus war es nicht weit nach Birmingham. Er konnte hinfahren und mit Fosters Vater sprechen.

4. KAPITEL

Er stellte seinen MG hinter dem Granada Kombi ab, der neben der Scheune parkte. Sein Vater, der vor der Tür des Farmhauses stand und sich mit einer Frau unterhielt, winkte ihm zu. Er nahm an, daß es um etwas Geschäftliches ging, bei dem er nicht gestört werden wollte.

Sein Vater war ein gutaussehender Mann – ältere Frauen meinten, er sehe aus wie Jack Buchanan. Groß und stattlich, so charmant, daß er Männer wie Frauen in seinen Bann schlagen konnte. Ein Außenstehender hätte ihn durchaus für einen Schauspieler halten können, doch sein Vater war Sergeant beim SAS gewesen, wegen seiner Sprachbegabung ins Intelligence Corps aufgenommen und zum Offizier ernannt worden. Er erzählte nie von seiner Arbeit, doch Johnny vermutete, daß er beim SIS oder einem ähnlichen Dienst gewesen war. Im Century House hatte man ihn gelegentlich auf seinen Vater angesprochen. Von Charme war dabei nicht die Rede gewesen, wohl aber von seiner Härte und Unnachgiebigkeit. Nach der Pensionierung hatte er gemeinsam mit einem alten Kameraden eine Autohandlung gegründet, die ausschließlich auf Sportwagen spezialisiert war und so gutging, daß Jaguar ihnen eine Lizenz als Vertragshändler angetragen hatte. Und jetzt, mit über sechzig, lebte er vom Profit aus dem Autohandel, beschäftigte sich hauptsächlich mit Antiquitäten und mehrte sein Kapital durch den Verkauf edler Stücke, die er in den ehemaligen Stallungen aufbewahrte. Er sah, wie sich die Frau auf der Holzbank neben dem Gartentisch niederließ. Sie holte ein Scheckheft aus ihrer Tasche und stellte einen Scheck aus, wedelte ihn durch die Luft, damit die Tinte trocknete, und reichte ihn seinem Vater. Dann kamen sie beide auf Johnny zu, und sein Vater stellte ihn vor. Als sie zu dem Granada gingen, hörte er sie fragen: »Wann können Sie liefern, Tommy?«

»Wie wär's mit morgen vormittag?«

»Wäre mir sehr lieb.« Sie lächelte. »Wird Zeit, daß ich es Arthur beibringe.«

»Ich nehme ihn zum gleichen Preis jederzeit wieder zurück, meine Verehrteste.«

Als sie nebeneinander standen und dem Wagen der Frau hinterhersahen, sagte Tarrants Vater: »Da geht sie hin, und mit ihr ein Mahagonisekretär aus der Zeit Georgs des Dritten. Bücheraufsatz mit Schwanenhalsgiebel, geschwungene Beine.«

»Wieviel muß sie dafür hinblättern?«

»Fünftausend Pfund.«

»Und du würdest ihn wirklich zurücknehmen?«

»Auf der Stelle. Ich kaufe nur vom Besten, aber ich achte auf den Preis. Und ich schlage weniger drauf als die meisten anderen Händler. Meine Kunden wissen das. Wenn sie das Ding wieder losschlagen will, könnte sie selbst im Handel mehr dafür bekommen, als ich verlangt habe.« Er lächelte. »Was führt dich hierher?«

»Ich möchte ein, zwei Tage ausspannen und mich erholen, wenn es dir recht ist.«

»Aber selbstverständlich – das weißt du doch. Dein Zimmer steht dir jederzeit zur Verfügung.«

Sie hatten im Dorfpub gegessen und gingen anschließend zum Farmhaus zurück.

»Kaffee?« fragte sein Vater lächelnd. »Aber leider nur löslicher.«

Johnny erwiderte das Lächeln. »Ich bin Pulverkaffee gewohnt. Ich mag ihn ganz gern.«

Als sein Vater mit den Kaffeetassen zurückkehrte, sahen sie sich die Spätnachrichten im Fernsehen an. Danach beendete der Sender sein Programm.

»Wie gefällt dir mein weißer MG?«

»Der ist nicht weiß. Magnolie heißt dieser Farbton. Klingt so, als müßten die Ventile nachgestellt werden. Ich werde ihn mir morgen mal vornehmen. Wie lange hast du ihn schon?«

»Etwa zwei Monate.«

»Was ist aus dem Mustang geworden?«

»Jenny wollte ihn sich unter den Nagel reißen, deshalb habe ich ihn abgestoßen.« Er zuckte die Achseln. »War ein Fehler.«

»Warum?«

»Das Gericht hat entschieden, daß sie jung und bei bester Gesundheit sei und durchaus für sich sorgen könne. Man hat ihr lediglich einen symbolischen Betrag zugesprochen.«

»Was heißt symbolisch?«

»Ein Pfund die Woche. Das ist der niedrigste Satz. Aber ich muß ihre und meine Verfahrenskosten übernehmen.«

»Wieviel ist das?«

»Nur ein paar hundert Pfund.«

»Und was ist mit dir? Wie kommst du damit klar?«

Er seufzte und zuckte die Achseln. »Ich komme klar.«

»Und wie läuft's in der Arbeit?«

»Die waren sehr anständig, haben mich aber auf eine andere Sache angesetzt. Das heißt, daß ich mich die nächsten Monate hauptsächlich in Deutschland aufhalten werde.«

»Ist das eine Versetzung oder eine Degradierung?«

Johnny lächelte. »Weder noch, soweit ich weiß. Ich glaube, diese neue Aufgabe ist vor allem als Beschäftigungstherapie gedacht – um mich abzulenken.«

»So was kann einen auffressen, wenn man nicht drüber wegkommt.«

»Hat es dich aufgefressen, als Mama dich verlassen hat?«

»Eine Zeitlang schon. Da hängt ein Stück deines Lebens dran, so was vergißt man nie ganz. Das ist ja der Ärger mit diesen Frauen. Sie sind zwar schlecht, aber so schlecht nun auch wieder nicht. Manche Menschen – Leute, die es gut mit einem meinen – glauben, sie könnten einen trösten, wenn sie sie schlechtmachen, und dann wird dir klar, wie falsch ihr Urteil ist, und das ist irgendwie schade. Zu guter Letzt hast du das Gefühl, du müßtest jemanden verteidigen, den du ablehnst, wenn auch aus ganz anderen Gründen.«

»Du hast nie mit mir darüber gesprochen.«

»Sie war deine Mutter. Ich wußte, daß du eine eigene Meinung von ihr hattest. Die wollte ich dir nicht kaputtmachen. Außerdem hatte sie auch ihre Vorzüge, genau wie deine Kleine.«

»Zum Beispiel?«

Sein Vater lächelte. »Sie waren beide sehr hübsch. Irgend etwas muß ja an ihnen dran gewesen sein, sonst hätten wir sie nicht geheiratet. Aus irgendeinem Grund müssen wir sie ja geliebt haben. Belaß es einfach dabei. Vergiß sie.«

»Denkst du noch an sie?«

»Ja. An ihrem Geburtstag und auf Bahnhöfen.«

»Warum auf Bahnhöfen?«

»Ich war oft weg, genau wie du. Daher gab es viele Abschiedsszenen auf Bahnhöfen. Und auch manch zärtliches Wiedersehen. Ich kann mir vorstellen, daß es nicht gerade ein Vergnügen ist, mit jemandem verheiratet zu sein, der morgens außer Haus geht und sich dann irgendwann telefonisch aus Stockholm oder Bonn meldet.«

»Andere Frauen kommen damit klar.«

»Na klar. Aber das sind die intelligenteren. Die haben auch noch andere Interessen, als herumzuvögeln oder auf Partys zu gehen.« Er lächelte. »Du und ich haben sie uns ausgesucht, weil sie echte Schönheiten waren. Lange Beine und alles, was dazugehört. Aber wir haben uns vorgemacht, sie hätten auch noch andere Vorzüge, die sie eben nicht hatten. Und vielleicht waren auch wir gar kein so doller Fang.«

»Du bist ein sehr ehrlicher Mensch.«

»Wenn du dir selber was vormachst, bist du geliefert.« Er stand auf. »Höchste Zeit, daß ich in die Kiste komme. Bis morgen.«

Unter der Tür drehte er sich noch einmal um, so als wolle er etwas sagen. Dann lächelte er, reckte die geballte Faust hoch und ging.

Als sein Vater weg war, ging Johnny in die Küche. Von dem Aga-Herd einmal abgesehen, war es nach wie vor eine typische, altmodische Farmhausküche. Ursprünglich hatten rund 150 Hektar Land zu der Farm gehört, doch sein Vater hatte nur das Haus und zwei Hektar Weideflächen für die Pferdekoppeln seiner Frau gekauft. In den Stallungen waren jetzt Autos und Antiquitäten untergebracht, aber einst hatten dort Gabbys Pferde gestanden. Sein Vater hatte sie ein Jahr lang behalten, falls sie doch zurückkommen sollte. Aber Tarrant konnte sich noch genau erinnern, daß er eines Morgens, kurz bevor er wieder zur Universität mußte, hinuntergegangen war und die offenen Türen gesehen hatte, die sich quietschend im Winde drehten. Die Boxen waren leer gewesen, das Geschirr weggeräumt, nicht ein Strohhalm war zurückgeblieben. Er hatte seinen Vater nie danach gefragt, und von sich aus hatte er nicht erzählt, was ihn zu diesem letzten Schritt bewogen hatte.

Er machte sich ein Glas warmer Milch mit Honig, lehnte sich an den schweren Eichentisch und dachte, während er in langsamen

Schlucken trank, über die Worte seines Vaters nach. Andere hatten ihm ihr Mitgefühl ausgesprochen und an Jenny herumgekrittelt, doch für ihn war es keineswegs ein Trost, daß sie letztendlich den kürzeren zog. Er hatte kaum ein Wort darüber verloren, doch sein Vater hatte ihm klargemacht, daß man einen Schlußstrich ziehen und wieder von vorne anfangen mußte. Daß es sich keineswegs um eine Tragödie handelte, sondern um eine Episode, aus der man etwas über sich erfahren und eine Lehre fürs Leben ziehen konnte. Daß wahre Größe eine Frage der inneren Einstellung und des Verstandes war. Daß man sich nicht drücken durfte, sondern den Tatsachen ins Auge sehen mußte, wenn man aus dem ganzen Schlamassel etwas lernen wollte. In einer halben Stunde hatte sein Vater mehr bewirkt als alle anderen zusammen. Er hatte ihm gezeigt, wie ein wahrer Mann mit so etwas umging. Es war ein seltsam beruhigender Gedanke, der einem Mut machte, sich dem Leben von neuem zu stellen.

5. KAPITEL

Tarrant bog frühzeitig von der M 6 ab, weil er das Autobahnkreuz umgehen wollte, und fuhr über Erdington nach Sutton Coldfield. Er hatte sich beim Automobilclub nach geeigneten Hotels erkundigt, und man hatte ihm eine Herberge in der Nähe des Sutton Park empfohlen – nicht mehr als zehn Minuten Fußweg von Fosters Elternhaus entfernt. Nachdem er eingecheckt hatte, bestellte er sich an der Bar ein Bier und ein Sandwich und zog den Stadtplan zu Rate.

Das Haus stand unmittelbar am Rand des Parks. Eine große, geräumige Villa, die äußerlich sehr gepflegt wirkte. Eine junge Frau, offenbar ein Dienstmädchen, öffnete ihm die Tür und teilte ihm mit, daß Mister Foster in seinem Geschäft an der Parade sei. Er könne es an dem Schild »Foster Electronics« erkennen, außerdem sei unmittelbar daneben ein Café. Zu Fuß seien es nicht mehr als zehn Minuten.

Tarrant warf zunächst einen Blick in die beiden Schaufenster. Im einen waren Kühlschränke und Waschmaschinen ausgestellt, im anderen allerlei Stereoanlagen und Fernsehgeräte. Die Doppeltür stand weit offen, und als er hineinging, fragte ihn ein junger Mann, ob er ihm behilflich sein könne.

»Ich möchte Mister Foster sprechen.«

Der junge Verkäufer wandte sich um und deutete mit dem Kopf auf einen Mann, der gerade einer Kundin ein Fernsehgerät vorführte. »Das ist Mister Foster. Er wird gleich kommen.«

Der junge Mann ging zu Foster und sprach mit ihm. Er schaute zu Tarrant her, nickte ihm lächelnd zu und widmete sich wieder seiner Kundin.

Den Unterlagen nach zu schließen, mußte Eddie Foster zweiundsechzig oder dreiundsechzig Jahre alt sein, doch er wirkte, wenn man von dem leichten Übergewicht absah, erstaunlich jung und fit für sein Alter. Nach wie vor volles, dunkles Haar, ein straffes, energisches Kinn. Gut gekleidet – in dem dreiteiligen blauen Anzug und den auf Hochglanz polierten Schuhen wirkte er wie der typische erfolgreiche Geschäftsmann. Er geleitete die Kundin zu der Tür, verabschiedete sie und wandte sich dann Tarrant zu.

»Was kann ich für Sie tun, Sir?«

»Ich möchte mit Ihnen reden, Mister Foster.«

Foster lächelte. »Dazu bin ich schließlich da. Womit kann ich Ihnen dienen?«

»Könnten wir irgendwo unter vier Augen sprechen?«

»Selbstverständlich. Geht es um einen Ratenkauf? Wir verfügen über eigene Finanzierungsmöglichkeiten.« Er lächelte. »Hilft uns beiden Geld sparen.«

Er führte Foster zu einem kleinen Büro, winkte ihn hinein und schloß die Tür hinter ihm.

»Wofür interessieren Sie sich denn?«

»Ich wollte Sie wegen Ihres Sohnes Charlie befragen.«

Foster stand eine ganze Weile da und schaute Tarrant an, ohne mit der Wimper zu zucken. Dann wandte er sich ab und blickte zu einem kleinen Fenster, an dem ein Plastiktopf mit einer Begonie stand.

Als er sich wieder umdrehte, sagte er leise: »Zeigen Sie mir Ihren Ausweis?«

»Ich bin kein Polizist, Mister Tarrant.«

»Das habe ich auch nicht angenommen. Ich habe diesen ganzen Zirkus schon mal mitgemacht.« Er schwieg einen Moment. »Und was sind Sie nun?«

»Ich stehe in Diensten der Regierung.«

»MI-5?«

»Nein.«

»Der andere Verein?«

Tarrant zuckte die Achseln. »Es handelt sich um eine reine Routineuntersuchung. Wir möchten lediglich die Akte schließen.«

»Was wollen Sie denn wissen?«

»Ich möchte einfach mit Ihnen reden. Über Charlie.«

»Haben Sie ihn gekannt?«

»Nein. Ich habe zwar von ihm gehört, bin ihm aber nie begegnet.«

»Ihre Leute halten Ausschau nach Charlie. Geht's darum?«

»Irgendwie würden sie sich gern mit ihm in Verbindung setzen.«

»Weshalb?«

»Wie gesagt. Um reinen Tisch zu machen. Einen Schlußstrich ziehen.«

»Wie lange haben Sie schon mit diesen Leuten zu tun?«

»Rund zehn Jahre.« Er dachte kurz nach. »Wissen Sie, wo Charlie ist, Mister Foster?«

»Nein. Und wenn ich's wüßte, würde ich es Ihnen nicht sagen. Wenn er Kontakt zu Ihrem Verein aufnehmen möchte, würde er sich schon melden.«

»Angenommen, ich kann mich mit ihm in Verbindung setzen – würden Sie dann wissen wollen, wo er steckt?«

»Sind Sie einer von Slaneys Männern?«

»Ich habe eine Zeitlang für ihn gearbeitet. Momentan aber nicht.«

»Was hat er denn über Charlie gesagt?«

»Weiß ich nicht. Ich habe mit ihm noch nicht darüber gesprochen.«

»Warum nicht?«

»Er hat wohl persönlich allerhand um die Ohren, und man bat mich, ihn nicht zu behelligen.« Er stockte kurz. »Ich weiß es nicht genau, aber ich glaube, seine Frau hat Krebs. Habe ich jedenfalls gehört. Aber das ist reiner Büroklatsch.«

Foster schwieg einen Moment lang. »Haben Sie es eilig?«

»Nein. Ich bin nur Ihretwegen hergekommen.«

»Wo wohnen Sie?«

»Im Hotel. Ich glaube, es heißt *The Yenton* oder so ähnlich.«

»Wir sollten zu mir nach Hause fahren. Dort können wir offener sprechen.«

»Sehr freundlich von Ihnen.«

»Ich sage nur dem Geschäftsführer Bescheid. Bin gleich wieder da.«

Anschließend führte er Tarrant durch eine Hintertür auf den Betriebshof. Dort standen zwei Kleintransporter mit dem Schriftzug der Firma. Fosters Wagen war ein alter, aber wunderbar erhaltener Rover 90, der intensiv nach Leder roch.

Knapp fünf Minuten später hielten sie vor dem Haus. Foster bat ihn einzutreten und führte ihn in eine Art Herrenzimmer.

»Tee, Kaffee oder lieber ein Bier?«

»Am liebsten Tee, wenn Ihnen das keine Umstände macht.«

»Nehmen Sie Platz. Ich sage nur rasch dem Mädchen Bescheid.«

Als er allein war, sah Tarrant sich in dem Zimmer um. Teure Möbel, allerdings überwiegend kostspielige Imitate. Keinerlei persönliche Note, von den Büchern einmal abgesehen. Tarrant musterte sie. Eine ganze Reihe Buchclubausgaben. Mindestens fünfundzwanzig Stück. Eine Koran-Übersetzung, mehrere Marx- und Lenin-Biographien, dazu ein paar Bücher über russische Geschichte. Zwei Bände mit deutscher Lyrik, eine in Leder gebundene Palgrave-Ausgabe. Einige Romane aus den dreißiger und vierziger Jahren. Eine deutsche Bibel und ein Band über die Religionen der Welt. Eine Biographie über Feldmarschall Montgomery, eine weitere über seinen Widersacher Erwin Rommel. Drei Bände über englische Geschichte, darunter auch die Werke von Carr und Trevelyan. Dann kam Foster zurück, stellte das Tablett mit dem Teegeschirr auf einem niedrigen Tischchen ab und deutete auf einen der ledernen Clubsessel.

»Machen Sie es sich bequem. Lesen Sie viel, Mister?«

»Hauptsächlich Spannungsromane. Thriller. Ich heiße übrigens Tarrant. Johnny Tarrant.«

Foster, der gerade die Tasse zum Mund führen wollte, hielt plötzlich inne.

»Tarrant. Tarrant. Ich habe mal einen Tarrant gekannt. Bei der Rheinarmee. Muß entweder beim dreißigsten Corps oder bei der einundzwanzigsten Army-Group gewesen sein. Ein schmucker Bursche. Max hat er geheißen, nicht wahr?«

Tarrant lächelte. »Klingt ganz nach meinem alten Herrn. Aber der heißt Tom.«

»Richtig. Tommy Tarrant. War bei der Field Security in Hannover. Oder war es Braunschweig?«

»Ich weiß es nicht. Er spricht nicht über diese Zeit.«

»Hat 'ne Tänzerin geheiratet. Oder war's eine Sängerin?«

»Das war seine erste Frau. Ging nicht lange gut. Danach hat er meine Mutter geheiratet. Sie war eine – wie sagte man damals? – ... eine sogannte Lebedame. Das hat eine ganze Weile gehalten, aber vor einigen Jahren hat sie ihn verlassen. Er handelt jetzt mit Antiquitäten.«

»Schön für ihn. Ich steh' jetzt auch allein da. Meine Frau, Charlies Mutter, ist vor einem Jahr gestorben. Und jemand anderes kommt nicht mehr in Frage. Sie war stolz auf den Jungen. Wollte unbedingt, daß er ein Akademiker wird. So wie ihr Vater. Sie war eine Deutsche. Gab seinerzeit einen Höllenstunk, als ich sie heiraten wollte. Von wegen Feind, eine Ausländerin, und ich war damals bei der Funküberwachung. Alles streng geheim. Was hat sich die Schweinebande aufgespielt! Aber ich habe einfach meinem Wahlkreisabgeordneten einen Brief geschrieben. Ich weiß nicht, was er unternommen hat, aber es hat was genützt. Ihr Vater war Professor für Geschichte an der Universität in Göttingen. Ein großartiger Mann.« Er verfiel einen Moment in Schweigen. »Mit wem haben Sie über Charlie gesprochen?«

»Mit niemandem. Sie sind meine erste Anlaufstelle.«

»Hat man Ihnen gesagt, weshalb er sich abgesetzt hat?

»Nein. Meines Erachtens hat seinerzeit in Berlin jemand einen Bock geschossen.« Er lächelte. »Aber wenn wir jedesmal abhauen würden, wenn jemand einen Bock schießt, wäre keiner mehr von uns übrig.«

»Dummköpfe waren das. Die hätten ihm bloß einmal seinen Willen lassen müssen. Dann wäre er doch zufrieden gewesen.«

»Was wollte er denn?«

Foster setzte zu einer Antwort an, überlegte es sich dann aber anders und schüttelte nur den Kopf. »Sprechen Sie mit den Leuten, die seinerzeit in Berlin waren«, sagte er schließlich.

»Und mit wem?«

»Versuchen Sie's mit Shelley oder Malins. Die sind nach wie vor dort.«

»Charlie hat Ihnen offenbar erzählt, was vorgefallen ist.«

»Ja. Er war ein, zwei Tage hier, als er damals Ärger hatte. Er hat mir alles erzählt. Ich habe Slaney daraufhin angesprochen und ihn gewarnt. Aber er hat nur darauf verwiesen, daß Charlie mir nichts hätte sagen dürfen. Das sei an sich schon ein Verstoß gegen die Dienstvorschriften. Hat mir die Geheimhaltungsklausel vorgehalten. Ich habe einfach aufgelegt.«

»Hat Charlie Ihnen erzählt, was er vorhatte?«

»Nichts Näheres.«

»Was soll das heißen?«

»Er hat Andeutungen gemacht.«

»Was haben Sie ihm gesagt?«

»Ich habe ihm geraten, es seinzulassen. Seine Mutter ebenfalls. Sie hat damals noch gelebt.«

»Hatte Charlie eine feste Freundin?«

Eddie Foster warf ihm einen kurzen, argwöhnischen Blick zu. »Wieso interessiert Sie das?« sagte er.

Tarrant zuckte die Achseln. »Ich möchte mir nur ein Bild von ihm machen. Er war nicht verheiratet, könnte also sein, daß er irgendwo eine Freundin hatte.«

»Er war der Ansicht, daß sich eine Ehe nicht mit seiner Arbeit verträgt.«

Tarrant lächelte. »Womit er recht hatte.« Er stand auf. »Vielen Dank für Ihr Entgegenkommen, Mister Foster. Ich sage Ihnen Bescheid, wenn es mir gelingt, Charlie aufzuspüren.«

Foster wollte ihn zum Hotel fahren, doch Tarrant erwiderte, daß er lieber ein paar Schritte laufen wolle. Daraufhin brachte Foster ihn zur Tür und erklärte ihm den Weg. Doch als Tarrant am Eingang zum Sutton Park vorbeikam, kehrte er um und folgte einem Wegweiser mit der Aufschrift »Wyndley Pool«.

Um diese Tageszeit waren nur wenige Menschen im Park. Die Mütter hatten ihre Kinder inzwischen nach Hause gebracht, und die Abendspaziergänger kamen gerade erst aus der Arbeit.

Er setzte sich an den Teich und beobachtete eine Stockente mit einem Schwarm Küken. Es wäre sinnlos gewesen, sich noch länger mit Foster zu unterhalten. Er hatte genügend Hinweise erhalten, teils durch Fosters Worte, vor allem aber durch das, was er nicht ausgesprochen hatte. Er wußte, wo sein Sohn war, sonst hätte er gewollt, daß man ihn über den Stand der Nachforschungen auf dem laufenden hielt. Und wo immer Charlie Foster auch stecken mochte – sein Vater wußte, daß es ihm gutging. Er machte sich keine Sorgen um seinen Sohn. Aber offensichtlich hatte er keinerlei Verständnis für Slaneys seinerzeitiges Verhalten. Die Lösung mußte in Berlin liegen. Eddie Foster war ein aufrichtiger und ehrlicher Mann. Er hatte ihn vermutlich nicht angelogen, er hatte ihm nur nichts verraten. Doch Tarrant hatte das Gefühl, daß Charlies Vater mit dem derzeitigen Leben seines Sohnes nicht recht einverstanden war. Er hatte sich nur damit abgefunden, seit Charlie weg war.

Es war nicht nötig, daß er über Nacht blieb. Tarrant kehrte zum

Hotel zurück, zahlte die Rechnung, packte seine Sachen und fuhr zurück zur Farm.

Sein Vater war außer Haus, als er dort eintraf, doch auf seinem Bett lag eine Nachricht, daß er bis spätestens 23 Uhr zurücksein werde. Außerdem habe ein gewisser Powell angerufen und bitte um Rückmeldung.

Er ging zum Telefon in der Küche und wählte Powells Nummer.

»Powell.«

»Tarrant. Ich sollte Sie zurückrufen.«

»Ach ja. Ich hätte das neulich erwähnen sollen, als ich Sie eingewiesen habe. Wenn Sie mit jemandem über unseren Freund reden, und das gilt vor allem für die Leute in Berlin, dann lassen Sie nicht durchblicken, daß wir nach ihm suchen oder uns in irgendeiner Weise an ihm gelegen ist. Spielen Sie die Sache herunter. Stellen Sie es so dar, als seien Sie persönlich interessiert. Vielleicht auch als eine nachträgliche Übung in Sachen Sicherheit, damit so etwas garantiert nicht wieder vorkommt. Das überlasse ich Ihnen. Nur kein Aufsehen.« Er schwieg einen Moment. »Wie sind Sie mit dem alten Foster klargekommen?«

»Woher wissen Sie, daß ich ihn aufgesucht habe?«

»Ihr Vater sagte, Sie seien nach Birmingham gefahren. Da habe ich eins und eins zusammengezählt.«

»Er wollte nichts sagen, aber ich bin davon überzeugt, daß er weiß, wo Charlie Foster steckt.«

»Tatsächlich? Sonst noch was?«

»Er gibt Slaney die Schuld an dem Vorfall. Er ist ziemlich verbittert darüber.«

»Ach ja? Wie wollen Sie weiter vorgehen?«

»Ich fahre am Wochenende nach Berlin.«

»Viel Glück.«

»Danke.«

Tarrant lächelte, als er den Hörer auflegte. Powell klang ein bißchen nervös. Er war normalerweise nicht der Mann, der einem viel Glück wünschte.

Am nächsten Tag ging Tarrant mit einer Einkaufsliste, die sein Vater zusammengestellt hatte, zum Laden ins Dorf. Als er zurückkehrte, sah er, daß der Jaguar seines Vaters verschwunden war und statt dessen ein anderer Wagen vor dem Cottage stand. Er kannte dieses Auto. Ein grüner Morgan mit einem persönlichen Nummernschild, dessen Kennzeichen mit den Buchstaben TM begann. Es war Tony Martins Wagen.

Die Haustür war wie üblich offen, und Tarrant ging unverzüglich ins Wohnzimmer.

Tony Martin blickte aus dem Fenster, drehte sich aber sofort zu Tarrant um, als dieser die Tür hinter sich schloß.

»Hallo, Johnny«, sagte er leise. »Dein Vater hat gesagt, ich könnte warten.«

Tarrant nickte und deutete auf einen Sessel. »Setz dich.«

Als sie beide Platz genommen hatten, sagte Tarrant: »Falls es um Jenny oder um Geld geht, vergeudest du nur deine Zeit.«

Tony Martin lächelte kurz und knapp. »Es geht um Jenny, aber nicht um Geld.« Er schwieg einen Moment. »Ich habe mich mit deinem Anwalt in Verbindung gesetzt und ihm erklärt, worüber ich mit dir reden möchte. Er war einverstanden, wenn du nichts dagegen hättest.«

»Falls es um eine rechtliche Sache geht, solltest du lieber mit ihm reden.«

»Es geht um etwas Juristisches, aber nicht um eine Streitfrage.«

Tarrant zuckte die Achseln. »Und worum geht es?«

»Wie lange hast du Jenny gekannt, bevor ihr geheiratet habt?«

»Etwa einen Monat. Vielleicht ein paar Tage mehr oder weniger.«

»Darf ich fragen, weshalb du sie geheiratet hast?«

Tarrant schüttelte den Kopf. »Wer weiß. Ich habe mich eben zum Narren halten lassen.«

»Du läßt dich nicht zum Narren halten, Johnny. Hast du noch nie getan. Es muß also einen Grund gegeben haben.«

»Na gut. Sie war bildschön.«

Tony Martin lächelte. »Du hattest dutzendweise hübsche Freundinnen, Johnny. Es muß um mehr gegangen sein.«

»Vielleicht. Wer weiß?«

»Wieso, glaubst du, hat sie sich scheiden lassen?«

Tarrants Gesicht wurde rot vor Wut. »Du hast ihre Aussage aufgenommen. Das solltest du doch am allerbesten wissen.«

»Ich habe ihr nicht geglaubt«, versetzte Tony Martin ruhig. »Ebensowenig wie das Gericht und alle anderen auch.«

»Und warum hast du mitgespielt, wenn du gewußt hast, daß sie das Blaue vom Himmel runterlügt?«

»*Gewußt* habe ich gar nichts. Ich habe ihr nur nicht geglaubt.«

»Warum hast du sie dann überhaupt vertreten? Du warst mein Anwalt. Und mein Freund. Und zwar lange, bevor es sie gab.«

»Ich hatte meine Gründe.«

»Und zwar welche?«

Martin zögerte. »Versprichst du mir, daß du das, was ich dir erzähle, unter keinen Umständen verwendest?«

»Wenn du Wert darauf legst.«

»Sie war bei zwei Anwälten, ehe sie zu mir kam. Sie haben ihr offen gesagt, daß sie ihr nicht glauben und daß sie vor Gericht so gut wie keine Chance hat.« Er hielt inne. »Als sie zu mir kam, war sie völlig aufgelöst. Ich hatte Angst, sie könnte eine Dummheit machen.«

»Zum Beispiel?«

Tony Martin zuckte die Achseln. »Sagen wir, irgendeine Verzweiflungstat.«

»Verscheißere mich nicht, Tony. Die ist hart wie Stahl. Die wollte mich lediglich unterbuttern und ausnehmen.«

»Und wieso wollte sie das deiner Meinung nach?«

»Wer weiß? Weil sie sich was Neues suchen wollte, nehme ich an.« Er schwieg einen Moment. »Warum hat sie es denn *deiner* Meinung nach getan?«

»Aus Eifersucht, mangelndem Selbstbewußtsein und Einsamkeit.«

»Wie, zum Teufel, kommst du denn darauf? Eifersüchtig worauf?«

»Du bist ein attraktiver Mann, Johnny. Die Mädchen haben seit jeher für dich geschwärmt. Das hat sie erkannt. Sie war eine gutaussehende junge Frau, und sie war Annäherungsversuche von seiten der Männer gewohnt. Dadurch lernte sie männliches Verhalten mit einem gewissen Zynismus zu betrachten. Sie mochte die Aufmerksamkeit, die ihr zuteil wurde. Sie wußte, daß sie von einem Mann alles bekommen konnte. Sie dachte, dir ginge es bei anderen Frauen genauso. Und daß du als Mann alles mitnehmen würdest, was du kriegen kannst.«

»Ich habe mich mit niemandem mehr eingelassen, seit ich sie kennengelernt habe.«

»Du hast sie niemals richtig kennengelernt, Johnny. Das ist das eigentliche Problem.«

»Ich verstehe nicht recht.«

»Verrat mir doch mal, was du über ihre Familie weißt.«

»Ihr Vater ist tot. Er war Herzchirurg. Ihre Mutter ist reich und versnobbt. Jenny hat in Genf die Schule abgeschlossen und sich danach als Model versucht, aber ihre Mutter drohte ihr den Unterhalt zu streichen, wenn sie in der Modebranche bliebe.« Er wedelte mit der Hand. »Das wär's in etwa.«

»Hast du ihre Mutter mal kennengelernt?«

»Nein. Ich war ihr offenbar nicht gut genug.«

»Und du hast das alles geglaubt?«

»Mehr oder weniger.«

»Hast du niemals Erkundigungen über sie angestellt?«

»Natürlich nicht. Herrgott, wenn du anfängst, deine Freunde wie KGB-Leute zu behandeln, hast du bald keine mehr.«

»Hat was für sich.« Tony Martin schwieg einen Moment. »Und nun die Fakten. Ihre Mutter ist in der Trinkerheilanstalt. Ihr Vater war Sekretär bei einem Buchmacher. Er wurde zusammengeschlagen und starb im Gefängnis, als er eine siebenjährige Haftstrafe wegen Inzest verbüßte. Die Familie besaß nie auch nur einen roten Heller. Jenny war ein sogenanntes Glamour-Model. Mädchenzeitschriften und dergleichen mehr. Als sie dich kennenlernte, war sie Hosteß in einem Club. Die Wohnung, in die ihr gezogen seid, wurde ihr von einem gewissen Harris zur Verfügung gestellt. Spezialisiert auf hochkarätige Banküberfälle. Brummt gerade eine dreijährige Haftstrafe wegen Bankraubs in einem besonders schweren Fall ab.« Als er Tarrants Miene sah, sagte er: »Tut mir leid, Johnny. Aber früher oder später hättest du es eh herausgefunden.« Er seufzte. »Wenn man aus solchen Verhältnissen kommt, baut man sich eine Phantasiewelt auf, sozusagen als eine Art Panzer gegen die Wirklichkeit. Und als ihr klar wurde, daß du dir wirklich etwas aus ihr machst und nicht nur hinter ihrem Körper her bist, hatte sie anscheinend nicht mehr den Mumm, dir die Wahrheit zu sagen. Sie hatte es vor, doch nach einer Weile hat sie sich nicht mehr getraut. Aus Angst, sie könnte alles kaputtmachen.«

»Und warum hat sie dann unsere Ehe und mich zugrunde gerichtet?«

»Du warst oft weg, und du hast ihr nie besonders viel darüber erzählt, was du treibst. Sie dachte, du wärst ihrer überdrüssig. So was ist auch in anderen Beziehungen schon vorgekommen. Ich glaube, als sie die Scheidung eingeleitet hat, war das nicht mehr als ein Bluff, damit du ihr mehr Aufmerksamkeit schenkst. Sie nicht mehr allein läßt. Aber Menschen mit ihrer Persönlichkeitsstruktur erliegen manchmal der eigenen Phantasie, und mit der Zeit hat sie ihre eigenen Hirngespinste bezüglich eures Zusammenlebens geglaubt. Als die Sache erst mal ins Rollen gekommen war, hat sie sich nicht mehr getraut abzuspringen.«

Tarrant schwieg eine ganze Weile. »Warum erzählst du mir das alles?« sagte er schließlich.

»Ich mochte sie nie. Meiner Ansicht nach war sie gefährlich. Ich weiß nicht, wie ich darauf kam. Ich hatte keinerlei Erklärung. Und da du sie offensichtlich geliebt hast, war ich der Meinung, ich müßte mich irren. Du warst schließlich kein Dummkopf.« Er schwieg kurz. »Du hast sie geliebt, nicht wahr?«

Tarrant nickte. »Ja. Ich glaube schon.«

»Dann sag mir doch, weshalb du sie geliebt hast.«

Tarrant zögerte einen Moment. »Sie war schön, und ich hatte den Eindruck, daß sie mich auch liebt. Sie wirkte irgendwie unschuldig, so als sei sie auf mich angewiesen. Manchmal kam ich mir fast vor wie eine Art Vaterersatz.« Er schüttelte langsam den Kopf. »Im nachhinein ist es schon seltsam. Aber als sie mit diesem Scheidungsmist anfing, hat sie mich auf die Palme gebracht. Wenn sie es auf einen Streit anlegen wollte – von mir aus.« Er runzelte die Stirn. »Sie kam mir so mutwillig vor. So destruktiv.«

»Und was empfindest du jetzt für sie?«

Tarrant schüttelte den Kopf. »Du hast meine Frage noch nicht beantwortet – warum du mir das alles erzählst.«

»Sie ist schlecht dran, Johnny.«

»Du meinst, sie will Geld?«

»Nein. Sie hat kein Geld verlangt. Ich habe den Antrag auf Übernahme der Gerichtskosten und einen minimalen Unterhalt gestellt. War reine Routine. Ich war das, nicht sie. Sie hat alle fünf Minuten ihre Meinung geändert, ob sie nun Unterhalt verlangen sollte oder nicht. Aber eine Woche vor dem Gerichtstermin hat sie entschieden erklärt, daß keinerlei finanziellen Ansprüche an dich gestellt werden sollten.«

»Und weshalb ist sie schlecht dran?«

»Die ganze Wut ist verraucht, Johnny. Sie ist auf dem Boden der Tatsachen gelandet. Sie steht nicht mehr im Mittelpunkt, hat alle Zeit der Welt nachzudenken. Und dabei ist ihr klargeworden, daß sie ihr Leben versaut und die einzig wirkliche Beziehung zerstört hat, die sie je hatte.« Er warf Tarrant einen langen Blick zu und sagte dann leise: »Sie hat schwere Depressionen. Etliche Leute, darunter auch ich, haben versucht, ihr darüber hinwegzuhelfen. Aber ohne Erfolg. Sie hat furchtbar abgenommen. Aber letzten Endes, und das ist das Wichtigste, läuft es darauf hinaus, daß sie von geradezu zwanghaften Reuegefühlen heimgesucht wird. Reue darüber, was sie angerichtet hat.«

Tarrant schwieg eine ganze Weile. »Warum erzählst du mir das alles?« sagte er schließlich.

»Weil ich glaube, daß du der einzige bist, der sie wieder zur Besinnung bringen könnte. Sie spricht nur noch von dir und was sie dir angetan hätte.« Tony Martin rang sich ein knappes Lächeln ab. »Ich bin es leid, ständig von dir und deinen Vorzügen zu hören. Es ist wie eine Litanei, Johnny. Sie fängt immer wieder damit an.«

»Um Himmels willen, was könnte ich denn dagegen tun?«

Tony Martin zuckte die Achseln. »Wenn du es über dich bringst, dann sag ihr, daß du ihr vergibst.« Er stockte. »Es muß ja nicht ernst gemeint sein.«

»Und warum sollte das deiner Ansicht nach etwas nützen?«

»Ein Freund von mir, ein Psychiater, hat mit ihr geredet. Er meint, es könnte etwas nützen.«

»Wo wohnt sie jetzt?«

»Meine Sekretärin hat ihr ein Zimmer überlassen. Sie wohnt in Pimlico. Hat dort eine kleine Wohnung.« Er schwieg einen Moment und sagte dann: »Betrachte es einfach als eine gute Tat. Du brauchst dich ja nicht näher darauf einzulassen.«

»Ich werde es mir durch den Kopf gehen lassen, Tony. Ich denke drüber nach.«

Zwei Tage später setzte Tarrant sich mit Tony Martin in Verbindung und fuhr mit Martins Sekretärin Pauline im Taxi zu der kleinen Wohnung im Pimlico.

Er erschrak, als er sie im Morgenmantel auf einem Stuhl im Schlafzimmer sitzen sah. Er hatte angenommen, daß Tony Martin ihn durch seine Schilderung nur zu einem Besuch hatte bewegen wollen und daß sie ihn früher oder später um Geld angehen werde. Aber wenn überhaupt, dann hatte Tony eher untertrieben. Sie hatte beängstigend abgenommen, und ihre blassen Züge erinnerten ihn an die Gesichter von Flüchtlingskindern in den Nachrichtensendungen. Es war ein Kleinmädchengesicht. Ungeschminkt, nach wie vor große Augen, aber neben dem linken zuckte ein Nerv. Und trotz der Sommersonne zitterte sie am ganzen Leib, als ob sie Schüttelfrost habe.

Er setzte sich ihr gegenüber auf die Bettkante, wußte nicht, was er sagen sollte.

Sie holte tief Luft. Dann sagte sie leise und mit bebender Stimme. »Danke, daß du mich besuchen kommst, Johnny.« Sie stockte. »Ich hab' nicht gewußt, daß er sich an dich wendet. Ich schwör's dir.«

»Ist doch egal. Tut mir leid, daß es dir so schlechtgeht.«

»Du mußt mich hassen.«

»Vergiß es, Jenny. So was kommt vor. Man ist gekränkt und schießt dann leicht übers Ziel hinaus. Wenn erst mal die Anwälte eingeschaltet sind, entgleitet einem so etwas.«

Sie schüttelte den Kopf. »Ich war blöde und habe es mir selber eingebrockt. Ich wollte nur, daß du weißt, wie leid es mir tut. Ich hab' ihn bloß gebeten, dir das zu sagen.«

»Wir haben beide Fehler gemacht, Liebes. Ist doch immer so. Wenn es zu einer Scheidung kommt, wird alles aufgeblasen und hochgespielt.«

»Machst du noch die gleiche Arbeit?«

»Ja.«

»Bist du immer noch soviel unterwegs?«

»In ein paar Tagen geht's wieder los. Zur Zeit wohne ich bei meinen Vater.«

»Es ist eben etwas anderes, wenn man einen Vater hinter sich weiß.«

Er nickte. »Tony hat mir deine Familiengeschichte erzählt. Ich wünschte, ich hätte es gewußt.«

»Noch ein Haufen Lügen. Aber ich hatte Angst, du könntest mich nicht mehr mögen, wenn ich dir die Wahrheit sage.«

»Aber dafür kannst du doch nichts, Jenny. Ein Mann, der sich an so etwas stößt, wäre ohnehin nichts wert.«

Er sah, daß ihr die Tränen über die Wangen liefen. »Ich wünschte bei Gott, es wäre so wie in meiner Phantasie.« Sie erschauderte leicht. »Am Ende glaubt man auch noch seine eigenen Lügengeschichten. Aber früher oder später ...« Hilflos zuckte sie mit der Schulter. »Schreibst du mir ab und zu mal? Bloß einen kurzen Gruß?«

»Unter einer Bedingung.«

»Und zwar?« Sie sprang so gierig darauf an, daß er sich regelrecht schämte.

»Daß du diese ganze Scheidungssache vergißt. Das ist aus und vorbei. Ich jedenfalls bin nicht nachtragend.«

»Das meinst du doch nicht ernst, oder? Du willst bloß nett zu mir sein, weil ich so ...« – sie zuckte die Achseln – »... so fertig bin.«

»Blödsinn, Kleines. Es ist vorbei. Vergiß es. Sieh zu, daß du wieder auf die Beine kommst. Nur darauf kommt es an.«

Er stand langsam auf, ergriff ihre schlaffe Hand, beugte sich über sie und küßte sie zärtlich auf die Stirn.

»Reg dich nicht darüber auf, Kleines. Vergiß die ganze Sache.«

Sie blickte zu ihm auf. »Schickst mir ab und zu eine Postkarte?«

Er lächelte. »Na klar, mach' ich. Wir bleiben in Kontakt.«

Er hörte sie aufschluchzen, nachdem er die Schlafzimmertür hinter sich geschlossen hatte.

An der Paddington Station suchte er einen Floristen auf, um ihr per Interflora einen Blumenstrauß schicken zu lassen. Als der Florist fragte, welche Blumen er haben wolle, erwiderte er, das sei ihm gleich, nur keine roten Rosen.

Zwei Tage später saß Tarrant mit seinem Vater nach dem Abendessen beim Kaffee. Am nächsten Tag wollte er nach Berlin abreisen.

»Wo hast du eigentlich in den letzten Monaten gewohnt?«

»Ich hatte eine grausige Bude in Fulham. Mehr konnte ich mir bei dem vielen Geld, das ich an sie gezahlt habe, nicht leisten.«

»Hast du sie schon aufgegeben?«

»Noch nicht. Ich schreibe dem Vermieter, sobald ich in Berlin bin.«

»Wenn du mir alles Nähere erklärst, erledige ich das für dich. Du kannst deine Zelte ja vorerst hier aufschlagen, bis du dich entschieden hast, was du machen willst.«

»Danke. Als ich erfahren habe, daß sie mir nicht das Fell über die Ohren ziehen kann, wollte ich dort keine Minute länger bleiben.«

»Wie lange bist du weg?«

»Keine Ahnung.« Er zuckte die Achseln. »Es geht nur um eine Vermißtensache. Ich habe den Verdacht, daß man mir nur etwas zu tun geben will, bis der Staub sich gelegt hat und man zu einem Entschluß gekommen ist, wie man mich weiter verwenden will.«

Sein Vater nickte. »Wenn's drauf ankommt, sind diese Burschen gar nicht so übel, wie die Leute meinen.« Er lächelte. »Die schauen sich erst deine Vorzüge an, dann deine Sünden, und danach überlegen sie, wie sie sich beides zunutze machen können. Die wissen meistens ganz genau, was sie wollen.« Er stand auf. »Fährst du mit der Bahn?«

»Jawohl.«

»Ich fahr' dich zum Bahnhof. Dann kann ich mir deinen MG vornehmen, während du weg bist. Wann geht dein Zug?«

»Viertel nach neun.«

»Okay, ich hau' dich um sieben raus.«

6. KAPITEL

Eine halbe Stunde vor der Landung in Tegel öffnete Tarrant seinen Aktenkoffer, holte den Umschlag von der Dienstleistungsabteilung heraus und ging zur vorderen Toilette. Sobald die Tür verriegelt war, überprüfte er den Inhalt. Ein neuseeländischer Paß, der auf seinen Namen ausgestellt war, ein britischer Reisepaß mit seinem Foto, aber unter einem anderen Namen. Tausend D-Mark in gebrauchten Zehnmarkscheinen und tausend Ostmark. Eine Kundenkarte der Deutschen Bank und ein Vermerk, daß dort 15000 D-Mark für ihn bereitlägen, eine Quittung über drei Monatsmieten für eine Wohnung an der Kantstraße, dazu zwei Schlüssel an einem Air-France-Anhänger. Er kannte die Wohnung, er war früher schon dort abgestiegen, wenn er in Westberlin zu tun gehabt hatte. Sie war geräumig und komfortabel – zwei Schlaf- und ein Wohnzimmer, das so groß war, daß man darin kleinere Konferenzen abhalten konnte, dazu Fernseher, Telefon, Anrufbeantworter und ein ICOM-Funkgerät.

Er steckte alles in den Umschlag zurück und begab sich wieder auf seinen Platz. Dann leuchtete das Zeichen zum Wiederanschnallen auf, und der Flugkapitän wies darauf hin, daß man auf der Steuerbordsseite Berlin sehen könne, während er die Maschine in einem weiten Bogen über den Ostteil der Stadt zog und zum Landeanflug auf Tegel ansetzte.

Tarrant nahm sich am Flughafen ein Taxi und fuhr zum *Savoy*, ging die Fasanenstraße entlang und bog dann in die Kantstraße ein. Die Wohnung lag über einem Geschäft, das mittlerweile dichtgemacht hatte, aber ansonsten war alles unverändert, abgesehen davon, daß jetzt auch ein Faxgerät zur Verfügung stand. Alles makellos sauber, und der Kühlschrank mit dem Allernötigsten ausgestattet. Tarrant mochte Berlin, er kannte sich in der Stadt aus, und seine früheren Einsätze hier waren immer erfolgreich verlaufen. Er packte seinen Koffer aus und legte die Kleidungsstücke aufs Bett, bis er auf das kleine Plastikkästchen stieß, in dem er das Opto-Frequenzmeßgerät aufbewahrte. Er stellte das Meßgerät an und überprüfte zunächst die offensichtlichen Stellen: Telefon, Lampen, Heizkörper, Vorhangleisten sowie sämtliche Schalter und Steckdosen. Dann stellte er das Gerät auf volle Leistung und führte eine Rundumüberprüfung der Räumlichkeiten durch. Nichts tat sich. Die Wohnung war sauber. Von alten Gewohnheiten läßt man nicht so leicht. Eine halbe Stunde später nahm er ein Taxi, fuhr zum Tauntzien, schlenderte durch die Marburger Straße bis zum Postamt und ging dann zurück zu dem Club. An der Haustür neben dem Eingang waren nur zwei Klingelknöpfe; er drückte auf den oberen, auf dessen Namensschild lediglich ein »L« stand. Der Summer ertönte, und er stieß die Tür auf, drückte sie hinter sich wieder ins Schloß und stieg dann über die mit einem Läufer belegte Treppe ins oberste Stockwerk. Er stellte sich vor den Spion, worauf sie augenblicklich die Tür aufriß.

Sie strahlte über das ganze Gesicht, freute sich offenbar, ihn zu sehen. Dann schlang sie ihm die Arme um den Hals und küßte ihn innig, ehe sie sich zurücklehnte und sein Gesicht musterte. »Was, um alles auf der Welt, machst du denn hier, Johnny?«

Er lächelte. »Darf ich reinkommen?«

Sie lachte und winkte ihn hinein, schloß hinter ihm die Tür.

»Dein Gesicht ist schmaler geworden – was hast du getrieben?«

Er blickte sich um. Es sah in etwa so aus wie immer. Dann wandte er sich um und schaute sie an.

»Du bist so schön wie eh und je.«

Sie grinste. »Und du bist nach wie vor ein alter Quatschkopp. Möchtest du was trinken?« Sie zögerte einen Moment. »Und sag mir nicht, daß du immer noch auf kalte Milch stehst.«

»Wenn du welche hast, ja. Wenn nicht, nehme ich einen Fruchtsaft.«

»Nimm Platz. Du kennst dich ja hier aus.«

Er sah sich in dem Zimmer um. Es wirkte ausgesprochen britisch. Laura Ashley. Und Leni Mundt stammte trotz ihres Namens aus East Croydon. Der Familienname war ein Überbleibsel aus einer gescheiterten Ehe mit einem selbsternannten Impresario; sie war damals siebzehn gewesen und wollte unbedingt ins Showbusineß. Die Verbindung hatte vier Monate gehalten. Er hatte einen deutschen Paß, aber Tarrant nahm an, daß er Türke war, ein Gastarbeiter, der einst im Hochbau angefangen und sich dann auf die Zuhälterei verlegt hatte.

Sie hatte ihm Fotos von ihm gezeigt, und er hatte verstehen können, warum sie auf ihn hereingefallen war. Ein Gesicht wie Clark Gable, der weiße Mustang, dazu jede Menge Gold. Dann wurde es plötzlich dramatisch. Er hatte Schulden, sein Leben war in Gefahr – die üblichen Ludenmärchen. Ob sie nicht, bloß ein, zwei Monate lang, ein paar reichen Freunden von ihm zu Gefallen sein könne, dann würden sie wieder Land sehen. Doch als es auf harten S/M, auf Peitschen und schwarzes Leder hinauslief, ließ sie ihn sitzen. Sie hatte eine kaum erkennbare Narbe, die sich vom linken Ohr bis zur Schulter zog – eine Messerwunde, der sie ihre rasche Scheidung verdankte. Und seither hatte sie ihre Lektion gelernt. Wenn sie künftig nett zu reichen Männern war, dann nur auf eigene Rechnung. Sie hatte in etlichen Berliner Clubs als »Hosteß« gearbeitet und verfügte jetzt über einen Kundenstamm, der ihr ein gutes Auskommen bescherte. Aber sie lebte allein und nahm sich keinen Liebhaber. Er kannte sie seit Jahren, und ihre Zuneigung beruhte auf Gegenseitigkeit. Er mochte sie, weil sie hübsch war und ein guter Kumpel, sie mochte ihn, weil er sie wie eine Freundin behandelte, nicht wie eine Nutte. Sie war zwar nicht die Hure mit dem Herz aus Gold, aber sie hatte ein Herz.

Als sie mit dem Milchglas und einer Cola-Dose zurückkam, sagte er. »Ist die untere Wohnung derzeit vergeben?«

»Nein. Die steht seit einer Woche leer.«

»Kann ich sie übernehmen?«

»Die Mieten sind mächtig gestiegen, Johnny, seit die ganzen Flüchtlinge aus dem Osten hier einfallen.«

»Mach mir einfach den üblichen Preis, Leni. Kein Problem.«

»Sagen wir, zweihundert die Woche. Ist das okay?«

Er griff in die Innentasche seiner Jacke, zückte die Brieftasche, zählte tausend Mark ab und reichte sie ihr. »Kann sein, daß ich sie länger brauche. Geht das? Ich zahle im voraus.«

»Ist mir recht, Johnny. Und nun erzähl mir doch mal, was du heutzutage machst. Wie geht's deiner reizenden Frau?«

»Das ist vorbei. Sie hat sich vor einem Monat scheiden lassen.«

»Das tut mir ja so was von leid. Die muß irre sein.«

Er zuckte die Achseln und lächelte. »Wer weiß? Hast du Lust, morgen mit mir essen zu gehen?«

»Aber sofort. Wo wollen wir uns treffen?«

»Ich lass' uns für ein Uhr einen Tisch im *Kempinski* reservieren, okay?«

»Großartig.«

Er stand auf und ging zur Tür. »Hat gutgetan, dich mal wiederzusehen, Leni. Wirklich wahr.«

Am nächsten Morgen rief er bei Waring an, dem Leiter der SIS-Außenstelle Berlin. Er verabredete sich mit ihm um elf Uhr in der Niederlassung am Olympiastadion. Er kannte Waring von seinen letzten Einsätzen in Berlin her. Er war sowohl tüchtig als auch hilfsbereit, hatte aber keine leitende Funktion innegehabt, als Foster abgesprungen war.

Waring holte ihn am Wachhäuschen ab und wartete geduldig, bis die Posten mit der Sicherheitsüberprüfung fertig waren.

In seinem Büro angekommen, deutete er auf einen Sessel und eine Thermoskanne mit Kaffee und forderte ihn auf, sich selbst zu bedienen.

»Powell hat mich über Zerhacker angerufen und auf Ihr Kommen vorbereitet, aber er war nicht besonders mitteilsam. Soweit ich ihn verstanden habe, wollen Sie Untersuchungen über den Zeitraum anstellen, als Foster sich davonmachte. Ich war seinerzeit hier, aber Slaney hatte die Leitung, und für die grenzüberschreitenden Agentennetze galten strenge Sicherheitsbestimmungen.« Er schwieg einen Moment. »Womit kann ich Ihnen behilflich sein?«

»Erzählen Sie mir von Foster. Was für ein Typ war er?«

Waring lächelte. »Mit dieser Frage habe ich gerechnet, und ich habe mir schon Gedanken gemacht, wie ich ihn beschreiben soll. Er war knallhart und hochmotiviert. Hat Tag und Nacht gearbeitet, und ich glaube, sein Netz hat jede Menge nützlicher Erkenntnisse beigebracht. Über Truppenstationierung, Ausrüstung und Kampfmoral in erster Linie. Er hat alles für seine Leute getan. Und das war, glaube ich, einer der Knackpunkte. Sein Netz war ihm blind ergeben. Die sind für ihn durchs Feuer gegangen. Als drei seiner Leute auf der anderen Seite aufgegriffen wurden, setzte er alle Hebel in Bewegung, um sie freizubekommen. Slaney wollte nicht mitspielen. London desgleichen. Etwa eine Woche lang gab es allerlei wilde Gerüchte, daß Foster einen Riesenstunk angezettelt habe. Dann herrschte anscheinend wieder bestes Einvernehmen, und wir dachten alle, die Sache wäre zu Foster Zufriedenheit geregelt. Etwa drei, vier Tage später habe ich dann gehört, daß er die Fliege gemacht hat. Gab jede Menge Hin und Her zwischen hier und London, und dann haben wir uns alle wieder an die Arbeit gemacht.«

»Wer war seinerzeit noch hier stationiert?«

Waring dachte einen Moment nach. »Nur Sanders und Richards, soweit ich weiß.«

»Was ist mit den Unterlagen über diesen Zeitraum?«

»Ich glaube, den Großteil davon hat London kassiert, aber vielleicht sind noch ein paar hier. Fragen Sie Jane. Die verwaltet unsere Akten.«

»Was dagegen, wenn ich mal mit Sanders und Richards rede?«

»Nicht das Geringste. Nur zu.« Waring stand auf. »Sagen Sie Bescheid, wenn Sie irgend etwas brauchen.« Er schwieg einen Moment. »Ich habe von Ihren familiären Problemen gehört. Tut mir leid. Ist in diesem Job anscheinend üblich.«

Freddie Sanders, der offenbar noch nichts von dem neuerlichen Interesse an Charlie Foster gehört hatte, reagierte zunächst eher zugeknöpft.

»Ich habe ihn nicht allzu gut gekannt, Johnny. Wir waren damals eine ziemlich große Einheit, und ich habe mich hauptsächlich um die sogenannten subversiven Elemente diesseits der Mauer gekümmert.«

»Wohin könnte er sich deiner Meinung nach gewandt haben?«

»Weiß der Geier. Der könnte sonstwo sein.«

»Wohin würdest du dich in seinem Fall wenden?«

Sanders dachte über die Frage nach, dann sagte er achselzuckend: »Dazu müßte ich zunächst mal wissen, warum ich das mache. Er muß sich irgendwie schuldig gefühlt haben. Denn wenn er beruflich Stunk gekriegt hätte, hätte er ja ganz normal den Dienst quittieren können.« Wieder zuckte er mit der Schulter. »Wozu dann die Geheimniskrämerei?«

»Irgendeine Ahnung, weswegen er Schuldgefühle gehabt haben könnte?«

»Man hat gemunkelt, daß er Krach mit Slaney hatte, weil mit Charlies Netz irgendwas schiefgelaufen ist. Wer weiß? Außerdem war nach etwa einer Woche wieder Ruhe.«

»Wann hat Slaney Berlin verlassen?«

»Ein paar Monate nach Fosters Abgang. Er wurde befördert, ging aber zurück nach London.« Er schwieg kurz. »Zurück zu Foster. Falls er irgendwelchen Ärger mit London hatte und 'ne Weile abtauchen wollte, dann würde ich mal annehmen, daß er irgendwo in Deutschland steckt.«

»Wie kommst du darauf?«

»Er konnte beide Sprachen perfekt. Die Deutschen haben ihn für ihresgleichen gehalten, und hier könnte ihm keiner groß was anhaben. Er würde einfach in der Masse untertauchen.«

»Nun ja, besten Dank, Freddie. Falls dir noch irgend etwas einfällt – Waring weiß, wo ich zu erreichen bin.«

Als Tarrant den Flur entlang zu Richards' Zimmer ging, kam Waring aus seinem Büro und lief auf ihn zu.

»Als Sie mich vorhin gefragt haben, was für ein Mensch Foster war, hatte ich das Gefühl, daß er mich an jemanden erinnert.« Er lächelte. »Mir ist gerade eingefallen, an wen.«

»Und zwar?«

»An Sie. Nicht äußerlich, aber in der Art, vom Charakter her.«

Tarrant lächelte ebenfalls. »Können Sie das näher erklären?«

»Wie schon gesagt, er war knallhart, tüchtig. Konnte fuchsteufelswild werden, wenn jemand nicht die entsprechende Leistung brachte. Aber andererseits, würde ich sagen, war er trotz der harten Schale durchaus gefühlsbetont. Neigte manchmal dazu, sich Hals über Kopf in eine Sache hineinzustürzen, ohne vorher die Risiken abzuwägen.«

»Wirke ich auf andere Menschen tatsächlich so?«

»Nicht unbedingt. Ist nur mein persönlicher Eindruck. Außerdem haben meiner Meinung nach beide Eigenschaften ihr Gutes. Genau darauf kommt's in unserem Gewerbe doch an.«

Tarrant zuckte die Achseln. »Könnte schlimmer sein, nehme ich an. Ich muß mal drüber nachdenken.«

Waring lachte leise und boxte Tarrant freundschaftlich auf den Arm. »Ich kenne jedenfalls niemanden, den ich lieber bei mir hätte, wenn ich zu Fuß durch eine finstere Gasse gehen müßte.«

Tarrant lächelte. »Abgesehen von Charlie Foster natürlich.«

Waring lächelte ebenfalls und zog sich wieder in sein Büro zurück.

»Herein, Herrgott noch mal«, erschallte es von drinnen, als er an Stan Richards' Tür klopfte.

Richards blickte ungehalten auf. Dann grinste er übers ganze Gesicht.

»Komm rein, mein Junge. Hab' schon gehört, daß du rumschnüffelst. Schnapp dir einen Stuhl. Wie geht's dir?«

»Bestens, Stan. Und dir?«

»Das wissen die Götter.« Er lehnte sich zurück und warf seinen Kugelschreiber auf die Schreibunterlage auf seinem Arbeitstisch. »Ich bin auf Neonazis angesetzt. Zumindest werden sie als solche bezeichnet.« Er fuchtelte mit dem Arm herum. »Für mich sind das bloß bescheuerte Halbstarke. Rowdys und Radaubrüder. Und bei dem ganzen Trara, das wir und die Krauts drum machen, kommen die sich erst recht wichtig vor. Ist doch klar, daß die rumstolzieren wie die Gockel, wenn sie ständig von Fernseh- und Zeitungsreportern interviewt werden.«

»Und was kann man dagegen tun, Stan?«

»Ich wüßte schon ein Heilmittel, mein Bester. 'ne süße Kleine mit 'nem Kinderwagen.« Seufzend beugte er sich vor. »Sei's drum, du bist jedenfalls nicht wegen meines Blutdrucks gekommen, nehme ich an. Womit kann ich dir dienen?«

»Charlie Foster. Erzähl mir was über ihn.«

»Ich will dir mal eins sagen, Mann. Charlie Foster war voll in Ordnung. Slaney, dieser Mistkerl, war der Banause. Ein Schleimer, wie er im Buche steht. Den hätte man nie in den Außendienst lassen dürfen. Ist wie gemacht für 'nen Schreibtisch im Century House. Und zwar 'nen ziemlich kleinen Schreibtisch.«

Tarrant lächelte. »Und jetzt erzähl mir was von Charlie Foster.«

»Was? O ja. Guter Kerl, aber ein bißchen zu romantisch veranlagt. Alles für Königin, Volk und Vaterland und ähnlicher Mist. Hat aber ein tüchtiges Netz geleitet, und er hat sich um seine Leute gekümmert. Ein paar sind drüben geschnappt worden. Charlie wollte ihnen zu Hilfe eilen. Slaney hat gemeint, das wäre Wahnsinn, und in London hat man das gleiche gesagt, bloß ein bißchen diplomatischer. Dann war plötzlich wieder alles Friede, Freude, Eierkuchen. Anscheinend hatte Charlie ihre Argumente eingesehen. Ich war im Urlaub, als er sich abgeseilt hat. Zuerst dachte ich, er hätte 'nen Nervenzusammenbruch oder so was Ähnliches und wär' in irgendeinem Krankenhaus gelandet. Oder er käme einfach wieder daherspaziert.« Er zuckte die Achseln. »Wie man sich doch täuschen kann. Wieso interessieren die sich mit einem Mal so dafür?«

»Nur der Vollständigkeit halber. Damit man die Akte schließen kann.«

Richards schüttelte den Kopf. »Okay. Du sagst also nix, aber du brauchst mich auch nicht zu vergackeiern. Du wärst nicht hier, wenn die nicht einen verdammt guten Grund dafür hätten.«

Lächelnd stand Tarrant auf. »Wenn ja, haben sie mir nichts davon gesagt.«

Richards lachte. »Was du nicht weiß, macht dich nicht heiß. Zutrauen würd' ich's denen schon.«

»Wo treibt sich Jane rum?«

»Jane. Welche Jane?«

»Das Archiv.«

»Ah ja. Natürlich.« Er grinste. »Genau dein Typ, mein Bester. Mächtig Holz vor der Hütte.« Seine Miene gefror. »Tut mir leid, Johnny. Wie kann man nur so ochsig sein?« Er seufzte. »Bitte um Entschuldigung. Hab' wie üblich losgelegt, ohne nachzudenken.«

»Schon okay, Stan. Ich nehm's dir nicht übel.«

»Zurück zu Jane. Eine Etage tiefer, aber ohne Ausweis kommst du nicht die Treppe runter. Der Name steht auf der Tür. Jane – wie war das doch gleich, Herrgott noch mal, ah ja. Jane Morgan. Viel Glück. Schau doch mal bei uns zum Essen vorbei. Dolly würde sich riesig freuen, dich mal wiederzusehen.«

Jane Morgan war freundlich und zuvorkommend, machte Tarrant aber unmißverständlich klar, daß er nicht einmal unter strenger Aufsicht einen Blick in die Akten werfen dürfe, ehe sie nicht bei Waring angerufen habe. Offenbar gab es keinerlei Einwände, denn nachdem sie aufgelegt hatte, öffnete sie die Sicherheitspforte, die zu den Regalen mit den Akten führte.

»Ein Wort noch zu unserem System. Sämtliche Unterlagen sind auf Computer gespeichert, aber nur in aller Kürze. Allerdings mit Verweisen auf Akten und Dokumente. Falls vorhanden. Die Basisinfo ist nach Namen geordnet – von Leuten auf unserer wie auf der anderen Seite. Codenamen, Operationsbezeichnungen. Örtlichkeiten und Aufträge. Es gibt ein Hilfsprogramm, das Sie abrufen können. Wenn Sie etwas ausdrucken wollen, brauchen Sie eine schriftliche Genehmigung. Und Sie dürfen sich keinerlei Notizen machen. Okay?«

Tarrant lächelte. »Darf ich Sie um Hilfe bitten?«

»Selbstverständlich. Aber ich bin momentan schwer beschäftigt. Sie müssen schon selber klarkommen.«

Sie geleitete ihn zu einem IBM-PC und stellte ihn an. Dann deutete sie auf ein Ringheft neben dem Monitor. »Da sind die Stichworte drin. Sie können 's ja mal probieren, solange ich noch dabei bin.«

»Es geht nur um einen Namen.«

»Okay. Geben Sie ihn mit dem Keyboard ein. Es gibt drei Möglichkeiten: übergeordnet, untergeordnet oder irgendwas dazwischen.«

»Was soll das heißen?«

»Versalien sind für übergeordnet.«

Langsam tippte Tarrant FOSTER ein. Der Bildschirm flackerte, dann tauchten Worte auf: NÄHERE KENNZEICHNUNG ERFORDERLICH.

»Geben Sie die Initialen oder den Vornamen der betreffenden Person ein.«

Tarrant tippte CHARLES ein, und fast im gleichen Augenblick las er am Schirm: ARCHIV LONDON. Dann flackerte eine zweite Zeile auf. AUS DATEI ENTFERNT: 9. DEZEMBER 1987.

»Pech gehabt«, sagte Jane Morgen. »Probieren Sie's weiter.«

Als Tarrant sich an den Computer setzte, sagte sie: »Wenn Sie etwas ausdrucken wollen und die nötige Erlaubnis dafür bekommen, müssen sie nur HC drücken. Für Hard-Copy. Okay?«

Tarrant lächelte. »Danke für die Hilfe.«

»Gern geschehen.«

Tarrant legte sich aufs Bett, sobald er wieder in der Wohnung an der Kantstraße war, und ließ den Tag Revue passieren. Am frühen Nachmittag war er mit Leni zwei Stunden lang essen gewesen, danach hatte er von seinem Bankkonto Geld abgehoben und sich mit seiner von Amts wegen zur Verfügung gestellten Visa-Karte einen BMW gemietet. Die Computerüberprüfung war ein Schlag ins Wasser gewesen. Eine sogenannte Null-Aktion, wie so etwas im Dienstgebrauch hieß. Lauter Kokolores, aber einen Fund hatte er trotzdem gemacht. Eine Liste mit Klarnamen, Codenamen und Wohnsitzen der sechs Beteiligten an der Operation CROWBAR. Fosters Netz auf der anderen Seite. Er mußte bis morgen warten, bis er von Waring die Erlaubnis zur Dokumenteneinsicht erhielt. Drei Namen waren mit einem Stern versehen, darunter ein Frauenname. Und angeblich sollten drei Mitglieder des Netzes gefaßt worden sein. Dann mußte er an Warings Worte denken, als dieser ihn mit Foster verglichen hatte. Kopfschüttelnd stand er auf, rasierte sich, zog sich um und ging zum Abendessen in ein Restaurant am Kurfürstendamm. Anschließend spazierte er zu dem Club an der Bleibtreustraße. Manuela hatte sich mittlerweile etwas Neues gesucht, und niemand wußte, wo sie steckte. Aber er lernte ein anderes Mädchen kennen, das ebenso hübsch und genauso gutgebaut war. Er führte sie auf einen Drink aus und nahm sie dann mit zu der Wohnung an der Kantstrasse. Von dort aus konnte man bequem zum Club laufen. Doch als sie in den frühen Morgenstunden aufbrach, rief er ihr ein Taxi und gab ihr reichlich Geld mit auf den Weg. Ihre Schicht endete erst um sechs Uhr morgens.

7. KAPITEL

Tarrant wollte lediglich Zugang zu einem Dokument haben, und Waring hatte unverzüglich die Genehmigung erteilt.

Es enthielt nähere Einzelheiten zu Fosters Unternehmen. Niemand vom derzeitigen Personal wußte offenbar, wie viele Leute Fosters Netz angehört hatten. Hier standen sieben Namen. Klarnamen und manchmal Decknamen. Alle mit Codenamen versehen. Waring pflichtete ihm bei, daß es sich bei den mit Sternchen versehenen Namen um die Festgenommenen handeln könnte. Das war zumindest ein Ansatzpunkt. Zwei Anschriften in West- und eine, die der Frau, in Ost-Berlin. Der Adresse nach zu schließen, mußte sie in der Nähe der Humboldt-Universität wohnen.

Zuoberst auf der Liste stand Martin Laufer, Codename Kern. Er schlug im Stadtplan des Reise- und Verkehrsverlags nach und stellte fest, daß er in der Nähe des S-Bahnhofs Charlottenburg wohnte. Von der Kantstraße aus konnte man zu Fuß hingehen.

Er machte sich ein Schinkenbrot, brühte sich eine Tasse Kaffee auf, setzte sich vor den Fernseher und schaute sich die Nachrichten auf RTL an. In Bonn hatte man angekündigt, das sogenannte »Begrüßungsgeld« für DDR-Ausreisende von 30 auf 100 Mark zu erhöhen. Er schaltete den Fernseher aus und machte sich auf den Weg. Er kannte sich in dieser Gegend nicht besonders gut aus, daher erkundigte er sich am S-Bahnhof bei einem Taxifahrer nach der Leonhardtstraße. Er fragte sich, warum der Fahrer so grinste, als er ihm den Weg wies. Doch als er in die Gegend kam, wurde ihm alles klar. Hier war harter Kiez – Night-Clubs, Strip-Clubs, dazwischen das eine oder andere Restaurant oder Café. Die Adresse war nicht leicht zu finden, da es so gut wie keine Hausnummern gab.

Er setzte sich in ein Café und fragte den Kellner nach der Adresse. Der Kellner hatte keine Ahnung, wollte sich aber beim Geschäftsführer erkundigen. Ein paar Minuten später kam er zurück. »Es ist drei Häuser weiter, die blaue Tür. Aber er sagt, die Baby-Nutten sind erst ab sechs Uhr da.«

Tarrant gab ihm ein Trinkgeld und ging.

Das Haus mit der blauen Tür lag zwischen zwei Strip-Lokalen. An der Tür befand sich weder eine Hausnummer noch ein Name, wohl aber eine Klingel. Nachdem zwei Minuten verstrichen waren, ohne daß sich etwas tat, drückte er ein weiteres Mal, und kurz darauf öffnete eine ganz in Schwarz gekleidete Mittfünfzigerin die Tür.

»Wir haben noch nicht geöffnet, Schätzchen. Komm in 'ner Stunde wieder. Okay?«

»Ich suche einen Herrn Laufer, gnä' Frau. Martin Laufer.«

»Wer sind Sie? Etwa ein Bulle?«

»Ich heiße Francis. Johnny Francis. Ich bin Neuseeländer.«

»Und wer soll dieser Laufer sein?«

»Ich wollte mich nur mal bei ihm melden.«

Sie musterte ihn stumm von oben bis unten und sagte dann: »Kommen Sie man lieber rein.«

Er stieg hinter ihr die Treppe hoch und folgte ihr einen langen, mit einem abgetretenen Läufer ausgelegten Gang entlang, der offenbar ins Obergeschoß des Nachbarhauses führte. Küchendünste hingen in der Luft, irgendwo lief leise Musik, Elvis Presleys *Blue Suede Shoes.*

Die Frau öffnete eine Tür und winkte ihn in ein kleines Zimmer. »Bin gleich wieder da. Machen Sie es sich bequem.«

Es war eher ein Kabuff als ein Zimmer, und die Ausstattung war eindeutig. Ein Bett mit Satinüberwurf und jeder Menge Kissen, dazu etliche Spiegel an eindeutigen Stellen. Auf einer schmiedeeisernen Garderobe eine Vase mit einem Strauß Plastikblumen, zwei an die Rigipswände gepinnte Aufklapposter aus dem *Playboy.* Neben dem Bett eine kleine Kommode und eine Lampe mit rosa Schirm.

Dann ging die Tür auf, und ein Mann kam herein. Er musterte Tarrant, drückte dann langsam die Tür zu. Er war kräftig gebaut, trug ein blaues Sweatshirt mit hochgekrempelten Ärmeln, so daß man die strammen, dicht behaarten Unterarme sehen konnte. Der eine war mit einem Schoner unter vollen Segeln tätowiert, der andere mit einer Flagge, die Tarrant nicht kannte.

»Sie hat mir gesagt, daß Sie jemand suchen«, sagte der Mann. »Was geht hier vor?«

»Gar nichts geht hier vor. Ich möchte nur jemanden besuchen, der mir vor langer Zeit mal seine Adresse gab.«

»Wann genau?«

»Vor etwa vier Jahren oder so?«

»Wo haben Sie ihn kennengelernt?«

»Am Grenzübergang Friedrichstraße.«

»Auf welcher Seite der Grenze?«

»Auf der östlichen Seite.«

»Was haben Sie dort gemacht?«

»Ich wollte mir Ostberlin ansehen.« Er zuckte die Achseln. »Wir haben etwas getrunken, ein bißchen geplaudert und Adressen ausgetauscht. Das ist alles.«

»Was hat er getrunken?«

Tarrant zuckte die Achseln. »Wir haben beide Kaffee getrunken.«

»Wo haben Sie Kaffee getrunken?«

»In einem Lokal namens *Zur letzten Instanz.*«

»Und wie hat er geheißen?«

Tarrant stand auf. »Was soll das überhaupt? Hat er irgend etwas verbrochen? Ist er nun da oder nicht?«

Der andere stieß ihn sacht, aber entschieden auf das Bett.

»Haben Sie einen Paß dabei?«

»Nein. Und außerdem geht Sie das nichts an.«

Lässig verschränkte der andere die Arme, lehnte sich an die Tür und musterte Tarrant. »Kennen Sie jemand names Kern?« sagte er dann leise.

Tarrant überlegte etliche Sekunden lang. »Ja«, sagte er dann, »er war eng verwandt mit Martin Laufer.«

Der Tätowierte nickte langsam. »Meine Name ist Laufer. Georg Laufer. Ich bin der ältere Bruder.«

»Wissen Sie, wo Ihr Bruder steckt?«

Der andere schüttelte den Kopf. »Nein. Ich hab's einfach nicht rausgekriegt. Sie sind kein Neuseeländer, stimmt's? Sie sind Engländer, und Sie haben irgendwas mit der Sache zu tun, in der mein Bruder dringesteckt hat.«

»Wann haben Sie zum letzten Mal von Ihrem Bruder gehört? Und was?«

»Ich habe nur gehört, daß man ihn in Ostberlin wegen Spionage und staatsfeindlicher Tätigkeit verhaftet hat.«

»Und das war bisher alles?«

»Nein. Etwa sechs Monate danach hab' ich eine Nachricht von ihm erhalten.«

»Welchen Inhalts?«

»Das es ihm gutginge und ich mir keine Sorgen machen sollte.«

»Und Sie sind sicher, daß sie von ihm stammte?«

»Ja. Es war seine Handschrift.«

»Haben Sie sie noch?«

»Ja.«

»Dürfte ich sie sehen?«

Der Mann nickte und verließ das Zimmer. Ein paar Minuten später kam er zurück und reichte Tarrant einen Briefumschlag. Tarrant zog das darin steckende Blatt heraus. Laufers Bruder hatte den Wortlaut der Nachricht genau wiedergegeben. Der Zettel stammte von einem Notizblock, wie er im Dienstgebrauch der britischen Army üblich war, erkennbar an den feinen, hellblauen Karos. Sinnlos, so etwas an die forensische Abteilung weiterzureichen. Er steckte das Blatt in den Umschlag zurück und gab ihn wieder Laufers Bruder.

»Hätten Sie vielleicht etwas Zeit, um mit mir über Ihren Bruder zu reden?«

Der Mann blickte auf seine Uhr. Es war eine Rolex, allerdings mit Lederarmband statt der üblichen Stahlglieder.

»Ich hab' noch etwa 'ne halbe Stunde zu tun, bis alles klar ist für den Abendbetrieb, aber danach – solange Sie wollen. Ich kann Sie ja auf meine Bude bringen, wenn Sie unterdessen warten wollen. Hab' jede Menge Schnaps da.« Er zuckte die Achseln, grinste dann. »Falls Sie ein bißchen Gesellschaft wollen, läßt sich das easy regeln. Junge Mädels gibt's hier genug.«

Tarrant lächelte. »Ein Kaffee oder ein Glas Milch genügt mir, wenn sich das machen ließe.«

Georg Laufer grinste. »Ist mal was anderes. Kommen Sie, ich bring' Sie zu meiner Unterkunft.«

Laufers »Unterkunft« lag einen Stock darüber, und sie war erstaunlich gepflegt. Altmodische Möbel, aber offensichtlich gute Qualität und teuer. Eine Technics-Stereoanlage, dazu allerhand CDs und Kassetten, ausschließlich klassische Musik. Diverse Bücher über Politik und Seefahrt und Navigation, auf dem Couchtisch ein Band mit Aktaufnahmen von André de Dienes.

Tarrant stand am Fenster und sah sich die Männer an, die in das Sex-Kino gegenüber gingen, als es leise an der Tür klopfte und ein Mädchen mit einem Tablett eintrat, auf dem ein Glas Milch und eine Tasse Kaffee standen. Sie war jung, hübsch und barbusig, und Tarrant blickte unwillkürlich auf die Uhr. Es war 17 Uhr 55. Sie erwiderte sein Lächeln und stellte das Tablett auf den Couchtisch. Mit kessem Hüftschwung ging sie zur Tür, blieb stehen und warf ihm über die Schulter einen Blick zu. »Ich heiße Joanna. Ich bin jeden Tag hier, auch sonntags.«

»Du bist ein hübsches Mädchen, Joanna. Ich werde mir den Namen merken.«

Lächelnd ging sie hinaus.

Zehn Minuten später kam Georg Laufer, ließ sich gegenüber von Tarrant nieder und deutete auf dessen leeres Glas. »Dann trinken Sie das Zeug also echt?«

Tarrant nickte. »Erzählen Sie mir etwas über Martin.«

»Er war bei den BVG – Berliner Verkehrsbetrieben. Zuständig für die Wartung der Signalanlagen. Hatte häufig auf der anderen Seite zu tun, weil die Saubande keinen Finger für die Wartung der Betriebsanlagen gerührt hat. Er hat nicht viel verdient, hatte aber einen sicheren Arbeitsplatz, und außerdem hat ihm der Job Spaß gemacht.« Er hielt inne. »Aber bevor ich weiterrede, müssen Sie mir verraten, wer Sie sind und was Sie machen. Ich will nicht, daß Martin noch mehr in die Bredouille kommt.«

»Es ist besser, wenn Sie meinen Namen nicht wissen, Georg. Ich bin Brite und arbeite für eine Organisation ähnlich dem deutschen BND, dem Bundesnachrichtendienst.« Er schwieg einen Moment. »Hat Martin Ihnen gegenüber jemals einen Engländer namens Foster erwähnt?«

»Von dem hat er die ganze Zeit geredet. War so 'ne Art Held für ihn.«

»Hat er Ihnen gesagt, was er für Foster macht?«

»Nur andeutungsweise. Daß er ihm irgendwelche Informationen über die Zustände drüben im Osten liefert. Nachrichten und so weiter.«

»Und was ist aus Martin geworden?«

»Keine Ahnung. Eines Morgens ist er wie üblich zur Arbeit gegangen und nicht mehr zurückgekommen.«

»Wo könnte er Ihrer Meinung nach sein?«

»Ich weiß es nicht. In irgendeinem Gefängnis da drüben, nehme ich an. Auch wenn der Brief, den er mir geschrieben hat, nicht dafür spricht. Ich denk' mir, daß die ihm auf die Schliche gekommen sind und ihn kassiert haben.«

»Hat jemand anders etwas von ihm gehört?«

»Soweit ich weiß, nicht.«

»Hatte er eine Freundin?«

»Etliche, aber nichts Festes.« Georg zuckte die Achseln. »Ich nehme an, er hat gesehen, was hier abläuft, und hatte keine Lust dazu. War lieber frei und ungebunden.«

»Falls ich herausfinde, wo er steckt – würden Sie darüber Bescheid wissen wollen?«

»Na klar. Er ist der einzige Verwandte, den ich noch habe. Außerdem haben wir uns bestens verstanden, obwohl wir Brüder sind.«

»Was ist mit Foster passiert?«

Laufer wirkte überrascht. »Keine Ahnung. Ich hab' nicht mal gewußt, *daß* ihm irgendwas passiert ist. Ich habe mich wegen meines Bruders ans britische Militär gewandt, aber die haben gesagt, daß sie noch nie was von ihm oder Foster gehört hätten.« Er hielt inne und schaute Tarrant an. »Ich wußte, daß sie mich anlügen, aber dagegen war ich machtlos.«

»Und Sie meinen, daß er nach wie vor hier ist, irgendwo in der DDR?«

»Tja, er brauchte mir keine Nachricht zu schicken, wenn er hier drüben wäre.«

»Wer hat Ihnen gesagt, daß er verhaftet worden sei?«

»Jemand hat mir einen Ausschnitt aus einer Ostberliner Zeitung gezeigt. Da stand sein Name drin. Zur gleichen Zeit sind noch zwei andere Leute verhaftet worden, aber ich weiß nicht, ob das Bekannte von Martin waren. Im einen Fall hat es sich um eine Frau gehandelt.«

»Haben Sie versucht, ihn aufzuspüren?«

»Nein. Ich trau' mich nicht da rüber.«

»Haben Sie jemandem von der Nachricht erzählt?«

»Nein. Keiner Menschenseele.«

»Hat sich sonst jemand nach dem Verbleib Ihres Bruders erkundigt?«

Laufer dachte einen Moment nach. »Ich hatte das völlig vergessen, bis Sie danach gefragt haben«, sagte er dann. »Aber ein, zwei Monate nach Martins Verhaftung kam ein Typ und hat sich nach ihm erkundigt. Hat gesagt, er wäre Reporter, war er aber nicht. Konnte nicht mal anständig Deutsch. Irgendein Ausländer.«

»Ein Brite?«

Laufer lächelte. »Nein. Briten gelten bei uns nicht als Ausländer. Die sind so 'ne Art Gastarbeiter, genau wie die Türken. Nein, der Typ war aus irgendeinem slawischen Land. Hätte ein Pole sein können.«

»Ein Sowjetrusse?«

Laufer zuckte die Achseln. »Schon möglich. Ich kann die nicht auseinanderhalten.«

»Was hat er Sie gefragt?«

»Ob Martin mein Bruder wäre. Wie er als Kind war. Was er für Hobbies hatte, ob wir irgendwelche Haustiere hatten. Warum er verhaftet worden wäre.«

»Und was haben Sie gesagt?«

»Ich hab' ihm irgendwelche komischen Kisten aus seiner Kindheit erzählt. Damit kann keiner was anfangen. Und ich habe gesagt, daß er wahrscheinlich verhaftet worden ist, weil irgendeinem Stasi-Arsch seine Fresse nicht gepaßt hat.« Er lächelte. »Ich glaube, das hat ihm nicht gefallen. Jedenfalls bin ich mißtrauisch geworden und hab' ihn rausgeschmissen.«

Tarrant stand auf. »Ich melde mich wieder, Herr Laufer. Ich heiße Johnny. Viele Dank für Ihre Hilfe.«

Auf dem Rückweg zur Wohnung an der Kantstraße dachte Tarrant über das Gespräch nach. Er hatte das Gefühl, daß er eine Menge erfahren hatte, wußte aber nicht genau, was. Er vermutete, daß es sich bei dem ausländischen Besucher um einen KGB-Mann gehandelt hatte, der Martin Laufers Lebensgeschichte überprüfen wollte, vermutlich, um sie mit dessen Aussage zu vergleichen. Vielleicht hatte er gehofft, auf irgendwelche Unstimmigkeiten zu stoßen, auf bestimmte Lügen, die auf eine Tarnung schließen ließen, auf eine vorbereitete Legende. Sah ganz so aus, als ob die drei Mitglieder des Netzes nach wie vor im Gefängnis waren, sonst hätte sich Martin Laufer zumindest wieder bei seinem Bruder gemeldet.

Er rief Leni an und teilte ihr mit, daß in einem kleinen Kino am Kurfürstendamm *Un homme et une femme* wiederaufgeführt werde, ein Film, den sie schon immer hatte sehen wollen. Ob sie Lust habe, ihn heute abend zu der Vorstellung zu begleiten? Sie zögerte einen Moment, sagte dann, liebend gern, aber sie müsse um 23 Uhr wieder zu Hause sein. Kein Problem, erwiderte er, wenn sie die Frühabendvorstellung besuchten, hätten sie hinterher noch Zeit, zusammen essen zu gehen.

Kaum hatte er aufgelegt, klingelte das Telefon. Es war Powell, der sich erkundigen wollte, wie die Sache lief. Tarrant gab sich unverbindlich. Er war erst seit ein paar Tagen mit dem Fall befaßt, außerdem war es nicht üblich, daß die hohen Herren so früh nachhakten. Aber in gewisser Weise war es ein gutes Zeichen. Zumindest ließ es darauf schließen, daß der Einsatz ernst gemeint war.

Während er sich rasierte und umzog, dachte er über Leni nach. Früher, als sie noch Hosteß gewesen war, hatten sie regelmäßig miteinander geschlafen, doch seither hatte sich für sie beide viel verändert. Nicht daß sie weniger begehrenswert gewesen wäre, aber er war sich durchaus bewußt, daß sie heute ein eigenes Leben führte. Ein Leben, an dem er keinen Anteil hatte. Er mochte sie und bewunderte ihre Unabhängigkeit, aber er war jetzt nur mehr ein Freund, und sein Gespür sagte ihm, daß er gar nicht erst versuchen sollte, ihre alte Beziehung wieder aufzuwärmen.

Sie genoß den Film, weinte an den traurigen Stellen und ein weiteres Mal beim Happy-End. Beim anschließenden Abendessen in einem kleinen Restaurant an der Marburger Straße, nur ein paar Häuser von ihrer Wohnung entfernt, war sie so lebhaft wie eh und je. Als der Kaffee kam, streckte sie die Hand aus, legte sie auf seine und sagte: »Hat dir diese Geschichte mit deiner Frau sehr weh getan?«

Er zögerte, dann sagte er: »Ich habe jedenfalls noch dran zu kauen.« Er seufzte. »Ich weiß es wirklich nicht.« Er schwieg einen Moment. »Warum fragst du?«

»Weil du für mich da warst, als ich dich gebraucht habe. Und ich bin für dich da.«

»Ich komme schon klar, Liebes. Mir fehlt nichts.«

»Machst du Urlaub in Berlin, oder bist du dienstlich hier?«

»Dienstlich.«

»Deswegen also hast du die Wohnung gemietet.« Sie lächelte. »Als Unterschlupf.«

»Sozusagen. Ich sollte dich jetzt lieber nach Hause bringen.«

»Nein. Schon okay. Mein … äh … Freund könnte auf mich warten.«

»Ich rufe dich nächste Woche irgendwann an.«

Sie beugte sich vor und küßte ihn. »Danke für den netten Abend. Tschüß.« Sie ergriff ihre Handtasche und winkte dem Restaurantbesitzer zu, der ihr lächelnd zunickte, als sie aus der Tür ging.

8. KAPITEL

Eine der beiden anderen Adressen, die Tarrant auf dem Computerausdruck gefunden hatte, befand sich in Ostberlin, in einer der kleinen Seitenstraßen in der Nähe der Humboldt-Universität, die dritte in Wilmersdorf. Instinktiv beschloß er, sein Glück zunächst im Ostteil der Stadt zu versuchen.

Er reiste über den Checkpoint Charlie ein, ging die Friedrichstraße entlang und bog Unter den Linden ab. Fast zwei Jahre waren vergangen, seit er das letzte Mal in Ostberlin gewesen war, und er hatte das Gefühl, als liege eine gewisse Spannung in der Luft. Auf den Bürgersteigen standen die Menschen scharenweise beisammen und redeten miteinander, ohne daß sie, wie früher üblich, von der Volkspolizei oder zivilen Sicherheitskräften auseinandergetrieben und verjagt wurden. An einer Obsthandlung stand eine lange Menschenschlange nach Orangen an – soweit er wußte, hatte es in der DDR seit mindestens zwanzig Jahren keine Orangen mehr gegeben.

Schließlich fand er die Straße. Eine Reihe Altbauten, auf der anderen Seite ein Bauhof. Hohe, schmale Häuser mit drei oder vier Stockwerken. Sie sahen aus, als seien sie durch alliierte Luftangriffe zerstört und nach dem Krieg eher notdürftig ausgebessert als wiederaufgebaut worden. Das betreffende Gebäude war nur etwa sechs Häuser von der Hauptstraße entfernt. Neben der Türklingel befand sich eine von Hand beschriftete Karte, wonach es sich um eine Pension für alleinstehende Frauen handelte. Er klingelte, und kurz darauf öffnete eine korpulente ältere Frau, die ein geblümtes Kleid und eine Küchenschürze trug, die Tür. Sie musterte ihn mit bitterbösem Blick.

»Was wollen Sie? Ich dulde keine Herrenbesuche in diesem Haus.«

»Ich suche ein Fräulein Bayer. Ursula Bayer.«

»Hier wohnt niemand, der so heißt.«

»Das war aber mal ihre Anschrift. Wissen Sie, wo sie jetzt wohnt?«

Auf der Treppe hinter der Frau sah Tarrant zwei Mädchen stehen.

»Is' mir wurschtegal, wo sie jetzt wohnt. Wer sind Sie überhaupt? Sie sind Ausländer, stimmt's?«

Tarrant zuckte die Achseln. »Ich wollte lediglich Fräulein Bayer sprechen. Das ist alles.«

»Tja, da kann ich Ihnen auch nicht helfen. Nu haun Sie schon ab.«

Damit schlug sie die Tür zu. Tarrant lief langsam zur Hauptstraße zurück. Als er an der Ecke stehenblieb, hörte er rasche Schritte hinter sich. Er drehte sich um. Es war eines der Mädchen, die hinter der Frau gestanden hatten. Anfang Zwanzig und ausgesprochen hübsch, das Gesicht vom Laufen leicht gerötet. Keuchend blieb sie stehen, atmete dann ein paarmal tief durch, ehe sie sprechen konnte.

»Ich habe gehört, wie Sie nach Uschi gefragt haben, Uschi Bayer.«

»Wissen Sie, wo sie jetzt wohnt?«

Sie lächelte. »Sie sind ihr Liebhaber, stimmt's? Die alte Vettel hat Ihren Akzent bemerkt. Sie hat Angst vor Leuten wie Ihnen. Und vor der Stasi.« Sie zuckte die Achseln. »Geht uns, glaub' ich, allen so.«

Tarrant erwiderte ihr Lächeln. »Vor mir brauchen Sie garantiert keine Angst zu haben. Sie haben Uschi gekannt, nicht wahr?«

Sie nickte. »Ja. Sie war im achten Semester, als ich an der Humboldt-Uni angefangen habe. Sie hat in dem Haus gewohnt, im Zimmer neben mir.«

»Darf ich Sie irgendwo auf einen Kaffee einladen?«

»Bei der Sportanlage gibt's ein kleines Café.« Sie deutete in die Richtung. »Der Kaffee ist scheußlich, aber wir könnten ein Eis essen.«

»Nichts wie hin. Sie zeigen mir den Weg.«

Unterwegs fragte er sie, was sie studiere.

»Russisch und Anglistik.«

Er lächelte. »Aha, Sie setzen also auf beide Karten?«

»Das verstehe ich nicht.«

»Nur ein Scherz. Und überdies kein allzu guter.«

»Was ist denn damals zwischen Ihnen vorgefallen?«

»Wir sollten lieber warten, bis wir unser Eis haben.«

Sie setzten sich an einen schmalen Tisch in dem fast leeren Café. Es war makellos sauber, hatte aber so gut wie nichts im Angebot. Doch als er der Bedienung bedeutete, daß er mit D-Mark bezahlen werde, brachte sie Käsekuchen, Apfelstrudel und Kaffee, löslich zwar, aber durchaus trinkbar. Gierig vertilgte sie ihren Apfelstrudel, worauf er ihr auch noch den Käsekuchen zuschob.

»Wollen Sie gar nichts essen?«

»Ich habe ordentlich gefrühstückt.« Er rührte seinen Kaffee um. »Erzählen Sie mir von Uschi«, sagte er.

Verdutzt blickte sie auf. »Sie hat mir erzählt, daß Sie für ihre Freilassung gesorgt haben, als diese Mistbande sie verhaftet hat.« Sie schüttelte den Kopf. »Wegen Spionage, sagte sie. Sie hätte sich staatsfeindlicher Umtriebe schuldig gemacht. Diese Blödiane. Dabei war sie bloß eine Studentin.«

»Sind Sie Mitglied der Partei?«

»Meine Güte, nein. Die würden mich nicht nehmen, selbst wenn ich wollte.«

»Warum nicht?«

»Wegen meines Vaters.«

»Erzählen Sie mir von ihm.«

»Er war Sozialdemokrat. Genau wie sein Vater. Der hat sich seinerzeit auch geweigert, als die SPD von der KP geschluckt wurde. Hat gesagt, er sei ein alter Sozi, aber kein Kommunist, und er wolle auch keiner werden.«

»Was ist passiert?«

»Er wurde vor Gericht gestellt.« Sie zuckte die Achseln. »Wegen staatsfeindlicher Umtriebe – der übliche Quatsch.«

»Was dann?«

»Schuldig gesprochen.« Sie wandte sich kurz ab, dann richtete sie den Blick wieder auf Tarrant. »Man hat uns nicht mitgeteilt, was aus ihm geworden ist, aber wir haben nie wieder was von ihm gehört. Man darf keine Erkundigungen nach Strafgefangenen anstellen, die wegen staatsfeindlicher Tätigkeit verurteilt wurden.«

»Und warum haben Sie gedacht, ich sei Uschis Freund?«

»Ich habe Uschi etwa zwei Monate nach ihrer Verhaftung getroffen. Sie war nur einen Monat im Gefängnis. Sie hat mir erzählt, daß jemand – ein Mann – für ihre Freilassung gesorgt habe und daß sie jetzt in einer Buchhandlung arbeite. Zwei Monate danach bin ihr wieder begegnet. Sie machte einen ausgesprochen glücklichen Eindruck. Hat gesagt, daß sie bei irgendeiner Regierungsstelle arbeitet.« Sie lächelte. »Und sie hat mir von Ihnen erzählt. Hat gesagt, daß sie mit Ihnen in einer Wohnung in der Nähe vom Alexanderplatz lebt. Und daß Sie ein wichtiger Mann mit allen möglichen Privilegien seien. Sie könnten sogar in den Geschäften einkaufen, die sonst nur für Parteibonzen und hohe russische Offiziere da sind.«

»Hat sie meinen Namen genannt?«

Stirnrunzelnd dachte sie nach. »Ich bin mir nicht ganz sicher. Sascha vielleicht?«

»Wissen Sie, wo sie jetzt wohnt?«

»Ich war der Meinung, daß sie noch mit Ihnen zusammen ist.« Sie runzelte die Stirn und sagte leise: »Ich habe einen schrecklichen Fehler gemacht, stimmt's? Sie sind gar nicht Sascha, oder?«

»Nein. Aber keine Sorge, Sie haben keinen Fehler begangen. Ich kann Uschi helfen, falls sie Hilfe brauchen sollte.«

»Sie sind kein Russe. Was sind Sie?«

»Das darf ich Ihnen nicht sagen. Außerdem brauchen Sie es nicht zu wissen. Sagen wir einfach, daß ich auf der anderen Seite stehe. Aber eins müssen Sie mir versprechen. Sie dürfen niemandem ein Wort von diesem Gespräch erzählen. Ist das klar?«

»Ja. Ich versprech's. Aber ich habe Angst. Verraten Sie mir, wieso Sie Uschi suchen.«

»Ich suche Uschi nicht, aber sie kennt einen Mann, mit dem ich mich in Verbindung setzen möchte. Ihren Worten nach zu schließen, könnte es sich um den ersten Freund gehandelt haben. Sie standen einander nahe. Er war Ausländer, und meiner Ansicht nach könnte er derjenige gewesen sein, der sie aus dem Gefängnis geholt hat.«

»War dieser Mann Engländer?«

»Ja.«

»Und Sie sind ebenfalls Engländer. Jetzt erkenne ich auch Ihren Akzent. Ich bin einfach davon ausgegangen, daß Sie Russe sind.«

»Wie sieht Uschi aus?«

»Hm. Sehr hübsch. Lange blonde Haare, Mittelscheitel. Mittelgroß. Gute Figur und sehr intelligent.«

»Sie mochten Sie offenbar.«

»Ja. Sie war meine beste Freundin.«

»Wissen Sie, wo diese Wohnung am Alexanderplatz sein könnte? Einen Straßennamen vielleicht?«

»Ich habe keine Ahnung. Sie hat nicht viel von sich erzählt, nur so allgemein.«

»Wo leben ihre Eltern?«

»Weiß ich nicht. In Westberlin, glaube ich. Soweit ich weiß, sind sie rüber. Sie ist hiergeblieben, weil sie seinerzeit schon studiert hat.«

»Warum das?«

»Weil sie Russisch belegt hatte. Die Humboldt-Uni bietet den besten Studiengang in russischer Sprache. Das erkennen sogar die Wessies an.«

»Lebt Ihre Mutter noch?«

»Nein. Ihr ganzes Leben hat sich um meinen Vater gedreht. Nachdem er weg war, hat sie noch etwa vier Jahre durchgehalten. Dann ist sie gestorben. Im Krankenhaus hieß es, sie sei einem unbekannten Virus erlegen ...« Sie zuckte die Achseln. »Das war's natürlich nicht, aber Ärzte glauben nun mal nicht, daß man an gebrochenem Herzen sterben kann.«

»Und wie kommen Sie über die Runden?«

»Ich habe ein Staatsstipendium für die Uni, außerdem bekomme ich einen kleinen Zuschuß für Kost und Unterkunft.«

»Haben Sie einen Freund?«

Lächelnd schüttelte sie den Kopf. »Die kneifen alle ganz schnell, sobald sie erfahren, daß sie es mit der Tochter eines Staatsfeindes zu tun haben.«

»Und warum erzählen Sie es ihnen?«

»Ich doch nicht. Aber die Frau in der Pension ist Zuträgerin für die Stasi. Die verrät alles. Wahrscheinlich dürfte sie keine Zimmer vermieten, wenn sie nicht mitspielen würde. Die haben überall ihre Finger drin. Interessieren sich für jede Kleinigkeit, auch wenn sie noch so mickrig ist.«

»Was hat Uschi Ihnen über diesen ersten Mann erzählt – denjenigen, der sie Ihrer Meinung nach aus dem Gefängnis herausgeholt hat?«

»Ich hatte den Eindruck, daß sie ihn schon vor ihrer Verhaftung kannte und daß sie mehr als nur Freunde waren. Es waren ja nur ein paar Andeutungen, aber ich habe dem entnommen, daß er nicht von hier war – er war kein Deutscher, dessen bin ich mir ganz sicher.« Sie seufzte. »Der muß sich viel aus ihr gemacht haben, wenn man bedenkt, daß er sie aus dem Gefängnis holen wollte. Immerhin hat man sie der Spionage beschuldigt.«

»Vielleicht war er ein Parteibonze.«

Sie lachte leise. »Soll das ein Witz sein? Ein Parteibonze würde keinen Finger für jemanden rühren, der wegen Spionage verhaftet worden ist.«

»Warum glaubte man Ihrer Meinung nach, daß sie etwas mit Spionage zu tun haben könnte?«

»Keine Ahnung. Was konnte sie denn schon wissen? Sie war doch bloß Studentin, genau wie ich. Die wußte nichts, was für jemanden von drüben auch nur vom geringsten Interesse hätte sein können.«

»Was haben Sie vor, wenn Sie mit dem Studium fertig sind?«

Sie zuckte die Achseln. »Wer weiß? Das wird man mir schon sagen. Hier bei uns kann man sich so was nicht aussuchen.«

»Weshalb reden Sie überhaupt mit mir? Warum vertrauen Sie mir?«

»Sie können wohl Gedanken lesen? Genau das habe ich mich gerade gefragt. Ich weiß es nicht. Muß rein gefühlsmäßig sein.«

»Weibliche Intuition.«

Sie lächelte. »Bestimmt. Die macht uns immer Scherereien. Viel Herz, wenig Verstand.«

»Normalerweise funktioniert sie ziemlich gut. Scherereien bekommt man nur, wenn man sich nicht auf seine Intuition verläßt, weil man auf irgend etwas oder irgend jemanden so versessen ist, daß alles andere keine Rolle spielt.«

Sie lachte. »Schon möglich. Und was ist mit Ihnen? Erzählen Sie mir was. Wieso reden Sie mit mir? Ich könnte eine Stasi-Zuträgerin sein.«

Er lächelte. »Weibliche Intuition. Viel Herz, wenig Verstand.«

»Sie sind ein Romantiker, stimmt's? Jemand, der sich Hals über Kopf verknallt. Sie legen los, ohne lang zu gucken.«

Er lachte. »Aber Sie vertrauen mir.«

Sie nickte. »Ja, das tu' ich.«

»Würden Sie etwas für mich tun?«

»Was?«

»Erkundigen Sie sich nach Uschi. Nur beiläufig.«

Es dauerte eine ganze Weile, ehe sie antwortete. Und sie klang eher unverbindlich. »Mal sehen. Wo kann ich Sie erreichen?«

»Wie wär's, wenn wir uns nächste Woche um die gleiche Zeit wieder hier treffen?«

»Von mir aus. Ich sollte jetzt lieber los, sonst fragt sich das olle Schrapnell in meiner Pension noch, was ich treibe.«

»Ich weiß nicht mal, wie Sie heißen.«

»Ingrid. Ingrid Schumann. Und Sie?«

Sie lächelte, als er zögerte. »Johnny. Einfach Johnny, okay?«

»Okay.«

»Gehen Sie jetzt. Ich bleibe noch ein bißchen hier. Passen Sie auf sich auf.«

»Sie auch.«

Peter Waring mußte so viele Einsätze koordinieren und beaufsichtigen, daß er weder Zeit noch Lust hatte, sich näher mit Tarrants Auftrag auseinanderzusetzen. Doch er war bereit, ihm unter die Arme zu greifen, soweit sich dies mit seiner Arbeit vereinbaren ließ. Als Tarrant ihn anrief, schlug er vor, daß sie sich über Mittag in seinem Büro treffen und die Angelegenheit bei belegten Broten und ein, zwei Tassen Kaffee besprechen sollten.

Er war am Telefon, als Tarrant hereinkam, doch er deutete auf die Sandwiches und eine Thermoskanne auf seinem Schreibtisch und winkte ihn zu dem Besuchersessel. »Irgend etwas geht da drüben vor sich«, sagte er, als er aufgelegt hatte. »Ich möchte bloß wissen, was.«

»Was meinen Sie damit?«

»Ach, nichts Handfestes. Aber letzte Woche haben zwei hochrangige Stasi-Leute bei uns vorgefühlt. Außerdem ...« – er zuckte die Achseln. »Wie läuft's bei Ihnen?«

»Keine großen Fortschritte. Aber als ich mit dem alten Foster gesprochen habe, meinte er, ich sollte mich mit einem gewissen Malins unterhalten und mit einem anderen Mann, Shelley heißt er. Er sagte, die seien zur gleichen Zeit hiergewesen wie Charlie Foster. Wo finde ich die? Sind sie noch in Ihrer Truppe?«

»Shelley ist noch bei uns. Er ist auf Drogeneinsatz.«

Tarrant schaute ihn fragend an. »Was haben wir denn mit Drogen zu tun? Das fällt doch eher in die Zuständigkeit der Berliner Polizei.«

Waring zuckte mit der Schulter. »Nicht, wenn das Rauschgift von der Stasi im Auftrag des KGB verdealt wird.«

»Warum sollten die sich mit Drogenhandel befassen?«

»Damit kann man Informanten an sich binden. Man bekommt einflußreiche Leute in die Hand – Politiker, Diplomaten, so ausgebufft sie auch sein mögen. Man kann sich vertrauliche Informationen aus Wirtschaft und Industrie besorgen.« Er lächelte. »Und natürlich haben auch die Jungs da drüben nichts gegen ein bißchen Eigeninitiative und ein paar private Nebengeschäfte einzuwenden.«

»Kann ich mit Shelley reden?«

»Natürlich. Er ist im Augenblick im Haus. Sie können Ihn sprechen, sobald wir fertig sind. Greifen Sie zu, gießen Sie sich Kaffee ein.«

»Was ist mit Malins?«

Waring lehnte sich zurück und kaute auf einem Sandwich mit Tomate und Ei herum. Tarrant wurde klar, daß er ihn hinhielt, auf Zeit spielte. Schließlich sagte er: »Malins hat sich vorzeitig pensionieren lassen. Aber er ist noch in Berlin. Leitet eine Import-Export-Firma und ein Reisebüro. Jedenfalls bezeichnet er es so.« Er schwieg einen Moment. »An Ihrer Stelle wäre ich sehr vorsichtig im Umgang mit ihm.«

»Und warum?«

»Ich hatte immer meine Vorbehalte gegenüber Malins. Ich muß zugeben, daß er gute Arbeit geleistet hat. Ein richtiger Schlawiner und hartnäckig wie nur was.«

»Und woran hapert's dann?«

»Er ist ein ausgekochter Lumpenhund mit einer gehörigen Menge krimineller Energie. Als er um die vorzeitige Pensionierung ersucht hat, habe ich ein paar Erkundigungen über ihn eingezogen. Nicht bei unseren Leuten, sondern bei den Deutschen. Malins hatte vier Immobilien gekauft. Ein Wohnhaus und drei kleine Bürogebäude, außerdem hatte er vier verschiedene Bankkonten. Keins davon bei einer britischen Bank. Genaueres wollte man mir nicht sagen, aber offenbar geht es hier nicht um ein paar tausend Mark. Eher um mehrere Millionen. Vermutlich hat er Verbindungen zur anderen Seite.« Er seufzte. »Ich habe London Bescheid gesagt, aber dort wurde seinem Antrag stattgegeben. Er bekam sogar ein anständiges Zeugnis – nicht daß er eins gebraucht hätte.«

»Wo treibt er sich herum?«

»Er hat ein Büro samt Apartment am Kurfürstendamm, über einem Reisebüro. Das Haus wie auch das Reisebüro gehören ihm.

Außerdem hat er ein Haus im Grunewald, direkt am Wannsee.« Er griff zu einem Notizblock. »Da sind die beiden Anschriften«, sagte er, während er schrieb. »Aber wie gesagt – passen Sie gut auf, wenn Sie mit Malins reden.« Er riß das Blatt ab, faltete es zusammen und schob es Tarrant über den Schreibtisch zu. »Powell hat mich heute morgen angerufen. Slaneys Frau ist letzte Nacht gestorben. Er möchte, daß ich zur Beerdigung rüberkomme.«

»Tut mir aufrichtig leid.« Tarrant schwieg einen Moment. »Wie hat sich Slaney seinerzeit hier gehalten?«

»Ganz okay. Ging streng nach Vorschrift vor. Hatte angeblich zu wenig Phantasie, aber wer will das schon beurteilen? Bis auf diesen Bock mit Foster ist es meines Erachtens ganz gut gelaufen. Soweit das in dieser Stadt überhaupt möglich ist. Wir in Berlin hatten nie genügend Personal und finanzielle Mittel, wenn man bedenkt, worum wir uns alles kümmern müssen.«

»Wo finde ich Shelley?«

»Ich bringe Sie zu ihm.« Er lächelte. »Erschrecken Sie nicht über sein Äußeres. Wenn man sich in Drogenkreisen bewegt, muß man sich das entsprechende Räuberzivil zulegen.«

Shelley war Anfang Vierzig. Groß und schlank, blasses Gesicht, dazu ein Zweitagebart. Er trug einen goldenen Ring am linken Ohr, und seine Augen wirkten irgendwie weggetreten, so als sei er tief in sich versunken, weit weg. Er schüttelte Tarrant die Hand und deutete auf einen Holzstuhl.

»Warum interessieren Sie sich so für Foster? Ich dachte, das Ganze wäre längst abgehakt.«

»Reine Routinesache.«

Tarrant sah, daß Shelley kurz grinste. Offenbar durchschaute er den Schwindel.

»Nun denn, mein Freund. Womit kann ich Ihnen dienen?«

»Fosters alter Herr sagte, Sie könnten mir Näheres zum Verschwinden seines Sohnes sagen.«

»Woher weiß er das? Tja ...« – lächelnd lehnte er sich zurück – »... was wollen Sie denn wissen?«

»Alles ... was ist Ihrer Meinung nach vorgefallen?«

»Tja, Charlie Foster hatte ein Agentennetz in Ostberlin laufen.

Soweit ich weiß, muß es allererste Sahne gewesen sein, aber das ist bloß der übliche Tratsch. Ein paar von seinen Leuten sind in Ostberlin aufgeflogen. Charlie hat sich irgendwie in den Kopf gesetzt, daß er sie retten könnte. Slaney sagte nein, London desgleichen – dann gab's gewaltig Stunk zwischen Charlie und Slaney. Hat etwa 'ne Woche gedauert, dann waren auf einmal wieder alle gut Freund. Etwa eine Woche nach der großen Versöhnung hat Charlie die Fliege gemacht. Das wär's in etwa.«

»Irgendeine Ahnung, wohin er gegangen sein könnte?«

»Der könnte sonstwo sein.«

»Wohin hätten Sie sich an seiner Stelle gewandt?«

Shelley lächelte. »Interessante Frage.« Er schloß die Augen und dachte nach. »Deutsch als Muttersprache«, sagte er dann. »In Deutschland aufgewachsen. Ich an seiner Stelle würde in Deutschland bleiben. Mir die entsprechenden Referenzen besorgen, bevor ich abhaue. Nach Möglichkeit als Bürger der Bundesrepublik Deutschland.«

»Wovon würden Sie leben?«

»Weiß der Geier. Bei uns daheim würde ich bei einem Wachschutzunternehmen arbeiten, aber hier läuft das alles viel zu streng.« Er schüttelte den Kopf. »Ich weiß es nicht.« Er lachte. »Vermutlich würde ich ins Drogengeschäft einsteigen.«

»Und warum würden Sie sich überhaupt absetzen wollen?«

»Ja nun. Warum? Ich nehme an, aus Dickköpfigkeit. Aus Wut. Weil es nicht so läuft, wie ich will ...« Er schüttelte den Kopf. »Da gibt's allerhand Möglichkeiten.«

»Unter diesen drei Festgenommenen aus seinem Netz befand sich auch eine junge Frau. Meinen Sie, er könnte etwas mit ihr gehabt haben?«

»Sie meinen, ob er mit ihr gevögelt hat? Glaub' ich eher nicht. Er war so 'ne Art Romantiker.« Er zuckte die Achseln. »Aber heutzutage kann man nie wissen. Irgendwie haben wir doch alle unsere kleinen Macken. Wir lassen sie bloß nicht raus. Ich zerbrech' mir nicht mehr den Kopf drüber, was andere Leute umtreibt.«

»Peter Waring weiß, wo ich zu erreichen bin. Würden Sie ihn verständigen, falls Ihnen noch irgend etwas einfällt?«

»Klar doch.«

Jane Morgan stand vor dem Computerbildschirm, als er in das Archiv kam. Sie drehte sich um, sah, daß es Tarrant war, stellte sofort den Monitor ab und kam an den Schalter.

»Womit kann ich dienen, Mister Tarrant?«

»Ich würde gern zwei Akten einsehen.«

Sie lächelte. »Ihr Wunsch ist mir Befehl. Was für Akten?«

»Die Personalakten von Mister Shelley und Mister Malins.«

Sie schüttelte den Kopf. »Tut mir leid. Aber keiner der diensttuenden Offiziere hat Zugang zu den Personalakten, von Mister Waring abgesehen, und der hat nicht die Befugnis, jemand anderen Einsicht nehmen zu lassen. Er muß erst Rücksprache mit London halten, falls Sie wirklich darauf bestehen.«

»Und mit wem in London?«

»Dem Personalchef, dem Chefarchivar *und* mit Mister Powell. Stellvertreter gelten nicht.«

»Okay. Vielen Dank. Belassen wir's vorerst dabei.«

9. KAPITEL

Tarrant war überrascht, als er zu dem Bürogebäude kam, in dem er Malins antreffen sollte. Er wußte genau, daß die Wohnung über dem Reisebüro bei seinen früheren Einsätzen in Berlin vom SIS als sogenanntes sicheres Haus benutzt worden war. Neben dem Eingang zum Reisebüro war eine Tür. Tarrant zögerte kurz, ging dann aber in die Geschäftsräume.

An mehreren Schreibtischen saßen drei junge Frauen, und Tarrant fragte die nächstbeste, wo er Malins finden könne.

»Haben Sie einen Termin?«

»Nein, aber ich glaube, wenn Sie ihm meinen Namen nennen, wird er mich empfangen.«

»Wen darf ich melden?«

»Johnny Tarrant. Vom Century House. Aus London.«

Sie drückte auf einen Knopf an dem weißen Haustelefon.

»Herr Malins, hier ist jemand, der Sie sprechen möchte. Er hat gesagt, er heißt Johnny Tarrant und kommt vom Century ... jawohl. Gleich sofort.«

Sie legte auf und lächelte Tarrant an. »Wenn Sie mir bitte folgen möchten.«

Er folgte ihr zwei Treppen hoch zu einer offenen Tür, an der er von einem kleinen, eleganten Mann erwartet wurde. Er lächelte ihm entgegen. »Sie müssen Tommys Junge sein. Kommen Sie rein.« Als Malins ihn in das gediegen eingerichtete Büro führte, sagte er: »Ich meine mich zu erinnern, daß Sie vor zwei, drei Jahren einmal in Berlin waren.« Er deutete auf einen Ledersessel. »Nehmen Sie Platz. Etwas zu trinken?«

»Ein Kaffee wäre mir recht.«

Malins bestellte per Haustelefon zwei Kaffee. Er hatte gerade sein Sakko ausgezogen und sich eine Zigarre angezündet, als die beiden Tassen gebracht wurden.

»Nun, mein Freund. Was kann ich für Sie tun?«

»Ich habe ein paar Fragen zu Slaneys Dienstzeit hier und zum Fall Foster.«

»Ich habe gehört, daß Slaneys Frau gestorben ist. Armer Kerl.«

»Sie sind sehr gut informiert.«

Malins lächelte. »Das gehört in meinem Geschäft dazu. Nun denn, was wollen Sie wissen?«

»Alles, was damals vorgefallen ist. Soweit Sie sich noch erinnern können.«

Malins zuckte mit der Schulter. »Das war einfach eine rundum verbockte Kiste. Ich weiß nicht, wer daran schuld war. Vermutlich der eine wie der andere. Slaney hat Fosters Psyche falsch eingeschätzt. Aber er kannte nicht alle Fakten. Und was Foster verlangte, konnte er ihm gar nicht gewähren. So wenig wie jeder andere. Letztlich läuft's darauf hinaus, daß zwei Jungs sich in die Haare gerieten und immer saurer aufeinander wurden. Und dann hat Foster heimlich die Fliege gemacht.«

»Aber meines Wissen waren andere Leute der Ansicht, diese Meinungsverschiedenheiten seien nach ein paar Tagen ausgeräumt gewesen.«

»Tja, die haben sich eben geirrt, nicht? Wenn alles bereinigt gewesen wäre, hätte Foster sich nicht abgesetzt.«

»Sie geben also Slaney die Schuld?«

»Nicht unbedingt. Er hat sich nur an die Vorschriften gehalten.« Er zuckte die Achseln. »Foster haben die Vorschriften nicht gepaßt.«

»Was wollte er denn? Womit war Slaney nicht einverstanden?«

»Irgendeinen Kuhhandel, um die drei Leute aus seinem Netz loszueisen, die drüben einkassiert worden waren.«

»Warum war er so versessen darauf, sie freizubekommen?«

»Vermutlich kam er sich vor wie der edle Ritter, der hoch zu Roß zu Hilfe eilt.«

»Hätten Sie das auch getan?«

»Nie und nimmer. Da gab's nichts zu verhandeln. Die waren im Kahn. Aus und fertig.«

»Jemand deutete an, daß er etwas mit dem Mädchen gehabt haben könnte. Was meinen Sie?«

Malins schwieg einen Moment. »Das ist ein neuer Aspekt. Könnte schon sein, aber ich bezweifle es.«

»Warum bezweifeln Sie es?«

»Wenn er etwas mit dem Mädchen gehabt hätte, hätte er sie aus dem Netz abgezogen, nicht aber ihren Hals riskiert.« Er hielt inne. »Woher haben Sie diesen Hinweis?«

»Von niemand bestimmtem. Ich habe nur einen Haufen kleiner Schnipsel zusammengefügt und bin auf diese Möglichkeit gestoßen.«

»Sie sind ein ziemlich schlauer Hund, stimmt's?« Malins lächelte.

»Wie kommen Sie darauf?«

»Slaney hat nicht daran gedacht. Und auch niemand anders.«

»Aber Sie haben es gewußt, nicht wahr?«

Malins lachte. »Schon möglich.«

»Haben Sie das gemeint, als Sie sagten, Slaney habe nicht alle Fakten gekannt?«

Malins ging nicht auf die Frage ein. »Weshalb interessiert man sich mit einem Mal so für Foster?«

»Reine Routine. Man will die Akte schließen.«

Malins grinste. »*Mich* verscheißern Sie nicht, mein Bester. Ich war selber mal in dem Gewerbe, denken Sie dran.«

»Wohin hat er sich Ihrer Meinung nach gewandt?«

»Ich habe keine Ahnung.«

Doch er sagte es zu rasch und zu entschieden, und Tarrant wußte, daß er log. Möglicherweise wußte er nicht genau, wohin Foster sich gewandt hatte, aber eine Ahnung hatte er ganz bestimmt. Er hatte besser Bescheid gewußt als Slaney, und außerdem würde er freiwillig nie etwas preisgeben.

Tarrant lächelte. »Jetzt sage ich, verscheißern Sie mich nicht, mein Bester. Ich bin noch in dem Gewerbe. Warum verraten Sie mir nicht, was Sie glauben?«

Malins schwieg eine Zeitlang, dann sagte er leise: »Nehmen Sie ab und zu mal einen Rat an, Tarrant?«

»Kommt darauf an, wer ihn gibt.«

»Nun ja, dann lassen Sie sich eins gesagt sein: Sie bewegen sich in einem Minenfeld. Und ihre Bosse in London wußten das, bevor man Sie hergeschickt hat. Wer hat Sie überhaupt geschickt?«

»Powell.«

»Hätte ich mir denken können. Glatt wie Butter und verschlagen wie ein Affe.« Malins stand auf. »Nun denn, denken Sie mal schön, wie man bei uns in Bradford sagt. Da komm' ich nämlich her.«

Und Tarrant wußte, daß die Unterredung zu Ende war. Als Malins ihn zur Tür brachte, sagte Tarrant: »Kann ich noch mal mit Ihnen reden, falls ich irgendwelche Fortschritte mache?«

»Wäre mir ein Vergnügen, mein Freund. Grüßen Sie Ihren alten Herrn von mir.«

Auf dem Anrufbeantworter in der Wohnung an der Kantstraße waren zwei Nachrichten. Die eine stammte von Leni, die ihn an diesem Abend zum Essen bei ihr zu Hause einlud. Die zweite war von Powell, der ihm mitteilte, daß das Begräbnis von Slaneys Frau unter reger Anteilnahme und in würdevollem Rahmen stattgefunden habe; der Archidiakon und eine bekannte Schauspielerin, die an Mrs. Slaneys Auftritte als Soubrette in Musicals erinnert habe, hätten die Trauerreden gehalten. Danach war eine kurze Pause auf dem Band, ehe Powell fortfuhr und ihm riet, er solle sich von Malins fernhalten.

Während er Lenis Nummer wählte, fragte er sich, wer Powell auf dem laufenden halten mochte. Kaum anzunehmen, daß Waring den Zuträger für Powell spielte.

Sie saßen auf dem weichen Ledersofa und tranken Kaffee. Auf dem runden Couchtisch stand eine Kristallvase mit dem Strauß roter Rosen, die er ihr mitgebracht hatte.

»Bist du oft in Ostberlin?« Er fragte er sie so beiläufig wie möglich.

»Komisch, daß du mich das fragst. Ich wollte dich nämlich schon letztes Mal fragen, warum der Grenzübergang an der Friedrichstraße Checkpoint Charlie heißt. Wer, zum Teufel, war Charlie?«

Tarrant lachte. »Das ist kein Name, es ist Militärjargon. Wenn Soldaten über Funk oder Telefon miteinander reden, gebrauchen sie beim Buchstabieren von Namen und Ortsangaben eine Art phonetischen Code, weil es beim einfachen Buchstabieren zu Mißverständnissen kommen könnte. Ein F kann durchaus wie ein S klingen. Daher benutzen sie ein spezielles Alphabet. Es gibt drei Grenzübergänge für alliiertes Militärpersonal – die Checkpoints A, B und C. Folglich heißen sie Checkpoint Able, Checkpoint Bravo und Checkpoint Charlie.« Lächelnd schaute er sie an. »Du wirkst so enttäuscht.«

»Bin ich auch. Ich dachte, dahinter steckt irgendeine romantische Geschichte. Irgendein besonderer Mann.«

»Zurück zu meiner Frage. Wie oft kommst du nach Ostberlin?«

»Ziemlich oft. Etwa einmal pro Woche. Aber als Deutsche muß ich über den Grenzübergang am Bahnhof Friedrichstraße einreisen.« Sie schwieg einen Moment. »Wieso fragst du?«

»Nur aus Neugier.«

Sie lächelte. »Lügner. Treibst du etwa wieder deine alten Spielchen?«

»Natürlich nicht.« Er stockte. »Ich suche schlicht und einfach jemanden. Um mehr geht's nicht.«

»Und du glaubst, er oder sie könnte sich im anderen Teil der Stadt aufhalten?«

»Es kommt mir immer mehr so vor. Ich hoffe, ich irre mich.« Er schaute auf seine Uhr und wandte sich dann wieder Leni zu. »Hast du Zeit, mit mir im *Dschungel* noch einen trinken zu gehen, bevor du in den Club mußt?«

Langsam schüttelte sie den Kopf. »Ich muß heute früher dort sein. Ein andermal jederzeit.«

Sie plauderten noch zehn Minuten miteinander, dann brach er auf. Er ging zur Gedächtniskirche und sah eine Weile den Kids zu, die am Breitscheidplatz Rollschuh liefen, warf einen Blick zu dem großen Mercedes-Stern auf dem Europa-Center und zog dann weiter.

In der Wohnung an der Kantstraße angekommen, zog er sich aus und sah nebenbei die Nachrichten auf Sat 1 an, blieb aber wie gebannt stehen, als die Bilder von den Demonstrationszügen in Leipzig gezeigt wurden. Mit Mühe und Not konnte er ein auf einer langen Stange steckendes Plakat entziffern, auf dem in krakeliger Handschrift stand: *40 Jahre Qualen – wir fordern freie Wahlen.* Auf einem anderen, ebenso grob zusammengeschusterten Plakat hieß es: *Produzieren statt spionieren.* Kaum vorstellbar, daß sich in der DDR derartige Menschenaufläufe bilden konnten, ohne daß man mit Tränengas und Wasserwerfern gegen sie vorging. Die Leute haben mächtig Mumm, dachte er, wenn sie da drüben solche Plakate schwenken.

Den ganzen nächsten Tag über befaßte sich Tarrant mit den Notizen, die er sich nach den bisher geführten Gesprächen gemacht hatte, und versuchte deren Bedeutung einzuschätzen. Am aufschlußreichsten, so kam es ihm jedenfalls vor, waren die Auskünfte, die er von Ingrid Schubert erhalten hatte. Ihren Worten zufolge hatte Uschi Bayer zwei

Liebhaber gehabt, wobei es sich beim ersten mit an Sicherheit grenzender Wahrscheinlichkeit um Foster gehandelt hatte. Aber der zweite war weder Engländer noch Deutscher gewesen. Außerdem wußte er nicht, wie er den Begriff »Liebhaber« deuten sollte. Wenn sie der Meinung gewesen wäre, es habe sich um einen Freund gehandelt, um einen Mann, der ihr nahestand, dann hätte sie es vermutlich auch so ausgedrückt. Wenn sie hätte andeuten wollen, daß es um mehr gegangen sei, dann hätte sie wahrscheinlich »Liebster« gesagt, sie aber hatte eindeutig »Liebhaber« gemeint, mit allem, was dazugehörte. Bett, Sex und so weiter und so fort. Und feste Bindung.

Wenn Charlie Foster Uschi Bayers Liebhaber gewesen war, wieso hatte sie dann kurz darauf einen anderen? War die erste Beziehung in die Brüche gegangen, weil Charlie Foster verschwunden war? Malins' Einwand war nicht schlecht – wenn Foster Uschi Bayer wirklich geliebt hätte, hätte er sie vermutlich eher aus dem Netz abgezogen, als ihre Festnahme zu riskieren. So etwas war schon vorgekommen. Man mußte nur das Spesenkonto ein bißchen frisieren, damit sie ihr Geld bekam, und ihr pro forma einen gutdotierten Posten geben, zum Beispiel als Nachrichtenvergleichsquelle. Und was den zweiten Mann anging – nun, in der DDR wimmelte es von Fremdarbeitern aus den Staaten des Warschauer Paktes und anderen sozialistischen Bruderländern. Er mußte gut verdienen, sonst würde er nicht in der Nähe des Alexanderplatzes wohnen.

Außerdem hatte Malins ziemlich deutlich durchblicken lassen, daß Foster ein Verhältnis mit dem Mädchen gehabt hatte. Aber wenn Malins es wußte, warum hatte dann Slaney nichts davon gewußt? Er war fast bereit, Malins' Warnung vor etwaigen Minenfeldern als bloße Retourkutsche gegen dessen einstigen Arbeitgeber abzutun. Die Mehrzahl aller ehemaligen SIS-Leute verabscheute entweder den Dienst oder aber liebte ihn aus ganzem Herzen. Vielleicht war es bezeichnend, daß es sich bei den Gegnern für gewöhnlich um Agenten im Außendienst handelte, während die Anhänger zumeist Schreibtischtäter waren.

Er stand auf, reckte sich, schaltete die Stereoanlage ein und ging zum Fenster. Er lächelte, als er das Stück erkannte, das auf BFBS lief, dem Radiosender der britischen Streitkräfte. *»Smoke Get's in Your Eyes.«* Hätte die Erkennungsmelodie für diesen Einsatz sein können.

Als er am Fenster stand, fiel ihm Peter Warings Bermerkung ein, daß er und Foster sich sehr ähnelten, was die Einstellung und das Temperament anginge. Knallhart und tüchtig. Na und? Gefühlsbetont. Neigt dazu, sich Hals über Kopf in eine Sache hineinzustürzen, ohne die Risiken abzuwägen. Mit solchen Formulierungen stahlen sich die hohen Herren aus der Verantwortung, wenn man einen Bock schoß, weil sie einen zu Aktionismus gedrängt hatten, ohne einem die nötige Zeit für die entsprechenden Vorbereitungen zu lassen.

Tarrant tastete mit geschlossenen Augen nach dem Wecker, stellte ihn ab, setzte sich im Bett auf und überlegte, ob er sich erst rasieren oder einen Kaffee trinken sollte. Er entschied sich für die Rasur und trat im Bademantel, den Rasierapparat in der Hand, ans Fenster. Heute mußte er wieder auf die andere Seite und sich mit dem Mädchen treffen. Er erwartete nicht viel von ihr, aber der Kontakt könnte sich als nützlich erweisen. Möglicherweise war ihr etwas über Uschi Bayer eingefallen, das sie ihm noch nicht erzählt hatte. Erst jetzt bemerkte er, daß es schneite. Nur ein paar vereinzelte Flocken, so als sollten die Berliner daran erinnert werden, daß immerhin schon die letzte Novemberwoche angebrochen war. Daß der goldene Herbst nicht ewig währte.

Zwei Stunden später überquerte er am Checkpoint Charlie mit einem britischen Paß die Grenze, der nicht auf seinen Namen lautete. Als er zu dem Café bei der Sportanlage kam, hing dort ein Zettel an der Tür, wonach das Lokal bis Ende April geschlossen war. Er schaute auf seine Uhr. Er war pünktlich, aber weit und breit war niemand zu sehen. Ein paar Minuten später kam eine Frau mit einem Sportwagen vorbei. Langsam ging er zum anderen Ende des Sportplatzes und wieder zurück. Die Flocken fielen inzwischen dichter, und er schlug den Kragen seiner Lederjacke hoch. Eine junge Frau kam auf das Café zu, aber es war nicht Ingrid. Sie ging vorbei, blieb dann stehen, drehte sich um und lief langsam und zögernd auf ihn zu. Sie war fast an ihm vorbei, als sie plötzlich stehenblieb, ihn anschaute und leise sagte: »Sie sind Johnny, ja?«

Er nickte, und sie sagte: »Ich stand mit Ingrid auf der Treppe, als Sie zu der Pension gekommen sind. Sie traut sich nicht hierher. Sie wartet am Alexanderplatz auf Sie.«

»Und wo genau?«

»Am Fahrkartenschalter.«

»Warum traut sie sich nicht hierher?«

»Wird Sie Ihnen schon sagen. Ich muß los.«

Damit drehte sie sich um und ging in Richtung Hauptstraße. Er sah ihr hinterher, bis sie zwischen den Häusern verschwand.

Er ging die Karl-Liebknecht-Straße entlang, doch als er zum Alexanderplatz kam, wurde ihm klar, daß ihm das Mädchen nicht gesagt hatte, ob Ingrid am U- oder am S-Bahnhof wartete. Er versuchte sein Glück zunächst mit der S-Bahn. Dort herrschte zwar dichtes Gedränge, doch er sah sie sofort. Sie stand neben dem Fahrkartenschalter, trug eine rote Wollmütze mit Bommel, einen rot-weiß gestreiften Schal und einen Kunstledermantel.

Als er sie begrüßte, bemerkte er, daß sie zitterte. Er wußte nicht, ob es an der Kälte lag oder weil sie Angst hatte. Er nahm sie am Arm und führte sie zur Cafeteria.

»Ist alles okay?«

»Ja. Aber ich kann nicht lange bleiben.«

»Ich besorge uns eine Suppe.«

»Hier gibt's keine Suppe.«

Er lächelte und schob sie an einen Tisch. »Für Dollars wird es schon eine Suppe geben.«

Es war eine dünne Brühe, aber durchaus schmackhaft, und er wartete, bis sie zwei Tassen zu sich genommen hatte. Dann fragte er, weshalb sie sich nicht getraut habe, zum verabredeten Treffpunkt zu kommen.

»Ich glaube, meine Hauswirtin hat der Polizei oder der Stasi gesagt, daß ich aus dem Haus gerannt bin und mit einem Mann gesprochen habe, der nicht von hier ist.«

»In Ostberlin gibt es Tausende von Männern, die nicht von hier sind. Ich könnte ein Gastarbeiter sein.«

Sie lächelte verzagt. »Sie sehen aber nicht aus wie ein Gastarbeiter.« Sie stockte und fuhr dann fort: »Ich habe herausgefunden, wo Uschi wohnt. Ansonsten habe ich, glaube ich, nur schlechte Nachrichten.«

»Erzählen Sie's trotzdem.«

»Sie wohnt über den Markthallen an der Karl-Liebknecht-Straße. Sie ist verheiratet. Deswegen hab' ich ja so einen Bammel.«

»Warum sollte Sie das ängstigen?«

»Weil sie mit einem Russen verheiratet ist. Und sie arbeitet als Tippse im sowjetischen Hauptquartier in Karlshorst.« Sie verstummte und schaute ihn an. »Er ist Offizier beim KGB.«

»Wissen Sie, wie er heißt?«

»Nein. Ich weiß lediglich, daß er um die Dreißig ist. Sehr gut aussieht.« Sie zuckte die Achseln. »Können Sie damit was anfangen?«

Er nickte. »Ja. Wie haben Sie das alles herausgefunden?«

»Eine gute Freundin von mir arbeitet beim Wohnungsamt. Ich habe ihr ein paarmal einen Gefallen getan. Aber sie hat's mit der Angst zu tun gekriegt, als sie rausgefunden hat, daß Uschis Mann Russe ist. Danach war nichts mehr aus ihr rauszuholen.«

»Woher wissen Sie, wie er aussieht?«

»Ich bin zu dem betreffenden Haus gegangen und habe gesehen, wie er herausgekommen und in einen Wagen mit russischer Militärnummer gestiegen ist. Außerdem hat er Uniform getragen.« Sie schwieg einen Moment. »Es war eine KGB-Uniform.«

»Woher wissen Sie, daß es eine KGB-Uniform war?«

Sie lächelte. »Jeder weiß, wie eine KGB-Uniform aussieht. Blaue Biesen am Kragen, Armstulpen an der Jacke und Messingknöpfe mit dem KGB-Zeichen.«

»Sonst noch was?«

»Ja. Gestern hat mich Uschi in der Pension angerufen. Wieso, nach so langer Zeit? Sie muß erfahren haben, daß ich mich nach ihr erkundigt habe. Sie wollte bloß plaudern. Sagte, sie sei jetzt verheiratet. Von einem Russen hat sie nichts gesagt. Sagte, sie wäre sehr glücklich und hätte prima Arbeit.« Sie atmete tief durch. »Ich glaube, irgendein Funktionär hat ihr erzählt, daß ich herumgefragt habe. Ich habe gesagt, daß ich mir Gedanken gemacht hätte, was aus ihr geworden sei. Unter anderem auch wegen dieser Geschichte, die in der Zeitung stand, und sie hat bloß gelacht und gemeint, das sei ein dummes Mißverständnis gewesen.« Sie stockte. »Ich habe Angst, Johnny. Halten Sie mich für albern?«

Es dauerte eine ganze Weile, bis er antwortete. »Nein. Sie verhalten sich sehr vernünftig.« Er schwieg einen Moment. »Verraten Sie mir eins: Was haben Sie vor, wenn Sie Ihren Abschluß in der Tasche haben?«

»Keine Ahnung.«

»Wozu hätten Sie denn Lust?«

Sie zuckte die Achseln. »Irgendwas, bei dem man soviel verdient, daß man davon leben kann. Lehrerin vielleicht.«

»Haben Sie schon mal an Westberlin gedacht?«

Sie rang sich ein mattes Lächeln ab. »Von Westberlin träumt doch jeder. Aber die meisten, die's probiert haben, sind tot.«

»Würden Sie dort leben wollen, wenn sich die Gelegenheit böte?«

»Aber auf der Stelle.«

»Haben Sie meinetwegen Vorlesungen versäumt?«

»Nein. Ich sitze derzeit an einer Arbeit.«

»Was für eine Arbeit?«

»Es geht um die filmische Umsetzung von Tolstois *Krieg und Frieden.*«

»Haben Sie eine Idee, wo wir uns künftig treffen könnten?«

Sie dachte einen Moment lang nach. »Wissen Sie, wo das Hugenotten-Museum ist?«

»Ist das nicht am Platz der Akademie?«

»Ganz genau. Dort ist auch die neue Konzerthalle, wenn man die Französische Straße überquert, hinter der Kirche. Dort gibt es ein Café, das Arkaden-Café – eine Freundin von mir arbeitet dort. Viele Touristen kehren dort ein. Da könnten wir uns treffen, und außerdem könnte Gerda Nachrichten für mich in Empfang nehmen. Fragen Sie einfach nach Gerda. Ich bereite sie darauf vor, daß ein Freund von mir sich bei ihr melden wird.«

»Haben Sie noch ein bißchen Zeit? Dann könnten wir gemeinsam hingehen. Vielleicht würde es die Sache erleichtern, wenn Sie durchblicken ließen, daß ich ein Freund von Ihnen sei? Ein bißchen alt zwar, aber durchaus nützlich.«

Sie lachte. »Nun kokettieren Sie mal nicht so.« Sie stand auf. »Gehen wir.«

Er setzte sich zunächst allein an einen Tisch, während Ingrid mit ihrer Freundin redete. Sie warfen ihm ab und zu verstohlene Blicke zu, lachten gelegentlich, doch Tarrant interessierte sich vielmehr dafür, daß Gerda offenbar am Tresen arbeitete und daß neben der Registrierkasse ein Telefon stand.

Dann kam Ingrid an seinen Tisch, setzte sich zu ihm und sagte leise: »Alles klar. Sie sind Johannes. Ich habe eine Karte mit der Telefonnummer von dem Café. Es schließt abends um zehn, aber sie hat über dem Café ein Zimmer mit Telefonanschluß. Ich habe die Durchwahl. Da kommt sie. Ich mache euch miteinander bekannt.«

Nach der Vorstellung saßen sie noch eine Zeitlang bei Kaffee und Kuchen beisammen, für die Tarrant in der stets willkommenen Westwährung bezahlte. Sie brach zuerst auf, nachdem sie sich ein weiteres Mal verabredet hatten. In zwei Tagen am gleichen Ort.

10. KAPITEL

Tarrant schlug in seinem Notizbuch nach und suchte Kellers Telefonummer heraus. Er hatte bei zwei früheren Einsätzen mit Max Keller zusammengearbeitet. Sie waren etwa gleichaltrig und kamen gut miteinander zurecht. Keller war beim BND, dem Bundesnachrichtendienst. Zweimal streckte er die Hand nach dem Telefon aus, zog sie aber jedesmal wieder zurück. Schließlich wählte er die Nummer. Kellers Sekretärin meldete sich.

»Kann ich Ihnen behilflich sein?«

»Könnte ich bitte Max Keller sprechen?«

»Wer spricht da bitte?«

»Mein Name ist Tarrant. Johnny Tarrant.«

»Ich weiß nicht, ob er frei ist. Mal sehen.«

Ein paar Sekunden lang war Stille in der Leitung, dann meldete sich Keller.

»Hallo, Johnny. Wie geht es?«

»Bestens. Kann ich vorbeikommen und Sie besuchen?«

»Klar. Wann?«

»Gleich, wenn's geht.«

»Okay. Sie wissen ja, wo ich zu finden bin.«

»Nach wie vor an alter Stelle?«

»Ja.«

»In etwa zehn Minuten?«

»Okay. Bis dann.«

Kellers Quartier befand sich in den Hinterräumen einer Buchhandlung in der Nähe des Europa-Centers. In dem Geschäft herrschte ein ständiges Kommen und Gehen, so daß Kellers Besucher nicht weiter auffielen. Zu der Zimmerflucht gelangte man durch eine Tür mit der Aufschrift »Privat – Sonderausgaben«, was mitunter zu peinlichen Begegnungen zwischen Kellers Vorzimmerdame und gewissen älteren Herren führte, die in der Annahme, es handle sich dabei um eine Umschreibung für eher deftige Erotika, in die hinteren Gemächer vordrangen.

Tarrant drückte auf den Klingelknopf neben der Tür, und Keller, der gerade im Vorzimmer gewesen war, öffnete persönlich und schüttelte ihm lächelnd die Hand.

»Habe mich schon gefragt, wann Sie mich besuchen kommen.«

Tarrant schaute ihn erstaunt an, und als sie zu Kellers Büro kamen, sagte er: »Woher wußten Sie, daß ich in Berlin bin?«

Keller grinste, deutete auf einen Sessel und begab sich an seinen Schreibtisch. »Muß mir wohl ein Vögelchen gepfiffen haben.«

Tarrant brauchte Bedenkzeit. Er mußte sich entscheiden, ob es angesichts von Kellers Aussage klug war, das Thema anzuschneiden, das ihn beschäftigte. Daher lenkte er das Gespräch zunächst in eine andere Richtung, erkundigte sich nach Kellers Familie und ihrer jüngsten Urlaubsreise nach Jamaika. Daß Keller über seinen Aufenthalt in Berlin bereits Bescheid wußte, beunruhigte ihn. Er war davon überzeugt, daß weder London noch Waring den BND darüber informiert hatte.

Schließlich unterbrach Keller die zwanglose Plauderei.

»Haben Sie sich schon entschieden, Johnny?«

»Entschieden? Wozu?«

Keller lächelte und zuckte die Achseln. »Ob Sie mit mir über die Sache sprechen wollen, wegen der Sie hergekommen sind.«

»Sagen Sie mir eins, Max. Inoffiziell – woher haben Sie gewußt, daß ich hier bin?«

»Man hat es mir berichtet.«

»Wer hat es berichtet?«

Langsam schüttelte Keller den Kopf. »Niemand, den Sie kennen. Es war eher ein Zufall.« Er schaute Tarrant an. »Ist es denn gar so geheim?«

Tarrant antwortete nicht. Er entschied sich für einen direkten Vorstoß. »Ich wollte Sie um Ihren Rat bitten, wie ich jemanden aus Ostberlin herausholen kann.«

»Freiwillig oder unfreiwillig?«

»Freiwillig.«

»Will der Betreffende später wieder zurück?«

»Nein.«

»Und warum fragen Sie da mich? Ihre Leute draußen am Olympiastadium machen das doch oft genug.«

»Sie haben mit dieser Sache nichts zu tun.«

Keller zog die Augenbrauen hoch. »Heißt das, Sie machen es auf eigene Kappe?«

»Nicht unbedingt. Es geht um eine offizielle Sache, aber Warings Leute haben damit nichts zu tun.«

»Klingt ja interessant. Welcher Zeitrahmen schwebt Ihnen vor?«

»Es sollte in den nächsten ein, zwei Wochen passieren. Aber über den genauen Zeitrahmen bin ich mir noch nicht ganz im klaren. Notfalls muß es auch von heute auf morgen sein.«

»Haben Sie, falls nötig, auch genügend Geld zur Verfügung?«

»Ja.«

»Muß es unbedingt von Ost- nach Westberlin sein, oder kommt auch eine andere Möglichkeit in Frage?«

»Zum Beispiel?«

»Zum Beispiel über Helmstedt oder etwas weiter südlich. Sagen wir mal, im Harz.«

»Das weiß ich im Augenblick noch nicht genau, aber ich nehme an, das müßte möglich sein.«

Keller lehnte sich zurück. Er war kräftig gebaut, und der Sessel quietschte bedrohlich. »Wir sollten die Sache lieber offiziell machen, Johnny. Ich brauche die Erlaubnis aus Pullach, und dort braucht man eine Ansprechstelle in London.«

»Das wäre Powell.«

»Sitzt der immer noch am gleichen Platz? Sowjetische Angelegenheiten?«

»Ja. Soweit ich weiß. Er hat mich eingewiesen, aber die Sache liegt etwas außerhalb seiner sonstigen Zuständigkeit.«

»Ist der Betreffende männlichen oder weiblichen Geschlechts?«

»Auch das weiß ich noch nicht genau. Kommt drauf an, was passiert.«

Keller schwieg eine Zeitlang und betrachtete ein großes, gerahmtes Foto, das an der Wand hing. Es war eine Luftaufnahme von der Berliner Innenstadt unmittelbar nach Kriegsende. Ausgebrannte und zerbombte Hausruinen, die wie verfaulte Zahnstummel aus der Trümmerwüste ragten. Als er sich wieder Tarrant zuwandte, sagte er leise: »Sie haben vor ein paar Tagen Malins aufgesucht. Darf ich fragen, warum?«

»Ich wollte ein paar Hintergrundinformationen von ihm.«

»Für jemanden, der um Unterstützung bittet, sind Sie ganz schön zugeknöpft, mein Guter.«

»Was wollen Sie denn wissen?«

»Wer die Zielperson ist. Welche Nationalität sie hat. Worum es überhaupt geht. Ob diplomatische Komplikationen zu erwarten sind. Warum Ihre hiesigen Leute nicht eingeschaltet sind.«

»Es wird keine diplomatischen Reaktionen geben. Sagen wir mal, es handelt sich um eine interne dienstliche Angelegenheit. Mehr darf ich nicht sagen.«

»Und deswegen haben Sie auch Malins besucht?«

»Indirekt ja.«

»Mit dieser Type würde ich vorsichtig sein. Auf ehrliche Weise kommt man in Berlin nicht an die dicke Knete. Der reitet ein paar ganz gefährliche Touren.«

»Ich wollte ein paar alte Sachen von ihm wissen. Nebensächliches Zeug, längst gegessen.« Er lächelte. »Sachen, die in offiziellen Berichten unter ›wie gerüchtehalber verlautet‹ fallen würden.«

»Ich werde Rücksprache mit meinen Vorgesetzten halten, dann melde ich mich wieder bei Ihnen.«

»Ich sitze nicht am Olympiastadion.«

Keller lächelte. »Ich weiß. Sie sind in der Wohnung an der Kantstraße.«

Auf dem Rückweg zu der Wohnung fragte Tarrant sich einmal mehr, wer Keller verraten haben könnte, daß er in Berlin war. Und woher Keller von seinem Besuch bei Malins wußte. Aus reiner Gewohnheit achtete er grundsätzlich darauf, ob er verfolgt wurde. Aber er hatte nicht damit gerechnet, daß sich die einheimischen Schlapphüte für ihn interessieren könnten, und gegen eine regelrechte Observierung war er durch seine Sicherheitsvorkehrungen nicht gefeit.

Keller rief in Pullach an und berichtete Michaels von seiner Unterredung mit Tarrant. Nach kurzem Schweigen sagte Michaels: »Was meinen Sie, Max? Könnte man uns vom Century House aus eventuell ins Gehege kommen?«

»Könnte schon möglich sein. Er sagt, es sei eine interne Angelegenheit. Das würde passen. Und er sagt, bei dem Besuch bei Malins sei es um alte Sachen gegangen. Wer, wenn nicht unser Freund, käme denn sonst in Frage?«

»Und Sie meinen, er ist derjenige, den er herausholen will?«

»Es paßt einfach zu gut.«

»Was schlagen Sie vor? Sollen wir mit ihm Händchen halten? Sehen, was dabei herausspringt?«

»Ich glaube, wir haben gar keine andere Wahl. Wir kooperieren. Aber wir erwähnen nicht, daß wir uns ebenfalls für die Sache interessieren. Er ist offensichtlich noch am Vorpirschen.«

Michaels lachte. »Wir doch auch. Aber anscheinend ist er schon weitergekommen als wir. Wenn er uns zu unserem Freund führt – um so besser. Sobald wir erfahren haben, wo er steckt, nehmen wir die Sache in die Hand. Wir haben die entsprechenden Mittel und Möglichkeiten, und Tarrant spielt anscheinend den einsamen Helden.« Er schwieg einen Moment. »Halten Sie mich jedenfalls auf dem laufenden.«

»Bestimmt.«

Keller schaute auf seine Uhr. Tarrant dürfte noch nicht wieder in seiner Wohnung sein. Er wollte ihn noch eine Stunde schmoren lassen.

ZWEITER TEIL

11. KAPITEL

Die Tür flog auf, und ein Gefreiter im Kampfanzug trat ein und wandte sich an den auf einer Bank sitzenden Mann, der am Einstellknopf eines Funkempfängers drehte, eines wuchtigen Gerätes mit Metallgehäuse, das auf einem dazugehörigen Tisch stand.

»Der Sar'gent-Major läßt bestellen, Sie sollen auf seine Stube kommen, Sar'gent«, rief er.

Der Mann auf der Bank nickte, schaltete den Empfänger und das schwedische Aga-Drahttonaufnahmegerät aus, stand auf und griff nach seiner Schiffchenmütze. Nur für den Fall, daß der Sergeant-Major die Form einhalten sollte. Er ging nicht davon aus. Sie waren beide Techniker, und bei ihrem Job nahm man es mit dem militärischen Regelwerk nicht so genau.

Er klopfte an die Tür des CSM. Company Sergeant-Major McNay war klein, hatte ein rotes Gesicht, schwarze Haare und leuchtende, hellwache Augen.

»Setzen Sie sich, Eddie.«

Als er Platz genommen hatte, sagte McNay: »Zu dem Gespräch mit dem Kommandierenden. Sind Sie sicher, daß Sie das durchziehen wollen?«

»Jawohl. Bin ich.«

»Die werden nicht zustimmen. Ist Ihnen das klar?«

»Warum nicht? Eine Deutsche zu heiraten ist doch jetzt erlaubt.«

»Wenn Sie bei der Infanterie wären, vielleicht, aber nicht in unserem Trupp.« McNay schüttelte den Kopf. »Was wir hier machen, ist streng geheim, mein Junge.«

»Man kann mich doch zu einer normalen Fernmeldeeinheit versetzen. Zur fünften Division oder zum dreißigsten Korps.«

»Nicht nach dem, was Sie hier gemacht haben.« Langsam schüttelte McNay den Kopf. »Sie haben sich verpflichtet. Sie haben diesen Wisch hier unterschrieben – die offizielle Geheimhaltungsklausel.« Er schwieg einen Moment. »Was haben Sie eigentlich gegen unsere

Mädels einzuwenden? Drunten im Hauptquartier gibt's jede Menge hübscher Miezen vom weiblichen Hilfsdienst.«

»Gar nichts ist gegen die einzuwenden. Ich möchte eben dieses Mädchen heiraten.« Er zögerte kurz und sagte dann: »Nirgendwo steht geschrieben, daß man keine Einheimische heiraten darf. Ich dürfte nicht der einzige sein.«

McNay zuckte mit der Schulter. »Von mir aus. Wenn Sie's auf Deibel komm raus wissen wollen – er erwartet sie punkt sechzehn Uhr.«

Sergeant Foster begab sich wieder an seinen Arbeitsplatz und schaltete die Anlage ein. Während das Funkgerät warmlief, trat er ans Fenster der Blockhütte und ließ den Blick über das Tal schweifen. Bei dem Bauernhof da drüben, dessen Gemäuer im warmen Licht der Herbstsonne lag, fing die sowjetische Zone an. Von Duderstadt aus waren es knapp drei Kilometer bis zur Demarkationslinie, und Special Signals Unit Nummer 3, die Fernmeldespezialeinheit, der er angehörte, war in einer Reihe von Holzhäusern stationiert, von wo aus sie sämtlichen Funkverkehr der sowjetischen Streitkräfte auf der anderen Seite abhörte. Er hatte die Aufgabe, alle Frequenzen der Sowjets zu überwachen und das Aga-Aufnahmegerät anzustellen, sobald er irgendwelche Funksprüche auffing. Er hatte keine Ahnung, worum es bei diesen Meldungen ging – dafür war das Hauptquartier in Göttingen zuständig. Normalerweise konnte er Morsezeichen aus dem Effeff lesen, aber der Funkverkehr, den er aufzeichnete, war nicht nur verschlüsselt, sondern überdies auch noch in kyrillischer Schrift beziehungsweise auf russisch. Doch Sergeant Foster war ein gewissenhafter Mensch, und dementsprechend eifrig hörte er auch die zwölf Frequenzen ab, für die er zuständig war.

Als er Feierabend machte und ein anderer Sergeant übernahm, ging er auf seine Stube, rasierte sich noch einmal und wienerte seine Stiefel, bis sie glänzten, wie es sich für eine guten Soldaten gehörte. Und ein guter Soldat war er – er trug die Ordensbänder für die Teilnahme an den Feldzügen in Nordafrika, Italien und Deutschland. Er mochte die Army wegen der Kameradschaft, und bei der Army mochte man ihn. Er hatte eine schnelle Auffassung und war absolut zuverlässig.

Als er fertig war, ging er hinaus zu dem offenen Schuppen, in dem die Motorräder und der Transporter standen. Er war dreiundzwanzig und nach wie vor begeistert, daß man ihm eine 500er BSA zur Verfügung gestellt hatte, mit dem üblichen Tarnanstrich zwar, aber so auffrisiert, daß sie fünfzehn Stundenkilometer mehr machte als offiziell angegeben. Vorsichtig trat er den Anlasser durch, achtete darauf, daß keine Flecken auf seine hellen Leinwandgamaschen kamen. Nachdem der Motor ein paar Minuten lang warmgelaufen war, ließ er langsam die Kupplung kommen, meldete sich am Wachhäuschen ab und fuhr dann los. Normalerweise kam er punkt 23 Uhr zurück, es sei denn, er hatte Nachtschicht.

»Setzen Sie sich, Sergeant-Major.«

Als McNay Platz genommen hatte, sagte Major Ryan: »Soweit ich weiß, haben Sie mit ihm geredet.«

»Ja, Sir. Aber er scheint fest entschlossen. Sagt, er könnte sich ja zum Fernmeldedienst bei einer Einheit versetzen lassen, die nicht der Geheimhaltung unterliegt.«

»Er wird aber hier gebraucht. Die ganze Ausbildung und Erfahrung, die er hat – so was schreibt man doch nicht einfach ab.«

»Was ist eigentlich bei dem Bericht über das Mädchen herausgekommen?«

»Ich habe mir unabhängig davon einen Bericht von der Field Security anfertigen lassen. Nichts, was für uns von Nutzen wäre. Ihr Vater war beim NS-Lehrerbund, aber da mußten alle Lehrkräfte dabeisein, wenn sie ihren Job nicht verlieren wollten.« Er zuckte die Achseln. »Ich kann bestenfalls den harten Mann spielen und sehen, ob er sich davon abschrecken läßt.«

»Da wäre noch etwas, Sir, was ich vielleicht unterderhand anmerken sollte, wenn das geht.«

»Nur zu.«

»Ich habe hinten herum gehört, daß er wegen seines Gesuchs an seinen Wahlkreisabgeordneten geschrieben hat.«

»Na so was, tatsächlich? Danke für den Hinweis. Frecher Bankert. Ich werde es nicht verwenden, aber vergessen werde ich es auch nicht. Noch können wir Sergeant Foster eine gewaltige Lektion erteilen.« Er schüttelte den Kopf. »Ich mag es nicht, wenn mir die Mannschaftsgrade neunmalschlau daherkommen.«

Die Unterredung mit dem Kommandierenden war streng nach Vorschrift verlaufen. Er wurde vom CSM hineingebracht, mußte aufstampfen, salutieren, die Mütze abnehmen, und dann hatte der Kommandierende auf einen Stuhl gedeutet und den Oberfeldwebel mit einem Nicken entlassen.

»Nun denn, Sergeant Foster. Sie haben um eine Unterredung bezüglich Ihres Heiratsgesuches gebeten. Sie wollen also eine feindliche Ausländerin ehelichen. Eine Deutsche. Ja?«

Foster trat unbehaglich von einem Fuß auf den anderen. »Für mich, Sir, ist sie lediglich eine junge Frau.«

»Warum ausgerechnet diese, Sergeant? Was haben Sie gegen unsere Mädels daheim einzuwenden? Oder die Dienstverpflichteten hier, wenn's denn sein muß?«

»Gar nichts, Sir.« Er stockte. »Aber in dem Mitteilungsblatt vom dreißigsten Korps stand, daß Rekruten einheimische Mädels heiraten dürften, vorausgesetzt, es gibt keine sicherheitstechnischen Vorbehalte.« Wieder stockte er. »Soweit ich weiß, trifft das nicht zu. Sie war gerade zehn Jahre alt, als der Krieg ausbrach.«

»Gegen Ihre junge Frau gibt es auch keine Vorbehalte. Wohl aber Ihretwegen, Sergeant. Sie überwachen den Funkverkehr der russischen Streitkräfte. Möglicherweise wissen Sie nicht, worum es geht, aber Sie wissen, was wir hier machen, und Sie kennen unseren Auftrag. Ihre Arbeit – die Arbeit der ganzen Einheit – ist streng geheim.«

»Vielleicht könnte ich mich zu den gewöhnlichen Fernmeldern bei der Division oder beim Korps versetzen lassen.«

»Ich kann mir nicht vorstellen, daß die zuständigen Leute bei der einundzwanzigsten Army Group da mitspielen. Einen tüchtigen Nachrichtenmann läßt man nicht einfach ziehen, nur weil er eine Deutsche heiraten will. Meiner Meinung nach sollte ich das Gesuch nicht durchgehen lassen. Wir sind hier weder bei der fünften Division noch beim dreißigsten Korps – wir sind die einundzwanzigste Army Group.«

»Dürfte ich, bei allem Respekt, um eine Unterredung mit dem Oberbefehlshaber der Fernmeldetruppen bei der einundzwanzigsten Army Group bitten, Sir?«

»Nein. Die Sache ist erledigt, Sergeant, aber Sie können Ihr Anliegen in einem Jahr erneut vorbringen.« Er schwieg einen Moment. »Die Kleine ist doch nicht etwa schwanger, oder?«

»Nein, Sir. Würde das etwas ändern?«

»Wo haben Sie das Mädchen kennengelernt?«

»Sie hat in einer Truppenbetreuungskantine in Göttingen Tee ausgeschenkt.«

»Wie lange kennen Sie sie schon?«

»Fast ein Jahr.«

»Und Sie meinen, das reicht, um so eine schwerwiegende Entscheidung zu treffen?«

»Ja, Sir. Mir war schon nach ein, zwei Monaten klar, daß ich sie heiraten will, aber sie wollte es sich noch mal überlegen. Sie wollte nicht, daß ich deswegen Schwierigkeiten kriege.«

»Was für Schwierigkeiten?«

Foster zuckte die Achseln. »Von gewissen Leuten, für die alle Deutschen nach wie vor Nazis oder Krauts sind. Und wegen meiner Arbeit.«

»Weiß sie, was Sie machen?«

»Nur, daß ich bei den Fernmeldern bin. Aber sie weiß, daß ich bei der Army bleiben möchte.«

»Warum wollen Sie bei der Army bleiben?«

»Weil es mir gefällt.«

»Warum?«

Foster zuckte mit der Schulter. »Wegen der Kameradschaft. Und meiner Arbeit. Die Army ist gewissermaßen meine Familie.«

»Sie sind ein Waisenkind, nicht wahr?«

»Ja, Sir.«

»Und Sie sind sich ganz sicher, was das Mädchen angeht? In guten wie in schlechten Tagen?«

»Ja, Sir, ziemlich sicher.«

Major Ryan musterte Foster eine Zeitlang schweigend.

»In Ordnung, Sergeant. Ich werde Ihr Gesuch befürworten. Das heißt, daß Sie das Mädchen innerhalb der nächsten dreißig Tage heiraten dürfen.« Er stand auf. »Ich kann Ihnen nur alles Gute wünschen, aber ...« – er deutete mit dem Finger auf Foster – »... sprechen Sie nie wieder – ich wiederhole: nie wieder – mit irgend jemandem über die Arbeit, die Sie hier leisten, auch nicht mit Ihrer Frau. Verstanden?«

»Ja, Sir ... und vielen Dank, Sir.«

Sechs Wochen später wurde Sergeant Edward Foster in einer Kirche in Göttingen mit Ingrid Maria Schultz vermählt. Keiner ihrer Angehörigen nahm an der Trauung teil, wohl aber ein gutes Dutzend Freunde, dazu kamen etwa ebenso viele Kameraden aus Fosters Einheit und Major Ryan, der die Braut zum Altar führte. Ihr Vater hatte die Ehe gebilligt, war aber der Feier ferngeblieben, da er befürchtet hatte, seine kurze, zwangsweise Mitgliedschaft beim NS-Lehrerbund könne eine Belastung darstellen. Zwar hatte man ihm versichert, daß niemand davon erfahren werde, doch er war seit jeher ein scheuer Mensch gewesen, und Ingrid glaubte, daß er, obwohl ein hochangesehener Dozent an der Universität, hauptsächlich vor der Ansprache zurückschreckte, die er beim offiziellen Empfang hätte halten müssen.

Sergeant Foster hatte in England kein Zuhause, und so fuhren sie zunächst nach Hannover, wo sie beim britischen Konsulat einen britischen Paß für Ingrid Foster besorgten, reisten dann weiter nach Amsterdam und verbrachten dort die Flitterwochen.

Bei ihrer Rückkehr nach Duderstadt wies man ihnen eine Unterkunft im Quartier für verheiratete Truppenangehörige zu. Ihr Sohn Charles kam im Herbst 1952 in einem Militärhospital in Hannover zur Welt.

Als Charles zwei Jahre alt war, überließ ihnen der Vater sein Haus in Göttingen. Die Stadt hatte im Krieg nur wenig Schaden genommen, und das Haus befand sich in einem freundlichen Villenviertel und war so geräumig, daß sie alle bequem unterkamen. Der alte Herr, der seinen Enkel abgöttisch liebte, nahm den Kleinen im Kinderwagen mit in den Stadtpark, wo er sich mit seinen Freunden traf. Er war von der örtlichen Field Security Section überprüft und für weitestgehend unbelastet befunden worden, so daß er wieder eine Teilzeitstelle als Dozent an der Universität hatte antreten können. Mit seinem Schwiegersohn kam er gut zurecht, und er war dankbar dafür, daß seiner Tochter durch die Ehe mit ihm in diesen harten Nachkriegsjahren ein gewisses Maß an Sicherheit geboten wurde.

Eddie Foster und seine Frau wiederum führten trotz aller Unterschiede, was Charakter, Herkunft und Erziehung anging, eine glückliche und zufriedene Ehe.

Als der Junge fünf Jahre alt war, schlug seine Mutter vor, er solle lieber eine deutsche Schule besuchen als eine der Lehranstalten für die

Kinder von Angehörigen der Besatzungstruppen und Mitgliedern der Militärverwaltung. Dadurch wachse er erstens zweisprachig auf, und zweitens lerne er dort mehr. Foglich sprach der Junge in der Schule Deutsch und zu Hause Englisch. Eddie Foster schnappte seinerseits so viele deutsche Brocken auf, daß er die Sprache einigermaßen beherrschte, wenn auch eher aus Gefälligkeit gegenüber seiner Frau und seinem Schwiegervater als aus echtem Interesse.

Der kleine Charlie Foster war ein aufgeweckter Schüler, der darüber hinaus von den Charaktereigenschaften beider Elternteile profitierte, dem bodenständigen Pragmatismus seines Vaters ebenso wie von der Phantasie und dem Hang zur Romantik von seiten der Mutter. Seinen Großvater liebte er von ganzem Herzen. Der alte Mann behandelte den achtjährigen Jungen wie seinesgleichen und erzählte, wie es früher in Deutschland gewesen war, bevor die Nazis an die Macht gekommen waren und das Land in Krieg und Verderben gestürzt hatten.

Als der Junge zehn Jahre alt war, änderte sich sein Leben von Grund auf. Der Großvater starb, und die Dienstzeit des Vaters ging zu Ende, so daß man beschloß, nach England überzusiedeln. Zwar hatte es letztendlich keinen Widerstand gegen Eddie Fosters Vermählung mit einer Deutschen gegeben, doch er war nie mehr befördert worden. Die Mehrzahl seiner Altersgenossen hingegen war mittlerweile in den Offiziersrang aufgestiegen oder zumindest zu Unteroffizieren ernannt worden. Er ließ sich keinerlei Unmut über diese Zurücksetzung anmerken, aber er war jetzt ein erstklassiger Techniker und wußte, daß ihm dies bei seinem Ausscheiden aus der Army zugute kommen würde. Und nur darauf kam es ihm an. Obwohl sie nie darüber redeten, war seiner Frau durchaus bewußt, daß man ihn wegen seiner Heirat mit einer Deutschen bestraft hatte, für sie einmal mehr ein Beweis für die Liebe eines Mannes, dem es nicht gegeben war, seine Gefühle offen zu zeigen.

Eddie Foster bekam bei seinem Abschied ein hervorragendes Zeugnis von seinem kommandierenden Offizier sowie ein überschwengliches Empfehlungsschreiben von einem Offizier der britischen Rheinarmee an einen Freund, der einen Kundendienstleiter für seine Ladenkette in Birmingham suchte. Nach einem kurzen Vorstellungsgespräch wurde er eingestellt und erhielt ein Gehalt, das dreimal so hoch war wie seine Einkünfte beim Militär.

Sie mieteten sich ein Haus in Erdington, und am Montag darauf trat Eddie Foster seine Arbeit an.

Es dauerte fast ein Jahr, bis Charlie Foster und seine Mutter in England heimisch wurden, und in dieser Zeit entstand eine enge Bindung zwischen den beiden, die sich gegenseitig Trost und Beistand wider die Unwägbarkeiten eines fremden Landes spendeten.

Für den Jungen, der vollauf damit beschäftigt war, sich an die neue Schule zu gewöhnen, war die Umstellung leichter. Aufgrund seiner Begabung wurde er an der örtlichen Oberschule aufgenommen, und später bot man ihm ein Universitätsstipendium an. Zur Enttäuschung seiner Mutter beschloß er jedoch, sich statt dessen zum Militär zu melden. Sein Vater hatte keineswegs auf ihn eingewirkt. Er, dem es lieber gewesen wäre, sein Sohn hätte studiert, hatte vielmehr auf die Engstirnigkeit des Soldatenlebens hingewiesen, verglichen mit den Möglichkeiten, die eine akademische Bildung bot. Der Junior erwiderte durchaus vernünftig, daß er, falls es ihm bei der Army nicht gefallen sollte, nach drei Jahren ausscheiden und sich dann immer noch um einen Studienplatz bewerben könne.

Charlie Foster meldete sich für drei Jahre zum Royal Corps of Signals, der Fernmeldetruppe. Und da er zweisprachig aufgewachsen war, wurde er nach der Grundausbildung zu einer Einheit in Westberlin versetzt, die den Funkverkehr der Nationalen Volksarmee und des Staatsicherheitsdienstes der DDR überwachte

Nach nur drei Monaten wurde er zum Sergeant befördert, und kurz darauf ließ ihn sein kommandierender Offizier, Lieutenant-Colonel Ramage, zu einem Gespräch unter vier Augen rufen. Ramages Bestallung war seinerzeit weniger aufgrund seiner fernmeldetechnischen Fähigkeiten erfolgt, sondern weil er ein guter Menschenkenner war. Bei einer Einheit, die einen hochsensiblen Sicherheitsauftrag zu erfüllen hatte, war das von entscheidender Bedeutung.

»Ah, Sergeant, kommen Sie rein.« Ramage lächelte. »Setzen Sie sich doch.« Er schwieg einen Moment. »Ich dachte, es könnte ganz nützlich sein, wenn wir beide mal miteinander plaudern.«

»Ja, Sir.«

»Macht Ihnen die Arbeit bei unserer Einheit Spaß?«

»Ja, Sir.«

»Sie haben eine ganze Reihe sehr kluger Vorschläge zu unserem Betriebsablauf eingebracht. Offenbar haben Sie sich viele Gedanken darüber gemacht, wie wir unseren Überwachungsauftrag angehen sollten.«

»Gar nicht mal, Sir. Diese Verbesserungen boten sich eigentlich von selbst an.« Er zuckte die Achseln. »Ich nehme an, als Neuer hat man eine andere Wahrnehmung.« Er lächelte. »Vermutlich bleibt das nicht so.«

Ramage lächelte ebenfalls. »Hoffentlich doch. Und genau deswegen wollte ich mich mit Ihnen unterhalten.« Er hielt kurz inne. »Man hat davon gesprochen, Sie zum Offizier zu ernennen. Was würden Sie davon halten?«

»Ich würde es als eine große Ehre betrachten, Sir.«

»Sie müßten natürlich zur Offiziersausbildung, aber da sehe ich keinerlei Schwierigkeiten für Sie.« Ramage musterte Foster eingehend, als er fortfuhr. »Es gibt da nur eine Sache, die ich vielleicht ansprechen sollte. Ich will auch nicht lange um den heißen Brei herumreden. Man hat mir mitgeteilt, daß Sie den Großteil Ihrer Freizeit eher mit Deutschen verbringen als mit Ihren Kameraden. Halten Sie diesen Einwand für berechtigt?«

Foster schwieg einen Moment, dann erwiderte er: »Ja, ich halte diesen Einwand für berechtigt.« Er zuckte die Achseln. »Man hat meine Herkunft durchleuchtet, bevor ich hierher versetzt wurde, daher müßte das eigentlich alles in meiner Personalakte stehen. Meine Mutter ist Deutsche, besser gesagt, sie war es, bis sie meinen Vater geheiratet hat. Ich bin in Deutschland aufgewachsen. Bis zu meinem zehnten oder elften Lebensjahr. Ich habe eine deutsche Schule besucht, keine Army-Schule, so daß ich Deutsch ebenso selbstverständlich spreche wie Englisch. Ich interessiere mich dafür, was in diesem Land politisch vor sich geht, aber ich kann diese Kontakte jederzeit abbrechen, wenn man sie für unerwünscht hält.«

Ramage nickte. »Eine vernünftige Einstellung, aber ich habe das gar nicht kritisch gemeint. Wie Sie wahrscheinlich wissen, werden die Erkenntnisse, die wir hier sammeln, an eine andere Dienststelle weitergeleitet. Und die Verantwortlichen dort haben festgestellt, daß Sie

Ihr Material mit Kommentaren versehen haben. Andere machen das auch, aber denen fehlt Ihr Verständnis für dieses Land und die Menschen. Die zuständigen Leute wären daran interessiert, Sie zu übernehmen. Was halten Sie davon?«

»Sind das die Leute, die draußen am Olympiastadion sitzen?«

»Ja, kennen Sie jemanden von dort?«

»Nein. Ich weiß nur, daß es sie gibt. Nichts Genaueres.«

»Wie genau? Was machen die Ihrer Meinung nach?«

»Ich nehme an, es sind Nachrichtendienstler. MI-6 oder so was Ähnliches.«

»Nicht schlecht, aber ich muß hinzufügen, daß es bei deren Arbeit ein bißchen mehr zur Sache geht als bei unserer eher passiven Überwachungsaufgabe. Was meinen Sie? Würde Ihnen das zusagen?«

»Warum nicht, wenn die mich für geeignet halten?«

Ramage rang sich ein knappes Lächeln ab. »Ich glaube, wir können davon ausgehen, daß man Sie ziemlich genau überprüft hat, und wenn es irgendwelche Zweifel gäbe, würden wir jetzt nicht miteinander reden. Soll ich einen Termin zum Vorsprechen für Sie vereinbaren?«

»Ja, bitte.«

Ramage stand auf und brachte Foster zur Tür. »Der Offizier, mit dem Sie sich treffen werden, ist ein gewisser Slaney«, sagte er. »Viel weiß ich nicht über ihn. War früher mal in Beirut.«

Auf das Gespräch mit Slaney folgte eine ganze Reihe weiterer Unterredungen, nicht nur mit Slaney, sondern auch mit anderen Offizieren. Foster war davon überzeugt, daß sie die Antworten auf viele Fragen, die sie ihm über seine Eltern und insbesondere seine Mutter stellten, bereits kannten. Er mußte sich den üblichen Persönlichkeitstests sowie einer medizinischen Untersuchung unterziehen. Er erhielt keinerlei Hinweis, zu welchem Ergebnis man dabei gekommen war, doch nachdem man sich in einem Landhaus in Kent ein weiteres Wochenende lang intensiv mit ihm unterhalten hatte, teilte man ihm mit, daß er angenommen sei. Seine Dienstzeit bei der Army sei damit beendet, er sei jetzt Zivilist und Angehöriger des SIS, des Secret Intelligence Service. Nach einer sechsmonatigen Ausbildungszeit werde er entweder in Westberlin oder in Rheindahlen bei Mönchengladbach stationiert werden.

Foster war von der Ausbildung beeindruckt. Gemeinsam mit fünf anderen Männern nahm er an dem Lehrgang teil, in dem man ihnen unter anderem Observierungstechnik, Agentenführung und das nötige Rüstzeug für den Einsatz beibrachte, wie man tote Briefkästen anlegte, zum Beispiel, und die Verbindung mit seinen Leuten aufrechterhielt. Darüber hinaus gab es Speziallehrgänge für nur jeweils einen oder zwei Kursteilnehmer – in Fosters Fall ging es dabei um die politische Struktur der DDR, den ostdeutschen Geheimdienst und dessen großen Bruder, das KGB. Hinzu kam eine extra Lehreinheit über Organisation, Ausrüstung und besondere Kennzeichen der Nationalen Volksarmee und der sowjetischen Streitkräfte. Die Funkausbildung und der Sprachauffrischungskursus blieben ihm hingegen erspart, da er ausgebildeter Fernmelder war und Deutsch, immerhin seine Muttersprache, perfekt beherrschte. Allerdings bekam er im Zuge der beiden Speziallehrgänge auch eine intensive Grundausbildung in russischer Sprache, so daß er in der Lage war, ein nicht allzu fachspezifisches Gespräch auf russisch zu führen oder russische Dokumente zu lesen. Foster mußte in allen drei Fächern eine praktische Prüfung ablegen, und sein Eifer sowie seine rasche Auffassung wurden im Abschlußbericht ausdrücklich erwähnt. Der Lehrgang hatte, hauptsächlich wegen des Russischkurses, alles in allem acht Monate gedauert, und während dieser Zeit hatte er keine Verbindung zu seinen Eltern aufnehmen dürfen. Doch man gewährte ihm zwei Wochen Urlaub, bevor er seinen Posten in Berlin antreten mußte. Er war jetzt zwar offiziell Angehöriger des SIS, doch in den Akten wurde er nach wie als Armeeoffizier im Range eines Captain beim Royal Corps of Signals geführt. Eine administrative Vorsichtsmaßnahme für den Fall, daß er gelegentlich Uniform tragen mußte, um aufgrund der Viermächtestatuten leichter nach Ostberlin gelangen zu können.

Er verbrachte den Urlaub bei seinen Eltern und half seinem Vater, der mittlerweile selbständiger Fernseh- und Hi-Fi-Händler war und in Erdington einen Laden gepachtet hatte, bei der Dekoration der Geschäftsräume. Vor seinem Abschied gingen sie alle drei im Kardomah Café in der Nähe der Kathedrale essen.

Ein Jahr lang lernte Charlie Foster, bis er begriff, worum es in diesem Geschäft wirklich ging. Er lernte, daß es in erster Linie auf die Menschen ankam. Daß man sich das Vertrauen eines Agentennetzes verdienen mußte. Da halfen weder Dienstgrad noch Freundlichkeit. Er hatte in dieser Zeit mit zwei Agentennetzen zu tun. Das eine wurde von einem ruhigen, selbstsicheren Mann geleitet, der anscheinend genau wußte, wie er die verschiedenen Leute, die für ihn arbeiteten, bei der Stange halten konnte. Das andere Netz wurde von einem eher ungestümen, draufgängerischen Offizier geführt, der von seinen Leuten eine Menge erwartete, ihnen aber im Gegenzug die Gewißheit vermittelte, daß er sie niemals im Stich lassen würde.

Und ihm wurde in diesem ersten Jahr klar, daß auch die Leute auf der anderen Seite in erster Linie und vor allem Menschen waren. Auch die Männer da drüben hatten Söhne, Eltern, Frauen und Geschwister. Natürlich würde es auf beiden Seiten immer wieder Männer geben, die sich in Gewalt und Brutalität ergingen. Aber sie waren in der Minderheit. Und sie konnten wohl nur in den seltensten Fällen auf das Vertrauen und die Zuverlässigkeit anderer Menschen bauen.

Bei der Arbeit der vom SIS Berlin im anderen Teil Deutschlands geführten Agentennetze kam es hauptsächlich auf genaue Beobachtung an. Manchmal ging es um Kleinigkeiten, neuartige Kettenglieder an sowjetischen Panzern etwa oder andere Regimentsabzeichen an den Uniformen der Rotarmisten am sowjetischen Ehrenmal – Hinweise darauf, daß bestimmte Einheiten abgelöst worden waren. Oder man erfuhr, daß ein Posten am Checkpoint Charlie finanziell in der Klemme steckte. Ein andermal wiederum machte man einen echten Fang: Ein Unteroffizier eines sowjetischen Panzerregiments, der sich von der Truppe entfernt hatte, wies einen darauf hin, daß seine Einheit verlegt worden war. Es war ein riesiges Puzzlespiel, und die zigtausend Einzelteile, die bei oberflächlicher Betrachtung zunächst völlig bedeutungslos erschienen, konnten sich letzten Endes zu einem Gesamteindruck zusammenfügen, der die politischen Entscheidungen im Century House oder im Außenministerium beeinflußte.

Als Foster schließlich ein eigenes Netz aufbauen mußte, warb er alle Beteiligten persönlich an. Und er rekrutierte die Kuriere ebenso gewissenhaft wie die eigentlichen Agenten. Für Foster waren sie allesamt wichtige Glieder in einer Kette. Seine drei Kuriere bedienten sieben Agenten. Agenten, die eigenhändig Erkenntnisse über Truppenstationierungen, neue Ausrüstungsgegenstände, aber auch über die wirtschaftliche Lage, die politische Situation vor Ort, über die allgemeine Moral, über Importe und Exporte sowie über die Versorgung der Bevölkerung lieferten. Die Operation lief reibungslos, und das Netz lieferte Informationen aus allen Bereichen, die, nachdem sie ausgewertet waren, einen Eindruck vom Leben auf der anderen Seite des Eisernen Vorhangs vermittelten.

12. KAPITEL

Foster, der einen irischen Paß vorlegte und eine Kamera um den Hals hängen hatte, ging in Zivil durch den Kontrollpunkt. Es war später Nachmittag, aber am Springbrunnen trieben sich bereits ein paar Prostituierte herum. Das Kreidezeichen an dem Stein gegenüber von der Statue war noch vorhanden, und es war auch nicht durchgestrichen. Der tote Briefkasten war also nicht überprüft worden.

Er knipste ein paar Bilder vom Springbrunnen und spazierte dann ins eigentliche Stadtzentrum, die Gegend um den Marx-Engels-Platz, das offizielle Aushängeschild der DDR. Wie immer wimmelte es dort von Schnäppchenjägern, darunter zahlreiche GIs und auch ein paar britische Soldaten. Gläser, Geschirr und Bettzeug waren günstig und qualitativ einigermaßen gut, doch der Großteil der in den Schaufenstern angebotenen Artikel war Schund, minderwertig und altmodisch, Oberbekleidung aus Synthetikstoffen zum Beispiel, die aus rumänischem Erdöl hergestellt waren. Langsam ging er durch die Geschäfte und blieb dann an einem Ladentisch stehen, an dem Halstücher für Damen angeboten wurden, schlechte Kopien von Hermès- und Chanel-Schals, die Farben teilweise bereits verblichen, wenn sie im Schaufenster der Sonne ausgesetzt gewesen waren.

Es gab nur eine Verkäuferin, eine Frau mittleren Alters, die sich reichlich Zeit ließ, ehe sie ihn bediente.

»Das Mädchen hat gesagt, daß heute neue Schals kämen.«

Sie lehnte sich an den Schaukasten und verschränkte die Arme, wirkte unzugänglich und gereizt zugleich.

»Welches Mädchen soll das gewesen ein?«

»Ich weiß nicht, wie sie hieß. Eine Blondine. Ziemlich jung. Ist seit mindestens einem Jahr hier. Arbeitet immer nachmittags.«

»Die hat sich nicht blicken lassen. Ich bin vom Andenkenstand hierher versetzt worden.«

»Ist sie vielleicht krank – die Kleine, meine ich?«

Die Frau zuckte die Achseln, so als interessiere sie das nicht im geringsten.

»Wer weiß? Sie ist nicht gekommen, mehr weiß ich nicht. Ich verkaufe normalerweise Andenken. Den Krempel hier kauft doch außer den Amis und den Touristen eh keiner.«

»Wissen Sie, wann sie wiederkommt?«

Sie schüttelte nur den Kopf und wandte sich dann einer Taube zu, die auf dem Fenstersims hinter ihr hockte.

Langsam ging er durch den Laden und trat wieder hinaus auf den Alexanderplatz. Ihm war unbehaglich zumute, regelrecht bang. Gelegentlich kam es zwar vor, daß jemand nicht auftauchte. Hinderungsgründe gab es zuhauf: Krankheit, Arbeit, familiäre Probleme. Aber zwei geplatzte Verabredungen an einem Tag – das konnte nicht nur Zufall sein.

Neben dem Reisebüro stand eine Telefonzelle. Er wählte die Nummer, ließ es zweimal klingeln, legte auf, wählte erneut und blieb diesmal dran. Nach dem zehnten Läuten wurde die Verbindung unterbrochen, und er legte auf. Jetzt war ihm klar, daß sein Netz in Schwierigkeiten steckte. Die drei Leute waren keine Informanten, sondern Zuträger. Kuriere, die lediglich Nachrichten und Anweisungen überbrachten. Leute, die sich um die toten Briefkästen kümmerten. Aber sie stellten seine Verbindung zu den eigentlichen Agenten dar, und ohne sie funktionierte das Netz nicht. Wenn sie ausfielen, stieg das Risiko. Dann mußte er direkten Kontakt zu den Agenten aufnehmen. Was wiederum auch diese in Gefahr brachte. Doch bevor er etwas unternehmen konnte, mußte er wissen, was geschehen war.

Als er wieder in Westberlin war und an diesem Abend die Nachrichten der »Stimme der DDR« hörte, erfuhr er es. Der Staatssicherheitsdienst hatte drei Personen verhaftet, denen Spionagetätigkeit für eine ausländische Macht vorgeworfen wurde. Eine Frau und zwei Männer.

Erst am nächsten Tag gaben die Westberliner Printmedien die Namen der vorgeblichen »Staatsfeinde« bekannt. Im letzten Absatz des Artikels wurde angedeutet, daß die drei für die amerikanische CIA spioniert hätten. Dieser Hinweis war seine einzige Hoffnung. Wenn die da drüben nicht wußten, für wen die Leute gearbeitet hatten, dann wußten sie vermutlich sehr wenig. Jemand mußte seine Leute verkauft haben. Es sah nicht so aus, als seien die Festnahmen aufgrund einer längeren Observierung erfolgt. Er mußte unbedingt mit Slaney sprechen. Vielleicht hatte der einen Vorschlag, was man für seine Leute tun konnte.

Slaney hatte erst zu fortgeschrittener Abendstunde für ihn Zeit. Er war am Telefon, als Foster eintrat, doch er winkte ihn zu dem vor seinem Schreibtisch stehenden Sessel. Als er endlich aufgelegt hatte, schob er einen Stapel Akten beiseite und schaute Foster an.

»Wie ich höre, gibt es bei Ihnen Probleme, Charlie.«

»Jawohl. Haben Sie sich schon ein paar Gedanken darüber gemacht?«

»Sie meinen, wegen der Ersatzleute?«

»Nein. Ich meine, wie wir sie herausholen können.«

Slaney wirkte überrascht. Er schwieg einen Moment.

»Wie lange wird es dauern, bis sie ersetzt sind? Sie waren doch nur Kuriere – nicht wahr?«

»Sie haben seit fast einem Jahr für uns gearbeitet.«

»Ich verstehe nicht recht.«

»Sie haben die ganze Zeit ihren Hals für uns riskiert. Wir dürfen sie nicht einfach hängenlassen.«

Slaney seufzte. »In diesem Gewerbe nehmen wir alle das eine oder andere Risiko auf uns. Und wir wissen, was uns blüht, wenn wir gefaßt werden.«

»Wenn ich gefaßt würde – was würden wir dann unternehmen?«

»Das ist etwas anderes, Charlie. Und das wissen Sie auch. Sie sind britischer Staatsbürger – britischer Offizier.«

»Und was würden wir unternehmen?«

»Wir würden feststellen, wen wir von denen haben. Und dann zusehen, ob sich über einen Austausch verhandeln läßt.«

»Und warum machen wir das nicht bei meinen Leuten?«

»Was schlagen Sie vor?«

»Wir sollten zusehen, ob ein Austausch möglich ist.«

»Um Gottes willen, Charlie. Ihre Leute sind Deutsche. Wir würden damit zugeben, daß wir Deutsche für nachrichtendienstliche Tätigkeiten auf der anderen Seite verwenden. Die müssen wahrscheinlich allenfalls ein Jahr einsitzen. Wir können uns um sie kümmern, wenn sie wieder freikommen.«

»Man wird sie wegen Spionage anklagen. Das kann ihnen bis zu zehn Jahre einbringen. Möglicherweise sogar mehr.«

»Hören Sie, Charlie. Ich weiß, daß es einen mitnimmt, wenn so etwas passiert, aber das gehört nun einmal dazu. Das eine Mal gewinnt man, ein andermal nicht.« Er hielt kurz inne. »Was haben Sie denen erzählt, als Sie sie angeworben haben?«

»Den üblichen Quatsch. Daß sie auf sich gestellt seien, wenn sie erwischt werden sollten. Daß wir schwören würden, wir hätten noch nie von ihnen gehört.«

»Nun denn.« Slaney warf einen Blick auf seine Uhr. »Ich muß los, Charlie. Reden wir morgen weiter darüber.«

»Welche Zeit?«

»Ich verstehe nicht recht.«

»Morgen um welche Zeit?«

»Oh.« Fahrig wedelte er mit der Hand. »Sagen wir, um neun.« Er stand auf. »Haben Sie eine Vorstellung, wie man ihnen auf die Schliche gekommen sein könnte?«

»Meiner Ansicht nach hat sie jemand verpfiffen.«

»Da könnten Sie recht haben. Drei auf einmal ist ungewöhnlich. Ich nehme an, die haben einen aufgegriffen und durch die Mangel gedreht, und er hat die beiden anderen verkauft, um seine eigene Haut zu retten.« Er zuckte mit der Schulter. »Ist alles schon vorgekommen, Charlie. Die Leute, die wir einsetzen, sind nicht gerade Ritter in strahlender Rüstung. Die stehen nur bedingt auf unserer Seite, müssen Sie wissen. Die Mehrzahl kann uns nicht ausstehen.«

»Und warum riskieren sie dann ihr Leben?«

»Das wissen Sie doch genausogut wie ich. Es geht um Geld, Privilegien, ein bißchen Aufregung – vielleicht auch um Selbstbestätigung.« Er zuckte die Achseln. »Und darüber hinaus bietet sich dadurch eine Gelegenheit, den Russen eins auszuwischen. Denn die hassen sie noch mehr als uns. Ich muß jetzt gehen, Charlie.« Er lächelte. »Wir sehen uns um neun. Schlafen Sie darüber. Wir werden uns schon etwas einfallen lassen.«

Langsam ging Foster zurück in sein Büro, schloß den Metallschrank auf und holte die drei Akten heraus. Dann setzte er sich an seinen zerschrammten Schreibtisch, zog den gelben Notizblock aus der

Schublade, schraubte die Kappe eines Edding-Filzschreibers ab und legte ihn neben den Block. Auf der obersten Akte stand in schwarzen Letraset-Buchstaben »Operation Paintbox«. Die zweite war nur mit »Stasi – Stadtmitte« gekennzeichnet, und auf der dritten befand sich ein per Schreibmaschine ausgefüllter Aufkleber mit der Aufschrift »KGB-Zuständigkeit«.

Zwei Stunden lang blätterte er die Unterlagen ein ums andere Mal durch und machte sich auf dem gelben Block Notizen. Aber er befaßte sich hauptsächlich mit Akte Nummer zwei und drei. Schließlich legte er sie wieder zurück, schloß den Metallschrank ab, stützte die Ellbogen darauf und blieb davor stehen. Er betrachtete die tiefen Kratzer in dem grauen Lack, den Glasaschenbecher voller abgefallener, bräunlich verfärbter Blüten, den Plastiktopf mit den verdorrenden Überresten einer Begonie.

Er stützte das Kinn in die Hände und musterte den großformatigen Stadtplan von der Berliner Stadtmitte. In dem Korkbrett steckten drei blaue und sieben rote Nadeln. Die blauen standen für seine Kuriere, die roten für die Informanten. Ohne die Kuriere hatte er keinerlei Möglichkeit herauszufinden, ob auch einer der Agenten aufgegriffen worden war. Es sei denn, er ging persönlich hinüber, verstieß gegen sämtliche Sicherheitsvorschriften und setzte sich selbst mit einem von ihnen in Verbindung.

Die drei Leute hatten bereits eine Nacht im Gefängnis hinter sich, und mittlerweile waren sie von der Stasi vermutlich schon an die Sowjets überstellt worden. Laufer würde wahrscheinlich nicht reden. Er war ein harter Bursche, und seine Tarnung war gut. Klein würde reden. Er war vermutlich zuerst kassiert worden, und er hatte garantiert bei den ersten Schlägen ausgepackt. Er schloß die Augen und dachte über das Mädchen nach. Arme Uschi. So jung, so schön, so vertrauensselig. Und voller Liebreiz. Er seufzte und fragte sich, ober er sie vor allem deshalb angeworben hatte. Keinerlei emotionale Beziehungen zu Leuten, die man als Informanten einsetzt – das hatte man ihnen in der Ausbildung immer wieder eingetrichtert. Er hatte es zunächst nicht auf eine Beziehung angelegt, aber er hatte sie gemocht. Und dann war Zuneigung daraus geworden. Echte Zuneigung. Er hatte nie einen Annäherungsversuch gemacht. Sie hatten sich geküßt, ein bißchen geknutscht, aber das war alles. Und er hatte sich vorgemacht, solange er nicht mit ihr schlafe, handle es sich um keine wirkliche Beziehung. Sie hatte die gleichen blauen Augen wie seine Mutter, genauso lange blonde Haare. Eine echte Germanin, wie man hierzulande sagte.

Er schrak zusammen, als es klopfte und kurz darauf die Tür aufgerissen wurde. Er drehte sich um und sah Shelley. Schwarze Lederjacke, schwarze Lederhose, beide üppig mit Nieten beschlagen. Er stand in der offenen Tür und schaute zu Foster.

»Was treibst du denn so spät noch hier?«

»Nichts Wichtiges.«

»Komm mit auf ein Bier und ein Sandwich.«

»Ich bin zu fertig. Ich muß ins Bett.«

»Okay, wir gehen zu Maxi. Fünf Minuten Fußmarsch. Komm schon. Hör auf, dir hier den Arsch aufzureißen.«

Sie aßen schließlich eine Gemüsesuppe und ein Wiener Schnitzel. Als der Kaffee kam, sagte Shelley: »Hast du Bammel um deine Spitzel, die man gefaßt hat?«

»Sie waren keine Spitzel. Ganz gewöhnliche Leute, aber keine Spitzel.«

»Ich hab' ein paar Berichte von dir gelesen.« Er stockte. »Ich hatte das Gefühl, daß du auf die Kleine stehst.«

»Wie kommst du denn darauf?«

»Keine Ahnung. Einfach der gute alte Riecher, nehm' ich an. Hab' ich recht?«

»Teilweise. Sie ist ein nettes Mädchen. Richtig nett. Ich mag sie sehr.«

»Was hat Slaney gesagt?«

»Dem war das völlig egal. Wollte lediglich wissen, wie lange es dauert, bis ich die Ersatzleute angeheuert und eingewiesen habe.«

»Ich habe gehört, wie er im Club mit Miller geredet hat. Hat gesagt, daß du dir irgendwie vorstellst, wir sollten ein paar Ossies gegen unsere Leute austauschen.«

»Was hat Miller gesagt?«

»War irgendwie unbeteiligt, hat aber gesagt, es wäre 'ne Überlegung wert.«

»Haben wir im Moment jemanden, den wir austauschen könnten?«

Shelley schüttelte langsam den Kopf. »Vergiß es, Charlie. Slaney willigt da nie und nimmer ein. Der hat sich mit so was schon mal die Finger verbrannt. Als er in Beirut war.«

»Was hat er dort gemacht?«

»In etwa das gleiche wie du. Hat ein Agentennetz geführt. Irgendeine Gruppierung hat zwei seiner Leute entführt. Ich weiß nicht mehr, welche, aber es waren irgendwelche islamische Fundamentalisten, die 'nen direkten Draht nach Teheran hatten.«

»Was ist daraus geworden?«

»Die andere Seite hat für den Fall eines Austausches einen Wunschzettel vorgelegt, angefangen von AK-47 über einen Panzerwagen bis zu Motorteilen für einen Mannschaftstransporter. Gar nicht dran zu denken, daß da irgendeiner zugestimmt hätte. Nicht mal Slaney.

Drei Wochen lang hat man hin und her verhandelt, und zu guter Letzt hat man sich darauf geeinigt, daß der Deal läuft, wenn wir einen Laster voller Arzneimittel für die Flüchtlingslager zur Verfügung stellen. Der Laster sollte die Medikamente zu einem vorher vereinbarten Zeitpunkt bei einem bestimmten Lager abliefern. Dort würden sie uns die beiden Araber übergeben, worauf wir dann zu unserer Botschaft fahren wollten, und damit hätte es sich.«

»Und was ist schiefgegangen? Haben sie die beiden gekidnappten Araber nicht übergeben?«

»O ja, das schon. Der Lkw-Fahrer ist zwar in einer Häuserruine verschwunden, aber die zwei Männer waren hinten auf dem Lastwagen. Nackt, Kehle durchgeschnitten, voller Würmer und Schmeißfliegen. Der Doc hat gesagt, die wären seit mindestens zehn Tagen tot. Slaney und ein gewisser MacArthur haben sie gefunden.« Er griff nach seinen Zigaretten und sagte: »Denk daran, wenn du mit Slaney redest.«

»Wie lange ist das her?«

»Drei, vier Jahre, so in etwa. Aber für Slaney ist das so, als wär's gestern gewesen. Wird auch immer so bleiben. Er hat damals andere dazu überredet, die Vorschriften zu umschiffen, und sich dabei 'ne blutige Nase geholt. Und was London angeht – die haben ihn mindestens ein Jahr auf Eis gelegt.«

»Irgendwelche Vorschläge, wie ich meinen Leuten helfen könnte?«

Shelley schaute weg und winkte der Bedienung wegen der Rechnung. Dann wandte er sich wieder Foster zu.

»Verrat mir, was man *deiner* Meinung nach tun könnte?«

»Wie schon gesagt. Wir könnten mit der anderen Seite Verbindung aufnehmen und einen Austausch gegen Leute von ihnen anbieten, die bei uns einsitzen.«

»So was interessiert die doch nicht, Charlie. Die sind nicht so gestrickt. Die wissen doch genau, daß die paar Handlanger, ob Stasi oder KGB, die wir uns gegriffen haben, nicht weiter wichtig sind. Außerdem gehen die davon aus, daß sie ausgepackt haben. Warum also die Mühe?« Shelley grinste spöttisch. »Auf Slaney würden sie sich selbstverständlich einlassen.«

Foster lächelte nicht. »Wie wär's mit Geld? Fernsehgeräten? Videorecordern?«

»Inzwischen hat da nicht mehr die Stasi die Hand drauf, sondern das KGB. Die Jungs vom KGB können sich hier drüben kaufen, was sie wollen. Das ist ja einer der Vorteile bei deren Job. Das weißt du doch.«

»Und wenn man mich einen Greiftrupp aufstellen und losschlagen ließe?«

Shelley schniefte und lehnte sich zurück. Er warf einen Blick auf die Rechnung, gab der Bedienung einen Fünfzigmarkschein, sagte, das stimme so, aber er brauche eine Quittung. Als sie wieder ging, faltete er den Zettel zusammen und steckte ihn in die Innentasche seiner Jacke.

»Vergiß es, Charlie. So was kommt in diesem Geschäft einfach vor. Besorg dir ein paar neue Kontakte, sonst verlierst du auch noch deine Agenten.« Shelley stand auf. »Gehen wir. Ich hab' in zwei Stunden eine Razzia. Wir können uns ein Taxi zum Zoo teilen. Ich setz' dich dort ab.« Er legte Foster die Hand auf die Schulter. »Schlaf ein bißchen, bevor du dich morgen mit Slaney triffst. Und nur die Ruhe. Deswegen geht die Welt nicht unter.«

13. KAPITEL

Slaney schüttelte seinen regennassen Mantel aus und hängte ihn an den Haken hinter der Tür. Dann drehte er sich zu Foster um und deutete auf einen Sessel. Er trocknete sich mit einem Taschentuch das Gesicht und wischte sich über die Haare, ehe er hinter seinem Schreibtisch Platz nahm.

»Nun denn, wo waren wir stehengeblieben?«

»Wir haben über meine Leute gesprochen, die verhaftet worden sind.«

»Genau. Ich habe gesten abend Rücksprache mit London gehalten. Denen tut die Sache natürlich leid. Lassen ihr Mitgefühl bestellen. Aber sie sind nicht der Meinung, daß man in diesem Stadium etwas unternehmen kann.« Er schwieg einen Moment, nahm die Brille ab, griff zu einem Kleenex und putzte sie bedächtig. »Die haben im Moment allerhand um die Ohren. Aber sie legen Wert darauf, daß Ihr Netz bestehen bleibt. Wir sind derzeit auf jede Erkenntnis angewiesen, die wir von drüben bekommen können. Man war sehr beeindruckt von dem Material, das Sie geliefert haben.« Slaney atmete tief durch. »Man wäre bereit, zwei, drei Zuträger von Scorpio abzutreten, falls das eine Hilfe wäre.«

»Dürfte die wenig reizen. Immerhin sind die bisherigen Zuträger geschnappt worden.«

Slaney zuckte mit der Schulter. »Sie haben keine andere Wahl, Charlie.«

»Warum nicht?«

»Heikle Vergangenheit. Die stehen gewaltig in unserer Schuld.«

»Um die Moral meiner Agenten dürfte es derzeit nicht mehr zum besten bestellt sein.«

»Vielleicht wäre es ganz nützlich, wenn Sie persönlich rübergingen und ihnen klarmachen, daß wir weiterhin Wert auf ihre Mitarbeit legen und sie auch künftig unterstützen werden.«

»Und wenn sie fragen, was wir wegen der Zuträger zu tun gedenken – was sage ich dann?«

»Erklären Sie ihnen, daß wir warten wollen, bis sich der Staub gelegt hat, bevor wir etwas unternehmen.«

»Um Himmels willen, diese Leute haben mir vertraut – allesamt. Aber das sind doch keine Dummköpfe – die wissen sofort, daß ich sie anlüge.« Ungehalten schüttelte er den Kopf. »Ich möchte, daß etwas für meine Kuriere getan wird – und zwar rasch.« Er stand auf, funkelte Slaney an und sagte leise: »Sonst stelle ich selbst was auf die Beine.«

»Zum Beispiel?«

»Das ist meine Sache.«

»Setzen Sie sich, Charlie.« Slaneys Gesicht war rot vor Wut. »Jetzt hören Sie mal genau zu, Foster. Schluß mit dem freundlichen Geplauder. Das ist jetzt ein offizielles Gespräch. Ihr Agentennetz ist keine Privatarmee, die Sie aufgestellt haben, sondern sie ist Teil der nachrichtendienstlichen Operationen, die wir hier, von Berlin aus, betreiben. So ärgerlich es ist, daß Ihre drei Leute gefaßt wurden, aber vielleicht sollten Sie mal darüber nachdenken, ob es nicht möglicherweise an einer Unvorsichtigkeit Ihrerseits lag, daß sie aufgeflogen sind. Zuviel Kameraderie vielleicht und nicht genug Augenmerk auf die Spielregeln. Sie sind ein Profi. Sie haben eine lange Ausbildung genossen. Bislang haben Sie gute Arbeit geleistet.« Drohend hob er den Finger. »Unternehmen Sie nichts – und zwar nicht das geringste –, was Ihrem guten Ruf schaden könnte. Auf dieser Ebene verhandeln wir nicht mit der anderen Seite, und wir spielen auch nicht James Bond. Wenn die drei ihre Zeit abgesessen haben, werden wir sehen, was wir für sie tun können.« Heftig schlug er mit der Hand auf den Schreibtisch. »Und damit ist die Sache erledigt, Charlie. Nehmen Sie sich zwei Tage frei. Beruhigen Sie sich. Und melden Sie sich wieder bei mir, wenn Sie in der entsprechenden Verfassung sind, um Ihre Arbeit fortsetzen zu können. Von meiner Seite wird es keinerlei Vorbehalte geben.«

Foster schwieg einen Moment, dann sagte er: »Dürfte ich darum bitten, daß diese Sache dem Century House vorgelegt wird?«

Slaney stand auf. »Sie gehen zu weit, mein Bester. Wird Zeit, daß Sie auf den Boden der Tatsachen zurückkehren. Für wen, zum Teufel, halten Sie sich eigentlich? Gehen Sie wieder an die Arbeit, oder nehmen Sie ein paar Tage frei. Aber kommen Sie mir nie wieder mit dieser Angelegenheit. Verstanden?«

Foster nickte langsam. »Verstanden, Mister Slaney. Verstanden.«

Sobald Foster in seiner Unterkunft war, setzte er sich an den kleinen Schreibtisch im Wohnzimmer. Er machte sich auf einem Block Notizen, strich einzelne Wörter und ganze Sätze durch. Zerknüllte ein Blatt nach dem anderen, während er seine Argumentationsversuche einmal durchlas, dann ein zweites Mal. Um vier Uhr morgens gab er auf. Er hatte keinerlei Argumente, jedenfalls keine, die für Slaney oder die Leute in London annehmbar wären. Ein ums andere Mal schrieb er: »Vergiß es. Es gibt kein Argument.« Aber er wußte, daß es nicht stimmte. Es gab ein Argument. Und zwar die Treuepflicht gegenüber Menschen, die einem ihrerseits treue Dienste geleistet hatten, ohne nach dem Preis zu fragen. Ohne Rücksicht auf die Folgen.

Dann tat er genau das, was man ihm in der Ausbildung beigebracht hatte. Mach dir die Argumentation der anderen Seite zu eigen. Er griff auf den offiziellen Jargon und die Wortwahl der anderen Seite zurück, aber es waren nur vier Zeilen. Er zog das Blatt aus der Schreibmaschine und las es sorgfältig durch. Zweimal. Es klang schlüssig, selbst in seiner Formulierung. Der SIS bot der anderen Seite nie einen Austausch an, wenn ein Agent gefaßt worden war. So hochrangig er auch sein mochte. Unter gewissen Umständen, beispielsweise wenn das Angebot von der anderen Seite kam und aus dem einen oder anderen Grund für erwägenswert erachtet wurde, zog man einen Austausch in Betracht. Diesen Grundsatz impfte man allen Agenten zu Beginn und am Ende ihrer Ausbildung ein. Ausnahmen gab es nicht.

Er verbrannte sämtliche Notizen im Abwaschbecken in der Küche, spülte die Aschereste weg und ließ das Wasser noch eine Viertelstunde lang laufen, ehe er den Hahn abdrehte.

Es wurde bereits hell, als er sich auf das Bett legte und in voller Kleidung einschlief.

Am nächsten Morgen nahm Foster sich sämtliche Ost- und Westberliner Zeitungen vor, die seit der Festnahme seiner drei Leute erschienen waren. Doch er fand nichts außer dieser ersten, kurzen Nachricht, in der lediglich Namen und Tatbestand aufgeführt wurden.

Am Nachmittag durchwühlte er alle Akten nach Unterlagen über den Staatssicherheitsdienst. Es sah so aus, als seien die Verhaftungen von der Abteilung X durchgeführt worden, die für sogenannte *Aktive*

Maßnahmen zuständig war. Als er die Namen der zuständigen Leute durchlas, fiel ihm plötzlich ein Funkspruch ein, den seine ehemalige Einheit abgefangen und an den SIS weitergeleitet hatte. Er rief seine alten Kameraden an und erkundigte sich, welche Stasi-Frequenzen und Einsatzbereiche von ihnen überwacht wurden. Es waren einige hundert Frequenzen, die sie mehr oder weniger wahllos abhörten, aber nur ein Dutzend wurde rund um die Uhr überwacht. Vier dieser Frequenzen wurden von der Abteilung X benutzt. Und wiederum zwei davon deckten den Bereich Stadtmitte ab, wo seine Leute tätig gewesen waren.

Er fuhr mit dem Taxi zu seinem ehemaligen Arbeitsplatz, einer großen Villa im Grunewald. Sein alter Freund Garrett war inzwischen Lieutenant – trotzdem war er sofort bereit, bei einem früheren Kameraden ein Auge zuzudrücken. Schließlich war nirgendwo ausdrücklich festgehalten, daß man als SIS-Mann keinen Zugang zu den Unterlagen der Fernmeldesicherungseinheit haben durfte.

Sie plauderten ein paar Minuten lang, und Foster war schwer beeindruckt von dem neuen Arbeitsgerät. AR-3000-Scanner, dazu ICOM-R-9000, allesamt an Revox-Geräte mit 50-cm-Spulen angeschlossen und mit automatischem Aufnahme-Impulsgeber ausgestattet. Es gab zudem einen neuen Bereich mit vier R-9000, verbunden mit Decodierungsterminals vom Typ M-7000, jedes mit einem Monitor und einem Epson-Drucker versehen.

»Wozu braucht ihr die M-7000?«

Garrett zuckte die Achseln. »Die schicken einen Großteil ihrer offiziellen Mitteilungen per Funkfernschreiber nach Moskau. Auch die Stasi greift oft darauf zurück. Was suchst du denn?«

Foster erklärte es ihm, ohne auf die Auseinandersetzung mit Slaney einzugehen, und Garrett führte ihn zu einer Reihe eiserner Regale.

»Das ganze Stasi-Zeug für den Bereich Stadtmitte ist in diesem Regal. Bezieht sich jeweils auf zwei Monate, dann wird es rüber ins Hauptarchiv gebracht und auf Mikrofilm erfaßt. Wenn irgend etwas über deine Leute vorliegt, müßte es hier dabeisein. Wird täglich auf den neuesten Stand gebracht.«

»Wenn ihr irgendwas über diese Festnahmen aufgeschnappt hättet, wäre das nicht sowieso an den SIS weitergeleitet worden?«

»Kommt drauf an. Die verhaften jeden Tag scharenweise Leute. Durchaus möglich, daß wir einem bestimmten Fall keine besondere Bedeutung beigemessen haben.«

»Habt ihr noch den IBM-3-7-0?«

»Na klar doch.«

»Wird das Stasi-Zeug per Computer erfaßt?«

»Ja. Dauert aber immer zwei Tage.«

»Läuft das Suchprogramm über Namensangaben?«

»Ja. Es gibt eine Aufstellung über die auf dem IBM angelegten Fährten. Halte dich einfach an die Codierungsliste. Wir haben auch ein Hilfsprogramm, falls du es brauchst. Ich lass' dich allein. Du kennst dich ja hier aus.«

Sechs Stunden lang suchte Foster sämtliche Dateien nach den drei Namen ab. Er fand nur einen. Den Namen des Mädchens. Aber er stieß dabei auf einen Querverweis auf eine Reihe von Aufzeichnungen abgehörter Funkgespräche. Als er sich die Niederschriften vornahm, erkannte er, weshalb man ihnen bei der Auswertung keine besondere Bedeutung beigemessen hatte. Sie enthielten keinerlei nähere Angaben zu den Verdachtsmomenten. Nur der Name des Mädchens, die Adresse und die Daten der Stasi-Observierungsberichte. Allerdings wurden der Name und der Standort des zuständigen Stasi-Offiziers genannt. Wie Foster vermutet hatte, handelte es sich um die Abteilung X – ein gewisser Leutnant Kolbe, der in der Nähe der Bibliothek stationiert war. Aber mehr brauchte er nicht.

Nachts um zehn war er wieder in seinem Büro am Olympiastadion. Nachdem er sich zurückgemeldet hatte, begab er sich sofort ins Archiv und schlug im Hauptverzeichnis nach, wo die Personalunterlagen über Stasi-Angehörige aufbewahrt wurden.

Es war ein gutes Dutzend dicker Aktenordner, aber Foster atmete erleichtert auf, als er feststellte, daß die Namen in alphabetischer Reihenfolge aufgelistet waren. Der überwiegende Teil der erfaßten Daten bezog sich auf Personen im Rang eines Majors und darüber, doch die Mitarbeiter der Abteilungen X und III waren vollständig und unabhängig von ihrem Dienstrang aufgeführt. Die Abteilung III war für die im verdeckten nachrichtendienstlichen Einsatz tätigen Mitarbeiter an Botschaften, bei Konsulaten und anderen offiziellen Einrichtungen ausländischer Staaten zuständig.

Über Leutnant Kolbe lagen nur zwei kurze Absätze vor. Er war fünfundreißig, ledig. Hatte ein Jahr bei der Volkspolizei gedient und war dann wegen seiner Polizeierfahrung und seiner fließenden Russischkenntnisse von der Stasi angeworben worden. Er war Leiter eines sechköpfigen Trupps, der für Spionageabwehrmaßnahmen in den Ostberliner Innenstadtbezirken zuständig war. War von frühester Jugend an Mitglied bei allen einschlägigen Parteiorganisationen gewesen. Gerüchteweise hieß es, er sei homosexuell, doch in einer handschriftlichen Notiz wurde darauf hingewiesen, daß es dafür keinerlei Anhaltspunkte gebe. Wohnte allein in einer Stasi-Unterkunft für ledige Offiziere. Hatte einen Abschluß in Geschichte an der Humboldt-Universität. Keine Angaben zu Freunden oder Bekannten. War seit sieben Jahren Stasi-Offizier. Keinerlei bekannte Hobbys oder besondere Interessen. Nach Einschätzung des SIS rangierte er aufgrund seiner Fähigkeiten etwas über dem bei der Stasi üblichen Niveau.

Etwas über Stasi-Durchschnitt, das wollte nicht viel heißen. Bei Stasi-Offizieren gab es, was Erfahrung und Intelligenz anging, gewaltige Unterschiede, aber die große Mehrheit waren schlichtweg Opportunisten, die rücksichtslos ihre Machtbefugnis gegenüber der Bevölkerung auskosteten, deren persönliche Freiheiten sie durch tausend kleine Schikanen einschränkten. Im Grunde genommen waren sie nichts anderes als Nachfolger der alten Blockwarte aus der Nazi-Zeit, die im Dritten Reich ihre Nachbarn ausgespäht und denunziert hatten. Kleine Tyrannen, die von jedermann gefürchtet und gehaßt wurden. Verachtet selbst von denen, die sie benutzten.

Zufrieden mit den Ergebnissen seiner Spurensuche in den Überwachungsunterlagen, begab er sich in seine Unterkunft. Er tippte einen Antrag an Slaney, in dem er um eine Unterredung im Century House bat, und behielt einen Durchschlag für sich.

Als er am nächsten Tag im Büro saß, erhielt er den Antrag in einem offiziellen Briefumschlag zurück. Es war das Original, versehen mit Datumsstempel und Eingangszeit. Das Blatt war so energisch durchgestrichen, daß es fast in zwei Stücke zerfetzt war, und unter seiner Unterschrift stand handschriftlich und in Großbuchstaben »Antrag abgelehnt«, dazu Slaneys Signet.

14. KAPITEL

Slaney rührte gerade seinen Morgenkaffee um, als das Telefon klingelte und er das rote Lämpchen am Zerhacker aufleuchten sah. Er drückte beide Knöpfe zugleich und nahm den Hörer ans Ohr. Die Stimme am anderen Ende war so laut und aufgebracht, daß er zunächst kein Wort verstand.

»Tut mir leid – ich kann Sie nicht verstehen. Die Verbindung ist irgendwie gestört.«

»Sind Sie das, Slaney?«

»Ja. Spricht dort Tony Powell?«

»Ganz genau, verdammt noch mal. Was, zum Teufel, geht in Ihrem Laden vor sich?«

»Ich verstehe nicht recht.«

»Dieser Foster. Verbreitet, daß wir seine Leute den Wölfen zum Fraß vorwerfen und …«

Slaney unterbrach ihn. »Tut mir leid, Tony. Ich werde ihn sofort kommen lassen und mich darum kümmern.«

»Er ist hier, Sie verdammter Trottel. Im Century House. Redet davon, daß er sich an die Presse wenden will. Warum haben Sie ihn sich nicht in Berlin zur Brust genommen? Um Himmels willen, wissen Sie denn nicht mal, wo Ihre Leute sind?«

»Ich habe ihm gesagt, er soll zwei Tage frei nehmen und sich beruhigen. Ich hätte nicht gedacht, daß er sich ans Century House wendet.«

»Garantiert nicht. Wie auch immer. Ich schicke ihn zurück. Nehmen Sie ihn sich vor, mein Bester. Wenn er mit der Presse droht, sagen Sie ihm, daß wir mit ihm Schlitten fahren, bis ihm Hören und Sehen vergeht.«

»Wie haben Sie auf seine Geschichte reagiert.«

Powell klang etwas ruhiger. »Ich habe ihn ein bißchen bei der Ehre gepackt, etwas von Pflicht und Größe erzählt und jede Menge Balsam auf die wunde Seele geträufelt.«

»Und Sie wollen ihn wieder hierher schicken?«

»Er ist jetzt zu seinen Eltern gefahren, und ich habe ihm so vorsichtig wie möglich beigebracht, daß es keinerlei Vermerk wegen unerlaubter Abwesenheit vom Dienst geben wird, vorausgesetzt, er ist bis Freitagmittag wieder bei Ihnen.«

»Und damit war er zufrieden?«

»Woher soll ich das wissen? Das ist Ihre Angelegenheit.«

»Wie soll ich Ihrer Meinung nach mit ihm verfahren?«

»Ach du lieber Gott.« Er hob wieder die Stimme. »Habe ich mich nicht deutlich genug ausgedrückt? Dafür sind Sie zuständig. Aber ich will keinerlei Tragödie, weder hier noch in Berlin. Zeigen Sie ein bißchen Fingerspitzengefühl. Lassen Sie sich einen Kompromiß einfallen.«

»Auch hinsichtlich seines Wunsches – eine Art Austausch?«

»Machen Sie sich nicht lächerlich.«

Damit wurde der Hörer aufgeknallt.

Powell zog seine Krawatte zurecht und sagte zu Harris: »Irgendwann in den nächsten zwei, drei Monaten müssen Sie sich was Schlaues einfallen lassen, wie wir Slaney wieder an den Schreibtisch bekommen, damit ich ihn im Auge behalten kann.«

»Eine vorzeitige Pensionierung möglicherweise?«

»Nein. Es ist meine Schuld, daß ich ihn überhaupt genommen habe. Hatte bis zu diesem Bockmist in Beirut gute Ergebnisse vorzuweisen. Muß ihn mehr mitgenommen haben, als uns klar war. Jedenfalls, was mich angeht. War seinerzeit voreilig, hat Ärger mit den verdammten Arabern gekriegt und kommt nicht drüber weg. Hält sich jetzt stramm an die Regeln, aber an Standorten wie Berlin funktionieren die Vorschriften nicht. Und schon gar nicht mit Jungs wie Foster. Scheint mir ein knallharter Bursche zu sein. Intelligent ist er ebenfalls. Aber ein bißchen zu naiv.«

»Soll ich unterderhand ein paar Takte mit Slaney reden?«

»Nein. Lassen Sie ihn mal damit zurechtkommen. Soll ihm eine Lehre sein.« Powell schwieg einen Moment. »Sie könnten allerdings darauf achten, daß Mister Foster nach Berlin zurückkehrt, und Slaney Bescheid sagen, wann er eintrifft.«

Slaney fuhr persönlich nach Tegel und holte Foster ab. Sie saßen etwa zehn Minuten lang in der Flughafen-Cafeteria, und Slaney gab sich so liebenswürdig wie möglich. Foster wirkte ruhig, war aber unverbindlich, als Slaney meinte, gemeinsam werde ihnen schon etwas einfallen.

Am folgenden Tag fragte Slaney Foster, ob er aufgrund seiner Kenntnisse um die Zustände auf der anderen Seite nicht die Berichte der Agentennetze auswerten wolle, die in Leipzig und Dresden operierten. Foster wirkte nicht gerade begeistert über dieses Ansinnen, das als Kompliment und Friedensangebot zugleich gedacht war. Für Friedensangebote war es zu spät. Foster hatte sich mittlerweile überlegt, wie er weiter vorgehen wollte. Möglicherweise funktionierte es nicht, aber er wollte es zumindest versuchen. Alles hing davon ab, wie die Leute auf der anderen Seite reagierten. Sein Vater hatte gesagt, es sei Wahnsinn, aber seine Mutter war durchaus verständnisvoll gewesen. Verschlimmern konnte sich nichts, außer für ihn persönlich, falls es nicht klappen sollte.

Sobald er wieder in seiner Unterkunft war, packte er die Sachen zusammen, die er nicht brauchen würde, und brachte sie zu einem Schließfach am Bahnhof Zoologischer Garten. Dann nahm er sich ein Einzelzimmer in der Pension Remtor an der Marburger Straße. Er mietete sich für drei Nächte ein, schlief aber an diesem Abend zu Hause.

15. KAPITEL

Er rief von der Auskunftstelle der Berlin Tourist Information aus an. Über diese Verbindung bekam er mühelos einen Anschluß nach Ostberlin, da man von hier aus ständig Unterkünfte für Touristen buchte, die ein, zwei Tage im anderen Teil der Stadt zubringen wollten. Es klingelte dreimal, dann nahm jemand ab, und eine Männerstimme nannte die Rufnummer des Anschlusses.

»Ich möchte mit Leutnant Kolbe sprechen.«

»Wer spricht da?«

»Es handelt sich um eine persönliche Angelegenheit.«

»Bleiben Sie dran.«

Er hörte, wie der Hörer hingelegt wurde, dann sagte eine Männerstimme: »Ein Anruf für Sie, Leutnant. Sagt, es ist was Persönliches.«

Es klickte einmal, als der Anruf umgestellt wurde. Dann: »Kolbe, wer ist da?«

»Ich würde mich gern mit dem Leutnant treffen.«

»Weswegen? Und wer sind Sie?«

»Es geht um eine Zusammenarbeit.«

»Von wo aus rufen Sie an?«

»Aus Westberlin.«

Daraufhin herrschte einen Moment lang Schweigen.

»Sagen Sie mir mehr über diese Zusammenarbeit.«

»Deswegen möchte ich ja mit Ihnen reden.«

»Ich werde drüber nachdenken. Wo kann ich Sie erreichen.«

»Gar nicht. Wir können uns heute treffen. Drüben bei Ihnen.«

Wieder Schweigen.

»Na schön. Wo wollen wir uns treffen?«

»Kennen Sie das Lokal *Zur letzten Instanz*?«

»Ja.«

»Nennen Sie mir eine Zeit, dann komme ich dorthin.«

»Na schön. Zwei Uhr nachmittags in dem Lokal. Wie erkenne ich Sie?«

»Ich trage Levis-Jeans und Reebok-Turnschuhe.«

»Ich hoffe um Ihretwillen, daß Sie nicht meine Zeit stehlen.« Er hielt inne. »Und kommen Sie allein, sonst ist die Sache gestorben.«

»Das gilt auch für Sie.«

Foster hörte, wie auf der anderen Seite aufgelegt wurde. Langsam ging er hinaus in die Sonne. Es war besser gelaufen, als er erwartet hatte. Er hatte mit mehr Formalitäten gerechnet, eventuell einer Rücksprache mit der Zentrale an der Normannenstraße.

An einem Imbißstand am Kurfürstendamm kaufte er sich ein Schinkenbrötchen. Es war 12 Uhr mittags. Er fuhr mit der S-Bahn vom Bahnhof Zoo zum Bahnhof Friedrichstraße, der Einreisestelle für Fußgänger. Er legte den kanadischen Paß vor und wurde problemlos abgefertigt. In der Wechselstube an der Georgenstraße, unmittelbar neben dem Bahnhof, tauschte er weitere D-Mark in Ostmark ein. Er konnte sich zwar nicht vorstellen, daß man ihn erkannt hatte und verfolgte, dennoch lief er etwa zehn Minuten herum, bemerkte aber nichts, was darauf hindeutete, daß er beschattet wurde. Dann nahm er sich an der Friedrichstraße ein Taxi und fuhr zum Alexanderplatz.

Punkt zwei Uhr stieg er die Treppe *Zur letzten Instanz* hoch. Das Lokal wurde hauptsächlich von Leuten aus dem nahegelegenen Kunst- und Theaterzentrum besucht. Weinstube im ersten Stock, Bierschenke im Parterre, und im Sommer konnte man auch draußen in dem kleinen Biergarten sitzen. Um diese Tageszeit war das Lokal allenfalls halb voll. Foster setzte sich an einen Tisch am Fenster und schaute hinaus auf die Straße. Dann blickte er sich in der Schenke um, sah aber nirgendwo einen einsamen Gast. Als die Bedienung kam, bestellte er sich ein Bier. Er hatte es fast ausgetrunken, als ein Mann in einer dunkelgrünen Baumwolljacke, blauem Hemd und grauer Hose hereinkam. Der Ledergürtel mit der Messingschnalle war ein eindeutiges Erkennungszeichen. Nachdem er sich kurz umgesehen hatte, kam er an Fosters Tisch und rückte sich einen Stuhl zurecht. »Kolbe. Sie sind jünger, als ich dachte.«

Foster lächelte. »Sie auch.«

»Gehen wir nach oben. Da ist es etwas ruhiger.«

In der Weinstube im ersten Stock saßen nur zwei Gäste. Kolbe steuerte einen Tisch in der hintersten Ecke an.

Als sie beide Platz genommen hatten, sagte Kolbe: »Was hat es mit dieser Zusammenarbeit auf sich, die Sie uns anbieten?«

»Ist Oberst Wagenbreth nach wie vor Leiter der Abteilung 11?«

Foster sah, wie verdutzt Kolbe reagierte. Dann kam der argwöhnische Blick.

»Wer, zum Teufel, sind *Sie*?«

»Ich bin im gleichen Gewerbe wie Sie.«

»BND?«

»Nein.«

»Verfassungsschutz?«

»Nein.« Foster zögerte einen Moment. »Es geht um Folgendes: Ich möchte etwas von Ihnen, und ich kann eine Gegenleistung bieten.«

»Sie sind sich darüber im klaren, daß bei uns in der DDR jeder Bestechungsversuch einen Straftatbestand darstellt?«

Foster lächelte. »Das ist in der Bundesrepublik nicht anders. Ich möchte Sie nicht bestechen, ich biete Ihnen meine Dienste an und erwarte dafür eine Gegenleistung, die Sie und Ihre Leute nichts kostet.«

Kolbe legte beide Hände auf den Tisch, so als wolle er aufstehen. Doch er blieb sitzen und sagte: »Ich glaube, wir sollten diese Angelegenheit lieber im Beisein anderer in meinem Büro besprechen.« Er zuckte die Achseln. »Mehr kann ich Ihnen nicht bieten.«

»Ich hatte keinen endgültigen Bescheid von Ihnen erwartet. Jedenfalls nicht, ehe Sie meinen Vorschlag an der Normannenstraße vorgetragen haben. Oder auch in Karlshorst. Aber ich möchte Ihnen zunächst erklären, worum es geht.«

»Wie kommen Sie auf Karlshorst?«

»Weil sich das KGB dafür interessieren wird.«

»Ich muß erst anrufen.«

Foster schüttelte den Kopf. »Auf keinen Fall. Entweder reden wir hier, oder ich gehe und wende mich unmittelbar an jemanden an der Normannenstraße.«

»Weshalb haben Sie sich an mich gewandt?«

»Ich trage keine Waffe. Also keine Angst. Ich werde jetzt in die Tasche greifen und ein Notizblatt mit drei Namen herausholen.«

Kolbe nickte.

Die Namen standen in Blockschrift auf einem weißen Briefumschlag, den Foster über den Tisch schob. Kolbe warf einen längeren Blick darauf und wandte sich dann wieder an Foster.

»Was sind das für Namen?«

»Sagen sie Ihnen nichts?«

»Nein.«

»Das sind die Namen der drei Leute, die Ihre Einheit vor ein paar Wochen festgenommen hat.«

»Was hat man ihnen vorgeworfen?«

»Spionage. Staatsfeindliche Tätigkeit.«

Kolbe zuckte die Achseln. »Das trifft auf viele zu. Die kann man sich nicht alle merken. Spionage ist nur ein allgemeiner Oberbegriff. Um die Einzelheiten kümmern wir uns später.«

»Das waren meine Leute. Sie haben nur Nachrichten überbracht. Nichts, was von Bedeutung wäre.«

»Und weiter?«

»Ich möchte, daß sie freigelassen werden.«

Kolbe lächelte. »Sie haben vielleicht Vorstellungen, mein Guter. Wenn die erst mal in der Mühle drin sind, kriegt sie da außer dem Staatsratsvorsitzenden persönlich keiner mehr raus. Wieso sollten wir Kriminelle freilassen?«

»Weil Sie dafür etwas viel Wertvolleres geboten bekommen.«

»Wieso liegt Ihnen überhaupt soviel an den Leuten?«

»Es waren meine Leute. Kleine Glieder in meinem Netz. Reine Zuträger. Sie wußten nicht, was sie erwartet.«

Foster sah Kolbs ungläubige Miene.

»Sie müssen Foster sein«, sagte er schließlich stirnrunzelnd. »Aber der SIS setzt doch keine Deutschen als Führungsoffiziere ein.«

»Ich bin kein Deutscher, ich bin Engländer.«

»Aber Sie sprechen Deutsch wie ein Einheimischer.«

»Meine Mutter war Deutsche. Ich bin in Deutschland aufgewachsen.«

»Und Ihre Leute wollen wegen dieser festgenommen Personen verhandeln?«

»Nein. Nur ich.«

»Aber wieso, wenn es bloß Kuriere waren? Warum ist Ihnen so an denen gelegen?«

»Weil sie keine Spione sind. Es sind ganz normale Leute, die ihrer Meinung nach das einzig Richtige taten.«

»Und was wollen Sie uns anbieten, wenn Ihre Leute nicht hinter Ihnen stehen?«

»Ich biete Ihnen meine Dienste an. Ich bin bereit, ein Jahr lang für Ihre Seite zu arbeiten.«

»Und was wollen Sie machen?«

Foster zögerte einen Moment, dann zuckte er mit den Achseln und sagte: »So gut wie alles, aber es darf nicht gegen die Briten gehen.«

»Wollen Sie mich veräppeln?«

»Nein. Ich meine es todernst.«

Kolbe lehnte sich zurück, ließ Foster aber nicht aus den Augen. »Das nehmen Ihnen meine Leute nie und nimmer ab.«

»Dann sollte ich mich vielleicht mit ihnen treffen.«

»Wären Sie dazu bereit?«

»Selbstverständlich.«

»Und Sie haben keine Angst, daß wir Sie einfach einkassieren? Einen Offizier vom SIS zu schnappen bringt bestimmt eine hübsche Beförderung.«

»Aber damit würden Sie sich um jeglichen Nutzen bringen, der Ihnen durch eine Zusammenarbeit mit mir entstünde.«

»Wie lange haben Sie heute Zeit?«

»Soviel Sie wollen.«

»Dann rufe ich jetzt in der Zentrale an und erkundige mich, ob man dort Interesse hat.«

»Keine faulen Tricks, okay?«

»Von mir aus jedenfalls nicht.«

»Okay. Machen Sie schon.«

Während er wartete, fragte er sich, wie man an der Normannenstraße reagieren mochte. Vermutlich nahm man zunächst an, daß er ein Maulwurf sei. Ein Versuch von seiten des SIS, die Stasi zu unterwandern. Aber er hatte sich seine Argumente genau zurechtgelegt, und er ging davon aus, daß er die zuständigen Leute letztendlich von seinem Angebot überzeugen konnte. Wäre ganz interessant zu wissen, dachte er, ob sie Rücksprache mit dem KGB halten. Von der entsprechenden Einschätzung hing es ab, auf welcher Ebene er landete. Und je höher er gehandelt wurde, desto größer war die Wahrscheinlichkeit, daß man sich für sein Angebot interessierte. Kolbe jedenfalls hatte bereits angebissen, und das war ein gutes Zeichen. Dabei hatte er noch nicht einmal alle Karten auf den Tisch gelegt.

Es dauerte fast eine Viertelstunde, ehe Kolbe zurückkam und sich wieder hinsetzte.

»Tut mir leid, daß es so lange gedauert hat. Aber Sie können sich vermutlich vorstellen, daß sich so was nicht übers Knie biegen läßt. Machen wir's kurz. Man will Sie in etwa einer halben Stunde sehen. Ich habe gerade mit einem Major gesprochen, und der ist sehr mißtrauisch.«

»Man meint, ich wäre ein Maulwurf, stimmt's?«

»Ja. Darum geht es.«

»Wo befinden sich meine Leute derzeit?«

»Ich habe mich erkundigt. Die beiden Männer sitzen in Cottbus. Die Frau konnte ich nirgendwo ausfindig machen.«

»Kommt der Major hierher?«

»Nein. Er erwartet uns in seinem Büro in der Zentrale. An der Normannenstraße. Er schickt uns einen Wagen.« Er schwieg einen Moment. »Wundern Sie sich nicht, falls man auf Ihren Vorschlag nicht auf Anhieb eingehen sollte.«

Foster lächelte. »Ich habe nicht mit einem großartigen Empfang gerechnet.«

Kolbe seufzte. »Gehen wir. Der Wagen wird gleich da sein.«

Es war ein schwarzer Lada mit einem uniformierten Fahrer, dessen Jacke auf der linken Seite von einer schweren Waffe ausgebeult wurde.

Weder Kolbe noch der Chauffeur verloren ein Wort, während der Wagen die Karl-Marx-Allee entlangfuhr, an der Frankfurter Allee abbog, ohne indes durch den Haupteingang auf das weitläufige Gelände mit dem labyrinthartigen Komplex aus Alt- und Neubauten zu stoßen, in dem die Zentrale des Staatssicherheitsdienstes der Deutschen Demokratischen Republik residierte. Sie hielten vor einem Nebeneingang an. Der Fahrer stieg aus, ging zu dem Wachhäuschen, und Foster sah, daß er den Posten ein Blatt Papier vorlegte. Anschließend fuhr er etwa zweihundert Meter weiter bis zu einem kleinen Parkplatz und wartete, bis Kolbe und Foster ausgestiegen waren.

Hinter der Glastür erwartete sie ein Mann, der Foster gründlich durchsuchte, während Kolbe danebenstand und zusah. Dann übergab man sie der Obhut einer älteren Frau, die sie zu einem kleinen Fahrstuhl brachte und in das oberste Stockwerk begleitete. Vor einem

Büro blieb sie stehen, bedeutete ihnen, sie sollten warten, klopfte an die Tür und trat ein. Kurz darauf kam sie wieder heraus und winkte sie hinein.

Es war ein großes Büro. Im skandinavischen Stil möbliert – viel Teak und Chrom, dazu ein dicker Teppich. Das übliche Honecker-Bild an der Wand hinter dem wuchtigen Schreibtisch. Zwei Männer erwarteten sie, einer in Uniform, der andere in gutgeschnittener, legerer Kleidung. Foster sah einen gelben Aktenordner, auf dem sein Name stand. Er war ausgesprochen dünn, ein ermutigendes Zeichen.

Der Offizier in Uniform forderte Kolbe auf, in der hinteren Ecke Platz zu nehmen, und winkte dann Foster zu einem Stuhl vor seinem Schreibtisch. Er nahm dahinter Platz, und der Zivilist setzte sich ein Stück weiter weg.

»Schön«, sagte der Offizier, »Sie haben unserem jungen Freund Kolbe ein paar schöne Märchen aufgetischt. Nun versuchen Sie mal Ihr Glück bei mir.«

»Es ist ganz einfach, Major. Ich möchte, daß die Leute aus meinem Netz, lauter kleine Lichter, die man hier verhaftet hat, freigelassen werden. Und im Gegenzug bin ich bereit, ein Jahr lang für Ihren Dienst zu arbeiten.«

Der Offizier, ein großer, zwar etwas vierschrötiger, aber dennoch gutaussehender Mann, lehnte sich zurück, daß sein Sessel quietschte.

»Was für Mist wollen uns Ihre Leute denn diesmal andrehen?«

Foster antwortete nicht, worauf der Major sich vorbeugte, die Arme auf den Schreibtisch stützte, die großen Hände faltete und Foster mit seinen grauen Augen eindringlich ansah. Es war ein alter Verhörtrick, mit dem man allenfalls Anfänger aus der Fassung bringen konnte. Doch an seiner Uniform hingen eine Menge Orden.

»Sie wollen diese Kriminellen rüber in den Westen holen, stimmt's?«

»Nein. Ich möchte lediglich, daß sie freikommen und ihre Akten vernichtet werden. Zwei davon sind von hier, nicht aus Westberlin.«

»Und wozu das Ganze?«

»Sie sind unbedeutend. Es sind keine Kriminellen und erst recht keine Spione.«

»Sie haben unserem Freund Kolbe erzählt, daß Ihre Leute damit nicht einverstanden sind. Wieso also mißachten Sie Ihre Befehle?«

»Weil wir meiner Ansicht nach hätten versuchen sollen, ob wir sie freikaufen können. Wir haben das schon gemacht, wenn es um Briten ging.«

»Kolbe sagt, Ihre Mutter ist Deutsche.«

»Ja. Das stimmt.«

»Ich hätte Sie für einen Deutschen gehalten. Hab' noch nie einen Engländer kennengelernt, der Deutsch spricht wie ein Einheimischer.« Er schwieg einen Moment. »Sie müssen für Ihren Verein sehr nützlich gewesen sein.«

Foster zuckte die Achseln. »Ich mache den Job schon ein paar Jahre.«

»Sie sind bei einer Funküberwachungseinheit, nicht wahr?«

»Nein. Dort bin ich vor ein paar Jahren ausgeschieden. Seither führe ich Agentennetze in Ostberlin.«

Der Major warf dem Zivilisten einen kurzen Blick zu und wandte sich dann wieder an Foster.

»Und nun verraten Sie mir den wahren Grund dafür, weshalb Sie diese Leute frei bekommen wollen.«

»Habe ich Ihnen doch bereits gesagt. Es waren meine Leute. Sie standen zu mir. Sie verdienen meine Hilfe.«

»Und wenn wir diese Kerle freilassen, verziehen Sie sich wieder nach Westberlin, und wir hören kein Wort mehr von Ihnen, während Sie überall genüßlich herumerzählen, wie Sie den Staatssicherheitsdienst zum Narren gehalten haben.«

»Nein. Keineswegs. Ich bleibe hier in der DDR. Ich bin bereit, für Sie zu arbeiten.«

Er sah, wie überrascht der Major reagierte. Dann aber ergriff der Zivilist das Wort.

»Herr Foster, verstehe ich Sie recht? Sie wollen von Ihrer SIS-Einheit desertieren und uns Ihre Mitarbeit anbieten – hier in der Deutschen Demokratischen Republik?«

Foster nickte. »Ja. Aber ich würde nicht gegen meine eigenen Leute tätig werden.«

»Gegen wen würden Sie denn tätig werden?«

Foster zuckte die Achseln. »Gegen alle anderen. Ist mir einerlei.«

»Gegen die Amerikaner? Die BRD?«

»Ja.«

Der Zivilist erhob sich langsam und schaute den Major an. »Ich übernehme, Franz. Ich melde mich später.«

Der Major stand auf, und der Zivilist wandte sich Foster zu. »Wir werden jetzt ein bißchen plaudern, Herr Foster. Mal sehen, ob wir auf einen gemeinsamen Nenner kommen. Ich heiße Hartmann. Peter Hartmann.«

Hartmann ließ sich über die bundesdeutschen Tennisspieler Boris Becker und Steffi Graf aus, während er den weißen Volvo über schmale Nebenstraßen zu einem großen Haus in Wilhelmsberg steuerte. Sie hielten vor einem großen, schmiedeeisernen Tor an, das von einem Gärtner geöffnet wurde. Gepflegter Zierrasen erstreckte sich zu beiden Seiten der kiesbestreuten Auffahrt, die in einem weiten Bogen zum eigentlichen Haus führte.

Als sie auf das Gebäude zugingen, sagte Hartmann: »Sie haben sicher Verständnis dafür, wenn ich Sie vorwarne. Unsere Freunde werden Sie unter Beobachtung halten, auch wenn Sie mit mir zusammen sind. Meiner Meinung nach sollte ich das erwähnen.«

16. KAPITEL

Das Haus war riesengroß und gut erhalten. Die Fassade bestand aus einer Art weißem Sandstein. Es sah aus wie die Villa eines reichen Kaufmanns, die im Krieg beschädigt und anschließend sorgfältig restauriert worden war. Hartmann führte Foster durch einen gefliesten Vorsaal in ein großes, mit lauter Antiquitäten eingerichtetes Wohnzimmer. In der hinteren Ecke, neben einem Bleiglasfenster, stand sogar ein Steinway-Flügel.

Hartmann drückte auf einen Klingelknopf und bedeutete Foster, er möge auf einem der Armsessel Platz nehmen. Als ein Dienstbote kam, bestellte er für sie beide Kaffee.

Während sie auf den Kaffee warteten, unterhielt Hartmann sich mit ihm über Fußball – offenbar kannte er sich mit den Mannschaften der Bundesliga gut aus. Lächelnd erklärte er, daß er Anhänger des 1. FC Köln sei. Als Foster fragte, warum ausgerechnet eine Kölner Mannschaft, wartete Hartmann, bis der Dienstbote das Tablett mit dem Kaffeegeschirr auf dem niedrigen Tischchen zwischen ihnen abgestellt hatte und wieder gegangen war.

»Ich bin, genau wie Sie, in Deutschland aufgewachsen, aber mein Vater war Russe. Ein Offizier der Roten Armee. Meine Mutter war in Berlin, als die deutsche Wehrmacht kapitulierte.« Er zuckte die Achseln. »Sie hatten ein Verhältnis, und anschließend kehrte sie zu ihren Eltern nach Köln zurück. Dort bin ich geboren. Ich trage seit jeher den Namen meiner Mutter.« Er stand langsam auf. »Machen Sie es sich gemütlich – aber gehen Sie nicht außer Haus. Ich muß ein paar Anrufe erledigen.«

Foster goß sich eine weitere Tasse Kaffee ein und blickte sich, ohne aufzustehen, in dem Zimmer um. Hartmann war ein eigenartig attraktiver Mann. Ein angenehmer Gesprächspartner. Und das war eine Gabe, die einem Nachrichtendienstoffizier zweifellos zugute kam. Aber Hartmann verfügte auch über einen gewissen lässigen Charme, den Foster bei einem Stasi-Mann nicht vermutet hätte. Er erinnerte ihn an gewisse Filmschauspieler, an Cary Grant und David Niven etwa, oder an Rex Harrison in *My Fair Lady* und an diesen Franzosen, Maurice Chevalier, in *Gigi.*

Er stand auf und ging langsam in dem Zimmer herum. Die Bilder waren allesamt modern, darunter auch zwei farbenprächtige Akte, die aussahen wie echte Annigonis. Die auf einem langen Tisch ausliegenden Zeitungen und Illustrierten waren hauptsächlich in russischer Sprache. Er ging zu dem Flügel, sah nirgendwo Noten, hob vorsichtig den Deckel hoch und setzte sich auf den Hocker. Er legte die rechte Hand auf die Tasten und schlug einen Akkord an. Er hatte noch nie auf einem Steinway gespielt, aber es war ein wunderbar weicher Klang. Er überzeugte sich davon, daß er nach wie vor allein war, und dann spielte er. Er klimperte die ganzen altmodischen Melodien, die seine Mutter so sehr liebte, den Wiener Schmalz und die Schlager aus der deutschen Nachkriegszeit. Er schlug die satten Akkorde von *Drunt' in der Lobau* an, brach dann aber abrupt ab. Es war Wahnwitz, er mußte von Sinnen sein – mitten in einer Verhandlung mit Stasi-Leuten Klavier zu spielen. Hartmanns Stimme unterbrach seinen Gedankengang.

»Nicht aufhören. Es hat mir sehr gefallen.«

Foster drehte sich zu ihm um. »Es kam mir gerade ziemlich wahnwitzig vor, hier zu sitzen und Klavier zu spielen, so als wäre ich zu Hause, während wir lauter ernste Dinge zu besprechen haben.«

Hartmann lächelte. »Kommen Sie her, dann reden wir.«

Als Foster Platz genommen hatte, sagte Hartmann: »Ich muß Ihnen ein paar Fragen stellen.« Er schwieg einen Moment. »Aber zuvor sollte ich Ihnen fairerweise sagen, daß ich nicht vom Staatssicherheitsdienst bin. Ich bin beim KGB.«

Foster war überrascht, äußerte sich aber nicht dazu. Hartmann fuhr fort: »Ich habe einige Stasi-Akten überprüft. Darf ich Sie fragen, ob Ihr Hauptinteresse diesem verhafteten Mädchen gilt, Uschi Bayer?«

Foster schwieg einen Moment lang, dann sagte er: »Mir liegt an allen dreien, aber an dem Mädchen besonders. Sie ist sehr jung, und ich mochte sie sehr. Sie war von mir abhängig.«

»Waren Sie ein Liebespaar?«

»Nein. Aber sie hat mir viel bedeutet. Ich glaube, sie mochte mich ebenfalls.«

Hartmann nickte. »An welche Tätigkeit für uns hatten Sie denn gedacht?«

Foster zuckte die Achseln. »Alles, was Sie wollen, solange es nicht gegen die Briten gerichtet ist. Ihre Funküberwachung taugt nicht viel. Ich könnte sie auf Vordermann bringen.«

»Was hielten Sie von einem Agentennetz in der Bundesrepublik?«

»Ein Stasi- oder ein KGB-Netz?«

Hartmann hob die Augenbrauen. »Spielt das eine Rolle?«

Foster lächelte. »Bei den Stasi-Netzen geht es nur um die Masse, nicht um die Qualität. Personell und finanziell viel zu aufwendig, und sie liefern allenfalls Klatsch und Gerüchte, aber keine nachrichtendienstlichen Erkenntnisse. Läuft alles zu sehr nach dem Gießkannenprinzip.«

»Was ist mit den KGB-Netzen?«

»Zu dünn gesät, aber soweit vorhanden, sind sie gut plaziert und ebensogut geführt.«

»Nur noch eine Frage, bevor wir etwas essen gehen. Hatten Sie vor, heute abend nach Westberlin zurückzukehren?«

»Ja. Das hier sollte nur eine Art Vorbesprechung sein.«

»Aber daß Sie nach Ostberlin kommen wollen, das war ernst gemeint?«

»Ja. Vorausgesetzt, meine Leute werden freigelassen.«

»Eine Rückkehr nach Westberlin dürfte leider nicht mehr möglich sein. Dazu sind wir schon zu weit gegangen.«

»Aber ich habe meine Sachen und mein Geld da drüben.«

»Die besorgen wir Ihnen entweder, oder wir entschädigen Sie. Sie müssen das einsehen, aber Sie stehen sozusagen unter Arrest.«

»Was legt man mir zur Last?«

Hartmann zuckte die Achseln. »Da würde uns bestimmt allerlei einfallen. Nicht daß es nötig wäre.«

»Und wenn ich nicht mehr zur Zusammenarbeit bereit wäre?«

»Damit sollten wir uns zu diesem Zeitpunkt nicht auseinandersetzen.«

Foster stand auf. »Sie sollten mich lieber gleich ins Gefängnis werfen. Ich denke nicht daran, unter Druck mit Ihnen zusammenzuarbeiten.«

Hartmann runzelte die Stirn. »Setzten Sie sich, Foster. Daß Sie ins Gefängnis kommen, steht überhaupt nicht zur Debatte. Sie bleiben ein, zwei Tage hier in meinem Haus, bis wir beide uns etwas Klarheit verschafft haben.« Er schaute Foster an. »Ich muß Sie daran erinnern, Herr Foster, daß Sie nicht als offizieller Gesandter hierher gekommen sind. Sie sind ein Deserteur, ein Überläufer, der sich aus freien Stücken von seinem Dienst abgesetzt und auf seiten der Konkurrenz geschlagen hat.« Mit einer Handbewegung brachte er Foster zum Schweigen. »Aus einem guten Grund. Uneigennützig. Aber – und ich kann das nur betonen – Sie haben hier keinerlei Rechte. Ihr Status hängt davon ab, wie wir Ihr Angebot beurteilen. Bislang haben Sie sich ganz gut gehalten, und ich kann Ihnen nur eines raten: Denken Sie mal darüber nach, was geschehen wäre, wenn einer von uns mit einem ähnlichen Vorschlag an Ihre alten Freunde herangetreten wäre und sich so aufgeführt hätte, als könne er die Spielregeln diktieren.« Er stand auf. »Und nun lassen wir das vorerst und essen erst mal etwas.« Er ging zur Tür, und Foster folgte ihm.

Das Essen war gut. Ente in Kirschsoße und hinterher ein frischer Obstsalat. Sie redeten über die Vereinigten Staaten und über amerikanische Politik. Nach dem Kaffee sagte Hartmann: »Ich werde ein paar Stunden weg sein. Spielen Sie Klavier, oder ziehen Sie sich mit einem Buch auf Ihr Zimmer zurück. Fühlen Sie sich wie zu Hause.« Er lächelte. »Meine Leute werden gut für Sie sorgen.«

Hartmann zog sich für seinen Anruf nach Moskau in die »sichere« Suite der sowjetischen Botschaft zurück. Er wählte Litows Direktanschluß, mußte aber trotzdem fünf Minuten warten, bis Litow von seinem Stellvertreter aus einer Konferenz geholt wurde. Litow war Georgier. Er stammte aus einer Kleinstadt in der Nähe von Tiflis. Aber man ging allgemein davon aus, daß der Scharfsinn und die Findigkeit, dank deren er bereits mit Anfang Vierzig General beim KGB geworden war, ein Erbteil seiner armenischen Mutter waren. Litow hatte im Haus am Dserschinskiplatz weitreichende und tiefgreifende Vollmachten, aber sein eigentlicher Zuständigkeitsbereich waren die Planung und Durchführung besonderer Unternehmungen, für die der gewaltige bürokratische Apparat des KGB nicht geeignet war. Hartmann war seit zwei Jahren Litows persönlicher Statthalter in Berlin, und dank einer ganzen Reihe kluger Entscheidungen und gelungener Aktionen hatte er eine ungewöhnlich gute Beziehung zu dem General. Er war eine Vertrauensperson, und von Vertrauen hielten die hohen Herren des KGB normalerweise nicht allzu viel. »Wieder so eine verdammte Reorganisationsbesprechung«, sagte er übergangslos, als er schließlich ans Telefon kam. »Und wo drückt Sie der Schuh?«

»Gar nicht. Ich habe einen SIS-Mann. Ist bereit überzulaufen. Ich wollte Ihre Zustimmung einholen, ehe ich ihn einsetze.«

»Verraten Sie mir mehr.«

Hartmann berichtete fünf Minuten lang in allen Einzelheiten von dem Vorfall. Danach herrschte am anderen Ende eine Zeitlang Schweigen, ehe Litow sich zurückmeldete.

»Was zeichnet ihn so aus?«

»Er ist ein echtes Juwel. Eine seltsame Mischung. Halb Deutscher, halb Engländer. Hat Erfahrung mit elektronischer Überwachung und kann ein Agentennetz führen. Knallhart, wenn auch auf die eher ruhige Art, aber durchaus formbar. Ist schwer zu beschreiben. Ein Mann, der gezeigt hat, daß er bereit ist, aus Treue zu Leuten, die für ihn gearbeitet haben, die eigene Haut zu riskieren. Für Leute, die nicht weiter wichtig sind. Drei nur gelegentlich eingesetzte Kuriere.«

»Und wie wollen Sie ihn verwenden?«

»Ich möchte seine Meinung zu unserer Funküberwachung hören. Über Ausrüstung und Betriebsabläufe. Danach werde ich ihn bearbeiten. Bezüglich unserer Unterwanderung der westdeutschen Dienste.«

»Und weiter?«

Hartmann lachte. »Wie kommen Sie darauf, daß es weitergeht?«

»Weil ich Sie kenne, mein Freund. Wenn das alles wäre, hätten Sie längst vollendete Tatsachen geschaffen, ohne sich mit mir in Verbindung zu setzen.«

»Wenn er sich als tüchtig erweisen sollte, so meine Überlegung, dann würde ich ihn gern als Verbindung zur Stasi einsetzen. Auf Einsatzebene. Ohne Einflußnahme, aber allgegenwärtig.« Er schwieg einen Moment. »Falls Sie verstehen, was ich meine.«

»Ja, ich weiß genau, was Sie meinen.« Litow zögerte. »Sind Sie davon überzeugt, daß Sie diesen Burschen führen können?«

»Ja. Ich glaube, wenn man es richtig anpackt, wird er uns genauso treu ergeben sein wie den drei kassierten Zuträgern.«

»Na schön. Machen Sie nur. Aber nichts überstürzen. Und halten Sie mich auf dem laufenden. » Er schwieg einen Moment. »Haben Sie schon gehört, das Gawrilow gegangen wurde?«

»Nein. Wann?«

»Gestern. Der neue Mann erledigt nach und nach die ganzen alten Dinosaurier. Die alte Garde steht derzeit nicht hoch im Kurs. Behalten Sie das im Hinterstübchen.«

»Ich werde dran denken.«

Hartmann wartete, bis Litow die Verbindung unterbrach, dann legte auch er auf. Er blieb sitzen, zündete sich eine Zigarette an und dachte über Litows Worte nach. So etwas war immer ratsam, unabhängig davon, wie gut die Beziehung zu dem entsprechenden Mann in Moskau sein mochte. Man sollte alles noch einmal Wort für Wort durchgehen, auf Zweideutigkeiten achten. Als 1982 Breschnew gestorben und Andropow an die Macht gekommen war, hatte man sich beim KGB vom ehemaligen Chef noch mehr Machtbefugnisse versprochen. Doch vier Jahre später war Andropow tot gewesen, und mit Tschernenkow war die große Stagnation eingetreten. Und jetzt, nur ein Jahr später, gab es wieder einen neuen Mann: Gorbatschow – und bei dem wußte keiner, wohin der Hase lief. Aber alle waren sich einig, daß sich etwas ändern würde. Niemand wollte allerdings voraussagen, ob zum Guten oder zum Schlechten. Er hatte sich nicht zum Ministerpräsidenten ernennen lassen – den Posten hatte er Gromyko überlassen – sondern regierte das Land als Generalsekretär der Kommunistischen Partei. Er war erst Mitte Fünfzig, ein überzeugter Kommunist, aber man hatte allgemein den Eindruck, daß er ein Reformer war. Und wenn Reformer an der Macht waren, mußte man wissen, wer und was reformiert werden sollte.

Er bestellte sich per Telefon einen Kaffee und dachte dann über die neueste Entwicklung nach. Eine interessante Vorstellung. Man übernehme einen SIS-Mann und drehe ihn dann nach und nach zu einem Maulwurf innerhalb der Stasi um. Zeitweise hatte er überlegt, ob er diese Aufgabe selbst übernehmen sollte, aber er war schon zu lange da, als daß er den Stallgeruch des KGB hätte loswerden können. Außerdem ließ sich das nicht mit seinem Dienstrang vereinbaren. Einen Maulwurf sollte man nicht ganz oben ansetzen. Eine Ebene tiefer bekam man einen viel besseren Eindruck. Wenn man ihn richtig führte, könnte Foster ein echter Aktivposten werden. Lebenslauf und Erfahrung sprachen für ihn, ein echter Gewinn, dazu charakterlich und von der Persönlichkeitsstruktur her ideal geeignet. Ausgebufft und knallhart, aber auch ein bißchen altmodisch. Fast wie eine Gestalt aus einem Roman von Thomas Mann.

Er schaute auf seine Uhr. Kurz nach zehn. Er sollte lieber wieder zu dem Haus zurückfahren.

Foster war sich bewußt, daß er unauffällig beobachtet wurde. Die Hausangestellten trugen zwar Zivil, waren aber offensichtlich Soldaten. Man merkte es an der aufrechten Haltung, dem marschtrittähnlichen Gang und dem zackigen Auftreten, wenn sie mit einem sprachen. Er kurbelte am Radio herum, bis er auf den AFN stieß, den Sender der amerikanischen Streitkräfte in Westberlin. Die Nachrichten. Der zweite Beitrag befaßte sich mit der Verurteilung des ehemaligen US-Navy-Offiziers James Walker, der einen Spionagering für die Sowjets betrieben hatte. Foster hatte vertrauliche Unterlagen zum Fall Walker gelesen. Walker hatte vom KGB gewaltige Summen erhalten, aber letzten Endes war er nur ein von sich eingenommener Macker gewesen, der von seiner eigenen Frau beim FBI denunziert worden war, weil er die Finger nicht von jungen Mädchen hatte lassen können. Foster stellte das Radio ab und setzte sich ans Klavier.

Er klimperte leise vor sich hin, ohne überhaupt wahrzunehmen, was er spielte, bis einer der Dienstboten zu ihm kam und ihn fragte, ob er ein Stück von den Beatles für ihn spielen könnte: *Yesterday.* Foster tat ihm den Gefallen, und als er die Melodie anstimmte, ging ihm der Text durch den Kopf, und er fragte sich, ob die Worte eine bestimmte Bedeutung für ihn hatten. »*Yesterday – all my troubles seemed so far away* ...« Bei den letzten Akkorden befielen ihn zum erstenmal Zweifel an seinem Verhalten. Er schlug den Klavierdeckel zu und ging aus dem Zimmer, stellte sich ans Fenster und blickte in den Garten.

Einige Bäume wurden von unten angestrahlt, so daß die Zweige und Blätter lange Schatten auf den Rasen warfen. Irgendwo in der Dunkelheit bellte ein Hund, und auf dem Kies unter seinem Fenster knirschten Stiefel. Dann ein Scheppern, so als schlage ein loses Magazin gegen ein AK-47. Zum erstenmal an diesem Tag wurde ihm bang. Aber er wußte nicht, warum. Alles war mehr oder weniger so abgelaufen, wie er erwartet hatte. Sogar besser, sobald Hartmann ihn übernommen hatte. Er wirkte ganz manierlich. Er hatte fast damit gerechnet, daß man ihn nicht nach Westberlin werde zurückkehren lassen; er hatte sich sogar darauf eingestellt, in einer Zelle zu landen. Warum also diese Niedergeschlagenheit, obwohl man ihm allen Komfort bot? Und dann wurde ihm mit einem Mal klar, daß er gar nicht niedergeschlagen war – er war einsam, und er hatte ein bißchen Heimweh. Heimweh sowohl nach seinen Eltern als auch nach dem vertrauten Alltag bei seiner Einheit. Er schüttelte den Kopf, drehte sich um und ging ins Badezimmer. Er hatte bereits zuvor festgestellt, das alles Notwendige vorhanden war, einschließlich Zahnbürste, Zahnpasta und Rasierapparat, dazu ein altmodischer Rasierpinsel.

Er kam gerade aus dem Badezimmer, als es klopfte, und ehe er reagieren konnte, wurde die Tür geöffnet. Hartmann lehnte sich an den Türrahmen und blickte sich in dem Zimmer um.

»Nun denn, mein Freund. Haben Sie sich schon häuslich eingerichtet?«

Foster zuckte die Achseln. »Häuslich vielleicht nicht gerade. Aber ich werd's überleben.«

»Sind Sie zu erschöpft für ein kurzes Gespräch?«

»Nein.«

Hartmann schloß die Tür, ging zu einem Sessel und ließ sich nieder. Er winkte Foster zu einem der anderen Sessel, doch der setzte sich auf die Bettkante.

Hartmann holte tief Luft und atmete langsam aus. »Zu viele Zigaretten«, sagte er. Dann schwieg er einen Moment. »Ich habe mit Moskau gesprochen, und ich glaube, wir haben einen Platz für Sie gefunden.« Er lächelte. »Wenn beide Seiten zu gewissen Abstrichen bereit sind.«

»Was soll das heißen?«

»Abstrich Nummer eins: Wir können momentan den genauen Aufenthaltsort von einem Ihrer Leute nicht feststellen. Müssen erst in den Akten nachschlagen. Er saß bislang in Cottbus ein, hat dort Kamerateile montiert. Aber er wurde verlegt. Wir konnten nicht feststellen, wohin. Eine reine Zeitfrage. Die beiden anderen – das Mädchen und dieser Laufer, Martin Laufer – kann ich morgen frei bekommen. Aber sie müssen hier im Osten bleiben. Dafür werden Sie sicher Verständnis haben.«

»Meinetwegen.«

»Und nun zu Ihnen, Herr Foster. Ich möchte, daß Sie sich zunächst einmal den Funküberwachungstrupp des Staatssicherheitsdienstes ansehen und mir mitteilen, ob und was man daran verbessern kann.«

»Werden die damit einverstanden sein?«

Hartmann lächelte. »O ja. Ganz bestimmt.«

»Wem werde ich Bericht erstatten?«

»Mir persönlich. Und nun zum schmutzigen Geschäft. Sie erhalten Ihren Lohn in der hiesigen Währung, werden eingestuft wie ein Hauptmann des KGB und bekommen Zusatzvergünstigungen für Sprachkenntnisse und technisches Spezialwissen. Man wird Ihnen ein ganz hübsches Haus samt Dienstmädchen und Koch zur Verfügung stellen. Und einen Wagen. Zwar keinen Mercedes, aber auch keinen Trabbi. Vermutlich wird es ein Lada sein.«

»Und wann soll ich damit anfangen?«

»Ich habe die Akten und Handbücher für die betreffenden Einheiten des Staatssicherheitsdienstes besorgt. Sie sollten sie zunächst lesen, damit Sie über die einzelnen Seilschaften und ihre Funktionen Bescheid wissen. Danach sollten wir uns über das Verhältnis des KGB sowohl zum Staatssicherheitsdienst als auch zur Regierung der Deutschen Demokratischen Republik unterhalten. Sagen wir mal, in einer Woche bis zehn Tagen, und bis dahin werden Sie hierbleiben.« Er schwieg einen Moment. »Sie wirken so skeptisch. Oder sind Sie überrascht? Was denn nun?«

Foster zuckte die Achseln und lächelte. »Überrascht.«

»Wieso sind Sie überrascht?«

»*Sie* überraschen mich.«

»Warum, wenn ich fragen darf?«

»Sie entsprehen nicht meiner Vorstellung von einem KGB-Offizier.«

Hartmann lachte. »Wissen Sie, wir sind keine wilde Mongolenhorde.« Er zögerte einen Moment und fuhr dann leise fort. »Das ist eine Klischeevorstellung, die schon seit vier, fünf Jahren passé ist. Unseren hohen Herren ist allmählich klargeworden, daß die verbiesterten Kerle nicht mehr zeitgemäß waren. Im Westen wird man nicht zu Botschaftsempfängen eingeladen, wenn man nicht wenigstens ein bißchen Kultur beweist. Daher haben sie ihre Netze etwas weiter ausgeworfen.« Er zuckte die Achseln. »Mit Ihrer Einstellung tragen Sie zu den Schwierigkeiten bei, die wir miteinander haben. Sie betrachten uns nicht als Menschen. Sie vergessen, daß Tschaikowsky, Rachmaninow, Tschechow und Tolstoi Russen waren. Dementsprechend verhalten sich auch unser beider Völker. Wir reden nicht miteinander, wie es sich für zivilisierte Staaten gehört. Wir poltern. Beleidigen einander, teils aus Angst, teils aus Unwissenheit und Desinteresse. Erspart uns die Mühe, nachzudenken und vielleicht zu verstehen. Und das wiederum gibt uns einen Vorwand, riesige Armeen aufzustellen und Waffen zu entwickeln, mit denen man die ganze Welt zigfach vernichten kann. Und wir sind dem gleichen Vorurteil verhaftet wie Sie. Sie sind für uns der Feind. Eine Propagandafratze. Aber keine Mitmenschen, die sich möglicherweise auch nur nach einem besseren Dasein sehnen.« Er lächelte. »Genug der Predigt.«

Foster schwieg eine ganze Weile. »Es gibt trotzdem einen Unterschied, Herr Hartmann.«

»Und zwar?«

»Bei uns wird niemand gefoltert und umgebracht, nur weil er mit dem System nicht einverstanden ist.«

Hartmann lächelte und erwiderte leise: »Wann waren Sie zum letzten Mal in Mississippi, mein Freund?«

Foster antwortete nicht. Hartmann stand auf und ging zur Tür, blieb davor stehen und drehte sich noch einmal um.

»Wir brauchen einen Namen für Sie. Einen deutschen Namen. Irgendwelche Vorstellungen?«

»Wie wär's mit Schultz?«

»Wie das?«

»Das ist der Mädchenname meiner Mutter.«

Hartmann dachte einen Moment lang nach. »Na schön. Von mir aus Schultz.« Er nickte Foster zu.

»Schlafen Sie gut, mein Freund.«

Damit ließ er ihn allein. Foster zog sich langsam aus, hängte die Kleidung über eine Sessellehne. Als er im Bett lag und in die Dunkelheit starrte, kam er sich wieder vor wie ein Kind, das darauf wartet, daß seine Mutter die Wärmflasche bringt, ihn gut zudeckt und ihm einen Gutenachtkuß gibt.

17. KAPITEL

Ein Dienstbote weckte ihn am nächsten Morgen. Der Oberst erwarte ihn in einer halben Stunde am Frühstückstisch. Foster schaute auf die Uhr und stellte überrascht fest, daß es fast neun Uhr war.

Als sie die letzte Tasse Kaffee tranken, deutete Hartmann mit dem Kopf zu einem langen Tisch am anderen Ende des Zimmers. »Lesen Sie diese Akten. Sie haben zwei Tage Zeit, sich damit vertraut zu machen. Ich bin heute abend wieder zurück, falls Sie irgendwelche Fragen haben.«

Auf dem Tisch waren ein Dutzend Akten ausgebreitet, jede auf dem Deckel mit einer handschriftlichen Nummer gekennzeichnet. Keine war allzu dick, und auf dem obersten Ordner lag ein zusammengefaltetes Blatt Papier. Foster zog sich einen Stuhl an den Tisch und faltete das Blatt auf. Es war eine graphische Darstellung sämtlicher Abteilungen und Unterabteilungen des Staatssicherheitsdienstes, mit Anmerkungen zu den jeweiligen Aufgabenbereichen und den Namen der höheren Offiziere versehen. Es war das Gegenstück zu der Kopie, die er ein paar Tage zuvor beim SIS studiert hatte. Die Überschrift, die sich über beide Seiten zog, lautete schlicht *Struktur der Hauptverwaltung Aufklärung (HVA) des MfS.*

Die Akten lieferten einen Abriß über die verschiedenen Abteilungen und ihre Funktion. Diese beinhalteten Spionageaktionen gegen die Briten und Amerikaner, Oberservierung der Truppen der Nationalen Volksarmee, Grenzüberwachung, Überwachung der Zivilbevölkerung, Abhören des Funk- und Fernmeldeverkehrs, spezielle Observierungsaufgaben, forensische und fotografische Auswertung, Anwerbung und Ausbildung, Verbindung zum Politbüro der DDR, Einsatz von Übersetzern und Dolmetschern, Spionage wider die Bundeswehr, die Nato und die Europäische Gemeinschaft.

Bis zum späten Nachmittag hatte Foster alle Unterlagen gelesen. Von gewissen Einzelheiten abgesehen, enthielten sie wenig, was er nicht bereits gewußt hatte. Aber er stellte fest, daß keinerlei Material über die Abteilung beilag, die für die Verbindung zum KGB in Karlshorst zuständig war.

Kurz nach 18 Uhr hörte er einen Wagen vorfahren, dann ertönten laute Befehle, und ein paar Minuten später klopfte es an der Tür, und Hartmann kam ins Zimmer. Er lächelte, als er Foster auf dem Bett liegen sah.

»Erzählen Sie mir nicht, die Akten hätten Sie eingeschläfert.«

Foster schwang die Beine über die Bettkante, setzte sich auf und wandte sich Hartmann zu.

»Ich habe die Akten auf dem Tisch liegenlassen.«

»Haben Sie alle gelesen?«

»Ja.«

»Irgend etwas Neues dabei erfahren?«

»Nein.«

Hartmann lächelte. »Also keine weiteren Fragen.«

»Nur eine. Es waren keine Unterlagen über die Stasi-Abteilung dabei, die die Verbindung zum KGB hält.«

»Darüber brauchen Sie nichts zu wissen«, versetzte Hartmann schroff. Dann lächelte er und wurde gelöster. »Ich will mich kurz frisch machen, dann essen wir etwas zusammen, und anschließend möchte ich Sie in Ihre Aufgaben bei der Funküberwachung einweisen.« Hartmann ging zur Tür, blieb stehen und drehte sich um. »Das Mädchen und dieser Laufer sind heute offiziell freigelassen worden. Aber ich habe angeordnet, daß Laufer hier im Osten bleiben muß. Dafür erhält er eine Unterkunft und eine seinen Fähigkeiten entsprechende Arbeit.«

»Danke.«

»Noch etwas. Ich habe ein Haus für Sie organisiert. Klein, aber einigermaßen hübsch. Es liegt in Friedrichsfelde, nicht weit von der Zentrale des Staatssicherheitsdienstes entfernt.«

Nach dem Essen befahl Hartmann, daß man ihnen den Kaffee im Wohnzimmer servieren solle. Foster sah, daß die Akten weg waren.

Als der Kaffee gebracht wurde, sagte Hartmann: »Gehe ich recht in der Annahme, daß in den Akten nichts enthalten war, was Sie nicht bereits wußten?«

»Mehr oder weniger. Von ein paar Kleinigkeiten abgesehen, hauptsächlich personellen Veränderungen.«

»Haben Ihre Leute Maulwürfe innerhalb der Stasi?«

Foster schüttelte bedächtig den Kopf. »Ich habe Ihnen doch gesagt, daß ich nicht über meinen früheren Dienst sprechen werde.«

Hartmann zuckte die Achseln. »Belassen wir's dabei. Und jetzt werde ich Ihnen Ihre erste Aufgabe bei uns erklären. Sie werden als Berater eingeführt. Sie können sich alles zeigen lassen, was Sie wollen, und jede gewünschte Frage stellen. Falls man nachhakt, woher Sie kommen und wem Sie Bericht erstatten, antworten Sie nicht. Zu denen muß man hart sein.«

»Worauf soll ich insbesondere achten?«

»Auf alles. Ausrüstung, Betriebsabläufe. Stellen Sie eventuelle Mängel und Schwächen fest.«

»Auch personell?«

Hartmann zögerte einen Moment. »Nein«, sagte er dann. »Bilden Sie sich eine Meinung, aber äußern Sie sich nicht dazu.«

»Wie lange soll ich mich darum kümmern?«

»Solange Sie brauchen.«

»Und wie berichte ich von meinen Erkenntnissen?«

»Sagen Sie mir Bescheid, wenn Sie fertig sind. Dann werde ich eine Besprechung ansetzen, bei der Sie mir und einem weiteren KGB-Offizier mündlich Bericht erstatten werden.«

Foster lächelte. »Muß ich taktvoll sein – diplomatisch?«

Hartmann schüttelte energisch den Kopf. »Nein. Auf keinen Fall. Ich betrachte das als eine Prüfung sowohl für Sie als auch für die anderen.«

»Welchen Namen benutze ich?«

»Ihren neuen Namen – Schultz.«

Foster schaute Hartmann an. »Warum haben Sie eigentlich den Namen Ihrer Mutter behalten, wenn Ihr Vater Russe war?«

Hartmann schwieg eine Weile. »Weil mein Vater Soldat war«, sagte er dann, »und meine Mutter vergewaltigte. Ich bin das Ergebnis. Sie fand heraus, wie er hieß, wollte aber nichts mit ihm zu tun haben.«

»Aber als Offizier beim KGB muß man sowjetischer Staatsbürger sein.«

»Der Bataillonskommandeur meines Vaters gab meiner Mutter

einen offiziellen Vermerk über den Vorfall. Dadurch konnte ich auf eigenen Wunsch die sowjetische Staatsangehörigkeit annehmen.«

»Und warum sind Sie Sowjet geworden?«

»Weil es einem als Russe im besetzten Deutschland besser ging als den Deutschen.«

»Und Sie hassen sie nicht für die Gewalt, die man Ihrer Mutter angetan hat?«

»Man kann wegen der Tat eines einzelnen nicht ein ganzes Volk hassen. Ihre Leute haben ebenfalls deutsche Mädchen vergewaltigt, die Amerikaner und Franzosen desgleichen. So was kommt vor, wenn man einen Krieg verliert. Die Wehrmacht und die SS haben beim Überfall auf die Sowjetunion auch vergewaltigt und gemordet.« Er zuckte die Achseln. »Fragen Sie Ihren Vater. Er war doch kurz nach dem Krieg hier.«

»Woher wissen Sie das?«

Hartmann lächelte. »Ich habe Sie überprüft. Betrachten Sie es als Kompliment. Ich mußte ein, zwei Gefälligkeiten einfordern.«

»Wozu die Mühe?«

»Weil Sie mich beeindruckt haben. Und weil ich der Meinung bin, daß Sie wertvoll sein könnten, wenn man Sie anständig behandelt.«

»Hoffen wir, daß Sie recht haben.«

Hartmann stand auf und reckte die Arme. »Ich fahre Sie morgen gegen neun Uhr rüber in die Normannenstraße. Die haben dort einen Lada für Sie, aber Sie werden hierher zurückkommen, bis Ihre eigene Bleibe fertig ist. Dauert noch ein paar Tage.« Er wandte sich zur Tür. »Bis morgen. Gegen halb acht.«

Hartmann hatte ihn zu dem riesigen Gebäudekomplex der Stasi-Zentrale gebracht, in dem der Großteil der Funk- und Telefonüberwachungsdienste untergebracht war. Es war ein weitaus umfangreicheres Unternehmen, als er gedacht hatte, und ihm wurde klar, daß der SIS die Abhöraktionen der Stasi gewaltig unterschätzt hatte.

Er war einem Dutzend Abteilungs- und Abschnittsleitern unter dem Namen Schultz vorgestellt worden. Man hatte allen mitgeteilt, daß er ein unabhängiger Berater sei, der den Auftrag habe, eine Überprüfung des ganzen Unternehmens durchzuführen. Aus ihrer Haltung schloß er, daß er nicht nur unwillkommen war, sondern auch herzlich wenig Unterstützung erwarten durfte.

Am Nachmittag war er zur sowjetischen Militärniederlassung in Karlshorst gebracht worden, wo auch das Führungspersonal des KGB residierte. Er war fotografiert worden und hatte später ein Personaldokument erhalten, das ihn als höheren Zivilangestellten der Sowjetkommandantur auswies.

Anschließend waren sie zum Haus zurückgekehrt und hatten belegte Brote und Kaffee zu sich genommen. Danach hatte Hartmann ihn wieder nach Karlshorst gefahren, wo Foster den Empfang eines 1200er Riva Salon, Baujahr 1984, bestätigen mußte, eines der zuverlässigeren Lada-Modelle. Er erhielt einen Führerschein und eine Karte, die ihn berechtigte, bei der ebenfalls in Karlshorst stationierten sowjetischen Armeetransportgruppe Benzin zu beziehen und den Wagen warten zu lassen.

Nach dem Abendessen teilte Hartmann ihm mit, daß er eine Haushälterin abgestellt habe, die in dem neuen Haus alle nötigen Vorbereitungen für Fosters Einzug treffen solle. Außerdem gab Hartmann ihm ein dickes Bündel Ostmark und einen Berechtigungsschein für den Privilegladen, in dem sowjetische Amtsträger sowohl einheimische als auch ausländische Waren kaufen konnten.

»Ich habe veranlaßt, daß einer meiner jungen Männer zu Ihnen zieht. Er wird dafür sorgen, daß alles reibungslos abläuft, ohne Sie in irgendeiner Weise zu stören.

Foster lächelte. »Ist er von der Roten Armee oder vom KGB?«

»KGB. Ein Leutnant. Spricht ausgezeichnet Deutsch. Hochgebildet. Universität Moskau. Der Vater ist Politiker.«

»Klingt nach einem Faktotum, wie man bei uns dazu sagt.«

»Was ist ein Faktotum?«

»Eine Art Leibwächter, der einen vor Scherereien bewahrt.«

Hartmann lächelte. »Ich glaube, das trifft es ganz gut.« Er stand auf. »Übrigens, falls Sie sich von Zeit zu Zeit mit Ihren Eltern in Verbindung setzen wollen, werde ich zusehen, daß Ihre Briefe, ohne Hinweis auf Ihren Aufenthaltsort, zugestellt werden. Ihre Post wird natürlich zensiert.«

Foster schüttelte den Kopf. »Ich melde mich erst, wenn ich mich besser eingelebt habe. Mein Vater übrigens war von meinem Vorhaben nicht gerade begeistert.«

»Ihre Leute drüben haben die Sache unter den Teppich gekehrt. Soweit ich weiß, hat Slaney eine Ahnung, was Sie getan haben könnten, aber offiziell heißt es, daß Sie aufgrund von Überarbeitung einen Nervenzusammenbruch erlitten hätten.« Er schwieg einen Moment. »Kenne ich Sie schon gut genug, daß ich Sie noch einmal fragen darf, weshalb Sie das getan haben?«

Foster schwieg eine Zeitlang. »Es waren diverse Gründe, aber ich vermute, den Ausschlag hat eine Aussage von Slaney gegeben, als ich ihn bat, für meine Leute etwas auszuhandeln. Nach allerlei Herumdrucksen sagte er: ›Wozu die Mühe, es sind doch nur Deutsche.‹ Ich konnte Slaney noch nie leiden. Er ist ein tüchtiger Offizier, aber er ist auch ein Snob, typisch Oberschicht. Leute wie ich sind für ihn nur nützliche Idioten.«

»Hätte er sich auf einen Austausch eingelassen, wenn man Sie gefaßt hätte?«

»Vermutlich ja. Aber nur, weil ich zuviel weiß. Er würde annehmen, daß ich rede, wenn Ihre Leute mich zusammenschlagen. Aber gepaßt hätte es ihm ganz und gar nicht.«

»Haben Sie damit gerechnet, daß man Sie zusammenschlägt?«

»Wenn man mich der Stasi überlassen hätte – ja. Aber ich habe von Anfang an darauf bestanden, daß ich mit einem KGB-Offizier sprechen möchte.«

»Wo ist da der Unterschied?«

Foster lächelte. »Ein KGB-Mann würde sofort erkennen, daß ich eine wertvolle Errungenschaft bin. Die Stasi-Leute sind doch nur bessere Polizisten. Klassische Gestapo-Typen. Keinerlei Phantasie.«

Hartmann nickte, allerdings nicht unbedingt beifällig. »Interessant.«

Aus irgendeinem Grund, den man ihm nicht näher erläuterte, wurde der Umzug in seine neue Unterkunft verschoben, bis er die Überprüfung der Stasi-Funküberwachung abgeschlossen hatte. Es dauerte drei Wochen, dann ließ er Hartmann wissen, daß er bereit sei zu berichten. Man teilte ihm mit, daß in zwei Tagen eine Zusammenkunft mit Hartmann und einem anderen KGB-Offizier anberaumt sei. Die Besprechung werde in Hartmanns Haus stattfinden. Bei dem Offizier handle es sich um einen Oberstleutnant des KGB aus Moskau. Über dessen Aufgabenbereich erfuhr er nichts, wohl aber den Namen: Nikolas Granow.

18. KAPITEL

Sie aßen alle drei gemeinsam zu Mittag. Hartmann, Granow und Foster. Granow war groß und schlank, etwa Anfang Vierzig. Er konnte einigermaßen Deutsch, sagte aber nur wenig. Aus seinen gelegentlichen Einwürfen schloß Foster, daß er irgendein Akademiker war. Er war um genaue Wortwahl bemüht, sprach langsam und gewählt und wich jedem direkten Blickkontakt mit Foster aus. Das Gespräch drehte sich hauptsächlich um Bücher und Musik. Er hatte unlängst in Prag eine Aufführung von Glières *Rotem Mohn* gesehen und war von den tschechischen Musikern begeistert. Nur ein einziges Mal, als er lächelnd gestand, daß ihm Benjamin Brittens *Simple Symphony* gefalle, vor allem der Pizzikato-Satz, schaute er Foster an.

Nach dem Essen führte Hartmann sie in ein Zimmer, in dem Foster noch nicht gewesen war. Offensichtlich eine Art Herrenzimmer und Büro zugleich. Die Wände waren mit Büchern gesäumt, und auf dem Schreibtisch standen diverse elektronische Geräte sowie drei Telefone. Das rote, so vermutete Foster, war wahrscheinlich der Zerhackeranschluß nach Moskau.

Sie nahmen an einem langen Tisch Platz, und Hartmann nickte Foster zu.

»Berichten Sie uns, was Sie festgestellt haben.«

»Zunächst zur Ausrüstung.« Er hielt inne und schaute die beiden an. »Ich war überrascht, sowohl über die Qualität als auch über die Reichweite des gesamten technischen Geräts. Lediglich der ...«

Hartmann fiel ihm ins Wort. »Entschuldigen Sie die Unterbrechung. Aber mich würde zunächst einmal interessieren, inwieweit man zur Zusammenarbeit mit Ihnen bereit war.«

Foster zögerte einen Moment, dann erwiderte er lächelnd: »Es war, wie bei einer so großen Abteilung nicht anders zu erwarten, ein bißchen gemischt. Das technische Personal war ausgesprochen entgegenkommend.« Er zuckte die Achseln. »Stolz auf ihre Geräte und die Wartungserfolge, die sie vorweisen konnten. Sie waren ganz offen, was die Ausfallzeiten der Großrechner anging. Jeder Absturz wurde dementsprechend vermerkt.« Er lächelte. »In der freien Wirtschaft werden diese Ausfallzeiten oft als wartungsbedingtes Abschalten kaschiert.

Die Abschnitts- und Abteilungsleiter waren teilweise sehr entgegenkommend, teils geradezu krankhaft verschlossen. Aber echte Behinderungen gab es nicht. Und was die Verschlossenheit angeht – das hing nicht vom Aufgabenbereich der betreffenden Abteilung ab, sondern einzig und allein von der Einstellung des zuständigen Mannes. Diejenigen, die abgewiegelt haben, hätten sich ganz genauso verhalten, wenn sie eine Eisengießerei leiten würden.« Er lächelte. »Sie wollen einfach nicht, daß Außenstehende sich ein Urteil über ihre erprobten und bewährten Betriebsabläufe erlauben.«

»Hat man versucht herauszufinden, wer Ihnen die Befugnis erteilt hat, sie zu überprüfen?« sagte Granow ruhig.

»Nicht ernsthaft. Ich wurde von Oberst Hartmann eingeführt, und ich glaube, man hat sich eher für seine Funktion interessiert als für meine.«

»Was haben Sie Ihnen erzählt?« fragte Hartmann.

»Gar nichts. Ich habe gesagt, daß ich nicht wüßte, welche Funktion Sie haben. Was ja der Wahrheit entspricht.«

»Hat man sich damit zufrieden gegeben?«

Foster lächelte. »Selbstverständlich nicht, aber sie haben nicht weiter nachgebohrt. Das heißt – es gab nur einen einzigen Versuch.«

»Wer war das?«

»Eine gewisse Frau Lange – sie ist für die Personalakten des technischen Personals zuständig.«

Hartmann zog die Augenbrauen hoch. »Warum hat sie sich Ihrer Meinung nach so für meine Funktion interessiert?«

Foster grinste. »Ich glaube, der geht es überhaupt nicht um Ihre Funktion. Sie steht meiner Meinung nach auf Sie und wollte bloß wissen, ob Sie verheiratet sind.«

»Meine Güte«, sagte Hartmann. »Berichten Sie weiter.«

»Zum technischen Bereich habe ich nur einen Einwand. Sie sollten einen eigenen Großrechner zur Stichwortauswertung einsetzen.«

»Was soll das heißen?«

»Tag für Tag fallen Unmassen ausgedrucktes Material an. Sie brauchen Hunderte von Leuten, die das Zeug lesen, und noch mehr für die Auswertung. Wenn man hingegen den Computer auf Stichworte programmiert, dann achtet er nur auf diese Begriffe und liefert jedesmals einen Ausdruck, wenn das entsprechende Wort in irgendeinem Zusammenhang auftaucht. Wenn nötig, kann man die Auswahlkriterien durch die Eingabe zusätzlicher Stichworte präzisieren, damit man garantiert keine Zeit verschwendet.«

»Und das ist bei uns nicht der Fall?«

»O ja. Aber das geschieht nur, wenn der Großrechner nicht anderweitig ausgelastet ist. Für diese Stichworte brauchen Sie einen eigenen Computer. In Moskau setzt man etliche ICL-Rechner ein. Die können Ihnen genau sagen, was die Stasi braucht. Ihre Leute in Moskau kaufen direkt in London ein. Behaupten, die Geräte würden für den Industriebedarf benötigt.«

Hartmann nickte. »Na schön. Fahren Sie fort.«

»Danach habe ich mir angeguckt, wie die vorhandenen Möglichkeiten genutzt werden. Und hier würde ich eine sehr sorgfältige Überprüfung empfehlen.

Die Überwachungsmaßnahmen hinsichtlich der NATO oder der Bundeswehr sind völlig überholt. Man hält sich streng an die Frequenzangaben, hört zwar fleißig ab, bekommt aber nur einen Bruchteil mit. Allenfalls fünf Prozent des gesamten Funkverkehrs.«

»Warum so wenig?« sagte Granow.

Foster zögerte. »Auch auf die Gefahr hin, daß ich Ihnen zu nahe trete. Aber meiner Meinung nach ist sowohl der zeitliche als auch der finanzielle Aufwand, den man für läppische Überwachungsaktionen im eigenen Land aufbietet, schlichtweg Verschwendung von Personal und Material.«

»Könnten Sie das näher erläutern«, sagte Hartmann leise.

»Ich glaube schon. Achtzig Prozent der verfügbaren Mittel und Arbeitskraft werden für sinnlose Observierungen im Inland vergeudet. Man legt Hunderttausende Akten über die eigenen Bürger an – Akten, auf die man so gut wie nie zurückgreift. Ich bin auf zig Fälle gestoßen – rein zufällig übrigens –, die aufwendig, aber völlig sinnlos waren.«

»Nennen Sie uns ein Beispiel.«

»Eine Frau beklagt sich bei einer Nachbarin, daß ihre Kinder noch nie eine Banane gesehen hätten. Prompt gilt sie als Dissidentin. Man hört ihr Telefon ab, verwanzt ihre ganze Wohnung. Man gibt eigens

Feueralarm, damit man heimlich in die Wohnung gelangt. Der ganze Häuserblock wird evakuiert. Zwei-, dreihundert Leute. Die Überwachung zieht sich über Jahre hin. Man setzt teure Tonbandgeräte ein, zeichnet jeden Furz auf, den jemand in seinen eigenen vier Wänden läßt, und archiviert das Ganze. Die beiliegende Karte auf der entsprechenden Akte verrät, daß kein Mensch je einen Blick darauf geworfen hat. Nicht ein einziges Mal.« Er schwieg einen Moment. »Und dafür gibt es zigtausend Beispiele. Die brauchen allein wegen der Akten vier große Lagerhallen zusätzlich. Für dieses Geld könnte man ein neues Krankenhaus bauen.«

Foster wartete auf eine Erwiderung, doch niemand sagte ein Wort. Schließlich meldete sich Hartmann. »Sonst noch irgendwelche Mängel?«

»Im technischen Bereich nicht.«

»Wo dann?«

»Die Moral ist, von den Führungskräften einmal abgesehen, ziemlich schlecht. Die mittleren und unteren Dienstgrade sind der Ansicht, daß sie nur befördert werden, wenn sie ihren Vorgesetzten gefällig sind.«

»Inwiefern gefällig?«

»Beim Hausbau, bei der Ausstattung. Was dazu führt, daß erstklassige Techniker ihrem Abteilungsleiter die Küche streichen. Und in mindestens zwei Abschnitten kam es zu sexuellen Belästigungen. Entweder man schläft mit dem Chef, oder man hat keinerlei Beförderung mehr zu erwarten. Verliert vielleicht sogar seinen Arbeitsplatz.«

Foster sah, wie Hartmann und Granow einen kurzen Blick wechselten. Dann sagte Hartmann: »Sonst noch etwas?«

»Nein. Nichts Erwähnenswertes jedenfalls.«

Hartmann nickte. »Na schön. Wir sprechen uns später. Ich habe uns für heute abend Plätze in der Staatsoper reservieren lassen.« Lächelnd schaute er zu Granow. »Leider kein Glière. Nur Tschaikowsky, aber vom Junior-Kirow getanzt, und das soll sehr gut sein.«

Nachdem Foster gegangen war, begaben sich Hartmann und Granow zu den Clubsesseln, die um einen kleinen Tisch mit runder Glasplatte standen.

Hartmann schaute Granow an. »Nun denn, Nikko, was meinen Sie?«

»Kompetent, härter, als er wirkt. Hat offenbar eine kleine Schwäche.«

»In welcher Beziehung?«

»Ein typischer Sozialist. Gerechtigkeit für die arbeitende Klasse. Ein eingefleischtes Mißtrauen gegenüber Vorgesetzten und jeglicher Obrigkeit. Sie könnten ihn benutzen, davon bin ich überzeugt.«

»Woher diese Sicherheit?«

»Er ist der geborene Heldenverehrer. Sucht sein Ideal. Sie könnten dieses Ideal sein.«

Hartmann schaute weg, hin zum Fenster, ehe er sich wieder Granow zuwandte.

»Warum ich, Nikko. Warum ausgerechnet ich?«

»Wer weiß? Aber Sie haben mir erzählt, daß er Sie gefragt hat, ob er zu den Stasi-Leuten diplomatisch sein müßte. Und Sie sagten nein. Ihnen kam es auf die Wahrheit an, aus seiner Sicht. Stimmt's?«

»Ja.«

»Können Sie sich vorstellen, daß ein Deutscher sein Leben riskiert, um Kritik am Staatssicherheitsdienst zu üben?«

»Nein. Aber auch nur wenige Sowjets. Aber wieso bin ich als Ideal geeignet? Oder gehört das zu Ihrer neuen Psychologie?«

Granow lachte. »Es gibt keine neue Psychologie. Wir lernen nur ständig dazu. Ich persönlich halte gar nichts von Theorien. Ich lerne nur ständig dazu. Ihnen und jedem anderen halbwegs intelligenten Menschen ginge es ganz genauso, wenn Ihnen die gleichen Einblicke in die menschliche Psyche gewährt würden wie mir. Ich sehe ständig die gleichen Verhaltensmuster. Und ich hake sie ab, genau wie diese Überwachungstrupps der Stasi. Aber im Gegensatz zu denen nehme ich mir die Akten fortwährend vor. Meine Erfahrung sagt mir, daß dieser junge Mann jemanden braucht, dem er vertrauen kann. Jemanden, auf den er sich verlassen kann. Jemanden, der ebenso stark ist wie er. Jemanden, vor dem er Respekt hat.«

Hartmann atmete tief durch. »Ich werde daran denken, Nikko. Sie wissen ja, wo Ihr Zimmer ist. Ich will mich kurz frisch machen.«

Als Hartmann zur Tür ging, sagte Granow: »Da wäre noch etwas, Peter.«

Überrascht drehte Hartmann sich um.

»Und zwar, Nikko?«

»Sie könnten ihm auch großes Leid zufügen.«

Hartmann blieb eine Zeitlang reglos stehen und starrte ins Leere. Dann wandte er sich wortlos ab und öffnete die Tür. Draußen zögerte er einen Moment, dann zog er sie langsam, aber entschieden zu.

Nach der Oper ging Hartmann mit ihnen ins *Ganymed* am Schiffbauerdamm. Aus Gefälligkeit gegenüber Hartmann, der dort offensichtlich bekannt war, hatte man ihnen einen Tisch am Fenster mit Blick auf die Spree zugewiesen.

Sie aßen Singapur-Ente mit Rotkohl, tranken exzellenten Wein und genossen das vornehm-elegante Interieur. Hartmann verblüffte sie mit seinem Wissen um die Geschichte des Lokals. In den zwanziger Jahren, so erklärte er, sei dies das nobelste Bordell von Berlin gewesen, und einst seien auch Bertolt Brecht und Helene Weigel hier regelmäßig eingekehrt.

Foster, der Hartmann zum erstenmal außer Dienst erlebte, fand ihn weitaus kultivierter und aufgeschlossener als in dem Haus. Er fragte sich, ob es möglicherweise an Granows Anwesenheit lag, der durch Hartmanns beiläufige, aber offensichtlich sachkundige Anmerkungen über Dichter und Romanciers zusehends aus der Reserve gelockt wurde. Mehrere Male war es Hartmann gelungen, Foster durch gezielte Fragen zu englischen Schriftstellern in diesen magischen Kreis einzubeziehen. Er zeigte dabei nicht die für Russen übliche Begeisterung für Shakespeare und Dickens, sondern interessierte sich für Autoren wie John Osborne und Kingsley Amis, die er als politische Schriftsteller betrachtete. Als aufbegehrende Autoren.

Als sie zu dem Haus zurückkehrten, bestand Hartmann darauf, daß Foster ihnen sämtliche Melodien von George Gershwin, Irvin Berlin, Jerome Kern und Cole Porter vorspielen müsse, die ihm einfielen. Erst um vier Uhr morgens zogen sie sich endlich auf ihre Zimmer zurück. Doch es dauerte noch eine Stunde, bis Foster endlich einschlief.

Foster war mitten in seinem Bericht klargeworden, daß Hartmann und Granow sich eigentlich gar nicht für die einzelnen Punkte interessierten, die er ansprach. Es war wie mit den Fragen, die man ihm bei der Offiziersausbildung gestellt hatte. Fragen, auf die es, wie man später herausfand, keine richtige Antwort gab, sondern durch die lediglich sondiert werden sollte, wie man in bestimmten Situationen reagierte, in denen Entscheidungen verlangt wurden, die einen moralisch in Konflikt brachten. Das Gespräch war vergleichsweise locker verlaufen, doch war dabei deutlich geworden, daß es Granow gar nicht um die Fehler und Vorzüge der Stasi-Funküberwachung ging. Es war eine Art Prüfung gewesen, aber er hatte keine Ahnung, ob er sie bestanden hatte oder nicht.

Hartmann und Granow unterhielten sich am nächsten Morgen etwa eine Stunde lang, ehe Hartmann die entscheidende Frage stellte.

»Werden Sie mich in Moskau unterstützen, Nikko?«

Granow lächelte. »Sie brauchen meine Unterstützung nicht. Das wissen Sie doch. Man hat Ihnen freie Hand gegeben. Sie können ihn einsetzen, wie Sie wollen.«

»Ich möchte nur Ihre Meinung wissen. Inoffiziell, wenn Ihnen das lieber ist.«

»Meine Meinung wozu?«

»Herrgott noch mal, Nikko. Ob ich ihn zur Führung eines Agentennetzes in der Bundesrepublik einsetzen soll.«

»Na schön. Dann spiele ich eben kurz den Teufelsadvokaten. Sie haben bereits Agentennetze in der Bundesrepublik. Wozu brauchen Sie noch eines?«

»Weil die bestehenden Netzte völlig nutzlos sind. Reine Amateure. Nicht in Moskau ausgebildet. Außerdem sind es lauter Deutsche. Die Erkenntnisse, die sie uns liefern, sind nichts als Klatsch und Gerüchte, und die Hälfte davon beziehen sie aus der Zeitung. In den letzten vierzig Jahren hatten wir allenfalls sechs oder sieben wirklich erfolgreiche Agenten in der Bundesrepublik. Und die waren alle in Moskau ausgebildet. Ein Jahr lang, manchmal sogar zwei. Die Leute, die ich habe, wurden einen Monat lang vom Staatssicherheitsdienst geschult. Die schlafen mit irgendeiner älteren Sekretärin in Bonn und kommen sich dabei vor wie James Bond. Reine Zeitverschwendung.«

Granow lächelte. »Aber Sie haben noch nicht erwähnt, aus welchem anderen Grund Moskau Ihnen freie Hand gegeben hat.«

»Welcher Grund soll das sein?«

»Unsere Freunde vom Staatssicherheitsdienst.«

»Man befahl mir, mit niemandem darüber zu sprechen. Hat man es mit Ihnen beredet?«

»Nur kurz.« Granow schwieg einen Moment. »Man will, daß Sie einen Maulwurf innerhalb des Staatssicherheitsdienstes plazieren. Stimmt's?«

»Ja.«

»Man hat mir nicht verraten, woher das plötzliche Interesse für unsere Freunde rührt.«

Hartmann seufzte. »Angesichts der Veränderungen in Moskau und der zunehmenden Unruhe in den Bruderländern des Warschauer Paktes macht man sich Sorgen um die Stabilität der DDR. Man möchte wissen, inwieweit man sich im Falle einer Machtprobe auf den Staatssicherheitsdienst verlassen kann.«

Granow lächelte verschmitzt. »Und inwieweit man sich auf Honecker und seine Bande verlassen kann?«

»Genau. Zurück zu Foster. Unterstützen Sie mich dabei?«

»Ja. Aber nicht schriftlich. Ich werde mich in Ihrem Sinne äußern, wenn ich zurück bin.«

»Soll ich Sie auf dem laufenden halten?«

»Auf keinen Fall. Diese Dinge interessieren mich nicht.« Er zuckte die Achseln. »Ich bin lediglich ein kleiner Hauspsychologe am Dserschinskiplatz. Ein einfacher Arbeiter am großen Schutzwall aus Täuschung und ...« Er schüttelte den Kopf.

»Und was noch?«

»Ich wollte Verrat sagen, doch der Verrat geht nicht von mir aus. Ich liefere lediglich die logische Grundlage für andere. Aber selbst ich verlange heutzutage eine gewisse Rechtfertigung.«

Hartmann lächelte, sagte aber nichts. Granow war keineswegs der einfache Mensch, als den er sich darstellte. Er war Tschebrikows persönlicher Berater, und man wurde nicht zum Vordenker des KGB-Chefs, wenn man nicht die entsprechenden Leistungen und Verdienste vorzuweisen hatte. Aber offensichtlich hatte man Granow in Moskau nicht mitgeteilt, welche Rolle man Foster tatsächlich zudachte. Es war ein Zeichen der Zeit, daß man so bereitwillig zugestimmt und diese Sache vom Aufklärungsbedarf her als dringlich eingestuft hatte.

Irgend jemand in Moskau hatte einen Blick in die Kristallkugel geworfen und ein paar beunruhigende Entwicklungen in naher Zukunft erkannt. Möglicherweise hatte Granow nicht nur Foster einer genauen Prüfung unterzogen. Bei den Leuten in Moskau konnte man nie wissen. Vielleicht fühlte man auch ihm auf den Zahn. Loyalität ließ sich nicht durch einen simplen Lackmustest feststellen, und durch die Veränderungen in Moskau, die mit Gorbatschows Ernennung zum Generalsekretär einhergingen, wurden die Karten innerhalb des Kreml wieder einmal neu gemischt. Er mußte an einen amerikanischen Song denken, den er bei einer Reise nach New York gehört hatte: »*There's gonna be changes made*« – es wird sich etwas ändern müssen. Er hatte die Aufenthalte in New York stets genossen. Die Streitgespräche und Diskussionen in schummrigen Bars im Village, die Versuche, die Welt zu verbessern, während ein wunderbar variierender Jazzpianist bis in die frühen Morgenstunden Fats Waller spielte. Bei der Landung am Scheremetjewo war es ihm immer so vorgekommen, als habe jemand sämtliche Lichter gelöscht.

19. KAPITEL

Als Foster am nächsten Morgen aus dem Schlafzimmerfenster blickte, sah er, daß es über Nacht heftig geschneit hatte, und ihm wurde bewußt, daß in nur einem Monat Weihnachten war. Weihnachten 1987. Das erste Weihnachtsfest, an dem er nicht wenigstens zwei Tage lang bei seinen Eltern weilen würde. Sein Vater würde den ganzen Tag über im Laden zu tun haben und sich abends hinsetzen und die Verkaufsaktion im Januar – Kühlschränke und Küchenherde – in allen Einzelheiten planen. Manchmal beneidete er ihn um sein geregeltes Leben. Für seinen Vater, der stets wußte, wie er den Tag zubringen würde, war es schon ein Hochgenuß, wenn er zum Villa Park fuhr und sich das Heimspiel von Aston Villa anschaute.

Hartmann hatte gesagt, er wolle an diesem Morgen mit ihm reden, und er fragte sich, worum es gehen mochte.

Sie waren in Hartmanns Arbeitszimmer, und Foster spürte, daß der KGB-Mann dem eigentlichen Thema auswich. Sie unterhielten sich über ihre Kindheit, wie sie die Sommerferien verbracht hatten. Foster in Weston-super-Mare, Hartmann in einer Villa an der Ostsee. Aber schließlich sagte Hartmann: »Ich wollte Sie auf die neue Aufgabe vorbereiten, die wir Ihnen zugedacht haben. Doch zunächst eine andere Kleinigkeit.« Er lächelte. »Eigentlich sollte es eine Überraschung für Sie sein. Aber dann habe ich noch einmal darüber nachgedacht und bin zu dem Entschluß gekommen, daß ich Sie darauf vorbereiten sollte.«

Foster lächelte. »Klingt ja interessant.«

Hartmann zuckte die Achseln. »Möglicherweise.« Er zögerte kurz. »Es geht um Ihren weiblichen Kurier – Ursula Bayer. Ich dachte, Sie würden sich in Ihrem neuen Quartier vielleicht eher einleben, wenn sie Ihre Haushälterin ist. Ich habe mit ihr darüber geredet, und sie war sichtlich begeistert.« Wieder schwieg er und musterte Foster. »Wie steht's mit Ihnen?«

Foster war überrascht. »Eine großzügige Geste. Doch, das ist mir recht.«

»Sie werden hauptsächlich zu Hause arbeiten, und Ihr sogenanntes ›Faktotum‹ wird natürlich ständig dasein.«

Foster nickte, ohne sich zu äußern.

Hartmann rutschte nervös auf seinem Platz hin und her, beugte sich dann vor und sagte: »Dieses Unternehmen ist streng geheim, und es wäre eine Katastrophe, wenn irgend etwas durchsickern würde. Aus diesem Grund hat man beschlossen, daß es trotz seines Ausmaßes und der zu erwartenden Schwierigkeiten von einem Mann durchgeführt werden muß. Es erfordert Erfahrung in zwei Bereichen nachrichtendienstlicher Tätigkeit. Erfahrung, über die ein Mann allein normalerweise nicht verfügt.« Hartmann schaute Foster an. »Ihnen ist sicher bewußt, daß unsere Haltung Ihnen gegenüber wie auch die Behandlung, die wir Ihnen angedeihen ließen, ungewöhnlich waren. Und der Grund für unsere Reaktion ist – womit ich Ihre sonstigen Talente keineswegs schmälern möchte –, daß Sie zufällig Erfahrung auf den beiden Gebieten haben, auf die es uns ankommt. Das Unternehmen wurde vor zwei Monaten genehmigt, aber bislang stand uns kein geeigneter Kandidat zur Verfügung.« Er zuckte die Achseln. »Sie sind genau der Richtige.«

»Worauf kommt es Ihnen denn an?«

»Wir brauchen jemanden, der genügend Erfahrung mit Computern und Fernmeldetechnologie hat, um sämtliche Einrichtungen des Staatssicherheitsdienstes zu benutzen, ohne daß die merken, was er treibt. Dazu Erfahrung in Aufbau und Führung eines Agentennetzes.«

»Und wen oder was haben Sie dabei im Visier?«

Hartmann erhob sich seufzend, ging langsam zur Tür, drehte sich um und kam ebenso langsam zu Foster zurück, blieb stehen und musterte ihn eine Zeitlang schweigend. Dann sagte er, ohne Foster in die Augen zu schauen: »Eine Vielzahl von Zielen. Sagen wir zunächst einmal die Bundesdeutschen, allen voran der BND, die Neonazis hier in der DDR und darüber hinaus den Staatssicherheitsdienst an sich.«

»Dazu braucht man ein Team mit mindestens zwanzig Mann. Technische Auswertung, Recherche, dazu unbegrenzten Zugang zu allen vorliegenden Akten. So etwas erfordert monatelange Vorbereitung, ehe man mit der eigentlichen Infiltration beginnen kann.«

Hartmann schüttelte den Kopf. »Sie allein, mein Freund. Sie sollten sich geschmeichelt fühlen.«

»Warum?«

»Weil Sie der einzige sind, dem wir das zutrauen.«

»Und wie steht's um den Zugang zu den Akten?«

»Unbegrenzter Zugang zu allen Stasi-Unterlagen.«

»Ist das der Grund, weshalb ich mir deren Organisation vornehmen sollte?«

»Teilweise. Jetzt wissen Sie wenigstens, worauf Sie achten müssen.«

»Darf ich Akten kopieren? Mir eventuell Computerdisketten ziehen?«

»Alles, was Sie wollen. Teilen Sie mir mit, welche Geräte Sie benötigen, und ich werde sie besorgen.« Er setzte sich zu Foster auf das Sofa. »Von diesem Unternehmen hängt viel ab – vor allem für mich persönlich. Und für andere auch.«

»Wer sind diese anderen?«

»Nur zwei Männer. Männer in Moskau. KGB-Männer.«

»Ist das eine offizielle Sache – dieses Unternehmen?«

Hartmann zögerte. »Einigermaßen offiziell.«

»Und warum machen es die Sowjets dann nicht selbst?«

»Wir haben im Augenblick niemanden, der dafür geeignet wäre.« Und Foster wurde klar, daß der KGB-Mann ihn soeben zum erstenmal belogen hatte.

»Die Stasi-Jungs werden mich behindern, wo sie nur können.«

Hartmann lächelte. »Die werden gar nicht merken, worauf Sie aus sind. Nehmen Sie sich die für Sie uninteressanten Akten ebenso vor wie diejenigen, die Sie benötigen. Ihnen muß ich doch nicht erklären, wie man so etwas angeht.«

Mittags fuhr er mit dem Lada hinter Hartmanns Wagen her. Es schneite wieder. Das Haus, in das er einziehen sollte, war mit dem Auto nur ein paar Minuten von Hartmanns Villa entfernt. Ein schmuckes kleines Häuschen mit rotem Ziegeldach und blauen Fensterläden. Vor den beiden Toren der Doppelgarage hielt er neben Hartmanns Wagen an.

Als sie auf dem kleinen Podest vor der Haustür standen, sagte Hartmann: »Weder der KGB-Mann noch das Mädchen wissen etwas von Ihrem Auftrag. Sagen Sie ihnen, Sie würden lediglich Recherchearbeiten für mich erledigen.« Foster nickte, worauf Hartmann einen Schlüsselbund aus seinem Aktenkoffer holte, einen Schlüssel heraussuchte und ihn Foster in die Hand drückte. »Das sind Ihre Schlüssel. Wenn Ihr Arbeitszimmer fertig ist, gelten dafür besondere Sicherheitsbestimmungen.« Dann lächelte er. »Schließen Sie auf. Man erwartet Sie.«

Das Wiedersehen verlief eher kurzangebunden und verkrampft. Sowohl Foster als auch Uschi Bayer waren sich der Umstände nur allzu deutlich bewußt. Beide waren begierig darauf zu erfahren, wie es dem anderen ergangen war, doch im Beisein von Hartmann und Sascha Tolstoi, dem jungen KGB-Mann, wollten sie nicht offen miteinander reden.

Sämtliche drei Etagen des Hauses waren ordentlich eingerichtet. Das ganze Obergeschoß stand zu seiner Verfügung. Ein Wohnzimmer, ein Schlafzimmer, dazu ein Bad und ein Arbeitsraum mit Schreibtisch und Sitzecke. Das Zimmer war durch eine schwere Stahltür mit Metallrahmen, zwei komplizierten Schlössern und einem Vorlegeriegel gesichert. Als Hartmann sich zum Gehen wandte, sagte er leise: »Leutnant Tolstoi wird das Haus zweimal pro Tag nach Wanzen absuchen. Er wird Ihnen den Detektor für Ihre Räume zur Verfügung stellen.«

Als Hartmann weg war, ging Foster zu Uschi Bayer in die Küche. Sie errötete, als er sie lächelnd anschaute.

»Geht's dir gut?« fragte er.

»Mir geht's prima.« Sie zögerte einen Moment. »Warum hast du das getan?«

»Was?«

»Der Oberst hat gesagt, du hättest ihnen deine Dienste angeboten, wenn sie mich und die anderen freilassen.«

»Das stimmt.«

»Aber wieso? Warum hast du das getan?«

»Weil die Anklage gegen euch lächerlich war. Ihr habt euch nicht staatsfeindlicher benommen als die Parteibonzen, die heimlich über die Grenze fahren und im Westen einkaufen.«

»Aber was wird aus deiner Familie und deinem Beruf? Deinem ganzen Leben?«

Foster lächelte. »Keine Sorge. Das kommt alles wieder in Ordnung. Erzähl mir lieber, wie es dir ergangen ist.«

Sie zuckte die Achseln. »Die haben mich an der Uni abgeholt. Brachten mich in ein Stasi-Quartier und haben mich ständig gefragt, was ich getan hätte und wer meine Kontaktpersonen wären. Ich habe jede Antwort verweigert, aber offenbar wußten die schon über alles Bescheid. Irgendwer hatte bereits geredet.«

»Wer?«

»Ich glaube, es war der Mann aus der Bibliothek.«

»Wie kommst du darauf?«

»Sie haben sich ziemlich offen über Laufer ausgelassen, aber von Braun war nie die Rede.«

»Spielt jetzt auch keine Rolle mehr. Man hat Laufer ebenfalls freigelassen und ihm hier drüben eine Arbeit beschafft.«

»Man hat mir befohlen, daß ich für dich arbeiten soll. Ich hatte keine Wahl.« Sie stockte. »Macht es dir was aus?«

Er lachte. »Natürlich nicht. Ich bin froh, daß du hier bist. Wenigstens jemand, den ich kenne. Was ist mit dir? Macht es dir etwas aus?«

»Ich bin begeistert. Ich freue mich.«

»Hast du Leutnant Tolstoi schon kennengelernt?«

»Ja. Der ist in Ordnung. Er macht alles, was der Oberst ihm aufträgt.« Sie lachte. »Und mir gehorcht er aufs Wort.«

»Hat man dir irgendwelche Auflagen gemacht?«

»Nein.« Sie lächelte. »Ich muß lediglich für dein Wohl sorgen. Ich bekomme alles, was wir hier brauchen. Ich kann kommen und gehen, wie es mir gefällt. Ich habe ein hübsches Zimmer.« Sie zuckte die Achseln. »Ich hatte großes Glück.«

»Was machst du abends?«

»Ich bin erst seit zwei Wochen hier, aber abends besuche ich meistens eine der zwei Familien, die ich seit langem kenne. Zwei ganz unterschiedliche Familien. Die einen sind einfache Leute, aber freundlich und liebenswürdig. Die anderen sind typische Studierte. Ständig am Streiten und Diskutieren. Wollen immerzu die Welt verbessern.«

»Ich würde Sie gern kennenlernen. Alle beide.«

Sie wirkte betreten. Dann sagte sie leise: »Und wie soll ich dich vorstellen? Die wollen bestimmt wissen, wer du bist.«

»Ich bin EDV-Berater in Diensten der Regierung.« Er zuckte die Achseln. »Außerdem stimmt das sogar.«

»Sag mir Bescheid, wann du essen willst. Und was du an Weihnachten vorhast.«

»Weihnachten?«

»Ganz genau.« Sie lächelte. »Nächste Woche ist es soweit.«

Er zuckte die Achseln. »Das überlass' ich dir.«

Er setzte sich an den langen Holztisch in seinem Arbeitszimmer und schrieb auf, welche Geräte er brauchte. Es war eine lange Liste. Anschließend fuhr er zu Hartmann und überreichte sie ihm. Der KGB-Mann las sie durch und schaute ihn an.

»Ich verstehe nichts von Computern. Sind diese Geräte jederzeit erhältlich?«

»Das ist zum Großteil handelsübliches Zeug. Die etwas ausgefalleneren Geräte habe ich eigens gekennzeichnet. Falls es Schwierigkeiten geben sollte, kann ich ein paar Zulieferer in Frankfurt nennen, über die man an sie rankommt.«

»Na schön. Überlassen Sie das mir.«

Bis zum Wochenende standen alle Geräte zur Verfügung. Installation und Erprobung nahmen einen ganzen Tag in Anspruch. Als Hartmann an diesem Abend vorbeikam, teilte Foster ihm mit, daß er bereit sei. Hartmann rief vom Hausanschluß aus an, sprach mit mehreren Leuten in der Stasi-Zentrale und vereinbarte eine Besprechung für den kommenden Vormittag.

20. KAPITEL

An der Besprechung nahmen vier Männer vom Staatssicherheitsdienst teil, deren Vorbehalte nur allzu offensichtlich waren, als Hartmann ihnen erklärte, daß Foster uneingeschränkten Zugang zu allen Akten habe,

Ein gewisser Kurth äußerte diese Vorbehalte auch.

»Bei allem Respekt, Genosse Oberst, aber dieser Mann soll Zugang zu Akten erhalten, die so streng geheim sind, daß sie nicht einmal außerhalb unserer Abteilung gelesen werden dürfen. Akten, zu denen in bestimmten Fällen nicht einmal wir Zugriff haben.«

»Ich bin mir darüber im klaren, Genosse Kurth. Falls Sie meine Anweisungen in Frage stellen wollen, sollten Sie sich an General Ustinow im Hauptquartier des KGB wenden.«

»Ich wollte ja nur auf den Stand der Dinge hinweisen, Genosse Oberst.«

Hartmann lächte. »Besten Dank, Genosse Kurth.« Er blickte in die Runde. »Sonst noch irgendwelche Fragen?«

Als niemand reagierte, stand Hartmann auf. »Herr Schultz wird mir täglich Bericht erstatten. Ich verlasse mich darauf, daß Sie ihn nach besten Kräften unterstützen.«

Als sie zu ihren nebeneinanderstehenden Wagen gingen, sagte Hartmann: »Wenn diese Mistkerle mich mit Genosse Oberst anreden, weiß ich genau, daß sie Ärger machen wollen. Lassen Sie sich auf nichts ein. Wenn man Ihren Wünschen nicht unverzüglich nachkommt, rufen Sie mich an. Warten Sie nicht bis zur abendlichen Besprechung. Und jetzt gehen Sie wieder hinein und machen sich an die Arbeit.«

Den ganzen Tag lang nahm Foster sich die Karteien vor und machte sich Notizen zu den für ihn interessanten Bereichen. In diesen Karteien waren sowohl hochrangige Stasi-Informanten erfaßt als auch Neonazis und Stasi-Zuträger in der Bundesrepublik. Er fand auch eine Eintragung, in der auf Unterlagen über den SIS in Berlin verwiesen wurde, und notierte sich die entsprechende Aktennummer.

Die Angaben waren bereits per Computer erfaßt. Seiner Einschätzung nach würde es zwei volle Tage dauern, bis er sie auf Disketten kopiert hatte, die er mit nach Hause nehmen und dort auswerten konnte. Glücklicherweise benutzte die Stasi die handelsüblichen Geräte und Programme.

Das Stasi-Personal hatte ihn den ganzen Tag lang tunlichst übersehen, aber ihm war klar, daß sie unbedingt erfahren wollten, wofür er sich interessierte. Nur um sie zu verwirren, forderte er etliche für ihn unwichtige Unterlagen an.

Danach fuhr er zu dem Haus, schloß seine Notizen im Arbeitszimmer ein und ging dann hinunter in die Küche, um sich einen Kaffee zu holen.

Er mußte lächeln, als er den mit Glaskugeln und Lametta geschmückten Weihnachtsbaum im Wohnzimmer sah. Er ging mit Uschi Bayer in der *Goldenen Gans* essen, einem ganz gemütlichen Restaurant im Grandhotel an der Friedrichstraße. Sie bestellten sich eine Hühnersuppe als Vorspeise und danach einen Rehbraten. Uschi gestand ihm, daß sie zum erstenmal in ihrem Leben in einem richtigen Speiserestaurant aß.

Als sie zu Fosters Wagen gingen, schlug sie vor, auf dem Heimweg bei den Mundts vorbeizuschauen, einer der Familien, mit denen sie befreundet war.

Unterwegs wies sie ihn darauf hin, daß die Mundts ganz einfache Leute mit einer dementsprechend altmodischen Einstellung seien. Als sie vor dem Plattenbau hielten, in dem die Familie Mundt wohnte, erinnerte er sie daran, daß er Schultz heiße, aus Norddeutschland stamme und daß seine Eltern im Westen lebten.

Die kleine Wohnung, ursprünglich für ein alleinstehendes Ehepaar gedacht, aber mittlerweile von vier Personen genutzt, lag im dritten Stock. Sie bestand aus einer Eßküche, einem Wohnzimmer und zwei Schlafzimmern. In der Toilette gab es zwar ein Waschbecken, aber kein Bad. Dafür waren in der Miete, umgerechnet etwa 50 Mark im Monat, vier kostenlose Besuche in der öffentlichen Badeanstalt enthalten. Der Fußboden war mit billigem PVC aus Bitterfeld oder Zschopau belegt.

Mundt senior war um die Sechzig, ein gelernter Elektriker, der in einem nahe gelegenen Betrieb Kartons herstellte. Seit jeher Gewerkschaftsmitglied, aber ohne jedes politische Interesse. Offenbar zufrieden mit seinem Leben, dem sicheren Arbeitsplatz – ein fürsorglicher Familienvater, auch wenn er eher praktisch als gefühlsbetont war. Seine Gattin war etliche Jahre jünger, eine untersetzte, fröhliche Frau, die als Näherin in einer Fabrik für Kinderkleidung arbeitete. Sie verdiente nicht viel, genoß aber das Gemeinschaftsgefühl und die Kollegialität. Karl, der Sohn, war um die Zwanzig und arbeitete als Kfz-Mechaniker. Paula, seine Schwester, war sechzehn und ging noch zur Schule.

Als Foster und Uschi zu Besuch kamen, wurde der Fernseher ausgeschaltet. Uschi wurde wie ein Mitglied der Familie empfangen. Foster wurde zwar höflich, allerdings auch etwas reserviert und mit abschätzenden Blicken aufgenommen. Für ihn sprach bislang lediglich, daß er Uschis Freund war.

Als sie erfuhren, daß Foster mit Computern zu tun hatte, waren sie sichtlich beeindruckt, und Frau Mundt nickte Uschi beifällig zu. Danach unterhielten sich die Männer über Fußball, während die Frauen über die jüngsten Versorgungsengpässe plauderten – derzeit mangelte es vor allem an Obst und Toilettenpapier. Nach etwa einer Stunde brachen sie wieder auf.

Auf der Rückfahrt sagte sie: »Was hältst du von ihnen?«

»Sie erinnern mich an meine Eltern. Sie hatten nicht so viele Chancen, sind aber gute, fleißige Menschen, die sich nicht beklagen und keine großen Ansprüche stellen.«

»Erzähl mir von deinen Eltern.«

Er seufzte. »Es ist besser, wenn du nichts über sie weißt, Uschi. Es sind ganz normale Leute, einfach, aber aufrichtig. Wollen nur das Beste.«

»Bist du ihr einziges Kind?«

»Ja.«

»Fehlen sie dir?«

»In gewisser Weise schon, aber ich komme damit klar. Sie tun mir ein bißchen leid. Ich fehle ihnen sehr, und sie verstehen nicht, warum ich diesen Schritt getan habe.«

»Woher kannst du so gut Deutsch? Du sprichst wie ein Einheimischer.«

»Meine Mutter ist gebürtige Deutsche. Ich bin in Deutschland aufgewachsen. Ich bin hier zur Schule gegangen.«

»Wirst du jemals wieder zurückkehren?«

»Keine Ahnung. Ich kann nur abwarten und zusehen, wie sich hier drüben alles entwickelt.«

»Sascha sagt, der Oberst sei sehr zufrieden mit dir.«

»Wer ist Sascha?«

»Der KGB-Leutnant.«

»Wie ist er so?«

Sie zuckte die Achseln. »In Ordnung. Mit dem kommt man aus.«

Eine Woche nach Weihnachten lernte er die Westphals kennen, die andere befreundete Familie. Sie waren das krasse Gegenteil von den Mundts. Beide Eltern stramme Parteimitglieder, doch die Söhne Frederik und Johannes schlugen seltsam aus der Art. Widersprachen ihren Eltern in fast allem. Schimpften darüber, daß sie nicht in den Westen reisen durften, übten offene Kritik an den alten Männern in Partei und Regierung. Griffen jeden Klatsch über Korruption und Vetternwirtschaft auf, was aber von ihren Eltern toleriert wurde, vorausgesetzt, sie äußerten ihre Ansichten nicht in der Öffentlichkeit. Der Vater unterrichtete an einer höheren Schule Deutsch und Geschichte, die Mutter war hohe Funktionärin in der Frauenorganisation der Partei. Die Einstellung ihrer Söhne betrachteten sie als typische generationsbedingte Trotzhaltung. Trotz aller Unstimmigkeiten waren sie lebhafte, blitzgescheite Leute, deren Streitgespräche nicht wie bitterer Ernst, sondern eher wie akademische Diskurse wirkten.

In der gleichen Woche fing Foster damit an, die Angaben, die seiner Meinung nach wichtig waren, auf Disketten zu kopieren. Und dazu brauchte er Zugang zu den Geräten der Stasi an der Normannenstraße.

Er arbeitete nachts, wenn weniger Leute im Dienst waren und die Computer nicht ausgelastet waren.

Tagsüber war er zu Hause, überprüfte den Inhalt der Disketten und formatierte neue für den kommenden Abend.

Nach zehn Tagen hatte er alles kopiert, was er brauchte. Aber damit fing die eigentliche Arbeit erst an. Er hatte rund 50 000 Eintragungen erfaßt, von denen allenfalls 100 die Auskünfte hergaben, die er benötigte. Allerdings hatte er einen ganz wichtigen Fund gemacht – er hatte entdeckt, nach welchem System die Informantenakten angelegt und verschlüsselt waren. Und anhand dieses Schlüssels konnte er den Status, die Schwächen und die Decknamen der jeweiligen Informanten feststellen. Mit dieser Entdeckung konnte er sich tagelanges Studium unergiebiger Akten ersparen.

Er erstattete Hartmann täglich Bericht, doch wegen seiner Nachtarbeit bekam er Uschi Bayer und Sascha Tolstoi kaum zu Gesicht. An seinem ersten freien Abend war Uschi zu einem vegetarischen Essen bei den Westphals eingeladen. Sie hatte angerufen und gefragt, ob er Lust habe mitzukommen. Nur keine Umstände. Es solle in erster Linie ein Diskussionsabend werden, und solange er sich am offenen Meinungsaustausch beteilige, sei er willkommen. Hauptthema sei die Verhaftung etlicher sogenannter Sozialdemokraten aus der DDR, kontrarevolutionärer Elemente also, die sich am 17. Januar in Ostberlin versammelt hätten, um der Ermordung von Rosa Luxemburg und Karl Liebknecht zu gedenken. Die Festgenommen seien noch am gleichen Tag nach Westberlin abgeschoben worden.

Als sie eintrafen, war die Diskussion bereits in vollem Gang. Alle vier Westphals waren anwesend, dazu ein anderes Ehepaar, beide mittleren Alters und beide in der Parteizentrale der SED in Dresden tätig.

Herr Westphal hob gerade zu einer gestenreichen Erwiderung an, als sie sich zwischen seiner Frau und seinem Sohn Johannes am Boden niederließen. Er war sichtlich engagiert.

»Wieso wollen diese Leute ausgerechnet politischen Fossilien wie Luxemburg und Liebknecht gedenken? Die sind vor über fünfzig Jahre gestorben – ach, noch viel länger.«

»Genaugenommen vor fast achtzig Jahren«, mischte Johannes sich lauthals ein. »Und sie sind auch nicht gestorben – sie wurden ermordet. Und zwar von Offizieren der Reichswehr.«

»Karl Liebknecht war ein Bourgeois«, versetzte Vater Westphal aufgebracht. »Ein Anwalt – und zudem Sozialdemokrat, nicht einmal Mitglied der Kommunistischen Partei.«

Frederik kam seinem Bruder zu Hilfe. »Aber Rosa Luxemburg war Parteimitglied. Sie war jahrelang im Gefängnis, weil sie die Partei nicht verleugnen wollte. Ist das etwa kein Gedenken wert?«

»Wieso ehren wir nicht lieber unsere Helden – Wilhelm Pieck, Walter Ulbricht, die Gründer unseres Staates.« Er hielt kurz inne. »Was meinen Sie dazu, Herr Schultz?«

Foster zögerte einen Moment. »Vielleicht«, sagte er dann, »sollten wir uns daran erinnern, was Rosa Luxemburg gesagt hat: ›Freiheit ist immer die Freiheit der Andersdenkenden.‹«

Frau Westphal versuchte die Gemüter zu beruhigen. »In Moskau gedenkt man seit jeher Rosa Luxemburgs, mein Lieber.« Sie blickte in die Runde. »Das Essen steht auf dem Küchentisch. Greift zu.«

Auf dem Heimweg sagte Uschi: »Was hältst du davon? Ich habe Otto noch nie so aufgebracht erlebt.«

»Hast du nicht mitbekommen, was für ihn der eigentliche Knackpunkt war?«

»Nein. Was denn?«

»Diese Leute wurden festgenommen und in den Westen abgeschoben. Genau dorthin aber wollen die meisten Bewohner der DDR. Die Strafe war also eher eine Belohnung, aber darüber hat er sich nicht zu beschweren getraut.«

»Wieso nicht?«

»Weil die Partei den Westen stets als Hölle auf Erden darstellt. Daher konnte er nicht sagen, daß die Maßnahme ungerecht war.« Er schwieg kurz. »Es war sehr aufschlußreich.«

»Inwiefern.«

»Im Hinblick darauf, was er insgeheim denkt – daß es einem im Westen bessergeht.«

»Stimmt das?«

Foster zuckte die Achseln. »Kommt drauf an, was du willst. Wenn du Freiheit und Demokratie willst, dann ja. Aber das hat seinen Preis.«

»Was für einen Preis?«

»Du mußt dir deine eigenen Gedanken machen. Deine Entscheidungen selbst treffen. Manche Leute haben es lieber, wenn man ihnen vorschreibt, was sie machen sollen.« Er schwieg einen Moment. »Wie hast du sie kennengelernt?«

»Ich habe Johannes Nachhilfe in Russisch gegeben. Ist mir aber zu langweilig geworden. Jetzt habe ich Sascha an sie weitervermittelt.« Sie zuckte die Achseln. »Er kann ein paar Mark nebenbei gebrauchen.«

Als er den Wagen abschloß, wandte sie sich ihm zu und sagte leise: »Ich habe mich noch gar nicht richtig für meine Freilassung bedankt.«

»Hauptsache ist doch, daß du frei *bist.*«

Sie küßte ihn auf den Mund, und als er sie in die Arme nahm, schmiegte sie sich an ihn, legte den Kopf zurück und blickte zu ihm auf. »Möchtest du mit mir schlafen?«

Er antwortete nicht sofort, sondern küßte sie erst ein weiteres Mal und gab sie dann frei. »Ja, natürlich. Du bist bildschön, und du bedeutest mir sehr viel. Aber wir sollten noch etwas warten. Ich brauche keine Belohnung. Deine Anwesenheit allein gibt mir inneren Frieden. Du strahlst eine gewisse Sanftheit und Normalität aus, etwas, das nichts mit meiner Arbeit zu tun hat.«

Er legte ihr den Arm um die Taille und geleitete sie zum Haus. Als er die Tür öffnete, schrie sie auf und deutete nach vorn. Leutnant Tolstoi lag am Fuß der Treppe. Sein Gesicht war, von der häßlichen roten Wunde an der Wange abgesehen, leichenblaß. Foster beugte sich über ihn, drückte den Finger unter seine Kinnlade und fühlte den Puls. Tolstoi stöhnte. Äthergeruch stieg aus seiner Kleidung auf.

Foster drehte sich zu dem Mädchen um. »Dem fehlt nichts weiter. Ruf den Oberst an. Sag ihm, was vorgefallen ist. Ich suche unterdessen das Haus ab. Wir brauchen einen Krankenwagen.«

Als Uschi zum Telefon griff, stürmte Foster zu seinem Arbeitszimmer hinauf. Die Holztür zur Wohnung war zersplittert, das Schloß hing lose herab. Auch am Arbeitszimmer hatten sich der oder die Täter zu schaffen gemacht, doch die Stahltür und der Eisenrahmen hatten standgehalten. Sie hatten sogar versucht, ein Loch durch die Bimssteinwand zu bohren, waren aber an der engmaschigen Armierung zwischen den Bausteinen gescheitert.

Hartmann war bereits da, als er wieder nach unten kam.

»Man hat versucht, in mein Arbeitszimmer einzubrechen. Aber ohne Erfolg.«

»Sind Sie sicher?«

»Absolut.«

»Ich habe für unseren Freund einen Krankenwagen vom KGB bestellt.« Er schaute Foster an. »Haben Sie den Äthergeruch bemerkt?«

»Ja.«

Hartmann wandte sich an das Mädchen. »Gehen Sie zu Bett, Fräulein Bayer. Vergessen Sie das hier. Darum kümmern wir uns.«

Zögernd ging sie zur Treppe, und Foster wurde klar, daß sie noch immer Angst hatte. Er begleitete sie auf ihr Zimmer und überzeugte sich davon, daß es unberührt war. Dann kehrte er zu Hartmann zurück.

Zwei Männer in weißen Kitteln hoben Tolstoi gerade auf eine Bahre. Sie rollten ihn zur Haustür, hoben ihn die beiden Stufen hinab zu einem bereitstehenden Kombi mit KGB-Nummernschildern, schoben ihn über eine Holzrampe in das offene Heck des Wagens und fuhren los. Hartmann und Foster sahen ihnen hinterher.

Hartmann lehnte sich an die Wand. »Na schön. Was vermuten Sie?«

Foster lächelte. »Das gleiche wie Sie.«

»Haben Sie eine bestimmte Person im Verdacht?«

»Leider nein.«

»Wo sind Sie heute abend gewesen?«

»Bei Freunden von Uschi, einer Familie namens Westphal. Beide Eltern sind eingefleischte Parteimitglieder.«

»Waren Sie eingeladen?«

»Sie hatten Uschi eingeladen, und ich habe mich einfach rangehängt. Die wußten nicht, daß ich mitkomme.«

»Ich habe einen Ermittlungstrupp des KGB angefordert. Zur Spurensicherung. Müßte jede Minute hier sein.«

»Ich koche uns Kaffee.«

In diesem Augenblick wurden draußen Autotüren zugeschlagen, und Hartmann ging zur Haustür.

Es war bereits sechs Uhr morgens, und draußen schneite es heftig, als die Männer ihre Spurensuche im und um das Haus abgeschlossen und Foster vernommen hatten.

Als Hartmann ging, sagte er: »Die haben mir berichtet, daß sie jede Menge Fingerabdrücke gefunden haben. Außerdem hat einer Ihrer Nachbarn offenbar einen dunkelblauen Lada gesehen, der etwa eine Stunde lang auf der anderen Straßenseite stand. Sie haben die Volkspolizei verständigt, aber dort wußte man nicht, daß es sich um ein sicheres Haus handelt. Die haben nicht einmal eine Streife vorbeigeschickt. Lediglich den Anruf aufgezeichnet.« Er seufzte. »Schlafen Sie ein bißchen, mein Freund. Ich komme gegen Mittag wieder vorbei. Wir kriegen diese Mistkerle, wer immer es auch gewesen sein mag. Und diejenigen, die ihnen den Auftrag dazu erteilt haben.«

»In welches Krankenhaus bringt man den Leutnant?«

Hartmann schüttelte den Kopf. »Kümmern Sie sich nicht um ihn. Der ist in zwei Tagen wieder auf dem Damm.«

21. KAPITEL

Foster wurde am nächsten Morgen von lauten Hammerschlägen geweckt. Als er aus dem Fenster schaute, sah er drei Männer, die neben dem Gartentor eine Holzhütte errichteten. Sie war fast fertig. Einer der Männer ging über den Gehweg auf das Haus zu und spulte dabei eine Kabeltrommel ab.

Foster zog sich an, rasierte sich und klopfte auf dem Weg nach unten an Uschis Tür. Keine Antwort. Als er in die Küche kam, traf er dort zwei fremde Frauen an. Die eine war um die Fünfzig, untersetzt und eher unscheinbar. Nervös fuhr sie sich durch die grauen Haare, als sie ihn sah, und wandte sich dann an die andere, die er auf Ende Zwanzig schätzte. Sie lächelte ihn an und sagte: »Fräulein Bayer hat ein paar Tage freigenommen. Und Frau Kramer ...« – sie nickte zu der älteren Frau – »... und ich wurden gebeten, für sie einzuspringen. Ich heiße Gala. Möchten Sie jetzt frühstücken?«

»Nur etwas Kaffee und einen Toast. Ist mit Fräulein Bayer irgend etwas nicht in Ordnung?«

Die junge Frau lächelte. Sie war bildschön. Groß und schlank, große, dunkle Augen, zierliche Nase, volle Lippen. »Ich glaube nicht. Der Oberst war nur der Meinung, sie sollte sich ein paar Tage freinehmen. Er wird Sie gegen Mittag besuchen kommen.«

»Was soll dieses Gehämmere?«

Sie zuckte die Achseln. »Die bauen nur eine Unterkunft für ein paar Wachmänner. Damit niemand mehr hier einbricht.«

Er trug das Tablett mit dem Kaffee und dem Toast ins Wohnzimmer und schaltete das Radio ein, ehe er sich mit seinem Frühstück auf der Couch niederließ. Das Gerät war auf den Moskauer Sender »Frieden und Fortschritt« eingestellt, der gerade Nachrichten in deutscher Sprache brachte. In Haiti hatte man gerade einen ehemaligen Professor zum Präsidenten gewählt, in der chinesischen Provinz Tian Shan waren Tausende von Menschen obdachlos geworden, und im County Armagh hatten irische Freiheitskämpfer vier Angehörige der britischen Besatzungstruppen getötet. Die sowjetischen Truppen in Afghanistan hatten die Regierung bei ihren Bemühungen unterstützt, im Raum Kandahar für Frieden und demokratische Verhältnisse zu sorgen.

Er stand auf, schaltete das Radio ab und begab sich hinauf in seine Unterkunft. Die Schlösser an der Tür zum Arbeitszimmer klemmten nach dem Einbruchsversuch zunächst etwas, doch nach einigem Hin und Her ließen sie sich öffnen. Er schaltete sein ICOM-Funkgerät an und suchte den BBC World Service. Dort kam ein Interview mit dem Trainer der englischen Fußballnationalmannschaft, der gerade das Für und Wider des Steilpaßspiels erläuterte und durchklingen ließ, daß er im Länderspiel gegen Polen möglicherweise einen klassischen Ausputzer aufstellen werde. Unwillkürlich kurbelte er weiter, zunächst zum RIAS, dem nach amerikanischem Vorbild aufgezogenen Radiosender in Westberlin, und dann zum WDR, dem Westdeutschen Rundfunk in Köln. Im RIAS wurde über eine Pop-Gruppe berichtet, die an diesem Abend in der Waldbühne ein Benefizkonzert zugunsten eines deutschen Kinderhilfswerks gab. Am WDR lief eine todernste Diskussion zwischen einem Direktor der Deutschen Bank und einem Oppositionspolitiker zum Thema Inflation und der Bedeutung des sogenannten Lombard-Satzes.

Als er das Gerät abschaltete, wurde ihm klar, daß er soeben gehört hatte, was von vier großen Mächten an diesem Tag für wichtig erachtet wurden. Für Radio Moskau ging es um sowjetische Propaganda, für die Briten um Fußball, für die Amerikaner um Rock 'n' Roll zu wohltätigen Zwecken, und für die Westdeutschen ging es ums Geld. Wie hieß es doch im Evangelium? »Denn wo euer Schatz ist, da ist auch euer Herz.«

Hartmann kam erst am Nachmittag. Er wirkte besorgt, war aber darum bemüht, sich seine Unruhe nicht anmerken zu lassen.

»Dieses Mädchen, Uschi Bayer – waren Sie ein Liebespaar?«

»Nein. Das habe ich Ihnen doch schon mal gesagt.«

»Aber seitdem, seit Sie beide hier wohnen?«

Foster lächelte und schüttelte den Kopf. »Nein. Spielt das denn überhaupt eine Rolle?«

»Eigentlich nicht. Aber so fällt es mir leichter, Ihnen ein bißchen privaten Klatsch zu berichten.«

»Klingt ja spannend.«

Hartmann zuckte die Achseln und lächelte. »Sie hat heute morgen Tolstoi im Krankenhaus besucht. Sie rief mich an, und ich habe es genehmigt.« Er schwieg einen Moment. »Sieht so aus, als wollten sie heiraten. Offenbar Liebe auf den ersten Blick, und das kleine Drama von gestern abend hat offenbar den Ausschlag gegeben. Ich habe gesagt, es hinge ganz von Ihnen ab.«

»Ich habe nichts dagegen. Wann ist es soweit?«

»Sobald wie möglich. Sie ist in anderen Umständen.«

Foster lachte und schüttelte den Kopf. »Ich hatte keine Ahnung. Die müssen sehr diskret gewesen sein.«

»Sie war sehr besorgt. Dachte, Sie könnten sie für undankbar halten nach allem, was Sie für sie getan haben.«

»Keineswegs.« Er stockte und schaute Hartmann an. »Irgendwas Neues zu gestern abend?«

»Nur Negatives.«

»Zum Beispiel?«

»Ich hatte angenommen, daß Ihre alten Freunde von der Funküberwachungseinheit des Staatssicherheitsdienstes dahinterstecken. Aber die waren es nicht.«

»Woher wissen Sie das?«

»Sagen wir einfach, ich weiß es, und belassen es dabei.«

»Irgendwelche Hinweise?«

»Ja. Aber sie greifen nicht.« Er hielt inne und musterte Foster mehrere Sekunden lang, ehe er fortfuhr. »In diesem Land passieren im Augenblick einige sehr seltsame Dinge.«

»Als da wären?«

»Ich weiß es nicht. Es ist reine Gefühlssache. Aber ich habe den Eindruck, daß uns die Menschen mehr ablehnen als zuvor, daß die sich organisieren, planen, auf irgend etwas warten.«

»Was für Leute?«

»Neonazis, Dissidenten, subversive Elemente, der Staatssicherheitsdienst selbst. Es gibt zahlreiche Kontakte zu westlichen Gruppierungen. Und Zusammenkünfte zwischen hiesigen Gruppen und Organisationen in Ungarn und Österreich. Wir glauben, daß die Bundesrepublik Dissidentengruppen hier bei uns finanziert. Vielleicht sogar mit Waffen beliefert.«

»Zu welchem Zweck?«

»Um Unruhe zu stiften.«

»Was meint man in Moskau dazu?«

Hartmann lächelte spöttisch. »Man schlug vor, ich solle Urlaub nehmen. Zu viel Streß. Aber ich muß gerechterweise zugeben, daß man eine kleine Arbeitsgruppe gebildet hat, die alle Möglichkeiten durchspielt, angefangen von einem bewaffneten Aufstand gegen die Westgruppe der sowjetischen Streitkräfte bis hin zu einem Vorstoß der NATO-Truppen auf das Staatsgebiet der DDR.«

»Und womit begründen Sie dieses Gefühl?«

»Immer mehr Zulauf und Umtriebigkeiten auf seiten der Nationalen Front. Zusammenkünfte trotz Versammlungsverbots. Die tragen inzwischen in aller Öffentlichkeit Hakenkreuzarmbinden und schreien Nazi-Parolen.«

»Aber das sind doch nur Rabauken, die auf Krawall aus sind. Das ist keine politische Gruppierung im eigentlichen Sinn.«

»Sie fordern ›Deutschland den Deutschen‹, ›Ausländer raus‹. Außerdem gehen immer mehr Menschen zur Kirche. Die Kirchen sind jeden Sonntag bis zum Bersten gefüllt. Der Schwarzmarkt floriert. Sogar grenzübergreifend. International. Einfache Leute demonstrieren in aller Öffentlichkeit gegen Versorgungsengpässe und Korruption.« Er stand auf, ging zu Fosters Arbeitsplatz und warf einen Blick auf den Stapel Computerausdrucke. Doch er schaute sie sich nicht näher an. Schließlich wandte er sich wieder zu Foster um.

»Trotz gegenteiliger Aussagen ist man in Moskau besorgt.«

»Warum?«

»Weil alles in Stücke fällt. Gorbatschow hat durch sein Gerede von *Glasnost* und *Perestroika* den Deckel vom Topf genommen, und jetzt bekommt ihn keiner mehr drauf. Die Leute äußern offen ihre Kritik, und er kann die alten Männer nicht von den Hebeln der Macht verdrängen. Er kann seine Politik verkünden, soviel er will, ohne daß sich etwas ändern wird. Ist doch Wahnsinn zu glauben, daß die Leute kampflos auf ihre Macht und ihre Privilegien verzichten.« Er stockte. »Schon seltsam, es ist ein Spiegelbild dessen, was hier geschieht. Überlaufene Kirchen, einfache Leute gehen auf die Straße, der Schwarzmarkt blüht.«

»Aber Sie und ich wissen doch, daß so etwas ständig vorkommt, Oberst. Das ist unser Element. Wir leben damit, und die Erfahrung lehrt uns, daß unsere Befürchtungen zum größten Teil nie eintreten. Wir achten ständig auf Verrat und Subversion. Wir werden paranoid.« Er lächelte. »Wir benutzen die Paranoia als Therapie.« Er schwieg einen Moment. »Oder ist diesmal mehr dran, als Sie mir verraten haben?«

»Wie kommen Sie darauf?«

Foster zuckte die Achseln. »In diesem Gewerbe entwickelt man einen sechsten Sinn. Imaginäre Glöckchen, rote Blinklichter. Ich weiß nicht, warum. Aber man weiß einfach, daß irgend etwas faul ist.«

»Das ist der Unterschied zwischen Ihnen und mir. Einer jedenfalls. Ich bin Planer, kein Organisator, Sie aber sind ein Macher. Bei mir steht unter Umständen zwar die Karriere auf dem Spiel, aber nicht mein Leben.«

Foster lachte. »Das soll vermutlich heißen, daß Ihre Besorgnis eher einer genauen Analyse der Situation entspringt als einer Paranoia.« Er hielt kurz inne. »Erzählen Sie mir etwas über diese junge Frau, diese Gala.«

»Galina Michalewja Leonow. Sie ist sechs- oder siebenundzwanzig. Universität Moskau, eine ausgezeichnete Linguistin, gebildet und für eine Sowjetbürgerin weit gereist.«

»Und aus welchen Verhältnissen kommt sie?«

»Der Vater ist einer der führenden Filmregisseure von Moskau, und ihre Mutter war eine bekannte Sängerin. Eine Operndiva. Kam vor zwei Jahren in Rom bei einem Autounfall ums Leben. Beide hochgeachtet und keiner politisch aktiv.«

»Und die Kleine – was macht die?«

»Sie ist beim KGB.«

»Warum ist Ihre Wahl auf sie gefallen? Sie kommt mir etwas überqualifiziert für diese Arbeit vor.«

Hartmann lächelte. »Nichts gegen Uschi, aber ich dachte mir, Sie könnten jemanden gebrauchen, der etwas aufgeweckter ist. Gala hat einen großen Freundeskreis, lauter Kreative. Sie kennen bislang ja kaum etwas von Ostberlin und der DDR, und es wird Zeit, daß Sie nicht nur für Ihre Arbeit leben.« Er schwieg einen Moment. »Sie weiß über Ihre Vergangenheit Bescheid, nicht aber über Ihre Tätigkeit für uns. Ich habe ihr gesagt, daß Sie Recherchen für mich anstellen.«

Foster schwieg eine Weile. Dann sagte er leise: »Und wann verraten Sie mir, was mein eigentlicher Auftrag ist?«

Hartmann stand auf. »Wenn Sie Ihre Probezeit hinter sich haben, reden wir weiter.«

Als Foster aus dem Wohnzimmerfenster blickte, sah er, daß es sich bei den »Wachmännern« um zwei uniformierte und bewaffnete Rotarmisten unter dem Kommando eines Feldwebels handelte, und er fragte sich, welche Eindringlinge einen derartigen Personenschutz rechtfertigten.

Er ging in sein Arbeitszimmer, blieb stehen und schaute lustlos zu seinem Arbeitsplatz, einer dreieinhalb Meter langen und einen halben Meter breiten, mit weißem Resopal beschichteten Hartholzplatte, die durch sechs im Abstand von einem halben Meter angebrachte Winkeleisen befestigt war. Über den Geräten befand sich eine Leiste mit zwölf Steckdosen, dazu kamen weitere sechs Steckdosen am anderen Ende, wo die ordentlich gestapelten Computerausdrucke lagen. Er hatte einen Computer mit zwei Diskettenlaufwerken sowie Anschlüssen für ein zusätzliches Festplattenlaufwerk, ein Modem und zwei Laserdrucker. Ein ICOM-Sende-und-Empfangs-Gerät stand dort sowie, unmittelbar neben dem Telefon, ein Sony ICF-2001 D, ein Modem und ein AR-3000-Scanner.

Er hatte keine Lust, die Arbeit anzupacken, die er sich für diesen Tag vorgenommen hatte. Statt dessen ging er zu dem Korkbrett an der Wand, an das er die Ausdrucke der Stammverzeichnisse geheftet hatte. Es waren insgesamt zwölf Themenbereiche, dazu ein paar Eintragungen, die eigentlich gar nichts mit seinem Auftrag zu tun hatten. Auf eine davon fiel sein Blick, als er seine Jacke über die Stuhllehne hängte. Sie war gekennzeichnet mit »SIS Berlin/Bundesrepublik«. Er zögerte einen Moment, notierte sich dann die Aktennummer und ging wieder an den Computer.

Die erste Seite, die am Bildschirm auftauchte, war ein Verzeichnis, dann folgten fünf Seiten mit kurzen Beschreibungen der typischen Aufgaben einer außerhalb von Großbritannien eingesetzten SIS-Einheit. Auf zwei weiteren Seiten wurden die allgemeinen Tätigkeitsbereiche und Standorte mehrerer SIS-Niederlassungen in Westberlin beschrieben. Dazu Fotos, die den Eingangsbereich etlicher Westberliner Gebäude zeigten, in denen man SIS-Stützpunkte vermutete. Ferner zwei Seiten mit Adressen, hinter denen sich angeblich sichere Häuser, Kontaktpunkte und Nebenstellen verbergen sollten. Weitere drei Seiten enthielten Fotos und Standortbeschreibungen mutmaßlicher toter Briefkästen des SIS in Ostberlin.

Bei den Beschreibungen der allgemeinen Aufgaben des SIS handelte es sich lediglich um Übersetzungen sogenannter »historischer Abhandlungen« über den MI-6 durch selbsternannte britische Historiker. Ein gewaltiges Sammelsurium aus Mutmaßungen, Spekulationen, persönlicher Meinung und schlichtem Rätselraten, durchsetzt mit ein paar längst überholten Namen und Fakten. Der Tenor lautete stets, daß der SIS inkompetent sei und von Verrätern geleitet werde. Dazu allerlei Verleumdungen von langgedienten Mitarbeitern, die inzwischen tot waren und sich nicht mehr wehren konnte. Ein paar pensionierte Kollegen antworteten auf derartige Veröffentlichungen mit wütenden Leserbriefen an die *Times*, doch der SIS selbst reagierte nie. Wenn man in Großbritannien öffentlich unbedingt ein derart unvorteilhaftes Bild vom eigenen Geheimdienst zeichnen wollte – nur zu. Beim KGB war man anderer Meinung

Die Erkenntnisse über den SIS-Berlin waren überraschend genau und, was Namen und Auftrag der Mitarbeiter anging, auf dem neuesten Stand, aber die näheren Angaben sowohl zu früheren als auch zu aktuellen Operationen waren eher lückenhaft. Gewichtig war diese Akte vor allem durch die Hintergrundinformationen zum Personal, darunter einige auch für ihn unbekannte Einzelheiten über Leute, die er kannte. Den Bericht über seine Person hob er absichtlich bis zum Schluß auf. Er las ihn langsam durch und war erstaunt, wie genau man über ihn und seine Eltern Bescheid wußte. So als handle es sich um seine Personalakte beim SIS – die er natürlich nie zu Gesicht bekommen hatte. Über seine Einsätze war nichts Näheres vermerkt, doch es gab genaue Hinweise auf seinen allgemeinen Zuständigkeitsbereich.

Im letzten Eintrag wurde festgehalten, daß er den Dienst verlassen habe – samt genauer Datumsangabe –, zugleich aber wurde behauptet, er sei unehrenhaft entlassen worden, weil er durch sein Verhalten das Leben anderer gefährdet habe. Er hatte sich schon öfter gefragt, wie man auf sein Verschwinden reagieren mochte. Er hatte damit gerechnet, daß man sich irgend etwas aus den Fingern saugen werde, eine Versetzung oder Erkrankung zum Beispiel, doch Slaney und Konsorten hatten bei größtmöglicher Verschwiegenheit zur äußersten Maßnahme gegriffen. Mit diesem Aktenvermerk würde ihn nicht einmal mehr ein Vorstadtkrämer als Hausdetektiv beschäftigen. Vermutlich nahm man an, daß er übergelaufen war, wußte es aber nicht mit letzter Sicherheit. Vielleicht wollte man auch nicht öffentlich eingestehen, daß es sich um ein Überlaufen handelte, und wahrscheinlich hatte die Rechtsabteilung darauf hingewiesen, daß er mit einer Klage wegen Verleumdung und übler Nachrede ein Vermögen verdienen könne, falls der Vorwurf nicht zutreffen und er eines Tages diesseits der Eisernen Vorhangs wieder auftauchen sollte.

Am Fuß einer jeden Seite befand sich ein als »Quelle« gekennzeichnetes Kästchen. Die meisten Erkenntnisse über den SIS-Berlin stammten von einer Quelle namens »Möwe«. Irgendwo in diesen Akten gab es ein Register mit den Decknamen der Informanten. Es war ausgewiesen als »Streng geheim/Nur zur Ansicht« von General Schumann, dem zuständigen Abteilungsleiter für alle Spionageabwehrmaßnahmen der Stasi gegen die Briten, die Amerikaner und die NATO.

Er brauchte fast eine Stunde, bis er auf seinen Disketten die entsprechende Akte gefunden hatte. Langsam ließ er das Verzeichnis durchlaufen, bis er zum Buchstaben »M« gelangte. Neben dem Codenamen »Möwe« befanden sich drei neunstellige Ziffernfolgen, was wiederum hieß, daß es drei verschiedene Anlagen gab. Und daß er drei verschiedene Disketten auswerten mußte.

Die erste Seite war überschrieben mit *Strengst geheim. Abteilung 1x, Generalmajor Schutt.*

Es handelte sich nur um eine kurze Eintragung.

Deckname:	MÖWE
Name:	MALINS, Roger Frederick
Kontakt:	Autohandlung GERHARD am Zoo / Tel. 254 14 76
Bereich:	BND/SIS Berlin-West
Rang:	IA.

siehe weiter

Auf den beiden folgenden Seiten waren, in einfachem Zeilenabstand, Daten und Orte der Begegnungen, angesprochene Themenbereiche und die dafür bezahlten Geldsummen aufgeführt. Die Eintragungen erstreckten sich über einen Zeitraum von zwei Jahren, in denen rund fünfzig Treffen stattgefunden hatten.

Die dabei behandelten Themen wurden nur kurz angeschnitten, ansonsten wurde auf die ausführlichen Berichte in separat angelegten Akten verwiesen. Doch die Eintragungen zeigten recht deutlich, daß die Stasi sowohl über das Personal als auch über die Niederlassungen des Bundesnachrichtendienstes bestens informiert war. Und zwar nicht nur in Westberlin, sondern in der ganzen Bundesrepublik. Die Angaben über die Ziele der BND-Operationen in der DDR waren hingegen eher allgemein gehalten.

Die Eintragungen über Personal und Einsätze des SIS in Ostberlin und der DDR waren ähnlich, auch wenn eigens auf die jenseits der Grenze aufgebauten Agentennetze hingewiesen wurde. Allerdings wurde dabei deutlich, daß Malins über diese Operationen nur ungenaue Kenntnisse hatte – von dem Netz, das er angeblich selbst leitete, einmal abgesehen.

Etwa auf der Mitte der dritten Seite stieß Foster auf die Passage, in der in allen Einzelheiten festgehalten wurde, wie Malins sein Netz verraten hatte. Demnach hatte Braun, der von Foster als Kurier eingesetzte Bibliotheksangestellte, mit einem Westberliner Pornovertrieb in Verbindung gestanden, an dem Malins finanziell beteiligt war.

Drei Eintragungen weiter unten wurde ein kurzes Treffen aufgeführt, bei dem Malins mitgeteilt hatte, daß Foster aus dem Dienst entlassen worden sei. Die letzte Begegnung hatte vor genau zwei Wochen stattgefunden.

Foster starrte eine Zeitlang auf den Bildschirm, dann beugte er sich vor, schaltete den Drucker an und gab die beiden Befehle zum Ausdrucken. Als die drei Blätter ausgedruckt waren, nahm er die Diskette aus dem Laufwerk und schaltete die gesamte Anlage ab.

Mehrere Minuten lang saß er nur da und dachte nach. Er empfand weder Wut noch Abscheu über Malins' Verrat. Das gehörte in ihrem Gewerbe dazu. Dann griff er nach den drei ausgedruckten Seiten und tippte die aufgeführten Summen, die Malins als Lohn enthalten hatte, in seinen Taschenrechner ein. Die einzelnen Zahlungen, die an

Malins erfolgt waren, beliefen sich in den meisten Fällen auf nicht mehr als 25 000 D-Mark, aber alles in allem kamen dabei etwa 1,4 Millionen Mark zusammen. Fast eine halbe Million Pfund. Entweder hatte Malins die Stasi gewaltig abgezockt, oder er hatte mehr geliefert, als in den Berichten festgehalten war. Es konnte aber auch bedeuten, daß man ihn, koste es, was es wolle, bei Laune halten wollte, weil man ansonsten kaum Zugang zum bundesdeutschen und zum britischen Nachrichtendienst hatte. Wie auch immer, er wollte zunächst einmal darüber schlafen.

Hartmann legte die Waffe zusammen mit einem Briefumschlag auf den Tisch.

Foster blickte ihn überrascht an. »Wofür ist die?«

»Für Sie.«

Foster lächelte. »Wer hat sie ausgesucht?«

»Der Waffenunteroffizier in Karlshorst. Warum?«

»Haben Sie ihm gesagt, wofür sie gebraucht wird?«

»Nicht ausdrücklich. Ich habe nur um eine Waffe zum Selbstschutz gebeten.«

»Das ist eine dreisiebenundfünfziger Ruger Magnum.«

»Na und?«

»Die ist viel zu groß und schwer, als daß man sie bei sich tragen kann. Außerdem hat sie für meine Zwecke eine viel zu große Durchschlagskraft.«

»Was wollen Sie denn für eine?«

»Wenn ich schon eine Waffe tragen muß, dann wären eine Walther PPK oder eine Beretta viel geeigneter.«

»Schreiben Sie auf, was Sie wollen.«

Foster musterte den KGB-Mann. »Wie kommen Sie überhaupt darauf, daß ich eine Waffe brauche?«

Hartmann zuckte die Achseln. »Ist nur so eine Ahnung.« Er hielt inne und deutete auf den Umschlag. »Das ist die Genehmigung, die Sie zum Tragen einer persönlichen Schußwaffe berechtigt.«

»Vielen Dank für die Aufmerksamkeit, aber ich brauche keine Schußwaffe. Ich kann durchaus auf mich aufpassen.« Er schwieg einen Moment. »Erzählen Sie mir etwas über diese Ahnung.«

»Ich habe einen Gast zu Hause. Ich möchte, daß Sie ihn kennenlernen. Kommen Sie heute abend zum Essen. Bringen Sie Gala mit. Gegen acht Uhr.«

Foster öffnete den Mund und wollte etwas sagen, doch als er die Miene des Russen sah, verkniff er sich die Frage.

»Wer ist dieser Gast.«

»Jemand aus Moskau. Ein sehr bedeutender Mann.«

»KGB?«

Hartmann lächelte. »Warten Sie, bis Sie ihn kennengelernt haben. Dann können Sie sich selbst eine Meinung bilden.«

Auf der Fahrt zu Hartmanns Haus fragte Foster Gala, ob sie Hartmanns Gast kenne.

»Ich glaube, er war ein paarmal bei uns zu Hause. Aber ich war damals noch ein Kind und habe ihn seither nicht mehr gesehen.« Sie schaute ihn von der Seite an, während er fuhr. »Er ist ein sehr mächtiger Mann. Knallhart. Nicht so wie der Oberst.«

»Ist er beim KGB?«

»Der Oberst hat mir ausdrücklich untersagt, irgendwelche Fragen über den Besucher zu beantworten.« Sie stockte. »Aber achten Sie darauf, was Sie sagen. Er ist schon sehr lange im Geschäft.«

Der Mann auf dem Sofa war Ende Fünfzig. Graue, militärisch kurz geschnittene Haare, strahlend blaue Augen und ein Gesicht, das von allerhand Lebenserfahrung kündete. Er trug eine Tuchhose und einen schwarzen Rollkragenpullover. Schultern und Oberarme hätten einem Ringer alle Ehre gemacht. Als Hartmann Foster vorstellte, nickte der Mann nur kurz zu einem Armsessel neben dem Sofa.

Als Foster Platz genommen hatte, musterte ihn der Besucher eine ganze Weile. »Ich hasse Überläufer«, sagte er dann. »Ein Mann, der sein Vaterland verrät, ist ein Feigling.«

Er erwartete offenbar eine Antwort, doch Foster sagte nichts.

»Warum sollten wir Ihnen also trauen?«

»Sie brauchen mir nicht zu trauen, Genosse. Außerdem habe ich mein Vaterland nicht verraten, wie Sie sehr wohl wissen.«

»Vor ein paar Monaten waren Sie Kapitalist, und jetzt wollen Sie Kommunist sein, ja?«

»Politik interessiert mich nur, wenn meine Arbeit davon betroffen ist.«

»Und was halten Sie vom Staatssicherheitsdienst, nachdem Sie ihn aus nächster Nähe erlebt haben?«

Foster zuckte die Achseln. »In mancher Hinsicht ist er tüchtiger, als ich erwartet habe. Aber er ist kein Nachrichtendienst.«

»Warum nicht?«

»Denen geht es nur um nachrichtendienstliche Erkenntnisse innerhalb der DDR. Aber vielleicht wird das ja von Moskau so gewünscht.«

»Waren Sie schon mal in Moskau?«

»Nein, ich war noch nie in der Sowjetunion.«

»Was halten Sie von unserem neuen Mann – diesem Gorbatschow? Und dem ganzen Quatsch von wegen *Glasnost*?«

»Ich glaube, er meint es ernst.«

»Und Ihre Mistbande kann sich locker zurücklehnen und abwarten, bis die Sowjetunion zusammenbricht.« Er hielt inne. »Oder wartet ihr nur auf die Gelegenheit, uns an die Gurgel zu fahren und endgültig fertigzumachen?«

»Ich kann mir beim besten Willen nicht vorstellen, daß der Westen von sich aus die Sowjetunion angreift.«

»Und wen schickt ihr dann vor? Die Deutschen, die Tschechen, die Ungarn – wen denn?«

»Und die sowjetischen Besatzungstruppen stehen einfach daneben und sehen zu?«

»Die Aufständischen würden schon entsprechend belohnt werden. Dollars, völkerrechtliche Anerkennung, Unabhängigkeit – Weltbank und Internationaler Währungsfonds würden denen doch jeden Wunsch erfüllen.«

Die blauen Augen funkelten Foster an, doch trotzig erwiderte er den Blick. Er war davon überzeugt, daß der Russe nur sticheln, ihn aus der Reserve locken wollte. Doch er hatte diese Spielchen schon zu oft mitgemacht, als daß er um eines Gegenargumentes willen die Beherrschung verloren hätte.

»Nun, was sagen Sie dazu, mein Freund?«

»Ich behaupte, daß Generalseketär Gorbatschaow in den letzten paar Monaten mehr zur Sicherung des Friedens getan hat als jeder andere Sowjetführer in den letzten fünfzig Jahren.«

»Und warum ist er dann im Westen so beliebt und bei uns in der Sowjetunion so umstritten?«

»Die Antwort kennen Sie doch ebensogut wie ich.«

»Dann raus damit.«

»Vielleicht gibt es andere Kräfte in Moskau, denen ein Konflikt ganz gelegen käme.«

»Und wer sind diese Kräfte? Nur zu. Raus mit der Sprache.«

»Ähnliche Leute wie die, die die Rote Armee in Afghanistan haben einmarschieren lassen.«

»Im Zweiten Weltkrieg sind Millionen von Russen umgekommen, bedenken Sie das.«

»Stalin hat über zwei Millionen umbringen lassen, bevor der Krieg überhaupt ausbrach.«

Foster sah, daß der Russe ihm einen wütenden Blick zuwarf. Doch im nächsten Moment wandte er sich an Gala.

»Und wie geht es deinem abtrünnigen Vater? Dreht er immer noch seine Intellektuellenfilmchen, statt etwas Vernünftiges für die Arbeiter zu machen?«

Das Mädchen lachte. »Natürlich, mein Bester. Für seinen letzten Film gab's zwei Sonderpreise. Einen in Cannes, den anderen in den USA. Und als er in Kiew lief, standen die Leute die ganze Nacht lang vor dem Kino Schlange.« Sie deutete mit dem Finger auf ihn und sagte lachend: »Eines müssen Sie bedenken, mein Lieber: Wir sind jetzt alle Intellektuelle.«

Der Russe lächelte, wenn auch eher nachsichtig. Es mußte an ihrer Schönheit liegen.

Beim Essen war der Besucher wie ausgewechselt. So als handle es sich um eine ganz andere Person. Er sagte, sein Name sei Serow. Igor Serow. Er erkundigte sich bei Foster über die politische Lage in Großbritannen und wollte wissen, was die einfachen Leute von der Sowjetunion hielten. Er wirkte bestens informiert, sowohl was die britische und amerikanische Politik als auch die Politiker anging. Er war nicht nur freundlich, sondern hörte Foster gespannt zu. Schließlich fragte er Foster, was er persönlich von Kommunismus und Christentum halte.

Foster dachte einen Moment lang nach und sagte dann lächelnd: »Eine interessante Frage, Genosse Serow. Meiner Meinung haben sie eines gemeinsam. Beide würden funktionieren, wenn nur die Menschen nicht wären. Wir sind das Problem. Und im Grunde genommen hat es ja auch noch niemand ernsthaft versucht. Ihre Leute in der Sowjetunion sind Bolschewiken, keine Kommunisten. Macht und Privilegien für einige wenige, Verelendung für alle anderen. Und kein Mensch im Westen lebt nach der Lehre von Jesus Christus.« Er zuckte die Achseln und lächelte. »Bitter, aber wahr.«

Serow blickte zu Hartmann. »Du hast hier ja einen eiskalten Zyniker, Genosse.«

Hartmann lächelte und erwiderte liebenswürdig: »Sagen wir einfach, er ist Realist.«

Serow runzelte die Stirn, zuckte die Achseln und wandte sich dann wieder Foster zu.

»Und wie stehen Sie zur Sowjetunion?«

»Darüber habe ich noch nie nachgedacht. Für mich gibt es nur Russen, keine Sowjets. Das System ist, wie bei derartigen Apparaten meistens der Fall, korrupt und tyrannisch.«

»Und zu den Russen?«

»Tschaikowsky, Rachmaninow, Glasunow, Tolstoi, Tschechow, Solschenizyn. Boris Pasternak hat in *Doktor Schiwago* alles darüber gesagt.« Er lächelte. »Und dann natürlich die KGB-eigene Fußballmannschaft – Dynamo Moskau.«

Serow lächelte tatsächlich. »Und zu den Amerikanern?«

»Sind genauso wie die Russen.«

»Wie, um Himmels willen, kommen Sie denn darauf?«

»Ihr seid euch so ähnlich. Beide sehr familiär, sehr kinderfreundlich, viel große Pose. Beide müßt ihr immer die Ersten und die Größten sein, ob bei den Olympischen Spielen oder in der Raumfahrt. Dabei freundlich und großzügig, was die einzelnen Menschen angeht. Aber man schwenke eine Flagge, und schon drehen sie durch.«

»Und die Deutschen?«

Foster zuckte die Achseln. »Ganz ähnlich. Schubert. Brahms, Thomas Mann. Der gleiche Mischmasch wie bei allen anderen. Es gibt Gute und Schlechte.« Er schaute Serow an. »Sie müssen immer daran denken, Genosse Serow, daß es nicht die Nazis waren, die die Konzentrationslager betrieben, nicht die Sowjets, die in Berlin die Frauen vergewaltigten, und nicht die Kapitalisten, die in Vietnam einfache Dorfbewohner massakriert haben.«

»Sondern wer?«

»Menschen. Es waren nur Menschen. Sie mußten es nicht tun. Von wegen Befehle ausführen, das ist Quatsch. So etwas *muß* man nicht machen.«

»Und wenn man sich widersetzt, wird man wegen Befehlsverweigerung erschossen.«

»Okay. Aber man kann nicht jeden erschießen. Nicht alle Menschen sind feige.«

»Sie sind ein seltsamer Mann, Herr Schultz. Sie haben offensichtlich Ihre eigenen Ansichten. Und dieser Grenzübertritt hat sicher einigen Mut erfordert.« Er hielt inne. »Ich habe mir eine Aufzeichnung von Ihrer ersten Vernehmung angehört. Sie sagten, wenn wir Ihre Leute freiließen, würden Sie ein Jahr lang für uns arbeiten.« Er schwieg erneut und musterte Foster. »Und was geschieht nach diesem einen Jahr?«

Foster erkannte sofort, daß es sich keineswegs um eine beiläufige Frage handelte.

»Mal sehen, was sich ergibt. Ihre Leute werden es genauso halten.«

»Würden Sie unter Umständen bleiben, wenn wir den entsprechenden Anreiz bieten?«

Foster wußte sehr wohl, daß diese Entscheidung nicht allein von ihm abhing. Man gaukelte ihm zwar eine gewisse Freiheit vor, aber eine Rückkehr in den Westen stand gewiß nicht in seiner Macht, solange dies nicht im Interesse des KGB war. Achselzuckend sagte er: »Möglicherweise. Hinge ganz davon ab, was man von mir verlangt.«

Serow nickte. »Natürlich.« Er beugte sich vor, stützte seine Hand auf Fosters Knie und erhob sich vom Sofa.

Als sie von Hartmanns Grundstück fuhren, legte sie ihm die Hand auf den Arm. »Wie spät ist es?«

»Gegen elf.«

»Wie wär's, wenn wir noch eine Stunde in einen Club gingen?«

»Was für einen Club?«

»In den *Blauen Papagei.* Ist gleich hinter dem Alexanderplatz.«

»Möchten Sie denn?«

»Ja.«

»Okay.«

»Biegen Sie an der nächsten Ampel links ab, und fahren Sie geradeaus zurück zur Stadtmitte.«

Der Türsteher schob den Perlenvorhang beiseite. Offensichtlich kannte man Gala hier. Es gab eine kleine, von etlichen Tischen umstandene Tanzfläche, dazu eine Bar an der Rückseite des Lokals. Fünf Treppenstufen führten hinab. Ein Mann in Jeanshemd und -hose begrüßte Gala nach russischer Art mit einem Kuß auf beide Wangen und winkte sie zu den Tischen.

Die Beleuchtung war schummrig, die Musik, offenbar eine Aufnahme von Genesis, die aus vier wuchtigen Boxen dröhnte, um so lauter. Der Rauch, der sich um die rosa Lampenschirme kräuselte, roch nicht nur nach Tabakqualm.

Gala führte ihn zu einem Pärchen, das ihnen von einem Tisch aus zuwinkte. Beide waren Schauspieler und offenbar alte Freunde von Gala. Er war Ende Dreißig, sie Mitte Zwanzig, und beide feierten ein zweimonatiges Engagement an der Volksbühne. Das Gespräch drehte sich fast ausschließlich um Theater und Kino, dazu allerhand Klatsch über die jüngste Auseinandersetzung zwischen Galas Vater und den Machthabern in Moskau. Offenbar hatte er am Moskauer Hauptbahnhof ein Fernsehinterview gegeben, aus dem man jedes kritische Wort getilgt hatte, das er zu den Versuchen, seinen Film *Ein Brief ans Politbüro* zu zensieren, geäußert hatte.

Gala stellte ihn einer Handvoll weiterer Freunde vor. Maler, Fotografen und Musiker. Kurz nach Mitternacht brachen sie wieder auf.

Als sie die Treppe zur Straße hinaufstiegen, faßte sie ihn unter und sagte: »Kommen Sie, wir spazieren um den Platz. Es ist so schön hier bei Nacht.«

Sie gingen zu dem Springbrunnen und setzten sich auf einen der Betonblöcke. Die Statue war angestrahlt, und in dem Restaurant in der großen Kugel des Fernsehturms brannte noch Licht.

Er schaute hinauf, als sie sich an ihn wandte. »Was halten Sie von Serow?«

»Sie haben mich ja vorgewarnt. Er ist knallhart. Aber da steckt noch viel mehr dahinter.«

»Erzählen Sie.«

»Ist schwer zu beschreiben. Ich mußte an einen geduckten Löwen oder Leoparden denken, wie man sie manchmal in Tierfilmen sieht –

mit peitschendem Schwanz und ganz auf die Beute fixiert. Bereit zum Zuschlagen. Er achtet genau darauf, was man sagt, speichert es ab und verarbeitet es später.« Er schwieg einen Moment, runzelte die Stirn. »Ich kann mir nicht vorstellen, daß dem jemand Sand in die Augen streuen kann.«

»Ich habe schon viele Meinungen über ihn gehört, doch diese Beschreibung trifft ihn am besten. Die meisten Leute halten ihn lediglich für einen Fanatiker und Unmenschen. Aber er ist keins von beiden.«

»Was macht er?«

»Weiß ich nicht.« Sie schüttelte den Kopf. »Gucken Sie nicht so ungläubig. Ich weiß es wirklich nicht. Er war einst General bei der Roten Armee. Seine Aufgabe, so sagten Leute, die ihn damals kannten, habe darin bestanden, drei bis vier Jahre im voraus zu planen. Voraussagen zu eventuellen Veränderungen der globalen Situation zu erstellen und Vorschläge zu erarbeiten, wie das Militär darauf reagieren solle. Es heißt, seine Weissagungen seien so treffend gewesen, daß sich die Politiker seine Fähigkeiten zunutze machen wollten und ihn in den Kreml holten.

»Wer ist sein Vorgesetzter?«

»Angeblich hat er keinen. Er ist völlig unabhängig. Alle möglichen Leute ersuchen ihn um Rat, aber wen er nicht mag, der erfährt auch nichts. Der Kreml benutzt ihn ganz gewiß – zumindest glauben die das. Er hat überall seine Beziehungen und Bundesgenossen. Er weiß nicht nur über das aktuelle Geschehen Bescheid, sondern er weiß es bereits, bevor es soweit ist. Mein Vater hat mir erzählt, daß Serow ihm erkärt habe, Gorbatschow werde der nächste Generalsekretär. Und das zu einem Zeitpunkt, als die meisten Menschen noch nie von ihm gehört hatten.«

»In welcher Beziehung steht er zu Hartmann?«

»Ich glaube nicht, daß es da eine offizielle Beziehung gibt – wohlgemerkt, ich rate nur. Aber Serow hat überall seine Ansprechpartner – seine Freunde. Es handelt sich um ganz besondere Leute – eine Art inneren Kreis. Mein Vater bezeichnet sie als ›die Auserwählten‹. Er gehört dazu. Hartmann ebenso. Es handelt sich um einen besonderen Kreis von Leuten, in dem man offen seine Meinung sagen kann, ohne daß es möglicherweise auf einen zurückschlägt. Ohne Tabus, weder politisch noch sonstwie.«

»Warum wollte er mich sehen?«

»Hartmann hält Sie für jemand Besonderen. Ich nehme an, Serow wollte Sie in Augenschein nehmen. Sie auf die Probe stellen.«

»Weshalb?«

»Stellen Sie sich nicht dumm – Sie wissen verdammt genau, weshalb. Er hält Sie für einen möglichen ›Auserwählten‹.« Sie stand auf. »Wie auch immer. Sie werden es bald erfahren.« Sie ergriff seine Hand, und er erhob sich ebenfalls. »Wir sollten lieber zum Wagen gehen.«

Sie redeten bereits über eine Stunde miteinander, und als Hartmann ein weiteres Mal die Whiskygläser füllte, sagte Serow: »Wird Zeit, daß wir zu einer Entscheidung kommen. Was meinen Sie?«

»Sie zuerst.«

»Kommt nicht in Frage. Welche Vorteile hätten wir?«

»Am allerwichtigsten wäre, daß er neutral ist, soweit es die betrifft. Weder Sowjetbürger noch Deutscher, nicht beim Staatssicherheitsdienst oder beim KGB.«

»Und wie geht's weiter?«

»Mir reicht das.«

»Nein. Zunächst einmal geht es um den Mann an sich. Er ist glaubwürdig, und er ist verläßlich. Falls wir ihn für unseren Plan gewinnen können, wäre er nicht nur ein Bote. Er wäre ein Eingeweihter.«

»Und wann wollen wir ihm die Sache antragen?«

»Morgen.« Serow deutet mit dem Finger auf Hartmann. »Dieser Bursche hat noch einen weiteren entscheidenden Vorteil – er versteht etwas von Politik, aber er läßt sich nicht darauf ein. Desgleichen in Sachen Religion.«

»Wie wollen wir ihn überzeugen?«

»Ich habe schon eine Idee. Ich werde noch mal darüber schlafen.«

»Wollen Sie mich etwa hinhalten?«

»Ja.«

»Warum?«

Serow lachte. »Weil ich mir nicht sicher bin, ob Sie mit meiner Idee einverstanden sind.«

22. KAPITEL

Auf dem Frühstückstisch neben seinem Teller lag eine Notiz. Hartmann und Serow wollten vormittags vorbeikommen und einen Blick auf seine Arbeit werfen.

Um halb elf trafen sie ein. Foster hörte sie unten mit Gala und der Haushälterin reden. Dann kamen sie hoch in sein Arbeitszimmer, und Serow, die Liebenswürdigkeit in Person, bot ihm die Hand zum Gruß.

»Können Sie ein paar Minuten erübrigen und uns zeigen, womit Sie befaßt sind?«

»Natürlich. Würden Sie sich bitte zwei Klappstühle heranziehen.«

Als sie Platz genommen hatten, wandte sich Foster an Serow.

»Ich habe mir Unterlagen der Stasi beschafft, um Näheres über deren Verbindungen außerhalb der DDR zu erfahren.«

»Was für Verbindungen?«

»Westdeutsche Politiker jedweder Parteizugehörigkeit. Regierungsvertreter und hohe Beamte. Dazu ein paar Angehörige des Bundesnachrichtendienstes. Offiziere und Amtsträger der NATO. Diverse US-Bürger, Zivilisten wie Militärpersonal. Hohe Gewerkschaftsfunktionäre. Entscheidende Leute im Transport- und Verkehrswesen. Beamte bei Kriminalpolizei und Bundesgrenzschutz. Diplomaten und anderes Botschaftspersonal in der Bundesrepublik Deutschland. Darüber hinaus gibt es eine ganz bemerkenswerte Akte über allerlei weitere Verbindungen im Westen. Geschäftsleute, Mitglieder kommunistischer Parteien aus dem Ausland. Dazu dieser oder jener britische und amerikanische Staatsbürger, der aus dem einen oder anderen Grund bereit ist, Erkenntnisse zu liefern.«

»Und zu welchem Zweck?«

»Um etwa zwanzig geeignete Leute für ein Agentennetz auszuwählen, mit dem man eine Infiltration der Bundesrepublik auf höchster Ebene durchführen kann. Und um nebenbei mindestens ein Dutzend Leute zu gewinnen, nach Möglichkeit aus paktfreien Staaten, die man meinungsbildend einsetzen kann. Leute, die unauffällig Einfluß auf westliche Medienvertreter und Entscheidungsträger ausüben sollen.«

»Wie lange wird das dauern?«

»Für die meinungsbildenden Maßnahmen etwa sechs Monate. So ein Netz muß man langsam aufbauen. Ein Jahr ungefähr, bis etwas dabei herausspringt. Aber ich werde meine Vorstellungen noch schriftlich festhalten, falls jemand anders übernehmen muß.«

»Gibt's hier kein bequemeres Plätzchen?«

»Unten ist ein Wohnzimmer.«

Serow blickte über Fosters Schulter hinweg zu Hartmann, und der schüttelte fast unmerklich den Kopf.

»Fahren wir lieber zu meinem Haus«, sagte Hartmann. »Mein Arbeitszimmer ist besser dafür geeignet.«

Sie saßen in Ledersesseln rund um ein niedriges Kaffeetischchen mit einer Glasplatte, auf der eine Schale mit frischem Obst stand. Daneben eine Porzellankanne und das dazugehörige Kaffeegeschirr.

Serow goß den Kaffee ein und reichte die Tassen weiter.

»Wir haben uns gestern darüber unterhalten, wie es nach Vollendung Ihres einen Dienstjahres weitergehen könnte. Haben Sie inzwischen noch einmal darüber nachgedacht?«

»Nein.«

»Gibt es für Sie irgendwelche persönlichen Gründe, nach England zurückzukehren?«

»Meine Eltern.«

»Keine Freundin?«

»Nein.«

»Sagen Sie mal – sind Sie schwul?«

Foster blickte überrascht auf. »Nein. Wie, zum Teufel, kommen Sie darauf?«

»Soweit wir wissen, hatten Sie seit Ihrem Grenzübertritt keinerlei Verkehr. Mit Uschi Bayer haben Sie auch nicht geschlafen, richtig?«

»Nein. Aber was wäre, wenn ich sagen würde, ja, ich bin schwul?«

»Nicht das geringste. Ich muß das nur wissen.«

»Haben Sie Leutnant Tolstoi auch gefragt, ob ich ihn angebaggert habe?«

Serow lächelte. »Das hätte er uns ohnehin gesagt. Seinem Befehl entsprechend.« Er schüttelte den Kopf. »Reine Routine. Noch Kaffee?«

Foster schüttelte den Kopf. »Ich bediene mich schon selbst.«

»Zurück zum Thema. Was hielten Sie davon, wenn wir uns dafür entschieden, Sie nach Ablauf dieses einen Jahres einfach ziehen zu lassen?«

Foster schüttelte den Kopf. »Kein Kommentar.«

Serow schaute ihn mit hochgezogenen Augenbrauen an. »Sie möchten, daß ich zuerst das Visier herunterlasse, ja?«

»Ich möchte wissen, worum es überhaupt geht.«

Serow nahm den gereizten Unterton wahr. »Wenn ich mit meinen Ausführungen zu Ende bin, werden Sie verstehen, weshalb ich so um den heißen Brei herumrede. Sie würden es an meiner Stelle genauso machen.« Er lehnte sich zurück. »Uns schwebt eine etwas andere Aufgabe für Sie vor als die, die wir bislang angesprochen haben – die Agentennetze in Westdeutschland und dergleichen.« Er seufzte. »Ich weiß gar nicht, womit ich anfangen soll.« Er stockte. »Letzte Woche, am zwölften März, fand in Leipzig die Frühjahrsmesse statt. Ein großer Demonstrationszug marschierte durch die Straßen und forderte Reisefreiheit. Vierhundert Personen wurden festgenommen. Von Regierungsseite wurde dafür gesorgt, daß in der Presse nicht darüber berichtet wurde, aber die DDR-Bürger, die Westfernsehen empfangen können, haben es in den dortigen Nachrichten gesehen. Wir haben zuverlässige Hinweise darauf, daß die Ungarn die Sicherungsanlagen entlang der Grenze zu Österreich abbauen wollen. Alles Anzeichen darauf, daß es in der DDR zu erheblichen Schwierigkeiten kommen wird. Vor allem in Dresden und Leipzig. In zwei Wochen sollen Kommunalwahlen stattfinden, und die SED wird katastrophal abschneiden, es sei denn, man fälscht nach Strich und Faden. Man wird Honecker und Konsorten eine Lektion erteilen. Der Staatssicherheitsdienst schwört, man habe alles im Griff. Wir glauben es nicht. Wie ist Ihre Meinung?«

»Kommt ganz darauf an, wie man in Moskau zu Honecker steht.«

»Weiter.«

»Als Generealsekretär Gorbatschow zum offiziellen Staatsbesuch in der DDR weilte, wurde deutlich, daß er weitaus beliebter ist als Honecker. Und er hat keinen Hehl daraus gemacht, daß ihn mit Honecker und seiner Mannschaft nichts verbindet. Erst seit Gorbatschows Besuch gibt es diese öffentlichen Demonstrationszüge. Wie wird Moskau reagieren, wenn Honecker die Stasi auf diese Leute losläßt?«

»Nun ja, wir haben unsererseits ebenfalls ein bißchen in die Zukunft geblickt, ohne uns darüber klarzuwerden, welche Ereignisse tatsächlich eintreten könnten. Und was die Sache um so schlimmer macht – wir können uns mit keiner dieser Möglichkeiten anfreunden. Wir haben den Eindruck, als würden wir uns in jedem Fall auf sehr dünnes Eis begeben. Möglicherweise haben wir nicht genug Abstand. Und da könnten Sie uns behilflich sein.« Er schwieg einen Moment. »Daß heißt, falls Sie dazu bereit sind. Bei dieser Sache kommt es auf vier Komponenten an, und Sie sind gegenüber allen vieren unvoreingenommen. Wir nicht.«

»Und um welche Komponenten handelt es sich dabei?«

Serow zählte sie an den Fingern ab. »Sie sind weder Sowjet noch Westdeutscher, Sie sind kein Bürger der Deutschen Demokratischen Republik, und Sie gehören nicht dem Staatssicherheitsdienst an. Und was besonders für Sie spricht: Sie sind kein Amerikaner. Aber Sie haben eine ganze Menge Detailkenntnisse, während sich dieses Problem für uns als ein einziges großes Rätsel darstellt.«

»Und was ist das Problem?«

»Ich bin zutiefst beunruhigt. So sehr, daß es mir schwerfällt, überhaupt darüber zu sprechen, um so mehr mit jemandem, der kein Sowjet ist. Aber man kann nicht beides zugleich haben. Und gerade weil Sie kein Sowjet sind und auch zu keiner der anderen betroffenen Parteien gehören, brauchen wir Sie. Aber Sie können sich bestimmt vorstellen, daß es mich schmerzt, über die Schwächen unseres Systems zu sprechen.

Fangen wir mit Moskau an. Gorbatschow ist zwar auf der ganzen Welt beliebt, aber zu Hause hat er mehr Feinde als Freunde. All die Apparatschiks, denen es so gut wie nie geht, werden ihre Privilegien verlieren. Hinzu kommen die ganzen Reaktionäre, die keinerlei Veränderungen wollen. Das heißt, daß wir uns weder auf die Rote Armee noch auf die anderen Sicherheitskräfte verlassen können. Zumal es noch andere Gruppierungen gibt, die nach der Macht drängen. Das ist Problem Nummer eins. Wird Gorbatschow sich halten können? Werden *Glasnost* und *Perestroika* von Bestand sein? Und falls nicht – was kommt danach?

Dann wären da die Ostdeutschen. Sie mögen Gorbatschow zwar lieben, aber in erster Linie sehen sie die Chance, sich von Moskau unabhängig zu machen. Gorbatschow könnte die gesamte Westgruppe der Roten Armee abziehen und es den Ostdeutschen überlassen, wie sie damit zurechtkommen. Aber die Sache hat einen Haken. Honecker und Konsorten sind unbeliebt. Alle Anzeichen deuten darauf hin, daß es zu einer Art Volkserhebung kommen wird. Man hat Honecker darauf hingewiesen, aber er glaubt es nicht. Behauptet jedenfalls, die Staatssicherheit könne das unterdrücken. Honeckers einzige Sorge ist, daß es zuviel Blutvergießen geben könnte, so daß die Westdeutschen einen Vorwand hätten, einzumarschieren und die deutsche Frage ein für alle Male zu regeln. Ich habe ein Strategiepapier der NATO gesehen, in dem man sich mit dieser Möglichkeit auseinandersetzte und eindeutig feststellte, daß das westliche Militärbündnis in diesem Fall hinter der Bundesrepublik stünde, es sei denn, die Rote Armee käme Honecker zu Hilfe. Und beim derzeitigen Stand der Dinge, das kann ich Ihnen versichern, würde Moskau keinen Finger für Honecker rühren.

Danach kommt der Staatssicherheitsdienst. Die könnten sich entschließen, eventuellen Unruhen vorzugreifen und rigoros gegen sämtliche Störenfriede einzuschreiten. Verhaftungen, Erschießungskommandos – die übliche Chose, um den Bürgern eine derartige Angst einzujagen, daß sie jeden Gedanken an eine Erhebung hintanstellen oder gänzlich aufgeben.« Serow verstummte und schaute Foster an. »Kein angenehmes Bild, mein Freund.«

Foster nickte. »Einverstanden. Wie viele Leute in Moskau pflichten Ihren Vorstellungen bei?«

»Eine Menge. Das Problem ist nur – wir wissen nicht genau, was wir dagegen tun sollen. Daher möchten Oberst Hartmann und ich uns einer kleinen Rückversicherung bedienen, damit für alle Eventualitäten vorgesorgt ist.«

»Was für eine Rückversicherung?«

»Sie, mein Freund.«

»Kein Mensch in Moskau wird sich um meine Ansichten scheren.«

»Möglicherweise nicht. Aber Hartmann und ich könnten zumindest dafür sorgen, daß man uns zuhört. Und vielleicht tätig wird, bevor uns die Sache aus den Händen gleitet.«

»Ich bin geschmeichelt, Genosse Serow. Aber ich sehe immer noch nicht ein, wie ich Ihnen helfen kann.«

»Ihnen ist doch klar, daß Sie ebenso untergehen wie wir alle, wenn etwas schiefgeht und die falschen Leute sich durchsetzen. Die kennen keine Gnade.« Foster wollte einen Einwand vorbringen, doch Serow hob die Hand. »Ich möchte Ihnen ein Angebot unterbreiten, ehe Sie sich entscheiden.« Er zögerte. »Falls Sie aus irgendeinem Grund nicht in diesen Schlamassel hineingezogen werden wollen, werden wir Sie augenblicklich von jeder Verpflichtung entbinden, die Sie mit uns eingegangen sind. Wir werden Sie mit finanziellen Mitteln ausstatten, mit einem Paß auf eine von Ihnen gewünschte Nationalität versorgen und Sie überall hinbringen, wohin Sie möchten. In ein Land Ihrer Wahl. In drei Tagen können Sie weg sein. Keiner trägt dem anderen etwas nach. Es gibt keinerlei Aufzeichnungen. Das Ganze ist nie geschehen. Weder wir noch der Staatssicherheitsdienst haben jemals von Ihnen gehört.«

»Und wenn ich bleibe?«

»Dann bekommen Sie Ihren britischen Paß zurück. Dazu einen zweiten britischen Paß unter einem anderen Namen. Echt – nicht gefälscht. Ferner einen sowjetischen Paß unter dem Namen Schultz und ein Dokument vom KGB, durch das Sie unantastbar sind, es sei denn, in Moskau läuft etwas ganz gewaltig schief. Wenn alles friedlich ausgeht, können Sie tun und lassen, was Sie wollen. Ohne jede Einschränkung.«

»Sie sind sehr schlau, Genosse Serow.«

»Wie kommen Sie darauf?«

»Sie wußten, wofür ich mich entscheiden würde, bevor Sie dieses Angebot gemacht haben. Aber es war ehrlich gemeint, und das weiß ich zu schätzen. Und ich werde bleiben, solange ich behilflich sein kann.«

Serow stand auf, sichtlich erleichtert und zufrieden. »Gehen wir etwas essen.«

Fünf Stunden lang redeten sie über die Aufgabe, die er übernehmen sollte. Das Ganze basierte auf einer seltsamen Logik. Für Serow und Hartmann war das Verhalten der Amerikaner und Briten auf die diversen Schwierigkeiten, die sie vorhersahen, der unbekannte Faktor. Er sollte sie dahingehend beraten, wie der Westen seiner Ansicht nach auf Moskaus Maßnahmen und Gegenmaßnahmen reagieren werde.

An welchem Punkt man zum Beispiel von westlicher Seite aus bereit wäre, die neue Politik der Verständigung mit Moskau aufzugeben und das Durcheinander in der DDR und im gesamten Ostblock auszunutzen.

Offensichtlich hatten sie bereits wenige Tage nach seinem Übertritt mit dem Gedanken gespielt, ihn mit dieser Aufgabe zu betrauen. Die Erkenntnisse, die er aus den Stasi-Unterlagen zusammengetragen hatte, waren ihre Rückversicherung. Die Namen der Bundesdeutschen, die der Stasi als Informanten dienten, der Kontaktpersonen beim BND, der Diplomaten, Journalisten und Geschäftsleute, die man unter der Androhung, sie andernfalls auffliegen zu lassen, dazu würde überreden können, ihren Einfluß geltend zu machen. Die Beweise für den Verrat und das Doppelspiel Hunderter von Menschen aus allen Bereichen, die bei dieser Problematik eine Rolle spielten, dürften genügen, um jede davon betroffene Regierung zu Fall zu bringen. Und er nahm an, daß Hartmann und Serow ähnliches Material über sämtliche Säulen des sowjetischen Machtgefüges gesammelt hatten, das KGB eingeschlossen.

Am frühen Abend kam Foster wieder nach Hause. Gala erwartete ihn im Flur.

Sie lächelte. »Man hat angerufen und mir mitgeteilt, daß Sie unterwegs sind.« Sie hielt inne, neigte den Kopf leicht zur Seite und schaute ihn an. »Sie sehen müde aus. Kommen Sie, wir trinken etwas, und dann gehen wir essen.«

Sie nahm ihn am Arm und führte ihn ins Wohnzimmer. Sie mußte grinsen, als er lediglich einen Orangensaft wollte. Sie reichte ihm das Glas und ging zu der kleinen Kommode, auf der das Fernsehgerät stand. Als sie zurückkam, drückte sie ihm einen in ein weiches Ledertuch eingeschlagenen Gegenstand in die Hand. »Achtung, es ist schwer. Ein Mann kam vorbei, sagte, das sei vom Oberst. Fühlt sich an wie eine Schußwaffe.«

Langsam schlug er das Tuch auf, und zum Vorschein kam eine gut eingeölte Beretta. Unwillkürlich nahm er das Magazin heraus und zog den Schlitten zurück. Sie war ungeladen. Er lächelte leicht, als er sie neben sich auf den Tisch legte.

»Wieso lächeln Sie?«

»Mir ist gerade ein altes Militärsprichwort eingefallen.«

»Erzählen Sie.«

»Der Waffenunteroffizier sagte immer: ›Eure Waffe ist euer bester Freund. Sorgt dafür, daß sie stets sauber, blitzblank und leicht geölt ist.‹« Lächelnd schaute er sie an. »Ich nehme an, bei der Roten Armee ist das ganz genauso. Aber dort nimmt man zuviel Öl.«

»Sie wirken nicht gerade so, als seien Sie davon angetan.«

»Bin ich auch nicht.«

»Wieso nicht? Er möchte sicherstellen, daß Sie sich verteidigen können.«

»Dazu brauche ich keine Waffe. Die haben keine Ahnung. Aber sie meinen es gut.«

»Und was machen Sie, wenn Ihnen jemand eine Pistole in den Rücken drückt?«

Er lachte. »Ich nehme sie ihm ab.«

»Aber wie?«

Er zuckte die Achseln. »Eines Tages werde ich's Ihnen zeigen. Bis dahin merken Sie sich eines: Halten Sie mindestens anderthalb Meter Abstand, wenn Sie jemanden mit der Waffe bedrohen. Nur Trottel drücken sie einem in den Rücken.«

Sie saß da und schaute ihn eine ganze Weile an. »Die haben keine Ahnung von Ihnen, stimmt's?«

»Wie kommen Sie darauf?«

»Weil sie Männer sind. Die haben Ihnen jede Menge Fragen gestellt, aber die richtigen waren nicht darunter.«

Er lächelte. »Dann stellen Sie doch die richtigen.«

»Na schön.« Sie schwieg einen Moment und musterte ihn. »Woran denken Sie, kurz bevor Sie abends einschlafen?«

Er schwieg eine Zeitlang, während sie auf eine Antwort wartete. Dann schüttelte er den Kopf und sagte: »Fragen Sie mich etwas anderes.«

»Hatten Sie vor Ihrem Übertritt eine Freundin?«

»Ich hatte im Lauf der Jahre mehrere, aber nichts Ernstes.«

»Haben Sie mit ihnen geschlafen?«

»Mit zweien.«

»Haben Sie eine davon geliebt?«

»Ich mochte sie alle – aber was verstehen Sie unter Liebe?«

Sie zuckte die Achseln. »Fehlen Ihnen Menschen von früher? Ihre Eltern vielleicht?«

»Manchmal fehlt mir mein Vater.«

»Standen Sie ihm sehr nahe?«

»Nicht bewußt, aber im nachhinein glaube ich, daß wir einander viel bedeutet haben. Er wollte nicht, daß ich übertrete.«

»Wieso nicht? Welchen Grund hat er genannt?«

»Er sagte, dieses Opfer stünde in keinerlei Verhältnis.«

»Haben Sie seither mal gedacht, daß er möglicherweise recht hatte?«

Er zuckte die Achseln. »Es mußte einfach sein.«

»Warum?«

»Ich konnte diese Leute nicht im Gefängnis verkommen lassen, nur weil sie Nachrichten über Treffpunkte und tote Briefkästen weitergeleitet haben. Die haben das eher aus Treue als aus Überzeugung oder wegen der Belohnung gemacht.«

»Welchen Lohn haben Sie ihnen geboten?«

»Den beiden Männern Geld. Dem Mädchen die Flucht nach Westberlin, sobald sie ihr Studium abgeschlossen hätte.«

»War das Uschi?«

»Ja.«

Sie lächelte. »Und in zwei Tagen werden wir beide zu ihrer Hochzeit gehen. Und sie heiratet den Feind.«

»Ist dem so?«

»Jawohl.« Sie schwieg einen Moment. »Hartmann hat mir erzählt, daß Sie bleiben und weiter für sie arbeiten – für ihn und Serow. Stimmt das?«

»Ja.«

»Er hat gesagt, man habe Ihnen die Möglichkeit geboten, sie auf der Stelle zu verlassen. Stimmt das ebenfalls?«

»Ja.«

»Sie machen einen Fehler. Sehen Sie das denn nicht?«

Er lächelte. »Klären Sie mich auf.«

»Ist Ihnen denn nicht klar, daß das kein Leben für Sie ist? Keine Freunde. Nicht einmal flüchtige Bekannte. Sie gehen nicht aus. Sie arbeiten nur. Das ist ja wie im Gefängnis. Man bringt die Tage hinter sich. Keinerlei Anregung von außen. Nichts, auf das man sich freuen kann. Keine angenehmen Überraschungen. Gar nichts. Das ist ja so, als ob Sie freiwillig dem Leben entsagen.« Sie runzelte die Stirn. »Haben Sie denn gar keinerlei Ziele, keinerlei Hoffnung – keine Träume?«

»Ich komme schon klar, Gala.« Er lächelte. »Aber danke, daß Sie sich Gedanken über mich machen.«

»Wie hat Ihre Mutter Sie genannt, als Sie noch klein waren?«

»Charlie beziehungsweise Karl, als wir noch in Deutschland lebten.«

»Gut, von nun an heißen Sie Karl. Ich werde dafür sorgen, daß Sie in die menschliche Gesellschaft eingegliedert werden – wahrnehmen, ob Frühling ist oder Winter, ob die Sonne scheint oder Schnee fällt.« Sie hielt inne. »Ich habe meinen Vater mal gefragt, was seine wichtigste Erfahrung fürs Leben ist. Er dachte einen Augenblick nach und sagte dann: ›Denk immer daran, daß das hier die erste Einstellung ist, meine Liebe, und daß es keine zweite gibt.‹ Hiermit gebe ich es an Sie weiter.«

Er schwieg einen Moment und sagte dann: »Warum bemühen Sie sich so um mich, Gala?«

»Wenn ich's nicht besser wüßte, würde ich sagen, Sie kokettieren. Führen Sie mich zum Essen aus.«

Er lächelte. »Lassen Sie mir eine Stunde Zeit. Ich muß mir noch das eine oder andere notieren.«

»Na schön. Apropos notieren. Unsere gemeinsamen Freunde haben mir erzählt, daß Sie Klavier spielen können wie Fats Waller. Spielen Sie mir irgendwann mal was vor?«

Er nickte. »Aber natürlich.«

Als Foster in seinem Wohnzimmer stand und aus dem Fenster blickte, bemerkte er, daß an einigen Bäumen im Garten Blüten knospten und daß einer der Wachmänner den Rasen in dem kleinen Gärtchen mähte. Er drehte sich um, als es an der Tür klopfte und Gala aufgeregt und freudestrahlend hereinkam. »Mein Vater ist in der Stadt. Er wohnt im *Berolina* und hat uns zu einem gemeinsamen Abendessen mit Serow und Hartmann eingeladen. Ist Ihnen das recht?«

»Natürlich. Ich mache mich kurz frisch, dann können wir los.«

Sergej Leonow wirkte eher wie ein Amerikaner als ein Russe. Ein Hüne von einem Mann – und noch gewaltiger im Auftreten. Groß, gutaussehend, ein Kopf wie ein römischer Kaiser und ein Gesicht, das es gewohnt war, wahrgenommen zu werden. Aufgeschlossen, freimütig und offenbar völlig unbekümmert, daß die Gäste an den Nachbartischen seine bissigen Bemerkungen über die Moskauer Bürokratie mithören könnten. Er lachte laut und gern, sprach mit vollem Körpereinsatz und gestikulierte wild herum, als sei er immer noch bei Dreharbeiten in Cinecittà. Entsprechend aufgeräumt und zuvorkommend waren auch die Kellner, die sie bedienten.

Er kannte Serow offensichtlich sehr gut, und von Zeit zu Zeit ergingen sich beide in Erinnerungen an gemeinsame Aktionen wider die Apparatschiks im Kreml. Im Umgang mit Hartmann wirkte er vorsichtiger, hörte sich zwar dessen Erwiderungen an, verkniff sich aber jede Bemerkung. Mit Gala verband ihn offensichtlich eine tiefe, durch viele gemeinsame Erfahrungen geprägte Zuneigung – man erkannte es daran, wie sie sich umarmten, betätschelten und sich über ihre Erlebnisse in Rom, Los Angeles, New York und Madrid ausließen. Wenn einer der anderen das Wort führte, warf Leonow gelegentlich einen kurzen Blick zu Foster. Es waren freundliche, aber zugleich auch ungerührte Blicke. Foster hatte das Gefühl, daß Leonow daran gewohnt war, die männlichen Begleiter seiner Tochter zu begutachten, ohne unbedingt ein Urteil abgeben zu müssen.

Sie wirkten wie ein Rudel gesättigter Löwen, als sie aus dem Hotelrestaurant aufbrachen. Leonow winkte jedesmal überschwenglich, wenn ihm Leute, die ihn erkannten, lauthals Grüße zuriefen. Leonow schlug vor, daß sie alle auf einen Drink zu Hartmann fahren sollten. Und Leonow war es auch, der dem Portier auftrug, er solle den Wagen bringen lassen – Hartmanns Wagen.

Als sie in Hartmanns Wohnzimmer einfielen, lief das Radio. Leonow, der vorneweg ging, blieb stehen, hob die Hand und gebot ihnen zu schweigen und auf die Musik zu achten.

»Hört zu. Hört euch das alle an.«

Langsam wiegte er die Arme im Takt der Musik, dann wandte er sich um.

»Was ist das? Wer hat das komponiert? Kommt schon – kommt schon. Ihr solltet euch was schämen.«

»Das ist ein Stück von Glasunow«, sagte Foster leise. »Es heißt *Melodie.* Opus zwanzig oder einundzwanzig.«

Leonow wandte sich an Foster und musterte ihn kurz. »Gut, gut ... diese Mistbande hat behauptet, seine Musik sei zu süßlich – es sei Filmmusik. Sie ernannten ihn zum Volkskünstler der Republik.« Langsam schüttelte er den Kopf. »Aber er wußte, daß sie falsche Fuffziger waren, und ging nach Paris. Möge Gott ihn in Frieden ruhen lassen. Dieses Stück hat er mit zwanzig oder einundzwanzig geschrieben.« Er seufzte. »Ach ja.« Dann wandte er sich an Hartmann. »Komm schon, Peter. Laß die Flaschen bringen, trinken wir auf gute Kameradschaft.«

Als sie anschließend in trauter Runde beisammensaßen und plauderten, wurde deutlich, daß Hartmann und Serow zwar nicht gerade in Ehrfurcht vor Leonow erstarrten, aber großen Respekt vor ihm hatten. Sie waren, jeder auf seine Weise, Gleiche unter Gleichen, aber er war einzigartig. Mut hatten sie alle, doch Leonow schmückte sich geradezu mit seiner Courage, zeigte sie trotzig und in aller Offenheit.

Erst spät nach Mitternacht kreuzte Foster mit Leonow die Klingen. Es war zwar kein Duell im eigentlichen Sinn, doch auf einen Einwand von Foster hin trat zunächst Stille und dann regelrechtes Schweigen ein.

Leonow starrte Foster an und sagte dann: »Und warum glauben Sie, daß man Honecker und Konsorten nicht einfach einen Tritt in den Arsch verpaßt?«

»Weil er den Leuten gibt, was sie wollen. Ein ruhiges Leben. Man hat seinen Arbeitsplatz. Vielleicht kann man ihn nicht ausstehen, aber man hat Arbeit. Und allzu schwer ist sie auch nicht. Man hat ein Dach über dem Kopf. Vielleicht geht es darunter ein bißchen eng zu, aber so schlecht ist es nicht. Wenn man krank ist, bekommt man kostenlose medizinische Versorgung. Die Kriminalitätsrate ist niedrig. Alte Frauen können jederzeit auf die Straße gehen, ohne daß man sie überfällt. So ähnlich muß es vor dem Krieg in Deutschland gewesen sein. Samt Spitzenstores und Thomas Mann.«

»Ach, um Himmels willen. Schrottautos und Billigsterzeugnisse herzustellen nennen Sie Arbeit. Ständig am Existenzminimum herumzukrebsen. Die Nachbarn auszuspionieren und seinerseits ausspioniert zu werden. Zu tun, was einem befohlen wird. Ein Tag so öde wie der nächste.« Er wedelte mit dem Finger vor Foster herum.

»Merken Sie sich meine Worte: Aus diesem Bodensatz wird eines Tages irgendein gottverdammter Nazi erstehen, die Fahne schwenken und den Leuten das Blaue vom Himmel versprechen. Die werden laut nach Freiheit schreien. Und das Traurige dabei ist – wenn sie sie kriegen, werden sie nichts damit anfangen können.«

»Das wird ihnen schon jemand beibringen.«

»Jawohl. Genau das hat Hitler getan. Auf dieser Welt gibt es noch immer jede Menge kleiner Hitler. Zeigen Sie mir doch eine Demokratie in Afrika. Zeigen Sie mir eine in Südamerika.« Er zuckte die Achseln. »Zeigen Sie mir irgendeine, wenn wir schon mal dabei sind.«

Foster lächelte Leonow an. »Vielleicht sind wir alle zu klug, als daß wir in einer Demokratie leben möchten.«

Leonow lachte und stellte dann sein Glas ab. »Er hat recht, wißt ihr. Denkt doch mal drüber nach. Regierung per Mehrheitsbeschluß. Die Stimme des Volkes? Die Stimme von Schwachköpfen, Schlägern und Kretins, von dumpfen Massenmenschen, Raufbolden und Rabauken – von Nazis. Schwarzhemden, Braunhemden und Judenhasser, wohin man blickt – und die bieten jedem Idioten, der sie wählt, Geld, Macht, alles, was das Herz begehrt.« Wütend schüttelte er den Kopf. »Und wahrscheinlich würden sie auch nicht mehr als achtundneunzig Prozent der Stimmen kriegen.«

Es war bereits zwei Uhr morgens, als Gala und Foster zurückfuhren. Als sie vor dem verschlossenen Gartentor von den Wachposten kontrolliert wurden, sagte sie: »Die haben Sie anscheinend unter ihresgleichen aufgenommen.«

Er drehte sich zu ihr um. »Womit ich was wäre?«

»Mitglied einer Gruppe von Menschen, die sich ihre eigenen Gedanken machen und möglicherweise Einfluß darauf nehmen, wie sich die Welt, oder zumindest Europa, in den nächsten fünfzig Jahren entwickeln wird.«

»Die wären vermessen, wenn sie auch nur daran dächten.«

»Tun sie ja auch nicht. Ich hoffe nur, es wäre so.«

»Warum?«

»Nur so ein dumpfes Gefühl, daß alles, was wir erreicht haben, vor die Hunde geht. Im Handumdrehen. Und niemand scheint es wahrzunehmen.«

»Nennen Sie mir ein Beispiel.«

Sie dachte einen Moment lang nach. »Diese sogenannten Neonazis.« Sie stockte. »Ich weiß, daß sie Ihrer Meinung nach nur eine Horde von Rabauken sind, und in manchen Fällen trifft das ja auch zu. Aber sie verlangen ›Deutschland den Deutschen. Ausländer raus‹.« Sie zuckte die Achseln »Und niemand gebietet ihnen Einhalt. Die Polizei schaut nur zu. Und warum? Weil sie mit diesen Sprüchen einverstanden sind. Man muß kein Hakenkreuz tragen, um Nazi zu sein. Das wissen Sie doch ganz genau. Sie haben den Staatssicherheitsdienst erlebt. Das sind Nazis, nur daß sie sich anders nennen. Und Hammer und Zirkel tragen statt dieses heidnischen Feuerrades.«

»Und was halten Sie von ihnen? Von Ihrem Vater, Hartmann und Serow?«

»Ich halte sie für Narren. Für Romantiker und Narren, auch wenn sie es gut meinen. Und ich liebe euch alle.«

»Warum?«

»Weil ihr nicht gleichgültig seid. Deswegen hat Hartmann Sie ja ursprünglich übernommen. Nicht wegen Ihrer Herkunft. Sondern weil Ihnen diese Trottel, die man verhaftet hat, nicht gleichgültig waren.«

23. KAPITEL

Foster stand am nächsten Morgen zeitig auf. Er frühstückte in aller Eile und zog sich dann in sein Arbeitszimmer zurück. Den ganzen Tag lang stellte er anhand der Stasi-Unterlagen eine Liste mit Leuten zusammen, die er persönlich ansprechen wollte.

Er wußte von Anfang an, daß Malins seine erste Anlaufstation werden würde. Die einzige in Berlin. Alle anderen Kontaktpersonen lebten in der Bundesrepublik, und dafür war die Einreise über Berlin zu riskant. Er mußte eine andere Möglichkeit finden, eventuell über den Grenzübergang Helmstedt.

Er arbeitete den geplanten Verlauf seiner Unterredung mit Malins bis in alle Einzelheiten aus. Zunächst der Schock, die mögliche Bloßstellung, dann das freundliche Angebot, daß man ja zusammenarbeiten könne. Keinerlei Zwang. Nur zwei alte Freunde, die von Zeit zu Zeit über das Weltgeschehen plauderten.

Anschließend saß er zwei Stunden lang mit Hartmann zusammen, um sicherzugehen, daß es keine weiteren Verbindungen zwischen den Stasi-Offizieren gab, die die Männer auf seiner Liste geführt hatten. Außerdem mußten große Geldsummen zur Verfügung gestellt werden, auf die er drüben im Westen zurückgreifen konnte. Und sie mußten einen eigenen Code ausarbeiten, falls er irgend etwas Besonderes brauchte. Schließlich einigten sie sich darauf, daß Hartmann alles Notwendige veranlassen sollte, damit er die Grenze überschreiten konnte, ohne daß man, wie an den regulären Kontrollpunkten üblich, seine persönlichen Daten erfaßte. Hartmann würde etwa zehn Tage für die entsprechenden Vorbereitungen brauchen, und unterdessen wollte er sich Malins vornehmen.

Er wartete bis zum frühen Abend, da er davon ausging, daß Malins etwa um diese Zeit zu Hause sein müßte, und rief dann von Hartmanns sicherem Telefon aus an. Beim ersten Mal meldete sich niemand, daher versuchte er es eine halbe Stunde später noch einmal. Er erkannte die Stimme auf Anhieb. Malins war zu ausgebufft, um sich namentlich zu melden. Er nannte nur die Telefonnummer. Foster schwieg zunächst, worauf Malins unwirsch die Intiative ergriff.

»Wer ist dran? Bist du das, Kenny? Laß den Blödsinn.«

»Sind Sie Mister Malins? Roger Frederick Malins?«

»Wer spricht da?«

»Mein Name ist Foster. Charlie Foster.«

Daraufhin herrschte zunächst einmal Schweigen, bis der Groschen gefallen war. Dann sagte Malins: »Soll das ein Scherz sein?«

»Keineswegs, Genosse.« Er schwieg einen Moment. »Ich glaube, wir sollten uns mal treffen und ein bißchen miteinander plaudern.«

Erneut eine lange Pause. Anscheinend überlegte Malins, wie er darauf reagieren sollte. Foster mußte unwillkürlich lächeln. Offenbar focht Malins einen harten Kampf mit sich aus – einerseits trieb ihn die Neugier, zum anderen lockte ihn der Gedanke, er könne möglicherweise einen Verräter dingfest machen. Schließlich sagte er: »Kein Interesse, mein Freund. Sie haben sich Ihr Bündel selber aufgeladen, Nun tragen Sie's mal schön.«

»Ich dachte, wir sollten uns vielleicht mal über die Möwe unterhalten. Sie erinnern sich doch sicher an die Möwe. Ein kleines Gespräch unter vier Augen. Nur Sie und ich.«

Wieder Schweigen. Dann: »Wo soll das stattfinden?«

»Wie wär's mit dem Pornoladen an der Budapester Straße, Ecke Kantstraße.«

Ein tiefes Seufzen von Malins' Seite. »Wann?«

»Heute abend. Seien Sie gegen zehn da, falls das genehm ist.« Foster schwieg einen Moment »Und lassen Sie sich zu keinerlei Tricks hinreißen, Malins. Falls irgend etwas schiefgehen sollte, kann ich eine Menge erzählen.«

Wieder herrschte Schweigen, dann knallte Malins den Hörer auf die Gabel. Foster wiederum war erleichtert. Malins hatte wütend und ungehalten reagiert. Er würde leicht zu nehmen sein.

Foster reiste mit seinem auf den Namen Schultz ausgestellten DDR-Paß über den Grenzkontrollpunkt am Bahnhof Friedrichstraße aus. Hartmann hatte ihm eigens ein Schreiben mitgegeben, damit er nicht aufgehalten oder durchsucht wurde.

Ein eigenartiges Gefühl beschlich ihn, als er den Kontrollpunkt hinter sich ließ und wußte, daß er in wenigen Minuten wieder auf der anderen Seite der Mauer sein würde. Es ging auf 21 Uhr zu, war aber noch hell, und die Luft war so mild, daß viele junge Frauen in leichten Kleidern und ohne Mäntel unterwegs waren.

Die S-Bahn war so gut wie leer. Um diese Zeit fuhren nur noch wenige Menschen in den Westen zurück. Er stieg am Bahnhof Zoo aus, ging die Hartenbergstraße entlang bis zur Hochschule der Künste, bog dort ab, schlendete durch die Fasanenstraße und lief auf der Kantstraße zurück. Gegenüber dem Pornoladen war ein kleines Café. Er setzte sich an einen Fenstertisch und bestellte sich ein Sandwich und einen Kaffee. Es war eine breite, vierspurige Straße, doch die Häuser lagen teilweise im Schatten einer Überführung, so daß er nur den Eckladen im Blick hatte, aber er war zu weit weg, als daß er jemanden hätte erkennen könne. Als er sein Sandwich verzehrt hatte, ließ er sich vom Kellner die Rechnung bringen und ging hinaus. Er schaute auf seine Uhr. Noch zehn Minuten, bis der Laden schloß. Er ging zur Ampel und überquerte die Straße.

Ein Mann mit einer braunen Papiertüte kam aus dem Laden, doch als Foster zur Tür kam, versperrte ihm ein anderer Mann mit ausgebreiteten Armen den Weg.

»Tut mir leid. Wir haben geschlossen.«

»Ich bin hier verabredet.«

Der Mann lächelte. »Bei uns gibt's keine Mädels. Aber ich kann Ihnen eine Adresse geben.«

»Ich bin mit Mister Malins verabredet.«

»Ist das der Engländer?«

»Genau.«

Der Mann zögerte einen Moment. »Kommen Sie lieber rein. Ich seh' nach, ob er zu sprechen ist.«

Foster blieb vor den Regalen stehen und musterte die Videos und Hefte. Zwei oder drei Kunden waren noch am Auswählen. Dann kam der Mann zurück und sagte: »Die Treppe runter, an den Kabuffs vorbei bis zu der Bürotür am andern Ende vom Gang. Gehn Sie einfach rein.«

Malins saß in einem ledernen Armsessel. »Schließen Sie die Tür.«

Foster kümmerte sich nicht darum und setzte sich auf die Kante eines alten Eichenschreibtisches. Malins starrte ihn an. »Tja, Sie sehen genauso aus wie immer, Charlie. Ich dachte, Sie hätten sich wenigstens einen Bart wachsen lachsen.«

»Wo wollen wir uns unterhalten?«

»Wir können hier reden.«

Foster lächelte und schüttelte den Kopf. »Und anschließend nehmen Sie das Band und schnippeln ein, zwei Stunden lang daran herum. Nein, danke.«

»Was schlagen Sie vor?«

»Wie wär's mit Ihrer Unterkunft? Ich meine die in der Autowerkstatt, wo Sie sich immer mit Steiner getroffen haben.«

Malins zögerte kaum merklich. »Okay«, sagte er. »Ich rufe uns ein Taxi.« Er stand auf und nahm sein Sakko von dem Haken hinter der Tür.

Die Fahrt dauerte nur fünf Minuten, und nachdem Malins den Fahrer bezahlt hatte, holte er einen Schlüsselbund heraus und ging auf das hell erleuchtete Büro hinter den Zapfsäulen zu. »Wollen Sie heute abend wieder zurück?« sagte er, als er eine rote Tür aufschloß.

»Machen Sie sich um mich keine Sorgen, Roger.«

»Die Kontrollstelle macht um Mitternacht dicht. Wir müssen uns kurz fassen.«

Foster lachte leise. »Ich schaffe das schon.«

Malins schaltete das Licht in dem Büro an. Es war sauber und gut eingerichtet. In der hinteren Ecke befand sich sogar eine kleine Bar mit einer stattlichen Auswahl an Getränken.

»Einen Drink, Charlie, oder sind Sie immer noch Abstinenzler?«

»Ein Fruchtsaft wäre bestens.«

Malins deutete auf zwei bequem wirkende Sessel.

»Setzen Sie sich.«

Als Malins mit den Getränken zurückkehrte, setzte er sich zu Foster. Er hob sein Glas.

»Cheers, Kamerad.« Er zögerte einen Moment. »Was liegt an?«

»Ich wollte nur mal mit Ihnen plaudern.«

Lächelnd schüttelte Malins den Kopf. »Kein Bedarf mehr, alter Knabe. Nachdem Sie mich angerufen haben, hab' ich mir die Sache schwer durch den Kopf gehen lassen. Und festgestellt, daß ich genug habe. Ich mache Schluß.«

»Sie lassen sich einen Haufen Kohle entgehen, Roger.«

Er sah, daß Malins interessiert aufblickte, wenn auch nur kurz. Vermutlich dachte er, nun, da die guten Zeiten vorüber waren, sei es unter den gegebenen Umständen am besten, wenn er sich nach außen hin tugendhaft gebe. Er drehte sich im Sessel um und schaute Foster an.

»Warum wollten Sie mich sprechen, Charlie?«

»Ich wollte Ihnen ein Geschäft vorschlagen, besser als das alte. Das lief ein bißchen nach dem Zufallsprinzip, stimmt's?«

»Die haben das so gewollt.«

»Ich dachte mir, wir sollten den internen SIS-Klatsch beiseite lassen und uns eher allgemeingültigen Themen zuwenden.«

»Was soll das heißen?«

»Haben Sie Interesse?«

Malins zuckte die Achseln. »Ich glaube schon.«

»Macht man in London immer noch diese allgemeinen Einschätzungen zur Lage?«

»Jawoll.« Er lächelte. »Bewertende Analysen heißen sie.«

»Wie oft kommen die?«

»Wöchentlich.«

»Man würde Ihnen doppelt soviel wie bisher bezahlen, wenn Sie innerhalb einer Woche Kopien liefern könnten. Meinen Sie, Sie könnten das schaffen?«

»Meinen Sie offizielle Kopien oder nur Kopien?«

»Einfach Kopien.«

»Wenn sie auch zehn Tage alt sein dürfen, gibt's kein Problem.«

»Sie sind also dabei?«

»Und das ist alles, was Sie wollen?«

»Genau. Bezahlung in Dollar. Zweitausend pro Woche.«

Malins wirkte plötzlich ganz aufgeregt. »Okay«, sagte er und nickte energisch.

»Verraten Sie mir eins. Warum haben Sie Ihr Geld in einen Pornoladen gesteckt?«

Malins, dem jetzt sichtlich wohler zumute war, lachte. »Hab' ich doch nicht. Der SIS hat etwas gesucht, wo Informanten ein- und ausgehen können, ohne daß es auffällt. Ich habe den Pornoladen vorgeschlagen, und nach allerhand Hin und Her war man einverstanden. Ich zahle einen festen Mietzins für das Zimmer. Der trägt die Pacht für den ganzen Laden.« Er schaute Foster an. »Jemand hat verbreitet, daß man Sie in Dublin gesehen hätte.«

»Wer war dieser Jemand?«

»Weiß ich nicht mehr. Als Sie verschwunden sind, herrschte kurze Zeit helle Aufregung, aber nachdem die offizielle Verlautbarung raus war, war die Sache gegessen, jedenfalls soweit es Westberlin anging.« Er lächelte wissend. »Wie lebt es sich da drüben?«

»Ich komme klar. Ich habe eine Telefonnummer aufgeschrieben, über die Sie sich mit mir in Verbindung setzen können. Über diesen Anschluß hier kann ich mich innerhalb von zwei Stunden bei Ihnen melden.«

»Sie müssen sich Ihrer Sache ja ziemlich sicher gewesen sein, wenn Sie das alles schon im voraus arrangiert haben.«

»Sie sind nicht festgelegt, genau wie ich. Ich wußte, daß sie die Vorzüge erkennen würden.« Er schwieg einen Moment. »Führen Sie noch immer Ihr altes Netz?«

»Jawoll. Wissen Ihre Leute davon?«

»In den Unterlagen steht nichts darüber.«

»Und Sie haben es ihnen nicht gesagt?«

Foster grinste und schüttelte den Kopf. »Was man nicht weiß, macht einen nicht heiß.« Er hielt inne. »Womit sind Sie im Augenblick befaßt?«

»Mit den sogenannten Neonazis. In London ist man der Meinung, daß die noch großen Ärger machen werden. Die sind allgegenwärtig. Haben die Polizei hier unterwandet und sogar Ihren Verein. Die Mehrzahl davon sind reine Schlägertypen, aber die Leute dahinter haben überall ihre Verbindungen. Bis nach Großbritannien und in die Staaten. In London ist man besorgt.«

»Haben Sie Leute bei denen eingeschleust?«

»Ein paar. Zwei in Ostberlin, eine paar weitere in Leipzig und Dresden. Dort wird's auch losgehen, wenn's denn losgeht.« Lächelnd stand er auf. »Übrigens, der alte Honecker ist bei den Pornojungs einer der besten Kunden. Läßt sie sich gleich im Dutzend rüberschicken. Nur das Allerneueste. Ich muß immer grinsen, wenn ich ihn in der Glotze sehe.«

Er hielt Foster die Hand hin, doch der übersah sie, griff in die Innentasche seiner Jacke und holte einen Briefumschlag heraus. »Es sind Dollars.«

Malins grinste, als er in sein Sakko schlüpfte. »Muß denen doch das Herz brechen, daß sie Dollars abdrücken müssen.« Er schwieg einen Moment. »Gehen Sie zuerst, Charlie. Ich bleib' noch ein bißchen hier. Ist besser so.«

Foster lächelte. »Kennen Sie den Kiosk bei der Gedächtniskirche? Wo es Zeitungen und Illustrierte gibt?«

Malins nickte.

»Wenn Sie das Zeug für mich haben, hinterlegen Sie es dort in einem Briefumschlag. Schreiben Sie ›Laufer‹ darauf. Ich hole es dann innerhalb einer Stunde ab. Wenn Sie sich mit mir treffen wollen, rufen Sie einfach an. Ich komme dann hierher.«

»Okay.«

Foster fuhr mit der U-Bahn zum Bahnhof Friedrichstraße zurück und ging durch den Kontrollpunkt. Draußen erwartete ihn Hartmann mit dem Wagen.

»Gut gelaufen?« sagte er lediglich.

»Na klar. Kein Problem.«

24. KAPITEL

Die beiden nächsten Ansprechpartner auf Fosters Liste waren Theo Müller, ein BND-Mann, und Franz Lemke, ein deutschkanadischer Journalist.

Müller würde in zwei, drei Jahren in Pension gehen. Wie alle Stasi-Informanten war er für seine Dienste entlohnt worden, so daß es Belege für seine Tätigkeit gab. Doch das Geld war nicht der Grund für seine Zusammenarbeit mit dem Osten – vielmehr lag es an seiner früheren Kontaktperson, einer attraktiven jungen Frau, einer Lehrerin, die nicht hauptamtlich bei der Stasi beschäftigt war. Müller hatte sich praktisch bei der ersten Begegnung in sie verliebt. Er war zwar viel älter als sie, aber nach wie vor ein gutaussehender Mann, und obwohl sie anfangs nur von Berufs wegen mit ihm geschlafen hatte, hatte sich im Laufe der Zeit eine echte, beiderseitige Liebesbeziehung daraus entwickelt. Für die Stasi stellte sie dadurch ein weitaus wertvolleres Unterpfand dar als jede Geldsumme. Sie hatten niemals offen darüber gesprochen, aber beide wußten, daß ihre Sicherheit von seinem Wohlverhalten abhing. Zudem hatte man Müller versprochen, daß man ihm nach seiner Pensionierung in der DDR ein Haus samt Altersruhegeld zur Verfügung stellen werde und daß sie mit offiziellem Segen heiraten könnten. Müller war hoher Beamter in der Planungsabteilung des BND in Pullach.

Franz Lemke, der Journalist, war Anfang Fünfzig. Beide Eltern waren Deutsche, die nach Kanada ausgewandert waren. Er war in Hamilton, Ontario, geboren und besaß die kanadische Staatsbürgerschaft. Sein Vater, ein erfolgreicher Import-Export-Kaufmann, hatte viele geschäftliche, aber auch gesellschaftliche Beziehungen zu Deutschland – hauptsächlich im Westen, aber von Zeit zu Zeit hatte er auch alten Freunden in der DDR geholfen, diese oder jene Elektronikteile zu beschaffen, die, so hatte man ihm versichert, nur für industrielle Zwecke benötigt würden. Niemand werde durch ein paar Festplatten und eine Handvoll Mikrochips Schaden erleiden. Wenn Lemke senior von zu Hause gesprochen hatte, hatte er Frankfurt gemeint.

Franz war unmittelbar nach der High-School zum *Hamilton Spectator* gegangen und nach fünf Jahren zum Lokalredakteur befördert worden. Er hatte hart und gewissenhaft gearbeitet und war drei Jahre später vom *Star* in Toronto als Stellvertreter des für Ottawa zuständigen politischen Redakteurs engagiert worden. Bald darauf gestand man ihm seine eigene Verfasserzeile zu. Als man ihm die Außenredaktion in Paris anbot, griff er begeistert zu. Doch dann übernahm an der Yonge Street ein neuer stellvertretender Chefredakteur das Ressort Außenpolitik, und Lemke wußte bereits bei der ersten Begegnung, daß seine Tage gezählt waren. Nachdem mehrere seiner Reportagen und Interviews in der Schublade verschwunden waren, hielt er Ausschau nach einer neuen Stelle. Da er perfekt Deutsch konnte, versuchte er sein Glück zuerst in Deutschland. In den ersten zwei Wochen erhielt er drei feste Angebote von deutschen Zeitungen, doch er entschied sich für die Selbständigkeit und baute ein eigenes Nachrichtenbüro auf, das Berichte aus allen Bereichen des deutschen Alltagslebens lieferte.

Müllers Kontaktperson bei der Stasi war Lena Becker, und Foster war der Meinung, daß es nützlicher sei, erst mit ihr zu sprechen, ehe er sich mit dem BND-Mann in Verbindung setzte. Sie wohnte in Halle, rund fünfunddreißig Kilometer nördlich von Leipzig, und er vereinbarte mit Hartmann, daß er sie in zwei Tagen aufsuchen werde.

Am Tag vor seiner Abreise ging ein Anruf von Malins ein, und Foster fuhr persönlich nach Westberlin und holte den Umschlag ab. Er war dicker als erwartet, doch er öffnete ihn erst, als er wieder in seinem Arbeitszimmer war.

Das Material umfaßte einen Zeitraum von acht Wochen, lauter SIS-Analysen, etwa zwölf Schreibmaschinenseiten, in einfachem Zeilenabstand getippt. Er rief Hartmann an, der sofort vorbeikam und die Blätter gemeinsam mit ihm durchlas. Die Analysen waren zwar als »streng geheim« ausgewiesen, aber eher allgemein formuliert, fast im Stil gewisser Wirtschaftsblätter. Sie enthielten keinerlei Quellenangaben, doch die Schlußfolgerungen waren so positiv, daß man den Eindruck hatte, man lese eine historische Abhandlung, nicht aber eine Einschätzung der künftigen Entwicklungen.

Zwei Themen vor allem durchzogen sie wie ein roter Faden. Zunächst die von den Neonazis ausgehende Gefahr nicht nur für die

DDR, sondern für ganz Europa, Großbritannien eingeschlossen. Die eigentlichen Drahtzieher wurden als intelligent und gebildet dargestellt; sie unterhielten Kontakte in die USA und würden auch von dort aus finanziert. Die Schlägertypen hingegen, denen man auf der Straße begegnete, wurden mit den Braunhemden der SA verglichen. Thema Nummer zwei waren die immer zahlreicheren Hinweise auf eine zunehmende Unruhe in der DDR. Eine Unruhe, die, so hieß es, nur am Rande mit der Neonazi-Szene zu tun habe, von der vielmehr breite Schichten der Bevölkerung erfaßt seien. Es herrsche allgemeine Unzufriedenheit, vor allem in bezug auf Reisefreiheit, und immer wieder werde Kritik an der politischen Führung gefordert. Die Analytiker kamen, ohne sich genauer festzulegen, zu dem Schluß, man solle diese Unzufriedenheit bei der Planung künftiger nachrichtendienstlicher Unternehmungen in Staaten des Warschauer Paktes stets in Betracht ziehen.

In den beiden letzten Berichten wurde kurz erwähnt, daß möglicherweise ein NATO-Ausschuß gebildet werde, der Überlegungen dazu anstellen solle, wie man sich im Falle allgemeiner Unruhen in der DDR verhalten solle und wie die Sowjets und die Obrigkeit vor Ort darauf reagieren würden. Man befürchtete, daß der Westen entsprechende Maßnahmen ergreifen müsse, falls es von seiten der Regierung zu Gewaltmaßnahmen gegen die Bevölkerung kommen sollte.

Als sie das Material gelesen hatten, drehte Hartmann sich um und schaute Foster an.

»Was meinen Sie? Ist das echt?«

»Ich würde sagen, ja. Die Formulierung ist typisch. Unheimlich vorsichtig, keinerlei brauchbare Vorschläge.« Er lächelte. »Eine Analyse, bei der man hinterher behaupten kann, man habe ja vorgewarnt, wenn sie sich als zutreffend erweisen sollte. Und an die sich keiner erinnert, wenn sie falsch war.«

Hartmann nickte. »Aber zwischen den Zeilen kommen die zu der gleichen Beurteilung wie wir. Die Unterdrückung der öffentlichen Meinung hat einen großen Pferdefuß. Man kann nicht beurteilen, was die Leute wirklich denken. Wenn Serow und ich Zeugnis ablegen müßten, könnten wir nicht die geringsten Fakten vorweisen. Wir spüren lediglich aufgrund unserer Ausbildung und Erfahrung, daß

Ungemach in der Luft liegt. Beim SIS ist man der gleichen Meinung. Wir sollten viel mehr wissen als die – das ist aber nicht der Fall.«

»Was wird Ihrer Meinung nach geschehen?«

»Ich weiß es nicht. Wirklich nicht. Mir geht es wie den Meteorologen, die darauf hinweisen, daß sich draußen auf hoher See womöglich ein Sturm zusammenbraut. Es könnte sich als null und nichtig erweisen. Oder aber eine alles vernichtende Windsbraut zieht über das Land. Wissen Sie, Tiere, sogar Haustiere, merken vorher, manchmal viele Stunden im voraus, wenn ein Sturm aufzieht.« Er schwieg einen Moment. »Aber je mehr wir über die Überlegungen der anderen beteiligten Mächte erfahren, desto eher können wir vernünftige Vorkehrungen treffen.« Er schüttelte den Kopf. »Irgend etwas wird geschehen. Es liegt förmlich in der Luft.«

»Wann hatten Sie dieses Gefühl zum erstenmal?«

»Als wir in Afghanistan einmarschiert sind.«

»Und warum?«

»Weil niemand erklären konnte, warum wir das machen. Und bei Gott, wir wissen es immer noch nicht. Es ist unser Vietnam.«

Anschließend befaßten sie sich eine Stunde lang mit der Planung von Fosters Reise in die Bundesrepublik. Hartmann war strikt dagegen, daß er über einen der offiziellen Kontrollpunkte ausreiste. Dort, so meinte er, könnten britische Sicherheitskräfte, womöglich sogar vom SIS, sitzen. Er bestand vielmehr auf einer Sonderregelung. Foster sollte fernab von allen Kontrollstellen über die Grenze geschleust werden.

Als Halle 1945 von amerikanischen Truppen in erbittertem Straßenkampf genommen wurde, wurde ein Großteil der Stadt zerstört. Doch die Statue von Georg Friedrich Händel thronte allen Zeitläuften zum Trotz nach wie vor auf dem Marktplatz.

Fräulein Becker wohnte in einem der kleinen Siedlungshäuser hinter der Moritzkirche, die man nach dem Krieg für städtische Angestellte im mittleren Dienst hochgezogen hatte. Fräulein Beckers Vater war beim Arbeitsamt beschäftigt gewesen, und nach seinem Tod waren seine Frau und seine Tochter dort wohnen geblieben. Schließlich war sie Lehrerin an der Grundschule. Das Haus lag an einer engen Kopfsteinpflasterstraße unmittelbar hinter der Kirche. Er drückte auf den Klingelknopf und sah, während er wartete, einer Horde Schuljungen zu, die am Ende der Straße Fußball spielten.

Es dauerte eine Weile, bis die Tür geöffnet wurde. Die Frau war Anfang Dreißig und weitaus attraktiver, als er aufgrund des Fotos in ihrer Stasi-Akte vermutet hätte.

»Fräulein Becker?«

»Womit kann ich Ihnen dienen?«

Foster hielt ihr seinen KGB-Ausweis hin.

»Mein Name ist Schultz, Fräulein Becker, und man sagte mir, Sie wüßten Bescheid, wenn ich Sie einfach mit Schwalbe anspreche.« *Schwalbe* war ihr Deckname bei der Stasi.

Sie wirkte zunächst verwirrt, dann sagte sie: »Ist Theo etwas zugestoßen?«

»Nein. Keineswegs. Ich wollte nur ein paar Worte mit Ihnen wechseln. Kann man irgendwo in der Nähe etwas trinken gehen?«

»Ja, um die Ecke gibt es ein Lokal. Ich muß nur meiner Mutter Bescheid sagen, daß ich ausgehe.«

Sie schlug ihm die Tür vor der Nase zu, und Foster fragte sich, ob sie sich nach ihm erkundigte. Doch ein paar Sekunden später kam sie zurück – sie hatte eine Wolljacke um die Schulter gehängt.

Sie setzten sich an einen Tisch im hinteren Teil der Gaststube, und Foster holte zwei Glas Bier. Er stellte sie auf den Tisch, setzte sich hin, schaute sie an und sagte leise. »Sie wirken besorgt. Bedrückt Sie etwas?«

Sie zuckte mit der Schulter, wich aber seinem Blick aus und starrte wie gebannt auf das Glas, das sie in der Hand hielt. »Nur Ihretwegen. Das macht mir Sorgen.« Sie blickte kurz zu ihm auf. »Muß ich mir Sorgen machen?«

Er schüttelte den Kopf. »Keineswegs. Wir sollten hier lieber keine Namen erwähnen, aber ich möchte Ihnen sagen, daß ich in ein paar Tagen einen gemeinsamen Bekannten aufsuchen werde. Falls ich irgend etwas für Sie mitnehmen kann, einen Brief vielleicht, bin ich gern dazu bereit.«

»Und was verlangen Sie dafür?«

»Muß man denn immer eine Gegenleistung verlangen?«

»In diesem Gewerbe leider ja.«

»Ich wollte Sie lediglich fragen, was für ein Mann er ist. Ich habe ihn noch nicht kennengelernt.«

»Sie wissen also von unserer Beziehung?«

»Ja.«

»Tja, meiner Ansicht nach ist er ein wunderbarer Mann. Freundlich, aufmerksam. Außerdem sehnt er sich nach dem Ruhestand, damit ...« – sie lächelte – »... damit wir endlich glücklich und zufrieden miteinander leben können.«

»Macht ihm seine Arbeit Spaß?«

»Ja, durchaus.«

»Was für Interessen hat er?«

»Meinen Sie damit Hobbies?«

»Ja.«

Sie lachte leise. »Musik – Jazz vor allem – und Modelleisenbahnen. Außerdem geht er gern angeln. Aber er wirft alle Fische wieder zurück.«

»Interessiert er sich für Politik?«

»Selbstverständlich. Das gehört zu seinem Beruf. Aber er steht keiner Partei nahe.«

»Was hält er von dem Regime hier?«

Sie schüttelte den Kopf. »Kein Kommentar.«

»Und Sie?«

»Ebenfalls kein Kommentar?«

»Wenn man Ihnen die Gelegenheit böte, im Westen zu leben – würden Sie sie ergreifen?«

»Na klar. Meinen Sie, das wäre möglich?«

»Im Augenblick nicht, aber vielleicht in ein paar Monaten. Wie ist derzeit die Lage hier?«

Sie lächelte und zuckte die Achseln. »So wie immer. Den Bonzen fehlt's an nichts, alle anderen kriegen nichts. Die Kinder hier haben noch nie in ihrem Leben eine Apfelsine oder Banane gesehen. Jeder bespitzelt jeden. Niemand hat Lust, sich anzustrengen, weil es sowieso sinnlos ist. Mehr Geld gibt's nicht, und außerdem kann man sich nichts dafür kaufen. Aber zumindest muß man keine Entscheidungen treffen – man macht einfach das, was man gesagt kriegt. Der Mensch als willfähriges Schaf.«

»Beklagen sich die Leute?«

»Nein. Schließlich will keiner im Gefängnis landen.« Sie schwieg einen Moment. »Eines Tages wird uns der ganze Laden um die Ohren fliegen.«

Er hatte alles erfahren, was er wissen wollte. Er begleitete sie zu ihrem Haus zurück und ging dann zu dem Hotel, in dem er über Nacht abgestiegen war. Er hatte ihr gesagt, falls er irgend etwas für Müller mitnehmen solle, könne sie es an der Rezeption für ihn hinterlegen.

Am nächsten Morgen überreichte man ihm ein kleines Päckchen. Es fühlte sich an wie ein Buch.

Foster war erst um zwei Uhr morgens wieder in Berlin. In seinem Haus fand er eine Nachricht vor, daß er Hartmann anrufen solle, egal, wann er zurückkomme.

Hartmann wartete mit beunruhigenden Neuigkeiten auf. Malins hatte angerufen, und Hartman hatte jemanden über die Grenze geschickt, um die Lieferung abzuholen. Die Lieferung hatte aus einem einzigen, per Hand beschriebenen Blatt Papier bestanden, Malins hatte beschlossen, vorzeitig in den Ruhestand zu treten. Aber er wollte weiterhin in Berlin wohnen und dem SIS verbunden bleiben. Was gehe da seiner Meinung nach vor?

»Da gibt's mehrere Möglichkeiten. Der SIS könnte Malins beobachtet haben und zu dem Entschluß gekommen sein, daß man ihn lieber aus dem Verkehr ziehen sollte. Das hieße, daß sie entweder keine stichhaltigen Beweise gegen ihn haben oder daß sie ihn für ihre Zwecke einsetzen wollen, ohne mit ihm in Verbindung gebracht zu werden.«

»Oder man hofft darauf, ihn als Kontaktperson zu Ihnen einsetzen zu können«, sagte Hartmann leise. »Um Ihnen ein Angebot zu unterbreiten.«

»Das wäre eine Möglichkeit.«

»Außerdem habe ich gehört, daß man Ihren alten Freund Slaney in den Innendienst nach London versetzt hat.«

»Überrascht mich nicht. Er muß mächtig in Ungnade gefallen sein, nachdem ich abgesprungen bin.«

»Aber er wäre fein heraus, wenn er Sie nicht nur aufspüren, sondern eventuell sogar zur Rückkehr bewegen könnte.«

»Slaney käme nicht mal auf die Idee.«

»Jemand anders könnte es ihm vorschlagen.«

»Sie klingen so besorgt. Sind Sie das?«

»Nachdenklich ja, besorgt nein.«

»Keine Angst. Ich habe Ihnen und Serow eine Zusage gegeben, und ich werde Sie nicht im Stich lassen.«

Danach herrschte eine Zeitlang Schweigen. »Nur noch eine Kleinigkeit«, sagte Hartmann schließlich. »Bitte um Verzeihung, daß ich es anspreche, aber ich habe einen Blick auf die Observierungsberichte der Mädchen geworfen, die an der Bar im *Berolina* arbeiten. Sie informieren den Staatssicherheitsdienst über sämtliche Kunden. Darunter war einer, mit dem die Stasi nichts anfangen konnte, aber anhand der Beschreibung hätten Sie derjenige sein können.« Er zögerte. »Waren Sie es?«

Foster lachte leise. »Schon möglich.«

»Sie hätten mir Bescheid sagen sollen, wenn Sie ein Mädchen möchten.«

»Ich wollte Ihnen nicht zu nahe treten, Peter.«

»Nächstes Mal fragen Sie, ja?«

»Okay.«

25. KAPITEL

Es war eine klare Vollmondnacht ohne ein Wölkchen am Himmel. Foster stand ein paar Meter vom Zaun entfernt, neben ihm der Grenzposten. Er wußte, daß Hartmann auf dem Waldweg weiter hinten im Wagen saß und wartete.

Der Weg durch das Minenfeld war mit einem reflektierenden Band gekennzeichnet, an das er sich halten mußte. Zu seiner Linken sah er die dunkle Silhouette des Wachturms; ein Suchscheinwerfer strich langsam den Waldrand auf der anderen Seite des Grenzstreifens ab. In den Bäumen hinter ihm flatterten aufgescheuchte Vögel, dazwischen der heisere Ruf einer Füchsin, der sofort vom Knurren und Bellen der Wachhunde im nahe gelegenen Zwinger übertönt wurde. Der Mann neben ihm schaute auf die Uhr. Foster warf einen Blick auf seine. Noch sieben Minuten.

Ablauf und Zeitpunkt waren genauestens geplant. Eine Stunde vor Morgengrauen sollte er die Grenze überschreiten. Wenn er und sein Führer zu früh aufbrachen, bestand die Gefahr, daß sie dem Grenzposten auf der anderen Seite nicht rechtzeitig ausweichen konnten. Die Ortschaften entlang der Demarkationslinie wurden ständig vom Bundesgrenzschutz kontrolliert. Zogen sie zu spät los, konnten sie in der Dämmerung zu leicht gesehen werden.

Der Zaun war vier Meter hoch und von rasiermesserscharfem, teilweise unter Hochspannung stehendem Stacheldraht gekrönt.

Unglaublich, dachte er, als er davorstand, daß eine Regierung derart mörderische Grenzbefestigungsanlagen errichtete, die nicht etwa gegen Eindringlinge von der anderen Seite gedacht waren, sondern mit denen vor allem die eigene Bevölkerung abgeschreckt werden sollte. Und daß Menschen sie trotz aller Gefahren zu überwinden versuchten, weil sie sich nach Freiheit sehnten und selbst über ihr Leben bestimmen wollten. Oder ging es ihnen lediglich um die hellen Lichter und die Schaufenster voller Luxusgüter – Seife, die richtig schäumte und gut roch, Toilettenpapier, das sich nicht wie Sägespäne anfühlte, Babywindeln, die saugkräftig und dicht waren, Bücher, die Rolling Stones, Chanel No. 5 und echte Levis-Jeans.

Der Führer stupste ihn an, nickte und brachte Foster zum Zaun. Die Stromversorgung war unterbrochen, doch der Suchscheinwerfer, vermutlich von einem Notstromaggregat gespeist, leuchtete noch immer durch die Nacht. Der Grenzposten löste die unteren Drähte, duckte sich hindurch, und Foster folgte ihm. Dann erlosch das Licht, und der Posten nahm ihn am Arm und führte ihn zwischen den beiden reflektierenden Bandstreifen hindurch über das freie, mit Sand bedeckte Feld zum zweiten Zaun. Der Sand war dazu da, daß man Fußstapfen erkennen konnte, und er würde hinter ihnen wieder sorgfältig gerecht werden.

Als sie auch den zweiten Zaun passiert hatten, flammte am Waldrand vor ihnen einen Moment lang ein rotes Licht auf. Der Mann, der ihn dort erwartete, hatte einen Schal ums Gesicht geschlungen, so daß man nur seine Augen sehen konnte. Er nahm Foster am Arm und dirigierte ihn einen schmalen Weg entlang, der zunächst durch den Hochwald, dann durch dichtes Gestrüpp und schließlich über freies Feld zu einer kleinen Holzbrücke über einen Wasserlauf führte. Der Mann bedeutete ihm, er solle sich hinsetzen, ließ sich neben ihm nieder, nahm den Schal ab und erklärte, daß sie hier warten würden, bis die Dorfbewohner auf den Beinen seien. Bei einem Gasthaus in der Nähe stehe ein Wagen. Er werde Foster zum Bahnhof bringen, und von dort aus könne er mit dem Zug nach Braunschweig fahren.

In Braunschweig stieg er um, und nach einer endlos langen Bahnfahrt traf er um 23 Uhr am Münchner Hauptbahnhof ein. Von dort aus nahm er ein Taxi zu der für Münchner Verhältnisse preisgünstigen Pension Schubert und ließ sich eins der drei Zimmer geben, die über ein eigenes Bad verfügten. Er bat, man möge ihn um sieben Uhr wecken, ging dann zu Bett und schlief die ganze Nacht hindurch tief und fest, bis ihn das Telefon aufschreckte. Er wusch und rasierte sich und rief dann unter Müllers Privatnummer an. Beim zweiten Läuten wurde abgenommen.

»Müller.«

»Herr Müller, mein Name ist Schultz. Man hat mich gebeten, Ihnen ein Päckchen zu überbringen. Wann wäre es Ihnen recht?«

»Von wem stammt es?«

»Von einer jungen Frau. Sie bat mich, Sie an die Schwalbe zu erinnern.«

Daraufhin herrschte eine Zeitlang Schweigen, dann: »Wo wollen wir uns treffen?«

»Wie wär's mit dem großen Salon im *Hilton*? In einer Stunde?«

»Wie erkenne ich Sie?«

»Ich werde mich vorstellen.«

Foster wartete, bis Müller die Mitteilung verdaut hatte, daß der unbekannte Anrufer wußte, wie er aussah.

»Sagen wir, um halb elf.«

»Okay.«

Foster hielt sich in der Nähe des Zeitungsstandes auf. Sie waren beide im gleichen Gewerbe tätig, daher nahm er an, daß Müller frühzeitig kommen werde, um den Anrufer ausfindig zu machen und zu erkunden, ob weitere Beobachter in der Nähe waren. Müller war groß und kräftig, wirkte etwas übergewichtig, aber so gesund wie ein in die Jahre gekommener Rettungsschwimmer. Foster beobachtete ihn, als er durch das Foyer schlenderte, zur Bar ging, einen Blick in das fast leere Restaurant warf. Er sagte etwas zum Empfangschef, der daraufhin den Computer zu Rate zog, die Achseln zuckte und den Kopf schüttelte. Schließlich ging er in den Salon, setzte sich an einen Tisch in der hinteren Ecke, winkte den Kellner zu sich und bestellte sich etwas zu trinken. Als das Glas vor ihm stand, ging Foster hin und setzte sich lächelnd zu ihm an den Tisch. Er überreichte Müller das Päckchen und sagte: »Ich habe keine Ahnung, was drin ist. Ich hoffe, es ist etwas Schönes.«

Müller schob das Päckchen beiseite, deutete darauf und sagte: »Schulde ich Ihnen etwas fürs Überbringen?«

»Wenn Sie vielleicht ein bißchen Zeit für mich erübrigen könnten.«

»Sie haben irgend etwas von einer Schwalbe gesagt. Was sollte das heißen?«

»Lassen wir die Spielchen. Wir wissen beide, was es heißt.«

Müller rutschte unbehaglich auf dem Stuhl hin und her. »Ist irgend etwas schiefgegangen? Ist mit ihr alles in Ordnung?«

»Ihr geht's bestens.«

»Und warum sind Sie dann hier?«

»Bevor ich dazu komme ... sagen Sie mir eins: Würden Sie unter Umständen beide im Westen leben wollen?«

Er sah, daß Müller überrascht und interessiert zugleich aufblickte. »Vermutlich ja.«

»Ich habe mit Ihrer Freundin über diese Möglichkeit gesprochen. Nicht auf der Stelle, aber in ein paar Monaten.«

»Könnten Sie das einrichten?«

»Ich glaube schon. Reden wir also. Mich interessiert nicht das übliche Zeug, über das Sie sich mit Ihrer Freundin unterhalten haben. Ich möchte wissen, welche Gedanken man sich beim BND bezüglich der DDR macht.«

Müller lächelte. »Offiziell oder unter der Hand?«

»Beides.«

»Offiziell haben wir die Anweisung, sie genauso zu behandeln wie jedes andere Land. Sie gut im Auge behalten, zusehen, was sie vorhaben. Vor allem die sowjetischen Truppen. Den einen oder anderen Kontakt herstellen. Auf dem laufenden zu bleiben über die öffentliche Meinung und die Einstellung der Bevölkerung zum Regime.« Er zuckte die Achseln und lächelte. »Der übliche Quatsch. Eigens für die Politiker.«

»Und inoffiziell?«

»Da drüben wird es Ärger geben. Es brodelt im ganzen Land. Falls Honecker und seine Bande offene Gewaltmaßnahmen ergreifen, werden wir nicht untätig danebenstehen und sie gewähren lassen.«

»Und wenn die sowjetischen Truppen zu Honecker halten und der Stasi und der Nationalen Volksarmee beistehen?«

Müller schüttelte den Kopf. »Werden sie nicht. Soviel steht fest.«

»Warum nicht?«

»Aus zweierlei Gründen. Wenn Moskau sich darauf einließe, könnte Gorbatschow sich die ganze Zuwendung und Unterstützung abschminken, die er derzeit aus dem Westen erhält. Und außerdem – das ist der zweite Grund – würde die DDR nur den Auftakt bilden, falls der Volkszorn wirklich überkochen sollte. Moskau könnte den ganzen Warschauer Pakt abschreiben. Es würde überall zu Erhebungen kommen. Also zeigt man lieber eine freundliche Miene und unternimmt gar nichts. Man gibt sich liberal, verweist auf Demokratiebestrebungen und bittet um weitere Gelder aus den USA. Außerdem deuten alle Erkenntnisse, die wir in den letzten sechs Monaten erhalten haben, darauf hin, daß die Russen ihrerseits schwer im Schlamassel stecken, politisch wie wirtschaftlich. Im Kreml finden derzeit Machtkämpfe zwischen weiß Gott wie vielen Fraktionen und Interessengruppen statt. Und niemand weiß, wer letztlich die Oberhand behalten wird.«

»Gibt es Pläne für einen Vorstoß über die Grenze, falls Honecker auf das eigene Volk schießen läßt?«

»Das wäre zuviel gesagt. Drücken wir's mal so aus: Die Militärs haben sich allerlei Gedanken gemacht, wie man die Bevölkerung der DDR vor den Roten beschützen könnte. Nicht daß es von irgend jemandem abgesegnet wäre. Aber es steht im Raum.«

»In welchem Zeitrahmen würde das ablaufen?«

»Vier Tage, wenn wir uns um Rückhalt durch die NATO bemühen. Zwei, wenn wir's allein angehen.«

»Was würde die NATO unternehmen?«

»Gar nichts. Unserer Ansicht nach jedenfalls. Die Bevölkerung in den Mitgliedstaaten würde das verhindern.«

»Inwieweit hält man es beim BND für wahrscheinlich, daß es dazu kommen könnte?«

»Im Augenblick fifty-fifty. Aber die Wahrscheinlichkeit nimmt von Monat zu Monat um zwei Prozent zu.«

»Hätte Kohl denn das Rückgrat, den entsprechenden Befehl zum Überscheiten der Grenze zu erteilen?«

Müller zuckte die Achseln. »Womöglich hat Kohl gar nicht darüber zu entscheiden.«

»Wer dann?«

Müller schüttelte den Kopf. »Kein Kommentar.«

Foster wußte, daß er alles Wissenswerte erfahren hatte. Trotzdem unterhielt er sich noch zwei Stunden lang mit Müller, bis dieser aufbrechen mußte. Er fragte ihn unter anderem, was dem BND, von der DDR einmal abgesehen, die größten Sorgen bereite. Die Antwort überraschte ihn – nach Meinung des BND stellten Neonazi-Gruppen langfristig das größte Problem dar. Nicht das dumpfe Gesindel, sondern die Leute im Hintergrund. Als er nachhakte, weshalb der Bundesnachrichtendienst die Neonazi-Szene für so problematisch halte, nannte Müller zwei Gründe. Erstens könnten deren Umtriebe dazu führen, daß alte Ressentiments gegen Deutschland wieder wach würden, und zweitens würden dadurch übelste nationalistische Auswüchse gefördert. Fanatischer Nationalismus aber sei nach Ansicht der Bundesregierung das große Problem der neunziger Jahre.

Franz Lemke hatte sein Büro in Bonn, wohnte aber in Köln. Er hatte ein Appartement über einem Laden für Künstlerbedarf, der an einer der belebten, aber reizvollen Straßen hinter dem Neumarkt lag.

Die Kontaktaufnahme klappte auf Anhieb. Foster nannte den Decknamen, und Lemke schlug vor, er solle sofort vorbeikommen. Als Journalist mußte er sich hinsichtlich seiner Beziehungen keine Sorgen machen. Er hatte Hunderte von Ansprechpartnern, und falls darunter zufällig jemand von der Stasi sein sollte, konnte ihm daraus niemand einen Strick drehen. Daß er der Stasi zuarbeitete, stand auf einem anderen Blatt – dafür konnte er in der Bundesrepublik gesetzlich belangt werden. Falls man es ihm nachweisen konnte. Außerdem gab es keinerlei schriftliche Unterlagen. Er ließ die Wohnung täglich nach Wanzen absuchen, und in den ersten zwei Tagen waren auch Abhörgeräte entdeckt worden, doch danach hatte man es offenbar aufgegeben. Außerhalb der Wohnung benutzte er ein Funktelefon, mit dem er für teures Geld auf drei verschiedenen Frequenzen sprechen konnte.

Lemke trug Jeans, Hemd wie Hose. Er war Anfang Fünfzig, schlank und rank und strahlte eine unbändige Energie aus.

Die Wohnung war wunderschön. An den Wänden moderne Gemälde, darunter offenbar ein echter Klimt, der den Ehrenplatz über einem hinreißenden alten Walnußschränkchen einnahm. Von den Fenstern des im obersten Stockwerk gelegenen Wohnzimmers aus konnte man über die Dächer hinweg gerade noch drei Bogen der Hohenzollernbrücke erkennen.

Die Sofas und Sessel waren ausladend und bequem. Lemke war der Besuch offenbar nicht im geringsten peinlich.

»Was ist aus Ihrem Vorgänger geworden?«

Foster zuckte die Achseln. »Der ist jetzt bei einer anderen Abteilung.«

Lemke lachte. »Ins Salzbergwerk verbannt oder was?«

Foster lächelte. »Oder was.« Er schwieg einen Moment. »Ich habe eine Bitte. Könnten Sie mir ein paar Eindrücke zur deutschen Politik geben, so wie sie sich für Sie aus Bonner Sicht darstellt.«

»Jesses. Was wollen Sie denn wissen? Daß gewisse Sozis ihre Geliebten über die Bürokosten abrechnen oder daß manch Schwarzer sich bei der Vergabe von Regierungsaufträgen eine goldene Nase verdient?«

»Handelt es sich um Spitzenpolitiker oder um Fußvolk?«

»Sowohl als auch.« Er lächelte. »Wenn ich aus meiner langjährigen Erfahrung im Umgang mit Politikern etwas gelernt habe, dann das: Trau ihnen nie. Nicht einem. Die lügen wie gedruckt, wenn's um die Macht geht. Lauter scheinheiliges Pack.« Er lachte. »Ein Amerikaner, H. L. Menken war's, hat mal auf den Punkt gebracht, was von den politischen Aussagen von Politikern zu halten ist. Er sagte: ›Es fällt schwer zu glauben, daß ein Mann die Wahrheit spricht, wenn man weiß, daß man an seiner Statt lügen würde.‹« Er zuckte die Achseln. »Lauter Lügner und Scheinheilige, aber nichtsdestotrotz Menschen. Man muß nur immer dran denken, daß sie nicht im Bundestag oder Bundesrat hocken würden, wenn sie ihr Geld auch anderweitig verdienen könnten. Aber die Macht, die hat's ihnen natürlich angetan.«

»Mit welchen Schwierigkeiten hat die Bundesrepublik Ihrer Meinung nach im Augenblick zu kämpfen?«

Lemke runzelte die Stirn, dachte eine Zeitlang nach und sagte dann: »Die haben immer mehr Schiß vor den Gewerkschaften, vor allem vor der IG Metall. Die wiederum fordert kräftige Lohnerhöhungen. Dazu kommt der Ärger mit der Bundesbank, die auf ihre Unabhängigkeit pocht, aber politisch zunehmend unter Druck gerät. Die Bundesbank sagt, mit ihr sei keine inflationäre Politik zu machen – die Politiker schreien auf, weil sie dadurch Stimmen verlieren könnten.« Lemke überlegte. »Was gibt's noch für Sorgen?« Er zuckte die Achseln. »Zu viele ausländische Arbeitnehmer. Die Scheiß-Neonazis natürlich. Nicht die Schlägerhorden, sondern die sogenannten Intellektuellen, die die Judenvernichtung leugnen und behaupten, die Polen hätten die Konzentrationslager erst nach dem Krieg gebaut, sozusagen als Touristenattraktion.«

»Muß man sich wegen der Neonazis wirklich Sorgen machen? Sind das nicht bloß Rabauken, die sich aufspielen, damit sie über die Medien öffentliches Aufsehen erregen können?«

Lemke schüttelte den Kopf. »Nein. Es geht um mehr. Außerdem machen sich ja nicht nur die Deutschen deswegen Sorgen. Die Amerikaner betrifft das genauso. Sämtliche Hetzschriften kommen aus den USA, dazu zigtausend Dollar. Die arbeiten international – darum geht es ja. Ob in Frankreich, Italien, Belgien, den Niederlanden oder in Großbritannien – sie sind überall, stänkern und hetzen und warten auf ihre Stunde. Falls sich in der DDR jemals das Volk erheben sollte, wird diese Mistbande aufmarschieren und Öl ins Feuer gießen. Denn eines dürfen Sie nie vergessen: ›Ausländer raus‹ heißt zunächst mal ›Russen raus‹.«

»Werden sie von den westdeutschen Nachrichtendiensten ernst genommen.«

»Aber sicher. Der BND hat eine eigene Abteilung, die sich mit nichts anderem befaßt.«

»Sie haben von einer möglichen Volkserhebung in der DDR gesprochen. Halten Sie das für möglich?«

»Unterschwellig brodelt es dort schon seit zwei, drei Jahren. Ich würde sagen, allmählich kocht es über.«

»Wie würde man sich in Bonn verhalten, wenn es im anderen Teil Deutschlands zu einem Volksaufstand käme?«

Lemke grinste. »Verraten Sie mir erst mal, wie Ihre Leute sich verhalten würden, wenn es zu einem Aufstand käme.«

»Der Staatssicherheitsdienst würde selbstverständlich Honeckers Befehlen Folge leisten.«

»Und wie würden Honeckers Befehle lauten?«

»Unserer Meinung nach ist er so dumm, daß er uns befehlen könnte, jede Erhebung zu unterdrücken.«

»Der Bundesnachrichtendienst hat aus Moskau unter der Hand einen Hinweis erhalten, daß die Sowjets Honecker nicht in den Arm fallen würden, falls er zu Gewaltmaßnahmen greifen solle ...« – er hielt inne –, »... aber daß man auch die Bundesrepublik gewähren ließe, falls man zum Schutz der Bevölkerung die Grenze überschreiten sollte.«

»Könnte es dazu kommen?«

Lemke seufzte und zuckte die Achseln. »Ich habe einen streng geheimen Lagebericht des BND zu den möglichen Entwicklungen gesehen. Dort meint man, daß Kohl zwar öffentlich drohen, aber keinerlei Schritte unternehmen werde, solange die NATO nicht hinter ihm stehe.« Lemke lächelte. »Der Ruhm juckt ihn schon, aber er hat nicht den Mumm für einen Alleingang.« Er dachte kurz nach. »In dieser BND-Analyse hieß es, Honecker sei durchaus zuzutrauen, daß er mit aller Macht gegen jegliche Störenfriede vorginge.«

»Haben Sie möglicherweise eine Kopie dieses Papiers?«

Lemke musterte ihn, lächelte und sagte dann leise: »Stimmt es, daß im Kreml derzeit gewaltige Machtkämpfe um Gorbatschows Nachfolge stattfinden?«

»Ja.«

»Wird es möglicherweise zu einem Putsch kommen?«

»Durchaus möglich.«

»Durch die Rote Armee oder von seiten der Partei?«

»Weder noch.«

Lemke schaute ihn an, überrascht und interessiert zugleich. »Weder noch?«

»Es wird noch eine Weile dauern. Aber es gibt einflußreiche Kräfte, die der Meinung sind, daß Gorbatschow nicht mehr Herr der Lage ist, weder politisch noch wirtschaftlich. Er kennt sich mit dem Apparat nicht aus. Unter der *Perestroika* geht es den Menschen schlechter als unter dem alten Regime.«

»Und was ließe sich dagegen tun?«

Foster mußte daran denken, was Serow gesagt hatte. »Nichts, solange die Kommunistische Partei in der Sowjetunion nicht verboten wird.«

Lemke lachte lauthals los, schlug sich auf die Schenkel. »Meine Güte, welch ein Gedanke. Darauf muß man erst mal kommen. Nie und nimmer werden wir das erleben. Wenn die darauf warten, hat's Gorbie schon geschafft.«

Lemke wandte sich Foster zu, musterte ihn eine Zeitlang schweigend und sagte dann: »Sie kommen mir irgendwie komisch vor, mein Bester. Irgendwas paßt nicht.« Er zögerte kurz. »Sie sind nicht bei der Stasi, stimmt's? Mir sind noch nie Stasi-Leute untergekommen, die zwei klare Gedanken fassen konnten. Wer oder was sind Sie?«

Foster schüttelte den Kopf. »Spielt das eine Rolle?«

Lemke ließ sich nicht beirren. »Wenn Sie nicht von der Stasi sind, müssen Sie einer der Unsrigen sein, vom BND. Oder vom KGB. Geben Sie mir einen Tip?«

Foster lächelte. »Ich könnte ja auch bei der CIA sein.«

»Nein. Ich kenne sämtliche Jungs von der CIA, die in Westdeutschland eingesetzt sind. Die würden niemals so verlottert rumlaufen wie Sie. Außerdem hätten die Levis-Jeans an, nicht so 'nen Ramsch wie Sie.«

Foster stand auf. »Vielen Dank für Ihre Mühe. Und das Gespräch. Ich hoffe, ich konnte Ihnen etwas nützlich sein.«

»Ganz gewiß, mein Bester, ganz gewiß. Mehr, als Sie meinen.« Als er Foster zur Tür brachte, sagte er: »Schauen Sie bei Gelegenheit mal wieder vorbei. Ich steh' auf Moskauer Klatsch. Er verkauft sich bestens – auch wenn kein Wort davon wahr ist.«

Müller wandte sich an den Mann, der an seinem Küchentisch saß. Er hob die Dose. »Kaffee Haag. Ist Ihnen das recht?« Der Mann nickte, zog seine Jacke aus und hängte sie über die Stuhllehne.

Als Müller ihm eine Tasse Kaffee reichte, sagte der andere Mann, ein gewisser Jost: »Er hat den Kerl zwischen hier und Düsseldorf verloren. Er hat sich eine Fahrkarte nach Düsseldorf gekauft, und er hat ihn nirgendwo aussteigen sehen. Offenbar ist er irgendwo umgestiegen. Jedenfalls war er in Düsseldorf nicht mehr im Zug.«

»Wie viele Leute waren auf ihn angesetzt?«

»Nur dieser Mann.«

»Das war ein Fehler.«

»Der eigentliche Fehler an der Sache war, daß der Typ offensichtlich davon ausging, daß er beschattet wird, und die entsprechenden Vorkehrungen getroffen hat.«

»Was ist mit Lena? Wenn er Ihren Mann entdeckt hat, könnte sie in Gefahr schweben.«

»Wollen Sie sie rüberholen?«

»Ja. Und ihre Mutter ebenfalls.«

»Überlassen Sie das mir. Wir holen Sie in den nächsten zwei, drei Tagen rüber.« Er seufzte. »Ich weiß, daß es Sie nervt, aber ich möchte dieses Gespräch, das Sie mit ihm geführt haben, noch mal Wort für Wort durchgehen.«

Sie hatten diese Begegnung schon mehrere Male durchgehechelt, und Müller hatte bestätigt, daß es sich bei dem Mann, den der Beschatter fotografiert hatte, um Schultz handelte.

Als Jost sich zum Gehen wandte, fragte Müller: »Wieso interessiert man sich in Pullach so für diesen Typ?«

»Nun ja, zunächst mal ist er nicht die übliche Stasi-Type. Außerdem geht es ihm um andere Erkenntnisse, auf einer viel höheren Ebene. Nicht um den Mist, den die Jungs normalerweise wissen wollen. Der will Hintergründe erfahren. Pläne, Meinungen, Absichten. Das ist ein anderes Kaliber. Außerdem paßt er nicht ins Bild. Man will mehr über ihn herausfinden.«

26. KAPITEL

Nachdem der Führer ihn verlassen hatte, blieb Foster im Schutz der Bäume am Waldrand stehen. Es war Ende Juni, ein typischer Sommerabend. Die untergehende Sonne warf lange Schatten über den Grenzstreifen, doch auf der anderen Seite rührte sich nichts. Nur ein gelegentliches Aufblinken, wenn sich das Licht in den Feldstechern auf dem Wachturm spiegelte. Es würde noch mindestens eine halbe Stunde dauern, bis ihn der Grenzposten von drüben holte. Hartmann würde im Wagen auf ihn warten. Vermutlich stand er bereits auf dem holprigen Waldweg zwischen den Kiefern und dem Brombeergestrüpp. Noch zwei Monate, dann konnten die Grenzposten die reifen Beeren pflücken und in ihren blechernen Eßgeschirren nach Hause tragen.

Es war ein komisches Gefühl gewesen, wieder auf der anderen Seite der Grenze zu sein. Die lebhaften, aufgekratzten Menschen, das phantastische Angebot an Nahrungsmitteln, die Lxusmöbel, die teure Kleidung, dazu das ganze wunderbare elektronische Spielzeug, Videorecorder, Breitbild-Fernsehgeräte und Stereoanlagen mit allen Schikanen. Im Osten hatte er sich außer Zeitungen und Illustrierten so gut wie nichts gekauft. Erstens gab es wenig, und zweitens waren die vorhandenen Artikel so minderwertig, daß sich der Kauf nicht lohnte. Selbst das bißchen Geld, das die Leute verdienten, war mangels Angebot wertlos. Er steckte die Hand in die Jackentasche und befühlte das in knisterndes Papier gewickelte Päckchen. Er hatte im Westen nur zwei Sachen gekauft, und beide waren für Gala. Einen echten Hermès-Schal und ein Fläschchen Chanel No. 5. Nicht besonders einfallsreich, aber beides der Inbegriff der Weiblichkeit – eher eine Huldigung als ein Geschenk. Die Gespräche mit ihr hatten ihm gefehlt, diese Mischung aus liebenswürdigen Frotzeleien und scharfsinnigen Bemerkungen. Unter anderen Umständen hätten sie gut zusammengepaßt, doch in dieser Ungewißheit, in der er jetzt lebte, kam ihm selbst eine echte Beziehung seltsam unwirklich vor.

Er fragte sich, während er dastand und wartete, wie das Ganze wohl ausgehen würde. Der Schritt, den er aus Ärger und Unwillen getan hatte, hatte ihn weit über das Ziel hinausgetragen. Und das nur, weil er keinerlei Gedanken darauf verschwendet hatte, wie er sich weiter verhalten wollte, wenn er den Preis für die Freilassung der Kuriere bezahlt hätte. Selbst wenn er sich nicht von Hartmann, Serow und Galas Vater hätte einspannen lassen, müßte er eine Entscheidung über sein künftiges Dasein treffen. Bei der Stasi oder dem KGB zu bleiben – das hatte er sich nicht einmal annähernd vorgestellt. Er hatte den Checkpoint Charlie nicht als seinen persönlichen Rubicon betrachtet, aber früher oder später mußte er sich überlegen, was er weiter zu tun gedachte. Dann sah er jenseits des Zauns ein Licht aufblinken.

Nicht Hartmann erwartet ihn, sondern Gala. Sie schlang ihm die Arme um die Schulter und gab ihm einen Kuß. Er reichte ihr das Päckchen, und sie wickelte es vorsichtig aus, betrachtete den Schal und die weiß-goldene Schachtel mit dem Parfüm. Sie schaute sie so lange an, daß er sich fragte, ob sie enttäuscht sei. Dann blickte sie zu ihm auf, und er sah, daß sie Tränen in den Augen hatte. Als er wissen wollte, was los sei, schüttelte sie nur den Kopf und wischte sich die Augen. Auf halber Strecke nach Berlin fuhr sie an den Straßenrand, stellte den Motor ab und wandte sich ihm zu.

»Wie bist du zurechtgekommen?«

»Es war nützlich.«

»Ich darf gar nicht dran denken, daß du zusätzliche Risiken eingehst, nur um diese Sachen für mich zu kaufen.«

Er lächelte. »Das war nicht riskant, meine Liebe. Du mußt bedenken, daß ich da drüben eher zu Hause bin als hier.«

Sie schaute ihn eine ganze Weile an, küßte ihn zärtlich und ließ den Motor wieder an.

Sie fuhren zu Hartmanns Haus, wo die beiden Männer die ganze Nacht hindurch über die Unterredungen mit Müller und Lemke sprachen. Als Foster aufbrach, sagte Hartmann: »Sie haben recht, alle beide. Es wird großen Ärger geben hier bei uns. Nur Honecker, dieser Narr, will es nicht glauben.«

Er hatte erst zwei Stunden geschlafen, als er von dem Telefon geweckt wurde, das eigens für Malins' Anrufe reserviert war. Die Nachricht war nur kurz. »Wir haben Schwierigkeiten mit Ihrem Fahrzeug. Sie sollten lieber so bald wie möglich vorbeikommen.« Dann legte Malins auf.

Zwei Stunden später war Foster bei der Werkstatt. Malins erwartete ihn in dem hinteren Büro.

»Die halten Ausschau nach Ihnen, mein Junge.«

»Wer hält Ausschau nach mir?«

»Der SIS Berlin. Schon mal von einem gewissen Tarrant gehört?«

Foster schüttelte den Kopf. »Nein. Ist er beim MI-5 oder beim SIS?«

»SIS. Wurde aus London geschickt.«

»Woher wissen Sie das?«

»Er redet mit jedem, der Sie gekannt hat. Ist bei mir vorbeigekommen.«

»Was wollte er?«

»Nur mal vorfühlen. Was für ein Typ Sie sind. Wieso Sie abgehauen sind. Wohin Sie gegangen sein könnten.«

»Wohin meinen die denn?«

»Die sind ziemlich sicher, daß Sie über die Grenze sind.«

»Hat er gesagt, weshalb man sich plötzlich für mich interessiert?«

»Er hat nichts rausgelassen, aber ich habe rumgefragt, und meiner Meinung nach wollen die Verbindung mit Ihnen aufnehmen.« Er zuckte die Achseln. »Vielleicht wollen Sie 'nen Deal machen.«

»Was hat Tarrant gemacht, bevor er nach Berlin kam?«

»Keine Ahnung.«

»Wie ist er?«

»Etwa so alt wie Sie. Äußerlich sanft und ruhig, aber ich behaupte, darunter verbirgt sich ein knallharter Hund. Sein alter Herr war ebenfalls im Gewerbe.«

»Können Sie mehr über ihn herausfinden?«

»Zum Beispiel?«

»Wo er sich aufhält. Warum man mich sucht.«

»Mal sehen, was sich tun läßt.«

Als er wieder nach Hause kam, erwartete ihn eine Nachricht. Er solle so schnell wie möglich zu Hartmann kommen.

Hartmann wirkte besorgt, als er Foster eine Tasse Kaffee reichte.

»Ich habe eine unerfreuliche Nachricht, Genosse. Jemand hält Ausschau nach Ihnen.«

»Habe ich auch gehört. Malins hat es mir gerade gesagt. Was haben Sie erfahren?«

»Jemand, wir kennen seinen Namen nicht, hat versucht, Uschi Bayer aufzuspüren. Hat ihre Freundin gefragt, wo sie sei. Wollte ihre Adresse erfahren.« Er schwieg einen Moment. »Wir haben eine bestimmte Quelle ausgeschaltet, aber anscheinend weiß der Kerl, daß sie mit einem Sowjet verheiratet ist, der für das KGB arbeitet. Soweit wir wissen, ist das alles, was er erfahren hat. Aber er schnüffelt nach wie vor herum.«

»Woher wissen wir das?«

»Eine Frau, die in der Nähe der Universität eine Pension für Studentinnen leitet, ist Stasi-Informantin. Sie sagte uns Bescheid, und wir haben Uschis Freundin beobachten lassen. Der SIS-Mann setzt sie für Nachforschungen ein. Uschi hat sich auf unsere Veranlassung hin mit ihr getroffen. Sie meint, sie sei das Mädchen losgeworden, aber der Kerl wird sich dadurch nicht abschütteln lassen. Der wird sich weiter umgucken.«

»Warum, glauben Sie, hält er Ausschau nach mir?«

»Es gibt nur zwei Gründe.«

»Und zwar?«

»Möglicherweise will man Sie umdrehen. Als Doppelagenten einsetzen.«

»Oder?«

»Oder man will Sie einfach schnappen. Zurückholen und vor Gericht stellen.«

Foster lächelte. »Ich bedanke mich für das Taktgefühl.«

»Wieso?«

»Weil Sie nicht ausgesprochen haben, daß die mich vielleicht auch einfach nur umlegen wollen.«

Hartmann schüttelte den Kopf. »Nein. Wenn sie das vorhätten, hätten sie jemanden von hier genommen. Bedenken Sie doch nur das Risiko dabei. Wenn wir diesen Kerl mit einer Waffe erwischen, würden wir ihn vor Gericht stellen, und es käme zu einem weltweiten Skandal. Stellen Sie sich die Schlagzeilen vor ...« – er fuchtelte mit den Händen herum ... »Geheimagent mit Mordauftrag an Kollegen in den Osten geschickt.« Er lächelte. »Nein. Die würden einen Einheimischen nehmen. Vermutlich einen dieser Neonazi-Rüpel, über die wir uns unterhalten haben.«

Hartmann stand auf, reckte die Arme und wandte sich dann wieder an Foster. »Wann gedenken Sie eigentlich unserer kleinen Gala nachzugeben?«

Foster wirkte überrascht. »Ich verstehe nicht recht.«

»Sie wollen mich veräppeln.«

»Keineswegs.«

»Sie mimen den Unnahbaren, stimmt's? Das brauchen Sie nicht – sie ist verrückt nach Ihnen.«

»Glaube ich nicht. Sie müssen sich irren.«

»Warum, glauben Sie, hat Gala Sie dann an der Grenze in Empfang genommen und nicht ich?«

»Ich habe angenommen, Sie wären zu beschäftigt, um selbst zu kommen.«

Hartman beugte sich vor und schaute ihn mit ernster Miene an. »Sie liebt Sie, mein Freund. Für alle anderen ist das offensichtlich. Selbstverständlich – müssen Sie darauf nicht eingehen. Es liegt bei Ihnen.«

»Weiß sie, daß Sie mir das sagen?«

»Natürlich nicht. Und vergessen Sie es bitte. Ich hätte es gar nicht ansprechen sollen, aber ich dachte, Sie seien vielleicht etwas außer Form. Wegen der Umstände. Dieses stupide Leben, das wir führen.« Er stand auf. »Sie ist ein nettes Mädchen, seien Sie also lieb zu ihr, behandeln Sie sie anständig.« Er lächelte. »Aber das muß ich Ihnen wohl nicht eigens sagen.« Er seufzte. »Wären Sie auch zu uns gekommen, wenn Sie gewußt hätten, zu welch einem seltsamen Dasein das führt? Als Leben mag man es ja kaum bezeichnen.«

»Wer weiß? Ich hab's getan – also sollte ich jetzt lieber meine Lehre daraus ziehen.«

»Und welche Lehre ist das?«

Foster zuckte die Achseln. »Weiß der Himmel.« Er grinste. »Vielleicht sollte ich sagen, es ist schön, daß einen jemand mag.« Er seufzte. »Gala soll mir dieses Mädchen bringen, mit dem der Typ gesprochen hat. Sie wird zwar nicht viel wissen, aber vielleicht ergibt sich aus ihren Gesprächen mit ihm irgendein Hinweis.«

Gala stand da und wartete, daß er etwas sagte, während er sich in dem Zimmer umblickte. Dann drehte er sich zu ihr zum und schüttelte langsam den Kopf. »Es ist zu groß, meine Liebe. Sie wird wie erschlagen sein. Es ist ja kein Verhör – es soll höflich und freundlich ablaufen. Keinerlei Förmlichkeit. Nur wir drei. Du, die Kleine und ich.« Er schwieg einen Moment. »Einverstanden?«

Sie lächelte, ohne auf die Frage einzugehen. »Ich bringe sie in etwa einer Stunde her. Ist das recht?«

»Bestens. Nur keine Eile. Und sag Frau Schmidt, sie soll uns Tee und belegte Brote bringen, sobald du wieder zurück bist.«

Sie war blutjung und ausgesprochen hübsch. Und sie versuchte ihre Nervosität zu verbergen. Er plauderte mit ihr über das Studium an der Humboldt-Universität, bis der Tee auf dem Couchtisch serviert wurde und Gala sich zu dem Mädchen auf das Sofa setzte.

»Ich habe Ingrid gesagt, daß du dich mit ihr über den Engländer unterhalten möchtest.« Sie wandte sich an das Mädchen. »Ist das in Ordnung, Ingrid?«

»Ja. Aber ich bin mir nicht sicher, ob er Engländer war. Er hat gelegentlich angedeutet, daß er Kanadier sei.«

»Sind Sie sicher, daß er kein Deutscher war?«

Sie runzelte die Stirn. »Er konnte fließend Deutsch, aber es klang ein bißchen altmodisch.« Sie lächelte. »Manche neumodischen Ausdrücke hat er nicht verstanden.«

»Wie wirkte er äußerlich? Wie hat er ausgesehen?«

»Er war ganz attraktiv. Ein bißchen so ähnlich wie der Filmstar, der in *Butch Cassidy und Sundance Kid* mitgespielt hat.«

»Meinen Sie Paul Newman?« mischte Gala sich ein.

»Ja. Aber er hatte rote Haare. Er dürfte etwa in Ihrem Alter sein, hat die gleiche Statur.« Lächelnd schaute sie zu Foster. »Wenn ich's mir recht überlege, hat er sogar genauso ausgesehen wie Sie, ganz genau.«

Foster sah Galas breites Lächeln, ließ sich aber nicht darauf ein. »Was hat er von Ihnen gewollt?«

»Er wollte über Uschi Bayer Bescheid wissen. Was aus ihr geworden sei und wo sie wohnt. Ich habe ihm erzählt, daß sie von der Stasi wegen Spionage verhaftet worden sei. Er wollte, daß ich mich nach ihr erkundige, und dabei habe ich erfahren, daß sie angeblich freigelassen worden ist und daß man sie aus einem Mietshaus hat kommen sehen, in dem lauter Russen wohnen. Angeblich soll sie einen KGB-Mann geheiratet haben. Folglich habe ich das Haus beobachtet, in dem sie wohnen soll, und ich habe sie mit einem jungen Mann in KGB-Uniform gesehen. Ich habe sie aber nur einmal gesehen.«

»Wann treffen Sie sich wieder mit dem Engländer?«

»Weiß ich nicht. Er hat gesagt, er müßte zwei Wochen nach Hause fahren.«

»Wohin genau?«

Lächelnd schüttelte sie den Kopf. »Hat er nicht gesagt.«

»Bekommen Sie von ihm Geld für Ihre Dienste?«

»Nein, aber er hat durchblicken lassen, daß er mich nach Westberlin bringen kann, wenn ich ihm weiter helfe.«

»Möchten Sie das denn?«

Sie antwortete nicht, offensichtlich aus Angst. Schließlich schaltete Gala sich ein. »Natürlich, jeder möchte das.« Sie lächelte. »Mich eingeschlossen.«

Foster reichte dem Mädchen ein Foto. Es zeigte eine kleine Gruppe Menschen, die auf einer Kirchentreppe standen. »War das der Mann?«

Sie schaute das Bild an und wandte sich wieder ihm zu. »Ja, das ist der Mann, und das ist Uschi. Die anderen kenne ich nicht.«

»Sagen Sie mir umgehend Bescheid, wenn sich der Engländer wieder bei Ihnen meldet?«

»Bekommt Uschi dadurch Schwierigkeiten?«

»Nein. Das verspreche ich Ihnen.«

»Und der Engländer?«

»Ich möchte ihn nur kennenlernen und mit ihm sprechen.«

»Wird man ihn verhaften?«

»Ich glaube nicht.«

»Er ist nett. Ich möchte nicht, daß ihm irgend etwas zustößt. Durch die Stasi oder dergleichen.«

»Wo treffen Sie sich mit ihm?«

»Im *Arkaden-Café* an der Französischen Straße.«

»Nun, danke für Ihre Hilfe. Und vergessen Sie nicht, mir Bescheid zu sagen, wenn sich der Engländer wieder meldet.«

Als das Mädchen weg war, sagte Foster: »Ich werde Hartmann bitten, daß er einen Greiftrupp in dem Café postiert.«

»Willst du den Mann verhaften lassen?«

Foster zuckte die Achseln. »Hängt von Hartmann ab. Wenn ja, würden die Briten einen Höllenspektakel machen.«

Gala lächelte und zuckte die Achseln. »Ich glaube nicht, daß Hartmann sich viel daraus machen würde.«

»Könnte ein Fehler sein. Man sollte das bedenken.«

27. KAPITEL

Als Johnny Tarrant in Gatwick landete, wurde er von Tony Martin an der Absperrung erwartet. Tarrant war nicht nach langem Vorgeplänkel zumute. Er gab Tony Martin die Hand und sagte: »Worum geht es, Tony?«

»Trinken wir einen Kaffee, dann erzähl' ich's dir.«

Tarrant konnte seine Ungeduld kaum verhehlen, während die Bedienung das von den vorherigen Gästen hinterlassene Chaos beseitigte und den Tisch abwischte. Kaum war sie gegangen, sagte er: »Was geht hier vor? Und warum konntest du es mir nicht am Telefon sagen? Und warum mußtest du unbedingt meinen alten Herrn hineinziehen?«

»Ich habe deinen Vater nur um seine Meinung bitten wollen, ob ich mich mit dir in Verbindung setzen soll. Er sagte ja.«

»Es geht um Jenny, nicht wahr?«

»Ja.«

»Schwierigkeiten?«

»Nicht so, wie du meinst. Sie hat dir in den letzten zwei Monaten ein paar Briefe geschrieben. Hat sie zu deinem Vater geschickt. Ich nehme an, er hat sie dir nachgesandt. Ja?«

»Ja.«

»Darf ich fragen, was sie geschrieben hat?«

Tarrant zuckte die Achseln. »Es waren immer nur zwei Seiten. Ganz einfache Briefe, wie man sie seinen Eltern aus dem Internat schreibt. Was im Fernsehen kam. Der Ausblick aus ihrem Zimmer. Die Tauben auf dem Fenstersims. Daß sie hofft, mir ginge es gut. Etwa in der Art.«

»Hast du geantwortet?«

»Ich habe ihr eine Ansichtskarte geschickt – ein Gemälde, Stadtansicht von Paris. Nur ein paar Zeilen. Daß ich hoffe, es ginge ihr gut und sie sich wieder einigermaßen gefangen habe.«

Tony Martin schob das Salzfaß und den Pfefferstreuer herum, dann blickte er wieder zu Tarrant. »Sie ist sehr krank, Johnny. Ich bin mit meiner Weisheit am Ende.«

»Wie krank?«

»Ich glaube, sie stirbt.«

»An was?«

»Sie hat einfach jeden Lebensmut verloren. Sie wohnt immer noch bei meiner Sekretärin. Nach wie vor in diesem Zimmer. Sie ist kein einziges Mal ausgegangen. Sitzt nur vor dem Fernseher und liest rührselige Liebesromane – und redet von dir. Klingt, als wärst du eine Mischung aus Clint Eastwood und Mutter Teresa. Es ist wie eine Zwangsvorstellung. Ein mir bekannter Psychiater hat ein paarmal mit ihr gesprochen. Er sagt, sie hat einen riesengroßen Schuldkomplex. Der praktische Arzt, der sie behandelt, sagt, die Schulmedizin könne ihr nicht helfen. Es sagt, es sei wie mit den jungen Mädchen, die nichts mehr essen wollen – den Magersüchtigen. Sie verfällt einfach.« Er zuckte die Achseln. »Manche sagen, es sei eine Art Schuldgefühl. Aber etwas Genaues weiß keiner.« Er schwieg einen Moment. »Ich ziehe dich da nur ungern hinein – aber würdest du vielleicht helfen?«

»Wie?«

»Würdest du sie besuchen und – falls es du es über dich bringst – so tun, als bedeute sie dir etwas und als ob ihr künftig vielleicht wieder zusammenleben könntet?«

»Hast du meinem alten Herrn gesagt, was dir vorschwebt?«

»Ja. Er hat sie vor etwa drei Wochen besucht. Mavis, meine Sekretärin, war dabei. Sie hat gesagt, er habe Tränen in den Augen gehabt, als sie ihn zur Tür brachte. Ich habe ihn gebeten, diesbezüglich auf dich einzuwirken, aber er hat sich geweigert. Sagte, du hättest schon genug durchgemacht. Aber er hatte nichts dagegen, daß ich mich mit dir in Verbindung setze.«

»Ich habe vier Tage frei, mehr nicht. Ich stecke mitten in einem Einsatz. Ich muß wieder nach Berlin. Gib mir Bedenkzeit. Etwa eine Stunde. Kannst du so lange warten?«

»Natürlich. Treffen wir uns in einer Stunde an der Bar im *Airport Hilton.*«

Als Tony Martin weg war, holte Tarrant sich noch einen Kaffee und ein Chicken-Sandwich und setzte sich wieder an den gleichen Tisch. Während er aß, betrachtete er die Menschen ringsum. Aufgeregte Kinder, die mit ihren Eltern eine Woche nach Albufeira flogen. Junge

Frauen, die ihre schlafenden Babys im Arm wiegten. Geschäftsleute mit Samsonite-Koffern, die irgendwelche Papiere studierten oder auf ihre Laptops einhackten. Mit Ringen behängte Inder und Pakistani im Sonntagsstaat, die für zwei Wochen in die Heimat reisten. Junge Pärchen mit Rucksäcken, die per Interrail Europa bereisen wollten. Sieben oder acht Länder in drei Wochen. Sie wirkten alle so von sich überzeugt. Waren eins mit sich und der Welt. Und aus irgendeinem Grund fielen ihm ein paar Zeilen aus einem Gedicht ein: »Ach, was kann dich quälen, Ritter im Harnisch, daß du allein und bleich umherschweifst?« Er wußte nicht mehr, von wem sie stammten, vermutete aber, daß es entweder Keats oder Wordsworth sein mußte. Flughäfen waren für ihn immer nur Zwischenstationen gewesen, während er sich in Gedanken bereits mit dem Bestimmungsort und der Aufgabe auseinandersetzte, die ihn dort erwartete. Das Treiben ringsum hatte er nie wahrgenommen.

Er mußte daran denken, wie er Jenny kennengelernt hatte. All diese jämmerlichen Lügengeschichten über ihre Vergangenheit, die er nie angezweifelt hatte. Verrückt, daß ausgerechnet er, ein Profi, der aufgrund seiner Ausbildung niemandem traute, sich so leicht hatte blenden lassen. Aber er konnte sich auch noch an seinen allerersten Lehrgang erinnern, als die Ausbilder mit allem Nachdruck darauf hingewiesen hatten, daß man all das, was man als Geheimdienstler lernte, niemals im Privatleben anwenden sollte. Tarnung, Fallen und Hinterhalte hätten dort nichts verloren. Wenn Sie das tun, sind Sie Ihre Frau oder Freundin schnell los. Außerdem war sie so hübsch gewesen und so lebendig, und das hatte ihm genügt. Ein Narr war er gewesen. Aber er war nicht schuldlos. Er war so häufig unterwegs gewesen und hatte stets ein Geheimnis daraus gemacht, wo er gewesen war und was er dort getrieben hatte. Ein Paar Modeschmuckohrringe aus dem Duty-Free-Shop waren dafür keine Entschädigung. Sie war eifersüchtig und argwöhnisch gewesen und ohne Zweifel auch einsam. Viel zu sehr auf andere Menschen angewiesen, als daß sie einen Ehemann hätte ertragen können, der häufiger fort war als zu Hause. Er hatte ihr andeutungsweise von seiner Arbeit erzählt, aber offensichtlich hatte sie ihm das nicht abgenommen. Sie hatte viel wildere Lügenmärchen zusammengesponnen, und daher war sie davon ausgegangen, daß er lediglich verheimlichen wollte, was für ein zügelloses und ausschweifendes

Leben er führte. Über Suff und Weiber, das hatte sie von klein auf gelernt, schwiegen Männer sich entweder aus oder aber, je nachdem in welcher Gesellschaft sie sich befanden, brüsteten sie sich damit.

Er schaute auf seine Uhr. Noch zwanzig Minuten. Aber er brauchte zehn Minuten, bis er über der Brücke war und die Bar gefunden hatte. Lange würde er sich dort ohnehin nicht aufhalten. Er hatte von Anfang an gewußt, daß er auf Tony Martins Vorschlag eingehen würde. Allein der Gedanke, daß sein Vater wegen Jenny Tränen vergossen hatte, hatte genügt. Trotz des Altersunterschiedes waren sie vom Temperament her einander sehr ähnlich. Er wünschte nur, er hätte den Charme und das Selbstvertrauen, diese Lockerheit, die sein Vater im Umgang mit anderen Menschen zeigte. Er würde mit ihr essen gehen und hinterher vielleicht ins Theater, in eines der Musicals, *Cats* oder das *Phantom der Oper.*

Tony Martin begleitete ihn im Taxi zum Special Forces Club und wartete dort, während er sich ein Zimmer geben ließ und seine Reisetasche deponierte. Martin rief unterdessen seine Sekretärin an und bat sie, Jenny darauf vorzubereiten, daß sie in etwa einer Stunde Besuch bekommen werde. Als Tarrant erklärte, daß er Theaterkarten habe reservieren lassen, schaute Martin ihn nur an und sagte: »Sie kann nicht mit dir ausgehen, Johnny. Sie zieht sich seit Ewigkeiten kaum mehr richtig an. Rede einfach eine halbe Stunde mit ihr. Das reicht für heute.«

Er blieb über eine Stunde, und als sie sichtlich erschöpft war, brachte er sie zu Bett, versprach ihr, am nächsten Tag wiederzukommen, und stieg über die schmale Treppe hinab zur Haustür – und er war froh, daß Tony Martin nach nur zehn Minuten gegangen war. Er spazierte hinunter zum Embankment, lehnte sich ans Geländer und blickte hinüber zu den Lichtern auf der anderen Seite der Themse. Er war hin- und hergerissen, wünschte sich einerseits, er wäre nicht hierhergekommen, war aber andererseits froh, daß er sie anscheinend hatte trösten können.

Er war erschrocken, als er sie gesehen hatte. Sie hatte sich eigens für ihn angezogen. Doch der schwarze Pulli und der Rock konnten die ausgemergelte Gestalt nicht kaschieren. Ebensowenig wie Lippenstift und Lidschatten das schmale, verhärmte Gesicht. Sie sah aus wie die

Menschen auf den Fotos, die man kurz nach der Befreiung der Konzentrationslager aufgenommen hatte. Dabei hatte sie sich im Gespräch mit ihm alle Mühe gegeben, war auf seine dämlichen Witze eingegangen und hatte sich die ganze Zeit an seine Hand geklammert wie an eine Rettungsleine. Es gab nur zwei Möglichkeiten. Entweder er ließ sich am nächsten Tag ein paar Stunden bei ihr blicken und verschwand dann auf Nimmerwiedersehen, oder aber er versuchte allen Ernstes, sie wieder ins Leben zurückzuholen. Und das mit einem Mädchen, das einst Seidenkleider mit leuchtenden Rosen getragen hatte, barfuß durch den Sand an der Algarve gelaufen war, sich vor dem Einschlafen Gedichte von Palgrave hatte vorlesen lassen. Ein Mädchen, dessen Lieblingsplatte die Filmmusik der Shadows zu *The Deer Hunter* gewesen war – *Die durch die Hölle gehen.* Ein Mädchen, das sich nach ihm sehnte, wenn er nicht da war. Aber sie hatte ihn auch vor Gericht geschleift und ein wüstes Gemisch aus Lügen und Unterstellungen aufgetischt.

Er sah ein freies Taxi am Embankment entlangfahren und hielt es an. Der Nachtportier ließ ihn in den Club ein, notierte sich, wann er geweckt werden wolle und daß man ihm die *Daily News* bringen solle. Berlin schien weit weg zu sein.

Am nächsten Morgen rief er seinen Vater an und fragte ihn, ob er sie ein paar Tage lang auf die Farm mitbringen dürfe.

»Na klar. Du bist hier zu Hause, mein Junge.« Er schwieg einen Moment. »Bist du sicher, daß du das auch wirklich willst?«

»Nein. Aber ich habe das Gefühl, daß ich vielleicht helfen sollte.«

»Na schön. Aber denk an eins: Du kannst gern den guten Samariter geben, aber versuche nicht Gott zu spielen. Das klappt niemals.«

»Was soll das heißen?«

»Woran Jenny leidet, das hat man ihr vor langer Zeit angetan. Lange bevor du auf der Bildfläche erschienen bist. Geh einfach vorsichtig mit ihr um – um ihretwillen wie auch deinetwegen.«

Sein Vater war zu Jenny so reizend und unbekümmert gewesen wie eh und je, und sie hatte die zwei Tage auf dem Land und die Gesellschaft der beiden Männer sichtlich genossen. Als er sie zu der Wohnung zurückbrachte, hatte er das Gefühl, er habe einen wichtigen Beitrag zu ihrer Genesung geleistet. Sie hatten nicht darüber gesprochen, daß sie eventuell wieder zusammenkommen könnten. Ebensowenig hatte er mit ihr geschlafen, doch er hatte ihr klargemacht, daß sie einander auch künftig freundschaftlich und in Liebe verbunden bleiben würden, und das schien ihr zu genügen und ihr neuen Mut zu geben.

Sein Vater fuhr ihn nach Gatwick und wartete, bis sein Flug aufgerufen wurde. Als sie sich am Flugsteig die Hand gaben, sagte Tarrant: »Vielen Dank für die Unterstützung.«

»Ich bin dein Vater, Johnny. Dazu bin ich schließlich da. Aber denk dran, was ich gesagt habe – spiel den guten Samariter, aber versuche keine Wunder zu bewirken. Wenn jemand im Wasser treibt, bleibt man am Ufer, reicht ihm die Hand und zieht ihn raus. Aber man springt nicht hinterher.«

Er lächelte. »Ich werd's mir merken.«

Peter Waring erwartete ihn am Flughafen Tegel, nahm seine Tasche und dirigierte ihn zur Cafeteria. Als sie Platz genommen hatten, sagte Waring: »Der BND hat sich mit London in Verbindung gesetzt und nachgefragt, was Sie dort vorhaben.«

»An wen haben die sich gewandt?«

»Sie haben's mit Slaney versucht, aber der hat sie an Powell verwiesen.«

»Was hat der ihnen gesagt?«

»Er sagte, Sie würden Nachforschungen über die Zustände in Ostberlin anstellen.« Er lächelte. »Meines Erachtens haben sie ihm das nicht abgenommen. Sie haben sich an mich gewandt, und ich habe ihnen die Wahrheit gesagt – daß Sie für London arbeiten, nicht für mich. Man ließ durchblicken, daß wir von ihnen künftig keinerlei Zusammenarbeit mehr erwarten dürften, solange wir nicht reinen Tisch machen.«

»Bluffen die nur?«

»Nein. Sie sind bereits aus einer gemeinsamen Aktion ausgestiegen. Nichts Lebenswichtiges – wir haben nur Unterlagen über heimliche Grenzübergänge verglichen –, aber trotzdem ein verdammtes Ärgernis.« Langsam rührte er seinen Kaffee um, dann wandte er sich wieder an Tarrant. »Die haben Sie offensichtlich auf dem Kieker – denken Sie also dran.«

»Warum sind die so interessiert?«

Waring zuckte die Achseln. »Vermutlich sind sie ein bißchen eingeschnappt, weil man ihnen nicht Bescheid gesagt hat. Oder sie haben erraten, daß Sie unseren alten Freund suchen.«

»Hat man ihnen mitgeteilt, daß er sich abgeseilt hat?«

»Nur die offizielle Version. Für nachlässig im Dienst befunden und daraufhin die Brocken hingeschmissen. Beim BND ist man seit jeher der Meinung, daß jemand, der so etwas macht, früher oder später zur anderen Seite überläuft.«

28. KAPITEL

Es war ein klassischer Augusttag gewesen. Strahlender Sonnenschein, Admirale und Pfauenaugen, die um die in voller Blüte stehenden Sträucher und Stauden flatterten, und überall der Duft nach frisch gemähtem Gras. Auch jetzt standen die Fenster noch offen, und die Gardinen bauschten sich träge im Abendwind. Hartmann, Serow und Gala tranken Limonade, während Foster Klavier spielte. Sie warteten auf Galas Vater, der zum Abendessen angekündigt war. Er hatte am frühen Abend in Schönefeld landen und sofort zu Hartmanns Haus kommen wollen. Aber es war bereits nach 21 Uhr, und bislang hatte er sich nicht gemeldet.

Serow war etwas gereizt, weil man ihn warten ließ, und um ihn zu besänftigen, spielte Foster all die rührseligen deutschen Schlager, die nach dem Krieg so beliebt gewesen waren.

»Es gab da ein Lied, das ging in etwa so: ›Deinetwegen muß ich manchmal leiden‹ ...« Foster nickte, schlug die Akkorde an und sang die nächste Zeile: »... ›deinetwegen muß das Glück verneinen‹ ...« Er lachte, spielte aber weiter. »Ich weiß nicht mehr, wie der Text weitergeht.«

»Woher kennen Sie eigentlich die ganzen alten Lieder? Sie waren damals doch noch gar nicht auf der Welt.«

»Meine Mutter hat sie immer gesungen. ›Deinetwegen‹ war eines ihrer Lieblingslieder, außerdem noch ›Hörst du mein heimliches Rufen‹.«

Draußen fuhr ein Auto vor, dann wurden Türen zugeschlagen, und ihr lange erwarteter Gast kam hereingestürmt. »Warum sitzt ihr hier alle herum, als wäre nichts geschehen? Ihr habt doch eine Satellitenschüssel, nicht? Warum schaut ihr nicht CNN?«

Lächelnd stand Hartmann auf. »Beruhigen Sie sich, Sergej.« Er hielt kurz inne. »Whisky oder lieber einen Champagner?«

Leonow stand da und blickte von einem zum anderen. »Was für ein Datum ist heute?«

»Der fünfte August«, antwortete Serow.

»Diesen Tag werdet ihr niemals vergessen, meine Freunde«, sagte Leonow leise.

Serow zuckte mit der Schulter. »Was treibt dich um, alter Freund?«

»Habt ihr überhaupt nichts mitbekommen?«

»Kommen Sie. Spannen Sie uns nicht auf die Folter«, sagte Hartmann, als er Leonow ein Glas Champagner reichte.

»Ich komme gerade aus Budapest ...« – er sah sich nach einem freien Sessel um –, »... dort versuchen über eine Viertelmillion DDR-Bürger außer Landes zu kommen. Die bundesdeutsche Botschaft in Budapest ist von Flüchtlingen überlaufen, und alle anderen lagern entlang der ungarisch-österreichischen Grenze. Unmittelbar am Stacheldrahtzaun.« Er nahm einen Schluck, blickte auf sein Glas und schaute dann Hartmann an. »Die Ungarn haben vor, morgen die Grenze zu öffnen und jeden Ausreisewilligen ziehen zu lassen. Überall sind Film- und Fernsehteams aus dem Westen – sie interviewen die Leute, und die üben offene Kritik an Honecker und seinem System. Es ist soweit, meine Freunde. Das ist der Anfang vom Ende. Ich habe erfahren, daß Tausende von Menschen die Botschaften der Bundesrepublik in Warschau und Prag gestürmt haben. Sie sind über die Zäune geklettert, kampieren auf dem Botschaftsgelände. Das Rote Kreuz verpflegt sie. Und alle mit dem gleichen Anliegen – sie wollen raus.« Langsam schüttelte er den Kopf. »Und kein Schwein wird sie aufhalten können.« Er wandte sich an Hartmann. »Haben Sie einen Zerhacker, über den ich in Moskau anrufen kann?«

»Kommen Sie mit.«

Die anderen saßen schweigend da, bis Hartmann zurückkehrte.

»Die Verbindungen nach Moskau sind überlastet. Er will es über Kiew versuchen, aber das wird eine Weile dauern.« Er wandte sich an Serow. »Ich muß ein paar Leute hier in Berlin sprechen, aber fangt ihr doch schon mal mit dem Essen an.« Er lächelte Gala zu. »Du bist die Hausfrau, meine Liebe. Ruf sie zu Tisch. Ich bin sobald wie möglich wieder zurück.«

Da Serow keinen Appetit hatte und lieber allein im Wohnzimmer sitzen wollte, nahm Gala Foster mit in die Küche, wo sie eine Suppe und kaltes Huhn aßen.

»Ich komme mir vor wie als Kind«, sagte sie lächelnd. »Damals wurde ich auch immer zur Köchin in die Küche geschickt, wenn die Eltern sich streiten wollten.«

»Haben sie sich oft gestritten?«

»Ja. Du hast meinen Vater ja erlebt. Eine umheimliche Kreativität und Tatkraft, aber zugleich ist er wie ein Vulkan, der jeden Augenblick ausbrechen kann. Sie haben sich abgöttisch geliebt, sich vielleicht sogar fast zu gut verstanden. Aber wenn ein Außenstehender einen von ihnen kritisiert hat, ist der andere sofort über ihn hergefallen.« Sie stockte. »Ist es wirklich so schlimm, wie Papa sagt?«

»Ja. Und das Schlimmste dabei ist wahrscheinlich, daß niemand vorher gewußt hat, daß es dazu kommen wird. Honeckers Leute hatten offensichtlich keine Ahnung. Die Stasi und das KGB auch nicht. Da war nichts, alles normal. Und dann vom einen Tag zum anderen das hier.«

»Was wird Honecker tun?«

»Das weiß kein Mensch.«

»Hast du Lust, in die Stadt zu fahren? Wir könnten uns bei den westlichen Botschaften umgucken, mal sehen, ob hier in Berlin auch was los ist.«

»Okay. Ich sage Serow Bescheid, daß wir in etwa einer Stunde wieder da sind.« Er lächelte. »Die werden die ganze Nacht lang reden wollen, soviel ist sicher.«

Sie blieben in der Nähe der Ständigen Vertretung der Bundesrepublik stehen und betrachteten das Geschehen. Etwa fünfzig bis sechzig Menschen befanden sich auf dem Gelände – einige saßen oder lagen hinter dem hohen Eisentor im Gras, ein paar andere, hauptsächlich Männer, standen unmittelbar am Zaun und riefen den Volkspolizisten, die den Zugang bewachten, Schimpfworte zu. Das Tor war von außen mit schweren Vorhängeschlössern gesichert, und die Posten hatten den Finger am Abzug ihrer Kalaschnikows und schickten mit grimmiger Miene sämtliche Schaulustigen weg. Wenn einer nicht sofort gehorchte, mußte er seinen Ausweis vorzeigen und wurde aufgeschrieben.

Als sich auf dem Bürgersteig gegenüber der Ständigen Vertretung immer mehr Menschen versammelten, wurden die Wachposten zusehends gereizter. Man sah, wie sie in tragbare Funkgeräte sprachen, und fünf, sechs Minuten später kamen sechs oder sieben Mannschaftswagen die Straße entlanggerast, aus denen weitere Polizisten sprangen. Dann rückte die Staatsmacht gegen die Zuschauermenge vor. Mittlerweile hatten sich mehrere hundert Menschen versammelt. Ein Mann schrie irgend etwas, worauf die Polizisten einen Vorstoß unternahmen, ihn ergriffen, zu einer der Wannen zerrten und hineinstießen. Die Menge begehrte mit weiteren wütenden Rufen dagegen auf, und ehe Foster und Gala sich abwandten, waren mindestens fünfzig Menschen in die Mannschaftswagen verfrachtet worden. Dann wurde ein tragbares Notstromaggregat angeworfen, Kabel wurden gezogen, und ein paar Minuten später wurden zwei Scheinwerfer auf die Zuschauer gerichtet, und ein Mann mit einer großen Videokamera filmte jedes einzelne Gesicht.

Als sie zurück zu Hartmanns Haus fuhren, sagte Foster: »Ist dir aufgefallen, daß sie sich nicht mal zerstreut haben, als sie von den Vopos gefilmt wurden?«

»Die können keine zweihundert Leute verhaften, bloß weil sie dagestanden und geguckt haben.«

»Glaub das mal nicht. Die haben im Jahr dreiundfünfzig auf einen friedlichen Protestzug geschossen. Und damals gab es keine Mauer. Sie haben mindestens zweihundert harmlose, unbewaffnete Bürger umgebracht.« Er wurde lauter. »Um Menschenleben scheren die sich doch einen Dreck. Haben sie noch nie getan. Darum geht's doch überhaupt bei diesem ganzen Kommunismus. Wenn dir jemand nicht paßt, läßt du ihn umbringen. *Du* bringst ihn nicht um. Du *läßt* ihn umbringen. Kapiert?«

Sie wirkte verdutzt. »Das ist das erste Mal, daß ich dich richtig laut und wütend erlebe.«

»Tut mir leid. Ich wollte nicht lospoltern. Aber als ich diese Bullen an der Ständigen Vertretung gesehen habe, da hat's mir gereicht. Leute, denen andere Menschen völlig egal sind – ob sie glücklich sind oder traurig, tot oder lebendig.« Er schüttelte den Kopf. »Sie ekeln mich an.«

»Hast du deswegen Uschi und die anderen herausgeholt?«

Er zuckte die Achseln und sagte leise: »Ich glaube schon.«

Sie seufzte. »Ich nehme an, Hartmann und die anderen warten auf dich.«

Gala hatte recht. Sie saßen vor dem Fernseher und warteten auf ihn.

Serow wandte sich zu ihm um. »Diese Mistkerle stören sämtliche ausländischen Sender.«

Foster sah die breiten weißen Streifen, die über den Bildschirm flimmerten. Sie hatten zunächst CNN empfangen wollen, dann einen der Westberliner Sender, aber alle waren gestört. Gala berichtete, was sie gesehen hatten, aber sie gaben keinen Kommentar ab. Sie zuckte die Achseln, küßte Foster nach russischer Art auf beide Wangen, wandte sich zum Gehen und sagte: »Kommst du mit, oder soll ich den Wagen nehmen?«

Hartmann drehte sich zu Foster um. »Wir müssen reden. Wie wär's mit morgen? Kommen Sie gegen neun vorbei, einverstanden?«

»Okay.«

29. KAPITEL

Einer von Hartmanns Dienstboten brachte Foster zu einem Zimmer im oberen Stock, in dem er noch nie gewesen war. Hartmann, Serow und Leonow saßen um einen runden Tisch, an dem noch ein Platz frei war. Nach dem üblichen einleitenden Geplänkel wandte sich Hartmann an Foster.

»Nur damit Sie auf dem neuesten Stand sind. Ich habe mit General Schumann von der Spionageabwehr der Staatssicherheit gesprochen. Inoffiziell, versteht sich. Aber er teilte mir mit, daß seine Abteilung bereits seit drei Monaten schriftliche Hinweise auf die Entwicklung sowohl an das Ministerium für Staatssicherheit als auch, inoffiziell, an die Verbindungsstelle des KGB weitergeleitet habe. Es habe keinerlei Rückfragen oder Erkundigungen gegeben, von keiner Seite. Und bei inoffiziellen Gesprächen mit Vertretern beider Dienste sei deutlich geworden, daß man ihm nicht glaubte.« Er schwieg und schaute Foster an. »Weshalb lächeln Sie?«

»Weil man in der Stasi-Zentrale nicht glauben wollte, daß es Ärger geben könnte, und das KGB den Hinweisen nicht getraut hat, weil sie von der Stasi kamen.«

Hartmann lächelte spöttisch. »Ich habe mit zwei ranghohen Kollegen von mir in Moskau gesprochen, und dort hat man – das jedenfalls war mein Eindruck – mit so vielen ähnlich gelagerten Problemen zu kämpfen, daß es ihnen völlig egal ist, was hier passiert. Und in einer Hinsicht waren sie absolut eindeutig: Falls Honecker auf sein Volk schießen läßt, wird Moskau ihm keine Rückendeckung geben. Man hat ihn vor Gewaltmaßnahmen gewarnt, und wenn Honecker darüber zu Fall kommen sollte – nun denn, sein Pech. Jedenfalls kann er mit keinerlei – ich wiederhole: keinerlei – Hilfe aus Moskau rechnen.«

Foster nickte. »Und wenn die Bundesrepublik eventuelle Übergriffe als Vorwand nimmt, um über die Grenze vorzustoßen und die Bevölkerung zu schützen? Wie würde man in Moskau darauf reagieren?«

»Alle Anzeichen deuten darauf hin, daß man in Moskau keinen Finger rühren würde.«

»Das darf doch nicht wahr sein. Es wäre das Ende des Warschauer Paktes.«

»Meine Ansprechpartner in Moskau scheinen sich damit abzufinden«, sagte Serow.

»Aber die werden doch alles in ihrer Macht Stehende tun, um es zu verhindern.«

Serow schüttelte den Kopf. »Sie gehen davon aus, daß man in der Sowjetunion alle Hände voll zu tun haben wird, damit nicht auch dort die Volksseele überkocht.«

»Ich kann nur Klatsch und Gerüchte vorweisen«, mischte sich Leonow ein, »aber die Leute, mit denen ich gesprochen habe, sind ganz ähnlicher Meinung. Es sei wie eine ansteckende Krankheit, die sich von heute auf morgen verbreitet habe. Überall. So als sei die ganze Welt durchgedreht. Wenn ich so etwas als Filmidee angeboten hätte, hätte man mich für verrückt erklärt. Und nicht nur in Moskau. In Hollywood ebenso.« Er zuckte die Achseln. »Mit geht's genau wie euch. Ich kann es immer noch nicht glauben. Aber es ist eine Tatsache. Die Ungarn haben ihr Filminstitut dichtgemacht, die Tschechen ebenso. Die Polen haben die Kommunisten bereits bei den Juniwahlen in die Wüste geschickt. Ich habe bei meinen Ansprechpartnern in Los Angeles und Washington vorgefühlt, aber von dort kommt kein Ton. Die kümmern sich lediglich um ihren Baseball und die Tennis-Weltrangliste. Mir kommt das alles so vor, als habe jemand eine Zündschnur angesteckt, die jetzt langsam quer durch Europa brennt. Aber wer hat sie gezündet? Und warum, zum Teufel, hat es niemand bemerkt?«

Daraufhin herrschte zunächst eine Weile Schweigen, dann wandte sich Hartmann an Foster. »Ich glaube, wir sollten jetzt von anderen Denkansätzen ausgehen. Es gibt jetzt dringendere Anliegen.«

Foster runzelte die Stirn. »Zum Beispiel?«

»Wir müssen in der Lage sein, Druck auszuüben, falls dies nötig sein sollte. Auf unseren Computern sind sämtliche Westdeutsche erfaßt, die als Informanten und Zuträger für die Staatssicherheit tätig gewesen sind. Ich kann Ihnen Zugang zu den entsprechenden KGB-Unterlagen beschaffen. Es handelt sich um Amerikaner, Engländer, Franzosen, Leute aus ganz Europa. Politiker, Journalisten, Künstler, lauter Menschen, die einen gewissen Einfluß haben ...« – er zuckte die Achseln –, »… die gleichen Leute, die Sie in den Akten der Staatssicherheit finden.« Er schwieg einen Moment. »Wie lange würden Sie für die Auswertung dieser KGB-Unterlagen brauchen?«

»Handelt es sich um Akten oder um Disketten?«

»Sowohl als auch.«

»Wie viele Disketten liegen vor?«

»Soweit man mir mitgeteilt hat, müßten Sie etwas mehr als hundert Disketten kopieren.«

»Kein Problem. Wenn ich durcharbeite, kann ich das in zwei, drei Tagen schaffen.«

»Es müßte höchstwahrscheinlich nachts geschehen.«

»Okay. Sagen wir vier Nächte.« Er schwieg einen Moment und sagte dann leise: »Wozu will man das Material verwenden?«

Hartmann zuckte die Achseln. »Da gibt es mehrere Möglichkeiten. Man könnte es zum Beispiel als Druckmittel benutzen, damit bestimmte Regierungen keine voreiligen Maßnahmen ergreifen, weil wir sonst gewisse Verstrickungen ihrerseits enthüllen könnten. Und als eine Art Rückversicherung zum Schutze derjenigen, die sich um die Wahrung des Friedens bemüht haben.« Er schaute Foster an. »Und als Waffe gegen eventuelle Tyrannen.«

»Eine Art Erpressung also«, sagte Foster leise.

»Nein«, versetzte Serow. »Als ein Mittel der Diplomatie, wenn alle anderen nicht mehr greifen sollten.«

Foster wandte sich an Hartmann. »Wann können Sie mir diese KGB-Disketten besorgen?«

»Ich kann sie nicht hierherschaffen. Sie müssen sie in der Datenverarbeitungsstelle des Ministeriums für Staatssicherheit kopieren. Aber die dürfen um Gottes willen nicht erfahren, was Sie da kopieren. Ich kann Ihnen heute abend einen Teil der Disketten besorgen, aber ich muß sie bis morgen früh um sechs wieder in Karlshorst abliefern.«

Foster stand auf. »Ich fange im Lauf des Tages schon mal mit dem Stasi-Material an und warte unterdessen auf Ihre Rückmeldung wegen der KGB-Unterlagen.«

Der *Alte Simpel* an der Münchner Türkenstraße war ein Lokal, in dem Menschen aus allen Bevölkerungsschichten verkehrten. Einst Schauplatz scharfzüngiger Kaberettabende, pflegte man dort inzwischen vor allem die Erinnerung an glorreiche Zeiten, als zum Beispiel Lale Anderson, die Sängerin der »Lili Marlen«, dort ein- und ausging.

Klaus Gutmann hatte seine neue Freundin auf ein paar Bier und ein Wiener Schnitzel dort hingeführt. Sie war jung, hübsch und war sowohl von seinem Porsche als auch von seiner Wohnung beeindruckt. Alles deutete daraufhin, daß heute die entscheidende Nacht sein würde. Er hatte durchaus ehrenwerte Absichten – nun ja, einigermaßen ehrenwerte zumindest. Wenn schon, dann wollte er sie mit seinem Charme verführen, nicht mittels Alkohol, und er wäre durchaus angetan, wenn sich daraus eine längere Beziehung ergeben würde.

Es war fast zwei Uhr morgens, als sie aufbrachen, aber sie hatte nichts gegen ein letztes Glas in seiner Wohnung einzuwenden, ehe er sie nach Hause fuhr.

Er goß ihr einen kleinen Whisky ein und reichte ihr das Glas. Dann beging er den entscheidenden Fehler. Er schaltete den Anrufbeantworter ein. Er enthielt eine Nachricht aus Pullach, daß er umgehend dort anrufen sollte. Jeder Münchner meinte genau Bescheid zu wissen, was in Pullach, dem Sitz des Bundesnachrichtendienstes, vor sich ging. Der BND war so erfolgreich und verfügte über derart großzügige Mittel und Möglichkeiten, daß seine Mitarbeiter bei allen anderen Nachrichtendiensten hoch geachtet wurden. Doch die Einheimischen waren im Umgang mit den Mitarbeitern dieser Behörde, die in einer Ortschaft etwa zehn Kilometer südwestlich von München residierte, eher zurückhaltend – zu geheimnisvoll und legendenumwoben war deren Treiben.

Er drehte sich nicht sofort um, aber als er sich ihr zuwandte, wußte er, daß dies nicht die entscheidende Nacht werden würde. Sie war liebenswürdig, aber sehr reserviert, gab ihm aber immerhin vor dem Haus ihrer Eltern einen Kuß.

Als er zu seinem Wagen ging, warf er einen Blick auf die Uhr: 3:30. Und Pullach lag auf der anderen Seite der Stadt. Es war schon verrückt. Dachau war nur ein paar Kilometer entfernt, aber niemand hielt einen für ein Ungeheuer, wenn man in der nahe gelegenen Ortschaft wohnte. Er würde sich melden, sobald er zu Hause war.

Der diensttuende Beamte auf Nachtschicht hatte eine Nachricht für ihn. Falls er nach Mitternacht anrufe, solle er sich am nächsten Morgen bei Schildt melden.

Die Besprechung mit Schildt war denkbar kurz. Noch ehe sie Platz genommen hatten, reichte er ihm etliche körnige Schwarzweißfotos. Auf allen war der gleiche Mann zu sehen. Einmal in einer Bar, dann in einem Restaurant, auf diversen Straßen und am Fahrkartenschalter am Hauptbahnhof.

Er blickte auf. »Wer ist das?«

»Genau das sollen Sie herausfinden«, sagte Schildt.

»Irgendwelche Hinweise?«

Schildt berichtete ihm in großen Zügen von dem Gespräch mit Müller und erklärte, daß man besorgt sei, weil dieser Mann sich im Gegensatz zu den Stasi-Leuten nicht für den alltäglichen Kleinkram interessiert habe, sondern für allgemeine politische Fragen.

»Mir ist da etwas eingefallen, Klaus. Vielleicht war der Typ gar kein Stasi-Agent. Möglicherweise war er nicht einmal Deutscher. Und deshalb habe ich mich gefragt, ob du nicht deinen Charme bei der Kleinen von der CIA-Niederlassung ausspielen und feststellen könntest, ob das vielleicht einer von denen war.«

»Mit welchem Auftrag?«

»Ach – um uns zum Narren zu halten. Du weißt doch, wie die Amerikaner sind.«

»Wie kommst du darauf, daß er einer von denen sein könnte?«

»Nur so eine Ahnung. Ich könnte mich auch täuschen.«

»Hat er mit amerikanischem Akzent gesprochen?«

»Nein. Er ist Deutscher, soviel steht fest.«

Gutmann seufzte und stand auf. »Na schön. Mal sehen, was ich tun kann.«

Teresa Gordon war Mitte Dreißig – eine attraktive Frau, die, so mutmaßte man beim BND, von ihrer Dienststelle eigens dazu eingesetzt war, junge, arglose BND-Beamte anzulocken. In der Tat hatte sie in den zwei Jahren, die sie in München war, mehrere Freunde beim BND gehabt, doch die hatten ebenso einhellig wie auch ehrlich berichtet, daß sie zwar eine großartige Gefährtin sein, aber mehr auch nicht.

Klaus Gutmann hatte sie etliche Male auf Spesenkonto ausgeführt, doch trotz seines ansprechenden Äußeren und sosehr er sie auch umgarnte, war er nicht weitergekommen als die anderen. Er allerdings war drangeblieben, hatte sie weiterhin zum Essen eingeladen oder war mit ihr übers Wochenende aufs Land gefahren, und mit der Zeit hatte sich eine Art zaghaftes Vertrauensverhältnis zwischen den beiden Diensten entwickelt, so daß man heutzutage zumindest die unwichtigeren Erkenntnisse untereinander austauschte.

Da es sich in diesem Fall mindestens um eine halboffizielle Anfrage handelte, suchte er sie kurzerhand in ihrer Dienststelle auf. Im Vernehmungszimmer reichte er ihr die Fotos. Sie schaute sie genau an.

»Wieso nehmt ihr eigentlich keine anständigen Kameras, eine Leica oder so was Ähnliches?«

»Diese Bilder wurden mit hochempfindlichem Film bei schlechten Lichtverhältnissen aufgenommen. Sie haben lediglich ein bißchen viel Korn.«

»Wer ist das?«

Gutmann gab ihr einen groben Abriß. Als er fertig war, schaute sie ihn nur an.

»Und du glaubst, der wäre von der CIA? Du bist nicht recht bei Trost.«

»Wir dachten, es könnte sich vielleicht um einen eurer einheimischen Agenten oder Informanten handeln.«

»Aber Müller hätte ihn doch sofort erkannt, wenn es ein Einheimischer gewesen wäre.«

»War ja auch nur eine Anfrage. Aber du könntest dich bei deinen Leuten mal umhorchen, ob einem was dazu einfällt.«

Sie seufzte. »Okay. Aber nur weil du's bist, Klaus. Laß sie hier. Wenn du nichts von mir hörst, heißt das Fehlanzeige.«

»Wie wär's, wenn wir am Samstag essen gehen?«

»Danke, aber ich mache übers Wochenende zwei Tage Urlaub in Paris.« Sie lächelte. »Ein andermal, okay?«

»Ich rufe dich nächste Woche an.«

Zu guter Letzt landeten die Fotos bei Cassidy, der selbstverständlich »Butch« genannt wurde. Er warf einen flüchtigen Blick darauf und legte sie dann in seinen Schreibtisch. Vier Tage später betrachtete er sie erneut, doch inzwischen hatte ihn die Beharrlichkeit der BND-Leute ebenso beeindruckt wie deren Begründung, weshalb es mit dem Mann, der sich bei Müller gemeldet hatte, etwas Besonderes auf sich haben müsse. Kein schlechter Denkansatz. Aber die CIA war schließlich nicht der einzige Geheimdienst, der in München, geschweige denn in Westdeutschland, aktiv war. Genausogut könnten die Briten dahinterstecken. Die trieben auch gern ihre Spielchen. Er mochte dieses SIS-Volk nicht. Genaugenommen konnte er die Briten überhaupt nicht leiden. Diese SIS-Jungs waren nichts als aufgeblasene Fatzkes, die sich auch noch was darauf einbildeten. Taten immer leicht belustigt, wenn sich die Amerikaner, diese grünen Jungs, in einem Gewerbe versuchten, das die Briten schon seit Hunderten von Jahren ausübten. Aber der neue Mann in der Münchner SIS-Niederlassung hatte eine Zusammenarbeit der beiden Dienste zumindest auf lokaler Ebene vorgeschlagen und erklärt, daß man heutzutage auch in London Wert auf ein möglichst gutes Miteinander lege, sofern dies nicht den nationalen Interessen widerspreche. Außerdem mochte er den Neuen. Murphy war Ire und hatte eine Statur wie ein New Yorker Cop. Ein ziemlicher Witzbold zwar, aber seinen kleinen Schweinsaugen entging nichts. Und gleich nach seinem Amtsantritt hatte er Cassidy auf einen Amerikaner hingewiesen, der für einen einheimischen Drogenbaron Geld wusch. Er hatte ihm die ganze Akte übergeben und gesagt, alles Weitere liege bei ihm. Die Briten würden sich zurückziehen und ihm die Sache überlassen. Er hatte es zwar nicht geglaubt, aber es war jedenfalls eine gutgemeinte Geste gewesen. Und bei der Drug Enforcement Administration war man dankbar für den Hinweis gewesen. Zumindest konnte er seinen guten Willen zeigen, wenn er sich wegen der Fotos mit Murphy in Verbindung setzte.

Cassidy und Murphy trafen sich auf einen Kaffee in Cassidys Diensträumen. Cassidy zeigte ihm die technischen Einrichtungen und informierte ihn, wenn auch in wohldosierter Form, über die allgemeinen Aufgaben der CIA-Niederlassung. Dann kamen sie auf die Fotos zu sprechen. Cassidy maß ihnen mehr Bedeutung zu, als sie seiner Meinung nach verdienten, und reichte Murphy einen Satz Abzüge fürs Archiv.

Murphy erkannte den Mann auf den Bildern sofort, doch er sagte nichts, schob sie einfach in den Umschlag zurück, ließ sich von Cassidy durch die elektronische Sicherheitsschranke bringen und verabschiedete sich per Handschlag von ihm. Dann sagte er seinem Fahrer, er solle ihn nach Hause bringen, nicht ins Büro.

Murphy legte die Fotos auf den Küchentisch, ging in sein Arbeitszimmer und holte eine Lupe. Als er sie ein weiteres Mal betrachtete, verflog auch der letzte Zweifel. Es war Foster, ganz klar. Er hatte ihn in Berlin zwei Monate lang fast täglich gesehen. Foster hatte ein Agentennetz auf der anderen Seite geführt, als Murphy seinerzeit Verwaltungsbeamter bei Waring gewesen war. Slaney war mittlerweile wieder in London, und Murphy hatte nur die offizielle Stellungnahme zu Fosters jähem Abgang vernommen. Aber gerüchteweise hieß es, daß Foster sich möglicherweise über die Grenze abgesetzt habe. Und angeblich hatte London jemanden geschickt, der Ausschau nach Foster halten sollte. Und nun war er hier, in München, und gab sich als Stasi-Verbindungsmann aus.

Die Frage war nur, ob er in Berlin oder in London Bescheid sagen sollte? Wenn er den Dienstweg einhielt, war Berlin die nächste Station, aber London hatte eigens einen Mann auf Foster angesetzt.

Murphy wußte aus Erfahrung, daß man keine voreiligen Entscheidungen treffen sollte, wenn es um politische Belange ging. Daher fuhr er zunächst in sein Büro und widmete sich anderen Aufgaben.

Am nächsten Vormittag sprach er über Zerhackertelefon mit Waring. Der klang alles andere als aufgeregt und sagte, er werde in zwei Stunden zurückrufen.

Peter Waring hatte nicht die Absicht, sich in den Fall Foster hineinziehen zu lassen. Daher setzte er sich unmittelbar nach Murphys Bericht mit Powell in London in Verbindung. Powell wiederum sagte, er werde sich in einer Stunde wieder melden.

Powell hatte nie daran gezweifelt, daß Foster sich auf die andere Seite abgesetzt hatte. Es gab keine andere Möglichkeit, wenn er seine drei Kuriere herausholen wollte. In dem kurzen Gespräch, das er mit Foster geführt hatte, als dieser in London gewesen war, um sein Anliegen vorzutragen, hatte Powell etwas erkannt, das Slaney und allen anderen entgangen war. Foster war ein Romantiker alter Schule. Einer, der wie weiland Don Quichotte gegen Windmühlen anritt. Der die Liberalen wählte beziehungsweise heutzutage die SDP. Dem es gleichgültig war, ob er gewann oder verlor. Dem es nur darum ging, als strahlender Ritter in schimmernder Wehr dazustehen. Las vermutlich Rudyard Kipling anstelle der Gideonbibel als Bettlektüre.

Und Powell wußte aus langer Erfahrung, daß es nichts Gefährlicheres gab als einen wiedergeborenen Romantiker, der außer Rand und Band war.

Er rief seinen alten Freund Schumacher an, den Leiter der Abteilung 1 in Pullach. Wurde Zeit, daß er ihn an ein paar alte Gefälligkeiten erinnerte. Wie hieß es doch bei der Mafia? »Wer einen Gefallen tut, hat einen Gefallen gut.« Schumacher war jederzeit zur Zusammenarbeit bereit. Er wußte nicht genau, was Powell sich davon versprach, wollte aber, daß der BND auf alle Fälle mit von der Partie war. Konzertierte Aktionen, so hieß es, sollten angesichts der Beziehungen sowohl zum SIS als auch zur CIA die Norm sein. Wenn die Franzosen einbezogen waren, mußte Bonn allerdings sein Einverständnis geben.

Powell zitierte Tarrant nach London und befahl ihm, mit Hochdruck nach Foster zu suchen. Aufgrund der Fotos und ihrer Entstehungsgeschichte sei eindeutig nachgewiesen, daß er für die andere Seite arbeite. Und jetzt könne er zudem auf die Mitarbeit des BND bauen. Falls er ernsthaft in Bedrängnis geraten sollte, könne er sich an Powell wenden. Er werde dafür sorgen, daß Waring ihm jedwede Unterstützung gewähre. Laut Auftrag aber sei er nach wie vor auf sich allein gestellt.

Tarrant flog noch am gleichen Tag nach Berlin zurück. Insgeheim fragte er sich, weshalb Powell die Angelegenheit nicht telefonisch mit ihm besprochen hatte. Er begab sich zunächst in die Wohnung an der Kantstraße, beschloß dann aber, sofort in den Osten zu fahren und nachzusehen, ob in dem Café eine Nachricht von Ingrid Schumann vorlag. Es ging zwar schon auf neun Uhr abends zu, aber er hatte seit einer Woche keine Verbindung mehr zu ihr aufgenommen.

Um 21 Uhr 30 ging er durch den Checkpoint Charlie, erledigte dann den Pflichtumtausch in Ostmark und wartete geduldig, während der Grenzposten seinen kanadischen Paß Seite für Seite durchblätterte. Als er ihn zurückgab, machte er ihn darauf aufmerksam, daß die Einreiseerlaubnis nur bis Mitternacht gültig sei.

Er steckte den Paß wieder in die Innentasche seiner Jacke, ging die Friedrichstraße entlang bis zum Bahnhof, stieg in den Zug in Richtung Ostkreuz und fuhr zum Alexanderplatz. Als er ins Freie trat, blickte er zum dunkler werdenden Himmel auf. Inzwischen war September, Zeit der Ernte, und die Sonne nahm tagsüber bereits den typischen tiefen Goldton an. Er blieb vor dem Bahnhof stehen und schaute zu dem Springbrunnen. Auf der niedrigen Einfassungsmauer saß ein Junge, umgeben von etwa einem Dutzend anderer junger Leute, und sang zur Gitarre. Ein älteres Paar, das ihm ebenfalls zuhörte, hielt sich etwas abseits, so als wolle es mit den anderen Zuhörern nicht in Verbindung gebracht werden. Er konnte gerade noch die Gitarrenbegleitung hören – dem Rhythmus nach zu urteilen, war es ein Stück aus dem Westen – und dazu die schmerzlich klagende Stimme des Jungen.

Nur wenige Menschen waren auf dem Platz, und auf den breiten Straßen herrschte keinerlei Verkehr. Er fragte sich, wie Foster nach seinem Übertritt damit zurechtgekommen war. Er hätte es niemals fertiggebracht. Alles war so öde und leer. Natürlich hatte es auch seine Vorzüge. So ähnlich mußte es im Vorkriegsdeutschland ausgesehen haben. Spitzengardinen, niedrige Kriminalitätsrate, weil jeder Angst vor der Staatsmacht hatte, und niemand mußte eigene Entscheidungen treffen. Das übernahmen Honecker und Konsorten. Sie bestimmten, wo man wohnte, wieviel man verdiente und was man denken durfte. Ein Wahnwitz, wenn man bedachte, daß eine Handvoll Männer einen Strich auf einem Blatt Papier ziehen und eine Mauer errichten konnten, die ein Land in zwei Teile zerschnitt. Das gleiche Volk, ganz gewöhnliche Deutsche, und doch so völlig anders, künstlich zu Feinden gemacht. Und diese Männer besaßen die Macht, das eigene Volk buchstäblich als Gefangene im eigenen Land zu halten. Foster mußte wahnsinnig gewesen sein, als er sich freiwillig in dieses Straflager begeben hatte.

An den Tischen vor dem Café saßen noch einige Gäste, doch das Mädchen war nicht an der Kasse. Dort stand jetzt ein Mann. Im hinteren Bereich sah er einige Mädchen, doch Ingrids Freundin Gerda war nicht dabei. Keine Chance, sich mit Ingrid in Verbindung zu setzen. Zu ihrer Unterkunft konnte er nicht gehen. Die Pensionswirtin war ein Stasi-Spitzel, und er wollte die Kleine nicht in Schwierigkeiten bringen. Aber er mußte sich etwas anderes einfallen lassen. Eventuell wieder tote Briefkästen. Dazu mußte er zunächst Ausschau nach geeigneten Stellen halten. Vielleicht in der Nähe der Sportanlage. Er blieb, bis das Café schloß, und ging dann zurück zum Checkpoint.

Eine Woche lang beobachtete Tarrant das Café Tag für Tag zu jeweils unterschiedlichen Zeiten, von frühmorgens bis Ladenschluß. Weder Gerda, das Mädchen an der Kasse, noch Ingrid tauchte auf. Er konnte aber unmöglich tote Briefkästen einrichten, ohne sich mit Ingrid in Verbindung zu setzen. Und das wiederum konnte dazu führen, daß sie von ihrer Hauswirtin angeschwärzt wurde.

30. KAPITEL

Eddie Foster sah den Mann in den Laden kommen und wartete, bis er nach ihm fragte. So hielten sie es immer. Sein Assistent führte den Mann zu ihm, und er nahm ihn mit in das kleine Büro hinter dem Geschäft.

Er schaute den Mann an und sagte: »Was kann ich für Sie tun?«

Der Mann lächelte leicht. »Wissen Sie noch, wann Pongo Waring für Aston Villa gespielt hat?«

»Ja. Seinerzeit war Billie Walker Mannschaftskapitän.«

Der Mann griff in seine Jacke, holte einen Briefumschlag heraus und gab ihn Eddie Foster, der ihn zwischen die Seiten eines Sony-Katalogs auf seinem Schreibtisch steckte.

»Haben Sie diesmal was zum Mitnehmen?«

Eddie Foster schüttelte den Kopf. Dies war der sechste Besuch, aber er hatte erst einmal etwas mitgegeben. Es war zu gefährlich. Denn gewiß würde man ihn auf die eine oder andere Art weiterhin überwachen.

»Nein. Aber bestellen Sie, daß ich dankbar für die Verbindung bin.« Er streckte unwillkürlich die Hand aus, und der Besucher schlug ein und griff so fest zu, als handle es sich um ein geheimes Zeichen. Eddie Foster öffnete die Hintertür und sah zu, wie der Mann über den Betriebshof ging und in der Gasse verschwand, die zur Hauptstraße zurückführte. Er hatte keine Ahnung, wer der Besucher war, doch dem Akzent nach zu urteilen, konnte es sich durchaus um einen Einheimischen handeln.

Bei Ladenschluß sperrte er das Geschäft ab, ging in sein Büro zurück und öffnete den Umschlag. Er enthielt ein einziges DIN-A5-Blatt, auf das eine Handvoll Zeilen getippt waren. Den Tippfehlern nach zu schließen, hatte Charlie sie selbst geschrieben. Er setzte sich hin und las den Brief noch einmal. Er freute sich auf diese Nachrichten, aber zugleich regte er sich jedesmal von neuem darüber auf. Es war so ein Jammer. Er hatte ein Zeichen setzen wollen, daß er es ernst meinte mit Pflicht und Treue. So ähnlich wie in dem Buch, das er als Kind gelesen hatte, *Beau Geste* hatte es geheißen. Aber in Charlies Fall sahen es die Leute nicht so. Für sie war er entweder ein romantischer Narr oder ein Überläufer – ein Verräter. Es ärgerte ihn, daß man verbreitet hatte, Charlie sei gefeuert worden, weil er sein Netz gefährdet habe. Es war das einzige Mal gewesen, daß er nach einer Nachricht von Charlie tagelang nicht hatte schlafen können. Die hohen Herren scherten sich nicht darum, auf wem sie herumtrampelten, solange sie halbwegs heil davonkamen. In dieser Nachricht teilte er lediglich mit, daß es ihm gutgehe. Bislang hatte er mit keinem Wort angedeutet, was er da drüben machte, aber Eddie Foster hatte das Gefühl, daß er vermutlich für die Ostdeutschen arbeitete.

Er nahm den Zigarettenanzünder, der nur für Besucher auf seinem Schreibtisch stand, ging zur Toilette und sah zu, wie das Papier über dem Waschbecken verbrannte. Dann drehte er den Kaltwasserhahn auf und wartete, bis die letzten Aschereste im Abfluß verschwunden waren.

Vor geraumer Zeit hatte er zwei Besucher gehabt, angeblich vom Special Branch, die ihn auf erbärmlichste Art hatten aushorchen wollen, ob er irgendwie mit Charlie in Verbindung stehe oder zumindest eine Ahnung habe, wo er stecken könnte. Charlie mußte für die Leute auf der anderen Seite wertvoll sein, sonst würden sie sich nicht eigens die Mühe machen und ihm seine Nachrichten zukommen lassen. Sie riefen einfach an. Sagten sie Dienstag, dann hieß es, daß am Montag jemand vorbei kam, und zwar immer zwei Stunden vor der vereinbarten Zeit. Beim erstenmal hatte er dem Mann fünf Pfund für seine Mühe geben wollen, doch der hatte abgelehnt. Gesagt, er tue es um des gemeinsamen Kampfes der Arbeiterklasse willen. Er fragte sich, ob Charlie bei diesem Blödsinn mitspielen mußte. Er lächelte bei dem Gedanken. Charlie war viel zu sehr Einzelgänger, um sich an irgendwelche Dogmen zu halten, egal ob politischer oder religiöser Art.

Sie waren in Fosters Arbeitszimmer. Foster saß vor dem Computer und blickte auf den Bildschirm. Er las, was dort stand, seufzte auf, lehnte sich zurück, schaltete ein kleines, samt Plastikgehäuse nur etwa taschenbuchgroßes Gerät aus und stöpselte es ab.

»Warum seufzen Sie?« sagte Hartmann.

Foster drehte sich zu ihm um. »Sind Sie sicher, daß Sie nicht noch weiteres KGB-Material haben?«

»Ganz sicher. Und selbst wenn – mehr mitzunehmen würde ich nicht wagen.«

»Dann wäre die Arbeit damit erledigt.« Er deutete auf das Gerät. »Alles ist darauf überspielt.«

Hartmann runzelte die Stirn. »Sie meinen, der Inhalt sämtlicher Disketten befindet sich jetzt auf einer einzigen? Unmöglich. Auf diesen Disketten sind Zehntausende Seiten Material gespeichert.«

»Wir haben es hier mit einer sogenannten CD-ROM zu tun. Eine einzige Diskette dieser Art enthält die gleichen Informationen, für die man sonst hunderttausend Druck- oder Schreibmaschinenseiten benötigt.« Er deutete auf die Apparaturen neben dem Computer. »Die Geräte, auf die ich zurückgreifen mußte, sind etwas primitiv, aber ich bin damit klargekommen. Für Profis wäre diese Zugriffsart zu langsam – es dauert fast eine halbe Sekunde.«

»Und das können Sie an jeden Computer anschließen und sich Zugriff zu diesen Dateien verschaffen?«

»Der Computer muß über ein CD-ROM-Laufwerk verfügen, aber man kann sich auch externe Geräte besorgen, falls der Computer keines hat.« Er hielt kurz inne. »Ich dachte, ich würde eine Woche dafür brauchen, aber wie Sie wissen, hat es fast drei Wochen gedauert.«

»Und wieso das?«

»Weil wir es nur verwenden können, wenn ein Schlüsselregister vorhanden ist. Das KGB-Material, aber auch das Zeug von der Stasi und die Sachen, die ich als Vermischtes ausgewiesen habe, sind in separaten Dateien abgelegt. Und dann gibt's da noch eine Liste mit allerlei Zugriffsvarianten, Decknamen, IM-Status, Bezahlung, Themenbereiche, Anwerbung und so weiter. Und trotz alledem ist die CD-ROM nur halb voll.«

»Können wir Kopien davon machen?«

»Wenn ich die Geräte der Stasi benutzen kann, ja.«

»Die dürfen aber nicht erfahren, was Sie auf dieser CD da haben.«

»Sorgen Sie dafür, daß ich vier Stunden unbeaufsichtigt arbeiten kann, dann ziehe ich Ihnen die Kopien.«

»Na schön. Zehn Kopien. Bis morgen nacht ist alles Entsprechende veranlaßt.«

»Ich hielte es für besser, wenn Sie mitkommen.«

»Warum?«

»In den letzten paar Wochen haben mich mehrmals Leute von der Stasi angerufen. Leute, die sich eindeutig feindselig verhielten, als ich dort gearbeitet habe, waren plötzlich sehr entgegenkommend. Ob ich irgendwelche Hilfe bei der Bedienung der Geräte brauchte – man könnte sich vielleicht zusammentun – am gleichen Strang ziehen und so weiter.« Er schwieg einen Moment. »Die wissen nicht mal, was ich mache. Wie kommen die also darauf, daß man am gleichen Strang ziehen könnte?«

»Meinen Sie, die haben eine Ahnung, was wir machen?«

»Habe ich mir auch schon überlegt. Aber wenn sie irgendeine Ahnung haben, dann allenfalls aufgrund der Geräte, die ich zum Kopieren benutzt habe. Sie könnten darauf kommen, daß ich Unterlagen auswerte und kopiere – aber sie können auf gar keinen Fall wissen, um welche Unterlagen es sich handelt und weshalb ich das mache.«

Hartmann schwieg eine Weile, dann sagte er: »Sobald wir morgen nacht diese Kopien gezogen haben, machen wir erst einmal Schluß. Zumindest für ein paar Monate.«

Tarrant wachte mitten in der Nacht auf, schaltete die Nachttischlampe ein und schaute auf seine Uhr. Viertel nach drei. Er zog seinen Bademantel an, ging in die Küche und stellte den Elektrotopf an. Als er das heiße Wasser über den löslichen Kaffee goß, fiel ihm plötzlich ein, wie er sich mit der Kleinen im Osten in Verbindung setzen konnte. Das Problem war *er.* Jemand anders konnte an sie rankommen, vorzugsweise eine Frau. Leni war ihm von früher noch den einen oder anderen Gefallen schuldig – sie mußte lediglich einmal Kontakt aufnehmen, das genügte. Das Risiko war vergleichsweise gering. Was könnte man ihr schon nachweisen? Eine Frau, die sich mit einer anderen traf. Einer Verwandten oder Freundin. Der Ärger war nur, daß man in der DDR keine Beweise brauchte. Man warf die Leute in den Knast und ließ sich hinterher einen Grund einfallen. Er mußte mit Leni reden. Mal sehen, ob sie einverstanden war. Die Rolle der hilflosen Jungfrau übernehmen wollte. Sie hatte seit jeher eine Schwäche für rührselige Geschichten.

»Komm rein, Johnny«, sagte sie ohne jedes Lächeln. »Weih mich ein. Worum geht's überhaupt?«

Er gab sich unwirsch, zuckte mit den Achseln, doch es nützte wenig.

»Wie gesagt, du sollst dich lediglich bei der Pension, deren Adresse ich dir gegeben habe, nach dem Mädchen erkundigen. Und fragen, wo sie steckt, falls sie nicht dasein sollte.«

»Aber wozu? Wieso gehst du nicht selber hin?«

»Weil es gewisse Schwierigkeiten gibt.«

»Ist das dienstlich oder privat?«

Er lächelte. »Teils ja, teils nein.«

»Und der dienstliche Teil hat was mit deiner Arbeit zu tun?«

»Mehr oder weniger. Sie ist ein junges Ding. Hat keine Eltern. Ich möchte ihr nur helfen.«

»Und eh' du ihr hilfst, muß sie dir helfen. Stimmt's?«

»Gewissermaßen. Aber hier geht's nicht um irgendwelche James-Bond-Aktionen, falls du darauf hinauswillst.«

»Für mich klingt's eher wie *Finale in Berlin*.«

»Ich schwöre dir einen heiligen Eid oder was immer du willst, daß die Kleine nichts mit Spionage zu tun hat.«

»Wenn man mal davon absieht, daß sie dich kennt.«

In diesem Augenblick wußte Tarrant, daß er gewonnen hatte. Er hielt kurz inne und dachte nach. Als er wieder das Wort ergiff, klang er so ernsthaft, daß er beinahe selbst davon überzeugt war.

»Wenn ich dir mehr sage – versprichst du mir dann, daß du niemandem davon erzählst? Unabhängig davon, ob du mir hilfst oder nicht.«

Sie zögerte kurz und sagte dann: »Von mir aus.«

»Wie gesagt, dieses Mädchen hat nichts mit meiner Arbeit zu tun. Sie ist lediglich die Freundin einer Frau, die wissen könnte, wo sich jemand aufhält, den ich suche.«

»Um ihn zu liquidieren?«

»Um Himmels willen, Leni. Sehe ich aus wie ein Killer?«

»Zuzutrauen wär's dir, Johnny. Killer können jede Menge Charme an den Tag legen, wenn's drauf ankommt.«

»Ich möchte lediglich mit dem Mann reden.«

»Okay. Sag mir, was ich machen soll.«

Leni hatte für die Fahrt in den Osten einen alten Pullover, eine Lederjacke und einen Lederrock angezogen. Sie reiste über den Bahnhof

Friedrichstraße ein und ging dann zu der Pension, deren Adresse Johnny Tarrant ihr gegeben hatte.

Die Hauswirtin stand unter der offenen Tür, in der einen Hand einen Teller und ein Geschirrtuch. Mit der freien Hand strich sie sich die Haare aus dem Gesicht.

»Wir sind voll. Hier ist kein Zimmer frei.«

»Ist Ingrid da?«

»Was für eine Ingrid?«

»Ingrid Schumann.«

Die Frau schloß einen Moment die Augen, versuchte sich an den genauen Wortlaut zu erinnern, den sie mit dem Mann einstudiert hatte.

»Sie ist morgen wieder in dem Café. Sie ist nicht da.«

»Wann wird sie dort sein?«

»Von Mittag bis Feierabend.«

Damit schloß die Frau die Tür. Zitternd blieb sie dahinter stehen und überlegte, ob sie alles richtig gemacht hatte. Sie hatte sich jedenfalls bemüht, und mehr konnten die Mistkerle nicht von ihr erwarten. Sie kam sich sowieso vor wie im Kino. Diese Ingrid war schon vor Wochen ausgezogen, aber dann war dieser junge Russe aufgetaucht, der genauso aussah wie der Kerl, der um Uschi Bayer herumscharwenzelt war. Jemand hatte ihr erzählt, daß sie ihn geheiratet hatte. Ließ sich vermutlich aushalten. Aber so waren sie heutzutage alle. Sobald jemand in Uniform daherkam, machten sie die Beine breit. Schauten vermutlich alle zuviel Westfernsehen.

Tarrant war insgeheim zufrieden, daß sein Plan funktioniert hatte. Beim nächsten Treffen konnte er dem Mädchen den toten Briefkasten auf dem Friedhof in der Nähe der Universität zeigen, für den er sich entschieden hatte. Es war jedenfalls ein Fortschritt. In einem Geschäft am Kurfürstendamm besorgte er ein Paar pelzgefütterte Handschuhe für sie und ließ sie in Geschenkpapier einpacken.

Er legte sich alles genau zurecht. Kurz nach 14 Uhr wollte er in dem Café sein und sich ein Käsebrötchen bestellen. Dann mußte er so tun, als fiele ihm die Kleine auf. Er würde zu ihrem Tisch schlendern und sie ansprechen. Anschließend würden sie sich trennen und erst auf dem Friedhof wieder treffen.

Als er zu dem Café kam, sah er, daß keine Tische mehr im Freien standen. Immerhin war es bereits Mitte September, und die Luft war ziemlich frisch geworden. An der Kasse stand nach wie vor der Mann, den er bereits beim letzten Mal gesehen hatte, doch die Studenten, die sich ansonsten hier auf einen Imbiß einfanden, waren bereits weitergezogen. Die Fenster waren leicht beschlagen, aber er sah, undeutlich zwar, daß nach wie vor Gäste in dem Lokal saßen. Die Glocke schellte, als er die Tür öffnete, und der Mann an der Kasse nickte ihm freundlich zu, während er sich nach dem Mädchen umsah. Als er zögernd stehenblieb, drängte sich hinter ihm jemand durch die Tür und sagte in gebrochenem Deutsch: »Weitergehen bis zur Tür hinten. Und keine Tricks.« Er wollte sich umdrehen, den Mann ansehen, doch der rammte ihm den Lauf eine Waffe in die Nieren und tippte dann kurz gegen den Ischiasnerv, so daß ihm der Schmerz durch beide Beine zuckte. Er mußte einen Moment lang an die Ausbildung in Ashford denken, als man ihnen beigebracht hatte, daß man auf keinen Fall jemandem die Waffe in den Rücken drücken dürfe, weil der einfach mit dem Arm ausholen und sie wegschlagen könne, so daß der Schuß ins Blaue ginge. Man hatte es ihnen mit scharfer Munition vorgemacht – wenn man den Trick einmal kapiert hatte, klappte er immer wieder. Aber das war auf dem Übungsgelände gewesen, und jetzt befand er sich mitten in einem gutbesuchten Café und zudem auf feindlichem Gebiet. Außerdem waren vermutlich weitere Waffen auf ihn gerichtet. Der Mann hinter ihm stieß ihn weiter, und er torkelte zwischen den Tischen mit den erschrockenen Gästen vorbei zur Hintertür. Er landete schließlich in einer Art Lagerraum, wo er von einem weiteren Mann in Empfang genommen wurde, der an einem Stapel leerer Bierkästen lehnte.

Beide Männer trugen Zivil, doch sie sahen aus, als seien sie eher Uniform gewöhnt. Der Ältere schaute ihn an und sagte: »Zeigen Sie Ihre Papiere.«

Tarrant schüttelte den Kopf. »Erst wenn Sie sich ausgewiesen haben. Sie haben nicht das Recht, meine Papiere zu kontrollieren. Ich bin Tourist, ich habe ein Tagesvisum.«

Der Mann zuckte die Achseln. »Na schön. Wenn Sie es so wollen.« Er nickte dem anderen zu, streckte die Hand aus und nahm dessen Waffe. Tarrant stellte fest, daß es sich um ein tschechisches Fabrikat handelte, vermutlich der Nachbau einer deutschen Pistole.

Der andere ergriff ihn am Arm, drückte seine Handgelenke zusammen, legte ihm Handschellen an und ließ sie so fest einschnappen, daß sie ins Fleisch schnitten.

Draußen stand ein schwarzer Zil. Sie stießen in ihn auf den Rücksitz, und der Ältere, der mittlerweile die Waffe in Händen hielt, nahm neben ihm Platz. Tarrant bemerkte, daß rundum Menschen standen und zusahen, Menschen, die eher neugierig als betroffen wirkten. Vermutlich war es für sie kein ungewöhnlicher Anblick, daß man jemanden verhaftete und in einen Wagen stieß.

Unterwegs begegneten sie so gut wie keinem anderen Fahrzeug. Der Chauffeur fuhr immer an der Mauer entlang, bis sie zu der Gabelung an der Elsenstraße kamen, wo er links abbog und etliche Querstraßen weiter auf die Hans-Loch-Straße stieß. Spätestens ab diesem Zeitpunkt wußte Tarrant, wohin die Reise ging.

Diese Männer waren weder von der Volkspolizei noch vom Staatssicherheitsdienst, es waren Sowjets, und sie fuhren zu ihrem Hauptquartier in Karlshorst. Da man für einen solchen Einsatz vermutlich keine gewöhnlichen Rotarmisten einsetzte, konnte es sich nur um KGB-Männer handeln, was wiederum hieß, daß irgend etwas furchtbar schiefgegangen war. Die wußten zu genau über ihn Bescheid, was wiederum hieß, daß er tief in der Klemme steckte. Und ihm würde kein Foster zu Hilfe kommen, kein edler Ritter auf weißem Roß, der ihn rettete. Waring war für ihn nicht zuständig, und in London würde man beteuern, daß man noch nie von ihm gehört habe. Zudem hatte er bei diesem Einsatz soviel Freiheit und Selbständigkeit, daß es vermutlich mindestens eine Woche dauern dürfte, ehe überhaupt jemand spannte, daß er nicht mehr da war. Und die alte Kriegsgefangenenregel, wonach man lediglich Name, Dienstgrad und -nummer nannte, zog nicht, wenn man beim SIS war. Die Verhörspezialisten des KGB hatten eine Menge Erfahrung darin, wie man jemanden zum Reden brachte, notfalls auch auf die harte Tour, und wie man damit fertig wurde, brachten sie einem in der Ausbildung nicht bei. Von seiten des SIS wurde man lediglich gebeten, nach Möglichkeit achtundvierzig Stunden dichtzuhalten, wenn das Schicksal anderer auf dem Spiel stand, damit die sich unterdessen absetzen konnten. Danach konnte man tun und lassen, was man wollte.

31. KAPITEL

Sergej Leonow war wieder in der Stadt. Er benahm sich wie eh und je, brachte frischen Wind in die Gruppe um Hartmann und schien keinerlei Notiz von den Vorgängen in der Deutschen Demokratischen Republik zu nehmen. Er hatte gerade in Moskau und Dresden einen Film abgedreht und befand sich auf der Durchreise nach Rom, wo er wegen einer sowjetisch-italienischen Koproduktion verhandeln wollte, einer Enthüllungsgeschichte über korrupte Politiker in Mailand. Die Finanzierung bereitete keinerlei Schwierigkeiten. Das eigentliche Problem waren die Drehorte, da die Mailänder Behörden sich rundweg geweigert hatten, irgendwelche städtischen Einrichtungen zur Verfügung zu stellen, und dem Filmteam mehr oder weniger unverhohlen mit eventuellen Übergriffen gedroht hatten. Er hatte Gala, Serow, Foster und Hartmann zum Mittagessen in eine Villa eingeladen, die ihm regelmäßig zur Verfügung stand, wenn er sich in der DDR aufhielt.

Nach dem Essen gingen sie gemeinsam hinunter zum See, an dessen Ufer das Grundstück grenzte. Sie standen am Wasser und beobachteten die Stare, die wild durch die Luft kariolten, im Sturzflug niederstießen und sich zu riesigen Schwärmen sammelten, ehe sie über Winter gen Süden zogen.

»Sie brechen dieses Jahr zeitig auf«, sagte Leonow, als sie am Ufer entlangspazierten. »Normalerweise bleiben sie bis Anfang November. Zwei Wochen vor der Zeit.« Er schüttelte den Kopf. »Kluge Vögel begeben sich dieses Jahr früh auf die Reise. Kluge Menschen ebenfalls.«

Hartmann lächelte. »Sie sind doch sonst nicht so pessimistisch, Sergej.«

»Ich bin nicht pessimistisch, mein Freund. Ich bin Realist. Sie sollten mal nach Dresden oder Leipzig fahren. In den letzten drei Wochen gab es in Dresden täglich Demonstrationszüge. Nicht nur mit ein paar hundert Leuten, dort sind Tausende auf die Straße gegangen. Haben lautstark Reisefreiheit verlangt. Das waren nicht nur Demonstrationen, da ist der Volkszorn übergekocht, die in jahrzehntelanger

Unterdrückung angestaute Wut. Die wissen nicht einmal, was sie eigentlich wollen. Aber sie wissen genau, was sie nicht mehr wollen. Und zwar Honecker und seine Bagage. Die Stasi. Die sowjetischen Streitkräfte.« Er ließ den Blick vom einen zum anderen schweifen und verweilte dann bei Gala. »Welches Datum haben wir heute, meine Liebe?«

Sie schaute auf ihre Uhr. »Den achtzehnten Oktober neunzehnhundertneunundachtzig.« Lächelnd blickte sie ihn an. »Ein Mittwoch.«

Er wedelte mit der Hand, schüttelte den Kopf. »Merkt euch diesen Tag, meine Freunde. Vor zehn Jahren hat Francis Ford Coppola einen Film namens *Apocalypse Now* gemacht. Und lange wird's nicht mehr dauern, dann könnt ihr unsere Apokalypse erleben.« Er fuchtelte mit dem Zeigefinger herum, schüttelte wieder vehement den Kopf, schlug aber zur Abwechslung leisere Töne an. »Es wird passieren. Und zwar bald.«

Serow lächelte. »Was wird passieren, Sergej?«

Leonow schüttelte den Kopf. »Ich weiß es nicht. Wirklich nicht. Es liegt in der Luft. Man kann es förmlich riechen, überall. In Moskau und in Prag, in Budapest, Sofia und hier. Es ist, als stünden viel zu viele Töpfe auf einer riesigen Herdplatte, alle am Überkochen, überall scheppern und klappern die Deckel, weil der Dampf von unten dagegendrückt, sich freie Bahn brechen will. Merkt euch meine Worte.«

»Und was können wir tun?« sagte Hartmann leise.

»Um es aufzuhalten? Gar nichts. Genausowenig wie man einem Sturm Einhalt gebieten kann.« Er stockte. »Wenn einer von euch irgendwohin kann, dann sollte er tun. Egal, wohin.«

»Und wenn wir bleiben?« Die Frage kam von Foster.

»Wenn ihr bleibt, könnt ihr zusehen, wie sich ein Traum in einen Alp verwandelt.«

»Aber warum ein Alptraum, wenn die Menschen die Freiheit erhalten, die sie möchten.«

»Weil man den richtigen Umgang mit der Freiheit gelernt haben muß, und die armen Hunde bei uns haben nichts dergleichen gelernt. Sie sind faul, sie leisten schlampige Arbeit. Sie haben seit über fünfzig Jahren keine eigene Entscheidung mehr treffen müssen. Der Westen wird sie auffressen – ihr werdet es erleben.«

Unwirsch drehte er sich um und kehrte zur Villa zurück. Die anderen folgten ihm.

Hartmann und Foster waren anschließend zu Hartmanns Haus zurückgefahren und saßen jetzt im Arbeitszimmer. Auf dem Kaffeetisch zwischen ihnen stand ein Schuhkarton. Er enthielt die kopierten Disketten.

Hartmann deutete auf die Schachtel. »So verrückt es auch klingen mag, aber dieser Schuhkarton ist unsere persönliche Lebensversicherung. Eins müssen Sie jedoch bedenken: Der gute alte Sergej ist ein Filmmensch. Und die leben in einer anderen Welt. Einer Welt der Phantasie. Alles muß immer maßlos sein, grell und übertrieben.«

»Und wenn er recht hat?«

»Wer weiß? Hängt davon ab, wie sich alles entwickelt. Aber egal, wer letztlich die Oberhand behält – man wird auf jeden Fall verhindern wollen, daß der Inhalt dieser Disketten jemals ans Tageslicht kommt.«

»Und wo wollen wir sie aufbewahren?«

»Jeder von uns erhält ein Exemplar, Sie, Serow, Gala und Sergej. Zwei gehen an Kollegen von mir in Moskau. Und die übrigen behalte ich in der Hinterhand. Ist Ihnen das recht?«

Foster zuckte die Achseln. »Wenn Sie meinen.«

Tarrant schmachtete seit drei Tagen in der trostlosen Zelle. Ein Betonpodest und eine dünne, mit Stroh gefüllte Matratze zum Schlafen. Jeden Tag ein Teller mit wäßrigem Eintopf und ein Stück Graubrot. Aber keinerlei Kontakt zur Außenwelt, wenn man von dem Wärter absah, der die Zellentür aufschloß und ihm das Essen reichte. Kein einziges Verhör. Die übliche alte Tour, so stellte er fest. Man beachtet den Verdächtigen nicht, nimmt ihm das Selbstwertgefühl. Er kommt sich unbedeutend vor. Vielleicht sogar vergessen.

Am vierten Tag wurde er einen langen Korridor entlanggeführt und, nachdem er mehrere Treppen hinaufgestiegen war, in ein Büro auf einer anderen Etage gebracht. Dort befand sich nur ein Mann, wie Tarrant feststellte, während hinter ihm der Schlüssel umgedreht wurde.

Der Mann deutete auf einen Holzstuhl, und Tarrant setzte sich. Er schätzte sein Gegenüber auf etwa Mitte Vierzig, hatte aber keine Ahnung, was für ein Landsmann er war. Er sprach fließend Englisch, allerdings mit schwerem Akzent. Da Karlshorst eine rein sowjetische Einrichtung war, konnte er nur vermuten, daß es sich um einen Russen handelte. Er sah seinen Paß und diverse andere Gegenstände, die man bei ihm gefunden hatte, auf dem Tisch liegen. Er führte kein Agentennetz, daher mußte er sich diesbezüglich keine Sorgen machen. Offenbar wußte man das, sonst hätte man ihn sofort nach der Festnahme pausenlos verhört. Er fragte sich, was sie sonst noch wissen mochten und woher sie überhaupt etwas wußten.

Der Mann setzte sich auf die Tischkante und blickte auf ihn herab.

»Ihr Reisepaß ist auf den Namen Lucas ausgestellt. John Lucas. Warum haben Sie diesen Namen gewählt?«

»Weil ich so heiße.«

Der Mann lächelte. »Ist nicht weiter wichtig, Mister Tarrant. Ich frage nur aus reiner Neugier. Den John kann ich nachvollziehen. Das ist Ihr richtiger Name. Aber Lucas – ich sehe da keinerlei Zusammenhang. Der Paß ist ziemlich gut. Ein echtes Reisedokument, aber mit gefälschten Angaben.« Wieder lächelte er. »Als Ausstellungsort ist Toronto angegeben. Aber die Seriennummer stammt aus dem Jahr neunzehnhundertvierzig. Ich glaube nicht, daß Sie damals schon auf der Welt waren, Mister Tarrant.« Er schwieg einen Moment. »Ich nehme an, da hat man in London wieder einmal einen Bock geschossen.«

Tarrant sagte nichts, aber mit einem Mal wurde ihm klar, daß irgend etwas furchtbar schiefgegangen war. Die Nummer mit dem entrüsteten, unschuldigen Touristen zog nicht mehr. Die ganze Sache war so löchrig wie ein Sieb. Der Russe hatte allen Grund zu grinsen. Überlegte sich wahrscheinlich gerade, ob er ihn am Stück lassen oder in seine Einzelteile zerlegen sollte.

»Tja, Mister Tarrant. Was machen wir denn nun mit Ihnen? Mit falschen Papieren in die DDR einzureisen gilt laut unseren Gesetzen als Spionage. Die Kanadier werden nicht besonders erbaut sein, daß man sie in so eine Geschichte hineinzieht. Und in London wird man beteuern, man habe noch nie von einem Johnny Tarrant gehört. Der arme alte Slaney wird vermutlich nach Kabul oder in irgendein anderes gottverlassenes Nest versetzt werden, wo er weitab vom Schuß ist.« Er lächelte. »So ein Schlamassel.« Er zuckte die Achseln. »Tja, wie gesagt. Was sollen wir denn mit Ihnen machen? Irgendwelche Vorschläge?«

Tarrant sagte nichts.

»Und wenn wir Sie einfach wieder nach Westberlin zurückschicken und Ihren Leuten sagen, sie sollen die Kindereien lassen, wird man annehmen, wir hätten Sie umgedreht. Das heißt monatelange Vernehmungen, um herauszufinden, ob Sie jetzt ein Doppelagent sind. Egal, was Sie sagen, man wird Ihnen nicht glauben.« Er lächelte. »Wir glauben den Unsrigen ja auch nicht. Erinnern Sie sich an Oberst Abel, der von der CIA gegen Gary Powers ausgetauscht wurde, den U2-Piloten? Abel wurde in Moskau ein Jahr lang vernommen. War in New York eingesetzt, der erfolgreichste Agent, den das KGB jemals dort hatte. Aber die Genossen in Moskau wollten keinerlei Risiko eingehen. Warum sollten die Amerikaner einen Spitzenagenten des KGB gegen einen Piloten austauschen, der vor Gericht gestanden hat, daß er sich auf einem Spionageflug befand? Wenn man zurückkommt, hat man keine Freunde mehr. Nicht einmal jemand wie Abel. Der arme Kerl schlägt die Zeit tot, liest die *Newsweek* und die *Prawda* und spielt mit seinem Aufpasser Schach.« Er schwieg eine Zeitlang. »Ich weiß wirklich nicht, was wir mit Ihnen machen sollen.«

Peter Hartmann rutschte von der Tischkante, ging zum Fenster und schaute hinaus. Nach einer Weile wandte er sich wieder zu Tarrant um.

»Sind Sie an einem Angebot interessiert, Johnny?«

»Was für ein Angebot?«

»Haben Sie Charlie Foster jemals kennengelernt?«

»Nein.«

»Wie lauteten Ihre Befehle für den Fall, daß Sie Kontakt mit ihm aufnehmen könnten?«

Tarrant schüttelte nur den Kopf.

»Sollten Sie ihn töten oder nur zusehen, ob Sie ihn umdrehen können?«

»Weder noch.«

»Nun kommen Sie schon. Es ging Ihnen doch bestimmt nicht um seinen Gesundheitszustand, Herrgott noch mal. Was also war das Ziel der Kontaktaufnahme?«

»Ich sollte ihn lediglich aufspüren und London verständigen. Eine Kontaktaufnahme sollte nicht erfolgen.«

»Ah ja. Und dann übernimmt die Abteilung für schmutzige Tricks, ja?«

»Welchen Sinn hätte das?«

»Man liquidiert ihn, damit jeder weiß, was mit demjenigen geschieht, der eventuell an einen Seitenwechsel denkt.«

Zum erstenmal mußte Tarrant lächeln. »Niemand ist so verrückt, daß er freiwillig hierherkommt.«

»Foster hat es getan.«

Tarrant zuckte die Achseln. »Manche würden sagen, er war sowieso verrückt.«

»Das ist ziemlich schofel, nicht wahr?«

»Warum?«

»Man hat Ihnen doch sicherlich mitgeteilt, weshalb Charlie Foster zu uns gekommen ist.«

»Na und?«

»Mut und Treue zählen für Sie also nicht?«

»Er hat die Situation durch seine Unfähigkeit im Einsatz selbst verursacht.«

»Das ist die SIS-Legende. Seine Kuriere wurden von einem Mann verpfiffen, der Schwierigkeiten in seiner Ehe hatte. Von uns aus gesehen, war das reine Glückssache.« Er zögerte einen Moment. »Und Ihr Einsatz ist aus genau dem gleichen Grund aufgeflogen. Aus Zufall, weil ein Informant auf der anderen Seite geplaudert hat. Einer Ihrer Leute.«

»Sie meinen, jemand vom SIS in Berlin?«

»Natürlich.«

Tarrant schwieg eine Zeitlang, dann sagte er: »Was für ein Angebot hatten Sie im Sinn?«

»Beantworten Sie mir erst eine Frage.«

»Versuchen Sie's.«

»Verraten Sie mir, weshalb man sich Ihrer Ansicht nach in London so für Charlie Foster interessiert. Ich will nicht wissen, was man Ihnen in London sagte – ich will Ihre Meinung hören.«

»Wie lange habe ich Bedenkzeit, ob ich das beantworten darf?«

»Wie wäre es mit einer Nacht? Wir sprechen uns morgen wieder.«

Tarrant schüttelte den Kopf. »Spielt das denn eine Rolle? In London macht man sich große Sorgen wegen der Lage in der DDR. Man glaubt, daß es erheblichen Ärger geben wird. Allerlei Gerüchte von wegen Revolution und so weiter. Man dachte, daß man Charlie Foster vielleicht dazu überreden könnte, uns an seinem Wissen teilhaben zu lassen. Das hat man jedenfalls in London gesagt, und ich glaube es auch. Aber zunächst einmal sollte ich ihn lediglich aufspüren.«

»Vielleicht sollten Sie Charlie Foster kennenlernen. Das heißt, falls er bereit ist, sich mit Ihnen zu treffen.«

»Und dann?«

»Und dann überlegen wir uns, was wir mit Ihnen anstellen.«

Hartmann drückte auf einen Klingelknopf an der Wand, und Tarrant hörte, wie die Tür aufgeschlossen wurde. Dann trat der Wachposten ein.

»Sag Hauptmann Rykow, daß ich ihn sprechen möchte. Laß die Tür offen.«

Hauptmann Rykow war um die Fünfzig, und Hartmann sprach mit ihm auf russisch. Er veranlaßte, daß Tarrant in eine bessere Unterkunft verlegt wurde.

Hartmann, Foster und Gala hatten in Hartmanns Haus zu Abend gegessen. Als sie beim Kaffee saßen, sagte Hartmann: »Wir haben diesen Tarrant, den der SIS auf Sie angesetzt hat. Unser Greiftrupp hat ihn in dem Café an der Französischen Straße geschnappt.«

Foster schwieg ein paar Sekunden, dann sagte er: »Und warum sollte er mich suchen?«

»Tarrant sagt, man macht sich große Sorgen wegen der Vorgänge in der DDR. Man glaubt, Sie könnten vielleicht einen genaueren Eindruck von der Lage geben. Ihnen sagen, wie es aussieht.«

»Diese dreisten Mistkerle. Ich kann's nicht glauben.«

Hartmann lachte. »So seid Ihr Engländer doch schon immer gewesen. Ihr stoßt einem Kollegen ein Messer in den Rücken, und später bittet ihr ihn um seine Stimme, so als sei nichts geschehen.«

»Wo steckt der Kerl?«

»Er sitzt in einer Zelle in Karlshorst.«

»Soll ich mit ihm sprechen?«

»Ich weiß es nicht. Ich möchte erst darüber nachdenken.«

»Charlies Personenschutz sollte ab sofort deutlich verstärkt werden«, sagte Gala aufgebracht. »Dieser Tarrant könnte ja auch mit einem Mordauftrag auf ihn angesetzt sein.«

»Das glaube ich zwar nicht, aber wenn du möchtest, können wir ja die Wachen vor eurem Haus verdoppeln.«

»Das ist das Allermindeste, Peter. Außerdem solltest du dich mit den Leuten in Verbindung setzen, die ihn geschickt haben, und ihnen mitteilen, daß für ihren Mann Feierabend ist, falls Charlie irgendwas passiert. Diese Mistkerle.«

Hartmann schenkte ihr ein nachsichtiges Lächeln, ergriff ihre Hand und täschelte sie sanft. »Ich werde schon auf deinen Freund achten, meine Liebe. Nur nicht weinen. Alles wird gut werden. Er ist durchaus in der Lage, auf sich aufzupassen, und auf dich und mich ebenso.«

Erst da bemerkte Foster, daß Gala Tränen in den Augen hatte.

Als er die Wagentür aufhielt, stieg sie aus, blieb vor ihm stehen und blickte zu ihm auf, und er legte ihr die Hände auf die Schulter und sagte leise: »Danke, daß du so um mich besorgt bist, aber Hartmann hat recht. Ich kann besser auf euch beide aufpassen als ihr auf mich.«

»Charlie, wenn Peter nicht wäre, würde dich die Stasi innerhalb einer Stunde ins Gefängnis werfen.«

»Hat er dir eigentlich eine Diskette gegeben?«

»Ja.«

»Wo ist sie?«

»In meinem Schlafzimmer.«

»Hat er dir gesagt, was drauf ist?«

»Ja.«

»Nun denn, das ist deine Rückversicherung. Aber du mußt sie irgendwo anders aufbewahren ...« – er zuckte die Achseln –, »... in einem Bahnhofschließfach oder in einer Bank.«

Sie lachte. »Die Stasi kontrolliert regelmäßig alle Schließfächer an Bahnhöfen und in Banken.«

»Dann vergrab sie irgendwo. Auf einem Friedhof oder in irgendeinem Park. Wir machen das morgen gemeinsam. Es ist wichtig. Könnte dir das Leben retten.«

Sie seufzte. »Hast du das alles nicht längst satt? Nichts als Düsternis und Tragödien, drohende Katastrophen und Revolutionen, dazu das Erpressermaterial auf diesen Disketten. Manchmal möchte ich einfach weg, irgendwohin, wo die Sonne scheint und man von glücklichen Menschen umgeben ist.«

Er lächelte. »Und woran denkst du dabei?«

Sie runzelte die Stirn. »San Francisco, Buenos Aires, Hawaii – irgend so was Ähnliches.«

»Dann sollten wir Hartmann bitten, daß er dir einen amerikanischen Paß besorgt.«

»Ich habe einen. Papa hat mir einen besorgt, als ich noch klein war. Er besitzt die amerikanische Staatsbürgerschaft. Und ein halbes Dutzend anderer Pässe obendrein. Und jede Menge Geld, das er in diversen Steueroasen angelegt hat. Ich übrigens auch, falls wir es brauchen sollten.« Sie fragte sich, ob er das »wir« bemerkt hatte.

»Irgendwo muß ich auch Geld haben. Ich habe noch keinen Lohn erhalten. Ich muß Hartmann fragen, wie ich da rankomme.«

»Ich habe mich letzte Woche erkundigt. Du besitzt über hunderttausend Dollar, und zwar tatsächlich Dollars. Er hat sie für dich in Empfang genommen. Sie liegen in seinem Safe.« Sie hielt inne. »Wie rasch wirst du sie brauchen?«

»Wenn ich das Geld brauchen sollte, dann irgendwann innerhalb der nächsten sechs Monate. Vielleicht auch früher.«

»Was wird deiner Meinung nach passieren?«

»Es wird einen gewaltigen Aufstand geben. Honecker wird der Polizei und dem Militär den Befehl erteilen, ihn niederzuschlagen. Wenn es zu einem allgemeinen Gemetzel kommt, werden die Westdeutschen einmarschieren. Und wenn wir ganz großes Pech haben, tritt die Rote Armee gegen sie an.« Er zuckte die Achseln. »Irgend etwas wird jedenfalls passieren. Dein Vater hat recht. Man kann es förmlich riechen.«

»Ich nicht.«

Er lächelte. »Das freut mich. Du bist die einzige von uns, die noch bei Trost ist.«

Sie lächelte und sagte leise: »Magst du mich, Charlie?«

»Aber natürlich.«

»Wieso magst du mich?«

Er zuckte die Achseln. »Weiß ich nicht, ist einfach so.« Er zögerte einen Moment. »Magst du mich auch?«

»Spielt das eine Rolle?«

»Für mich schon.«

»Wieso?«

»Weil ich das Gefühl habe, wir gäben ein gutes Paar ab. Wenn ich mir vorstelle, daß ich all das hier hinter mir lasse, sehe ich dich immer bei mir.«

Sie lächelte. »Mir ist kalt. Gehen wir lieber rein.«

Sie kochte heiße Schokolade, und sie setzten sich an den Küchentisch.

»Die anderen machen sich offenbar große Sorgen wegen der allgemeinen Lage, du aber nicht. Wieso nicht?«

Er dachte einen Moment lang nach und sagte dann: »Ich nehme an, weil diese ganze Situation hier für mich etwas absolut Künstliches hat. Ich gehöre nicht dazu. Ich komme mir vor wie im Kino. Es betrifft mich nicht. Ich habe Hartmann gegenüber eine Verpflichtung, und die werde ich erfüllen. Wenn ich meine Schuld beglichen habe, werde ich gehen. Und ich wäre auch gegangen, wenn es nicht zu diesen ganzen turbulenten Ereignissen gekommen wäre.«

»Wohin wärst du gegangen?«

Er zögerte einen Moment, und sie nahm an, er wolle es ihr nicht verraten. »Du mußt es mir nicht sagen, Charlie.«

Er lächelte und schüttelte den Kopf. »Ich habe nur gezögert, weil ich mir nicht sicher bin, ob ich nach Amsterdam möchte oder in die USA.« Und er fügte hinzu: »Im Gegensatz zu manch anderen Menschen besitze ich keinen amerikanischen Paß.«

»Hartmann oder mein Vater könnten dir einen besorgen.«

»Hättest du Lust, mit mir zu kommen?«

Sie lächelte. »Du bist ein komischer Kerl, Charlie Foster.« Sie stockte. »Darf ich dich etwas Persönliches fragen?«

»Klar. Nur zu.«

»Hältst du mich für attraktiv?«

Er lachte leise. »Aber natürlich. Das weißt du doch.«

»Die meisten anderen Männer, die mich attraktiv finden, machen mir Avancen. Wieso hast du das nicht gemacht?«

»Schwer zu erklären.«

»Versuch es.«

»Nun ja, wenn wir uns im Privatleben kennengelernt hätten, rein zufällig, ohne diese Verbindung zu Peter Hartmann, wäre es etwas anderes gewesen. Aber ich hatte das Gefühl, daß du aus dienstlichen Gründen hier bist, sozusagen eine Pflicht erfüllst. Daß du an mich gebunden bist, und zwar nicht, weil du es möchtest, sondern ...« – er zuckte die Achseln – »...wie gesagt, irgendwie gezwungenermaßen. Und daß du unter diesen Umständen das Gefühl haben könntest, du müßtest mir zu Gefallen sein, weil das zu der Abmachung gehört. Natürlich fand ich dich vom ersten Augenblick an wunderschön, und später habe ich dich auch aus anderen Gründen richtig liebgewonnen, aber ich wäre mir vorgekommen wie der letzte Widerling, wenn ich auch nur den geringsten Annäherungsversuch unternommen hätte.«

»Weißt du, Charlie, du magst ja eine rauhe Schale haben, aber darunter verbirgt sich ein echter Moralapostel, stimmt's?«

Er zuckte die Achseln. »Wer weiß? Wenn du meinst, mein Schatz.«

»Sag das noch mal.«

»Was?«

»Sag noch mal ›mein Schatz‹.«

Lächelnd sagte er »mein Schatz«, und sie küßte ihn auf den Mund, während er sie in die Arme schloß.

Um drei Uhr morgens schaltete Foster den Fernseher an und stellte die Satellitenschüssel ein, so daß sie CNN empfangen konnten.

In der ersten Meldung hieß es, daß Erich Honecker am Abend zuvor zurückgetreten sei. Dann kam ein offizielles Foto von Egon Krenz, der Honeckers Nachfolge angetreten hatte. Im nächsten Beitrag wurde berichtet, daß Ungarn sich von Moskau losgesagt und seine Mitgliedschaft im Warschauer Pakt aufgekündigt habe.

Foster schaute auf seine Uhr. Es war noch keine zwölf Stunden her, als Leonow all das vorausgesagt hatte.

»Dein alter Herr sollte sich als Wahrsager betätigen. Er sagt, daß irgend etwas Unmögliches geschehen wird, und ein paar Stunden später ist es soweit.« Er stand auf und griff nach ihrer Hand.

»Wird Zeit, daß wir zu Bett gehen, mein Schatz.« Er lächelte. »Wieder, meine ich.«

Die Demonstrationen, die tags darauf in Leipzig und Dresden stattfanden, waren noch größer als sonst, und diesmal wurden sie auch im

Fernsehen der DDR gezeigt. Am nächsten Tag schienen die Träume der Demonstranten in Erfüllung zu gehen. Im Fernsehen fanden Diskussionen zwischen SED-Politikern und Vertretern der Opposition statt, die deren sofortigen Rücktritt verlangten. Die Parteiführung in Dresden verlor die Nerven und versprach, unverzüglich Zugeständnisse zu machen, und am 23. Oktober gingen in Leipzig eine halbe Million Menschen auf die Straße. Die Opposition formierte sich unter der Bezeichnung Neues Forum, und die kommunistische Regierung gab bekannt, daß die zigtausend Menschen, die über Ungarn, Österreich und die Tschechoslowakei das Land verlassen hätten, nicht wegen Republikflucht belangt würden.

32. KAPITEL

Eddie Foster öffnete das Päckchen und las die Nachricht.

Lieber Papa,
Bei mir ist alles o. k. Bewahre dies bitte in Deinem Safe für mich auf.
Herzliche Grüße

Er betrachtete das kleine Plastikbehältnis, hatte aber keine Ahnung, was sich darin befinden mochte. Doch er öffnete den Safe und steckte es in die flache Metallkassette, in der er sein Testament, das Sparbuch und die Versicherungspolicen aufbewahrte. Er überlegte kurz, ob er die Kombination ändern sollte, entschied sich aber dagegen. Charlie kannte die Kombination – eine sechsstellige Ziffernfolge, die auf den Geburtsdaten seiner Mutter beruhte –, und vielleicht war er irgendwann darauf angewiesen.

Er goß sich aus der Thermoskanne, die er immer von zu Haus mitbrachte, eine Tasse Tee ein, zog sich den Besuchersessel zurecht und setzte sich hin. Auf seinem Schreibtisch lagen die noch zusammengefaltete Ausgabe der *Birmingham Mail* von diesem Abend sowie das *Shortwave Magazine,* eine Zeitschrift für Hobbyfunker. Während er seinen Tee trank, fragte er sich, wie es Charlie wohl ergehen mochte. Jedenfalls mußte er sich auf freiem Fuß befinden, sonst könnte er ihm keine Nachrichten oder Sachen wie dieses Päckchen zukommen lassen. Aber ein Leben war das nicht. Nicht für einen jungen Mann wie ihn. In seinem Alter sollte man allmählich ein geregeltes Leben führen, sich eine anständige Frau suchen und sich vielleicht auf das erste Kind freuen. Er hatte genug Geld, um ein kleines Haus für die Familie zu kaufen und Charlie einen erklecklichen Anteil an seinem florierenden Geschäft abzutreten. Morgen war der 1. November, und danach kam Weihnachten. Sie hatten immer versucht, Weihnachten im Kreise der Familie zu feiern. Einmal war Charlie eigens aus Zypern zurückgeflogen und Schlag Mitternacht eingetroffen, als sie gerade die Weihnachtsbeleuchtung angeschaltet hatten. Dieses Jahr würde er sich nicht die Mühe machen und die Lichterketten anbringen.

Stan Richards war der erste, der wegen Johnny Tarrant Alarm schlug. Dolly hatte vorgeschlagen, daß Johnny zum Abendessen vorbeikommen sollte, doch Richards hatte ihn nirgendwo erreichen können. Offenbar hatte ihn schon seit mehreren Tagen niemand mehr gesehen. Als er Peter Waring fragte, ob er wisse, wo Tarrant sei, war allgemeine Hektik ausgebrochen. Eine rasche Nachforschung ergab, daß Tarrant seit mindestens zwei Wochen nirgendwo gesichtet worden war.

Waring hatte nicht die Absicht, sich in eine Sache hineinziehen zu lassen, die auf ausdrückliche Anweisung aus London hin nicht in seine Zuständigkeit fiel. Er rief in London an, wo man ihm mitteilte, daß Powell in Washington sei. Er erreichte ihn schließlich unter der Nummer, die man ihm im Century House genannt hatte. Als Powell die Neuigkeiten hörte, sagte er, er sei derzeit zu sehr mit einer Sache in Langley beschäftigt. Aber würde Waring ihm einen Gefallen tun und Willis in London anrufen, ihm die Situation schildern und ihn bitten, die Angelegenheit in die Hand zu nehmen?

Willis war im Urlaub, wurde aber in einem Hotel in Portofino aufgespürt. Er stieß zwar wilde Verwünschungen auf Powell aus, sagte aber, er werde noch am nächsten Tag nach Berlin kommen.

Ross Lindquist, Deputy Director der Abteilung Special Operations bei der CIA, las den Bericht und die Abschrift des Telefongesprächs zwischen Powell und Waring, das ihm die National Security Agency zugesandt hatte. Daraus ging zwar nicht klar hervor, worum es sich handelte, aber ein abgängiger SIS-Mann in Berlin war allemal ein paar Nachforschungen wert. Daraufhin wurden die entsprechenden Anweisungen erlassen und die näheren Einzelheiten an die CIA-Dienststellen in Bonn und Berlin weitergeleitet. Der Fall wurde als reine Routineuntersuchung eingestuft.

Die elektronische Aufklärungsabteilung in Pullach hatte diese Meldung bei der routinemäßigen Überwachung des Funkverkehrs mit der CIA-Dienststelle in Bonn aufgefangen, worauf man mit der beim BND üblichen Genauigkeit einen Datenvergleich vornahm und auf zwei ergänzende Aktenvermerke stieß. Der eine betraf einen Türken, der für den BND arbeitete und vor einem Jahr verschwunden war. Im anderen Fall handelte es sich um die Unterlagen über Foster, in denen auf die Zusammenarbeit zwischen der Dienststelle München und Tarrant verwiesen wurde. Der Bundesnachrichtendienst leitete Kopien dieses Materials zur Erinnerung an Waring in Berlin weiter, der sie für Willis zurücklegte. Waring fragte sich, weshalb man in Pullach diese Angelegenheit plötzlich wieder ausgrub, und forderte von der Signals Security einen Bericht über den Sicherheitszustand der Nachrichtenverbindungen der SIS-Dienststelle Berlin an. Entweder gab es irgendwo eine undichte Stelle, oder Powell turtelte insgeheim mit dem BND.

Foster hatte dem Mann, der ihn im Auftrag Londons suchte, zunächst nicht begegnen wollen.

Er schaute durch den Spion in der Zellentür und stellte fest, daß die Einzelhaft ihre Spuren hinterlassen hatte. Tarrant saß auf dem niedrigen Bett, hatte die Ellbogen auf die Knie gestützt und das Gesicht in den Händen vergraben. Er bemerkte die dichten roten Haare und die breiten Schultern. Man hatte ihm Jacke und Schuhe weggenommen, und Tarrant hatte eine grobe, graue Gefängnisdecke um seinen Oberkörper geschlungen. Die Zellen in Karlshorst waren nicht beheizt. Er hatte kein Mitgefühl mit dem Häftling. Wie sagten doch die Ausbilder immer? Er kannte die Spielregeln. Aber ihm war auch bewußt, daß er ebensogut in einer solchen Zelle sitzen könnte, wenn Hartmann ihn nicht vom ersten Tag seines Übertrittes an unter seine Fittiche genommen hätte.

Foster kehrte in das Büro zurück, in dem Hartmann wartete.

»Ich lasse ihn vom Wachtposten herschaffen und warte unterdessen im Anwaltsbüro. Der Posten kann Sie hinbringen.«

»Was haben Sie mit ihm vor?«

»Ich habe mich noch nicht entschieden. Ihr würde gern Ihre Meinung hören, nachdem Sie mit ihm gesprochen haben. Inzwischen kann er jedenfalls keinen Schaden anrichten.«

Zehn Minuten später brachte der Wachposten Tarrant, und sobald er abgetreten war, deutete Foster auf einen Metallstuhl neben dem Tisch. Dergleichen Mobiliar war immer aus Metall und stets fest im Betonboden verankert.

Tarrant hatte ein blasses Gesicht, was bei Rothaarigen häufig vorkam, und Foster vermutete, daß er aufgrund seiner Sommersprossen jünger wirkte, als er tatsächlich war.

Er ließ sich auf der Tischkante nieder und musterte Tarrant.

»Sie müssen Tarrant sein. Eigens aus London angereist, von meinem alten Freund Slaney. Wie geht's ihm denn so?«

»Es wird ganz gewaltige diplomatische Verwicklungen geben, wenn ihr mich nicht innerhalb von zwei Tagen laufenlaßt.«

Foster lachte schallend auf. »Sie sind nicht recht bei Trost, Tarrant, wenn Sie meinen, daß die auch nur einen Finger rühren, um Sie hier rauszuholen.« Er schwieg einen Moment. »Wenn dem so wäre, wäre ich nicht hier.«

Tarrant starrte ihn trotzig an. »Man wird Sie kriegen, Foster. Früher oder später.«

Foster lächelte. »Jagen Sie mir keine Angst ein, sonst laufe ich einfach weg und überlasse Sie dem KGB.« Er zögerte einen Moment. »Wie lautete Ihr Auftrag, wenn Sie mich gefunden hätten?«

Tarrant zuckte nur die Achseln.

»Sind Sie Peter Waring unterstellt?«

»Nein. Die vorgesetzte Dienststelle ist London. Ich sollte Sie lediglich aufspüren, ohne Kontakt herzustellen.«

»Und was hatte man danach vor?«

»Keine Ahnung.«

»Wer hat Sie in London eingewiesen?«

»Powell.«

»Aber Powell ist für die politische Koordination zuständig, nicht für die Einsätze.«

»Ich wurde vom Einsatzdienst an Powell abgeschoben, und er gab mir diesen Auftrag. Ich glaube, es war eine reine Überbrückungsmaßnahme.« Er schwieg einen Moment. »Ich habe mich übrigens mit ihrem alten Herrn in Verbindung gesetzt. Er hat nicht das Geringste preisgegeben, läßt aber liebe Grüße bestellen, falls ich Ihnen begegnen sollte.«

»Wo haben Sie ihn vernommen?«

»In dem Geschäft in Sutton Coldfield.«

»Wie geht's ihm.«

»Kam mir ganz munter vor, wollte aber mit mir und meinesgleichen nicht reden.«

»Warum sollte man in London zulassen, daß jemand wie Powell einen Einsatzagenten für einen Observierungsauftrag verwendet? Das ist doch Verschwendung, Sie sind immerhin Spezialist.«

»Ich bin ein bißchen ins Fettnäpfchen getreten. Und wie gesagt, ich glaube, es war eine Überbrückungsmaßnahme.«

»In was für ein Fettnäpfchen?«

»Eine schmutzige Scheidung, über die in der Zeitung berichtet wurde.«

Und zum erstenmal empfand Foster so etwas wie Mitgefühl mit der ziemlich jämmerlichen Gestalt, die vor ihm saß.

»Kann ich irgend etwas für Sie tun?«

»Gegen ein anständiges Essen und eine weitere Decke hätte ich nichts einzuwenden.«

»Ich werde zusehen, ob ich Sie verlegen lassen kann.«

Es war, als habe dieser kurze Kontakt mit einem Landsmann Tarrant neuen Mut gegeben. »Die Leute bei uns glauben, daß Sie für die Stasi arbeiten«, sagte er. »Stimmt das?«

Foster drückte auf den Klingelknopf und befahl dem Wachposten, den Häftling in seine Zelle zurückzubringen.

Hartmann hatte Tarrant in eine etwas angenehmere Zelle in der Haftabteilung der Stasi-Zentrale an der Normannenstraße verlegen lassen, wo Foster ein nicht mehr ganz so verkrampftes Gespräch mit ihm führte. Tarrant berichtete ihm von seiner turbulenten Ehe, und Foster war aufrichtig erschüttert, als er erfuhr, daß Slaneys Frau verstorben war. Dann fragte ihn Tarrant nach dem Alltag in der DDR, und Foster bemerkte, daß er unwillkürlich Partei für die kleinen Leute ergriff und sie gegen die üblichen Vorwürfe aus dem kapitalistischen Westen in Schutz nahm. Hinterher war er nach wie vor unschlüssig, was man mit dem Häftling anstellen sollte. Vielleicht konnte man ihn sich auf irgendeine Weise nutzbar machen. Foster hatte nicht vor, ihn über den SIS auszuquetschen. Dieser Punkt war bei seiner Vereinbarung mit Hartmann ausdrücklich ausgeklammert worden. Wenn Hartmann Tarrant auf den Zahn fühlen wollte, dann war das seine Sache.

Sie hatten sich an diesem Abend zum Essen in der kleinen Küche in Fosters Haus verabredet, doch Hartmann ließ sie fast zwei Stunden lang warten. Als er endlich eintraf, wirkte er nachdenklich und besorgt. Gala goß ihm einen Whisky ein, und Hartmann hob das Glas und prostete ihnen zu.

»*Na sdrowje.*«

Sie mußten beide lächeln und antworteten auf russisch, doch Hartmann schüttelte nur den Kopf.

»Kein Grund zur Freude, meine Freunde. Ich habe gerade mehrere Stunden lang mit Moskau telefoniert. Klingt so, als würden dort die Messer gewetzt und die Reißwölfe auf Hochtouren laufen. Man vernichtet alles, was das Gewissen belastet, jeden Hinweis auf Korruption, Subversion, Verrat oder schlichte Blödheit.«

»Wer bedient die Reißwölfe?« sagte Foster leise.

»Allem Anschein nach verdächtigt jeder jeden. Da ist von einem Putsch gegen Gorbatschow die Rede, dann heißt es wieder, er wolle seinerseits einen Schlag gegen die alte Garde führen. Der Streit zwischen Kommunisten und solchen, die es nie gewesen sein wollen, spaltet das Militär. Jedenfalls wird es nicht mehr lange dauern, bis diese oder jene Clique bereit ist, jeden, der ihnen nicht paßt, ins Lefortowa-Gefängnis zu werfen.«

»Sind Sie davon betroffen?«

»Ganz sicher sogar – oder es wird noch kommen.«

»Warum?«

»Meine Güte, die brauchen keinen Grund. Es hängt nur davon ab, wer an die Spitze gelangt. Ich habe immer versucht, unabhängig zu bleiben, aber das ist heutzutage das Schlimmste überhaupt.« Er schwieg einen Moment. »Honecker ist übrigens auf dem Weg nach Moskau. Angeblich zu einer ärztlichen Untersuchung, die, wie es so schön diplomatisch heißt, nur dort vorgenommen werden kann. Das bedeutet, daß die Zustände hier eine Wende zum Schlechten nehmen.«

Der nächste Tag, der 9. November, war kalt, aber die Sonne schien auf die trostlosen Häuser und Straßen von Ostberlin. Nichts deutete darauf hin, daß an diesem Tag etwas Bemerkenswertes geschehen sollte. Noch am Nachmittag ahnte niemand, weder Staatsmacht noch Opposition, daß demnächst Geschichte geschrieben werden würde. Es war, als habe jemand einen alten Pullover genommen, an einer fallengelassenen Masche gezogen und das ganze Gewebe aufgeräufelt. Doch noch erkannte niemand, daß zur gleichen Zeit ein halbes Dutzend alte Pullover aufgeräufelt wurden.

33. KAPITEL

Es war ein ganz normaler Herbsttag. Die Demonstranten auf der Straße verlangten Reisefreiheit, vor allem nach Westberlin, doch die Polizei und die Grenzposten waren das mittlerweile gewohnt. Außerdem waren dafür die Politiker zuständig. Am Vorabend hatte tatsächlich eine Sitzung der elf Mitglieder des Zentralkomitees stattgefunden, in der Egon Krenz einstimmig als Honeckers Nachfolger gewählt worden war. Die Konferenz war ohne Zwischenfälle vonstatten gegangen, obwohl sich vor dem Palast der Republik 50 000 Menschen versammelt und lauthals ihren Unmut über die Regierung kundgetan hatten. Doch diesmal hatte sich der Tenor ihrer Forderungen verändert, auch wenn die Verantwortlichen von dieser Veränderung keine Notiz zu nehmen schienen. Sie verlangten keine Reisefreiheit mehr, sie forderten unverzügliche Neuwahlen.

Am Abend des 9. November erfolgte eine Bekanntmachung, die hinterher niemand abgesegnet haben wollte. Sie wurde von Günter Schabowski, Mitglied des Politbüros, im Verlaufe einer Pressekonferenz verlesen. Schabowski erklärte, daß ein neues Gesetz verabschiedet worden sei, wonach Bürger der DDR ab sofort ohne besondere Genehmigung oder Vorlage eines Reisepasses überallhin reisen könnten, wohin sie wollten, Westberlin eingeschlossen, und daß sie weder von der Polizei noch den Grenzposten aufgehalten werden würden. Diese Bekanntmachung wurde um 19 Uhr 30 erstmals über Fernsehen und Rundfunk verbreitet. Die Menschen glaubten zunächst, es handle sich um einen Scherz, doch dann wurde die Meldung mehrmals wiederholt.

Als ein junger Mann am Kontrollpunkt Bornholmer Straße die Mitteilung zum erstenmal über Kofferradio hörte, warteten dort nur etwa zwanzig bis dreißig Menschen darauf, daß man sie über die Grenze ließ. Die Polizei und die Grenzposten, die sie beobachteten, gingen davon aus, daß es sich um einen Irrtum handle, der in kürzester Zeit berichtigt werden würde. Doch zehn Minuten später drängten sich dort bereits tausend winkende, lachende Menschen, die lauthals forderten, man solle die Absperrungen beseitigen.

Über eine Stunde lang telefonierten die höheren Offiziere vor Ort mit ihren Vorgesetzten im Hauptquartier der Grenztruppen der DDR an der Schnellerstraße, doch man teilte ihnen mit, sie sollten nach eigenem Gutdünken handeln. Dann erklärte ein Stasi-Oberst der vorwärts drängenden Menschenmenge, daß das Gesetz erst am nächsten Tag in Kraft trete und daß jeder seinen Ausweis stempeln lassen müsse. Er ließ durchklingen, daß es keine Rückreisegarantie für diejenigen gebe, die nach Westberlin ausreisten. Doch der Oberst hatte, wie viele andere Menschen auch, noch nicht begriffen, daß an diesem Abend alles anders geworden war. Die Leute beschimpften die Ordnungskräfte, sie wetterten wider Honecker und die Partei, verfluchten sie für die jahrelange Unterdrückung. Erschüttert standen die Grenzposten daneben und konnten nicht fassen, was sich vor ihnen abspielte.

Zwei Hauptmännern des Staatssicherheitsdienstes wurde schließlich klar, daß die Grenzabsperrungen von der mittlerweile unübersehbaren, nach Zehntausenden zählenden Menschenmenge schlichtweg niedergewalzt werden würden. Sie schoben die Hindernisse beiseite, und sofort verwandelte sich die aufbegehrende Meute in eine Masse fröhlicher Menschen, die unter Lachen und Tränen tanzend und singend gen Westen zog. Die Grenzposten standen mit versteinerten Mienen da, sahen mißbilligend zu und versuchten die Schmährufe zu überhören, die ihnen von Männern und Frauen entgegenschallten, die keinen Hehl mehr aus ihrem Abscheu und Haß machten.

Hartmann, Foster und Gala, die sich all das über Satellitenschüssel auf Sat 1 ansahen, waren ebenso erschüttert wie die Grenzposten und die Polizei, allerdings aus unterschiedlichen Gründen. Sie nahmen Fosters Wagen, fuhren zwei Kontrollpunkte an und sahen zu, wie Menschen ihren Verwandten drüben, im Paradies, in die Arme sanken. Schweigend fuhren sie zurück, und jeder wußte, daß er einen historischen Augenblick miterlebt hatte. Nichts würde mehr so sein, wie es gewesen war.

Der Stasi-Unteroffizier, der Tarrant spätabends eine Schüssel dünner Suppe brachte, berichtete dem Häftling, was geschehen war, doch Tarrant wollte es nicht glauben. So etwas mußte monatelang vorbereitet werden, das kam nicht aus heiterem Himmel, so einmalig es auch sein mochte.

Bis zum Wochenende hatten rund 500 000 DDR-Bürger einen Abstecher nach Westberlin gemacht. Einige kehrten nicht wieder zurück, die Mehrzahl aber, vor allem diejenigen, die drüben Familie, Wohnung und eine Arbeit hatten, an der sie hingen, wollten nur einmal einkaufen gehen. Videorecorder, Walkmans, Fernsehgeräte und Pornohefte waren die begehrtesten Artikel. Ein paar Romantiker kauften Parfüms, einige Modebewußte deckten sich mit echten Levis ein. Und als an der Kontrollstelle niemand die Tüten und Taschen kontrollieren und die Beute beschlagnahmen wollte, waren sie endgültig überzeugt, daß der Traum tatsächlich in Erfüllung gegangen war.

34. KAPITEL

Die Fenster in dem kleinen Konferenzzimmer waren absichtlich so hoch angebracht, damit man nicht hinausschauen konnte, wenn man am Tisch saß. Igor Serow stand an einem der Fenster und blickte zu den in Zweierreihe stehenden Datschen auf der vergleichsweise neuen Anlage des Ersten Hauptdirektorats des KGB in Jasenewo. Nach dem leichten Schneefall vom Vortag hatte es über Nacht gefroren, und die Autos auf der Moskauer Ringstraße fuhren sehr vorsichtig. General Serow hatte sich vorgenommen, bei der Sitzung, die in zehn Minuten beginnen sollte, die gleiche Vorsicht walten zu lassen.

Er mußte daran denken, daß sich trotz dieser neumodischen Begriffe – *Glasnost* und *Perestroika* – niemand für ein anderes, ein altmodisches Wort stark machte: *Prawda,* die Wahrheit. Viel zu lange war dieser Begriff auf den Titel der meistverkauften sowjetischen Tageszeitung beschränkt gewesen. Sie war ein Wert, den die herrschende Klasse in der Sowjetunion längst abgeschrieben hatte. Nur die Bauern gebrauchten dieses Wort noch. Doch seit Gorbatschow die Büchse der Pandora geöffnet hatte, diente die »Wahrheit« als Vorwand, um die Missetaten früherer sowjetischer Machthaber anzuprangern. Wie ein Virus breitete sich die Wahrheit im gesamten Räderwerk des Systems aus. Gott allein mochte wissen, wie viele offizielle oder heimliche Cliquen, Fraktionen und Interessengruppen es im Kreml gab, dazu die Rote Armee, die Luftwaffe, die Rote Flotte und die Apparatschiks, die an den entscheidenden Hebeln dieses gewaltigen, unbeweglichen Machtapparates saßen. Bei der heutigen Konferenz handelte es sich um die übliche wöchentliche Besprechung, an der Vertreter der Nachrichtendienste der Streitkräfte, des KGB, der Grenzsicherungstruppen und des Außenministeriums teilnahmen. Alle kochten ihr eigenes Süppchen, ohne wahrzunehmen, daß das gesamte Machtgefüge auseinanderbrach, außer Kontrolle geriet. Als unabhängiger Beobachter war er ständiger Vorsitzender dieses sogenannten Aufklärungskoordinierungskomitees. Solche Gremien gab es überall – auf alle Fälle bei den Engländern und den Amerikanern. Und überall waren die Teilnehmer darauf bedacht, ihre Kollegen so wenig wie möglich erfahren zu lassen, und jedes dieser Gremien achtete peinlich darauf, daß nachrichtendienstliche Erkenntnisse nur häppchenweise an die jeweilige Regierung weitergeleitet wurden.

Nach knapp einer Stunde neigte sich die Besprechung dem Ende zu. Es war eine lahmarschige Sitzung gewesen, bei der alle krampfhaft darauf geachtet hatten, daß ihnen niemand in die Karten schaute. Mit Optimismus hatte man die eigene Ignoranz kaschiert, man hatte Begeisterung gemimt, damit man nicht der Lethargie oder Gleichgültigkeit bezichtigt wurde.

Als der letzte der neun Teilnehmer seinen Bericht vorgetragen hatte, wandte Serow sich an Ustenko, der für sämtliche außerhalb der Sowjetunion stationierten sowjetischen Streitkräfte zuständig war, sowohl für die Kampf- als auch für die reinen Besatzungstruppen.

»Genosse General, berichten Sie uns doch bitte, wie sich die uneingeschränkte Reisefreiheit auf die Moral unserer Streitkräfte in der Deutschen Demokratischen Republik auswirkt.«

Ustenko war ein mit allen Wassern gewaschener alter Haudegen, der die politischen Unwägbarkeiten des Kreml gewohnt war und ein scharfes Gespür dafür hatte, woher der Wind wehte.

»Ich freue mich, mitteilen zu können, Genosse General Serow, daß unsere Leute dort für alle Eventualitäten gut gerüstet sind, aber nach außen hin Ruhe bewahren und keinerlei Interesse an den politischen Vorgängen vor Ort zeigen.«

»Die Soldaten haben seit vier Monaten keinen Sold mehr erhalten, Genosse. Wollen Sie mir etwa weismachen, daß ihnen nichts an ihrem Geld liegt?«

»Sie fügen sich in die Fährnisse des Dienstes, Genosse General. Bislang gab es keine offiziellen Beschwerden.«

»Ich habe, wie Sie wissen, in den letzten sechs Monaten häufig Reisen nach Berlin unternommen. Ich habe mit zahlreichen Militärangehörigen gesprochen. Sie schäumten vor Wut darüber, wie man sie behandelte.«

Ustenko zuckte mit der Schulter. »Wenn aber die Kasse leer ist, Genosse?«

»Ich war letzte Woche dort, Genosse. Man bot mir für zweihundert D-Mark eine Kalaschnikow an, dazu unbegrenzte Mengen Munition.«

»Das müssen neue Rekruten gewesen sein, Genosse ...« – er lächelte –, »... die offenbar von Ihrer Uniform und all den Orden beeindruckt waren.«

»Ich war in Zivil, Genosse, und ich habe Deutsch gesprochen. Bei dem Soldaten handelte es sich um einen Veteranen des Afghanistan-Feldzuges.«

»Wenn Sie mir die entsprechenden Angaben machen, Genosse General, werde ich für eine eingehende Untersuchung sorgen, sobald ich wieder in Karlshorst bin.«

Serow bemerkte sehr wohl den verstohlenen Blick, den sich Ustenko und der Oberst zuwarfen, der als Verbindungsoffizier des KGB zum Staatssicherheitsdienst tätig war. Er fragte sich, welche Gaunereien die beiden ausbrüten mochten. Seiner persönlichen Einschätzung nach war die Rote Armee in der DDR so tief in Schwarzmarktgeschäfte verstrickt, daß pro Woche rund drei Millionen Rubel von der Truppe in die Sowjetunion zurückgeschickt wurden. Serow hatte durchaus Verständnis für die Soldaten, nicht aber für die Bagage, die ihr den gerechten Lohn vorenthielt und damit Warenspekulationen betrieb. Die Kasse in Moskau mochte zwar leer sein, doch der Sold und die Kosten für die militärische Präsenz wurden von den Deutschen unmittelbar an das Hauptquartier in Karlshorst ausbezahlt. Vergewaltigung und Diebstahl mochte des Siegers Lohn sein, aber was diese Gauner in höchsten Positionen trieben, war nicht zu entschuldigen. Er hatte ihnen einen Warnschuß verpaßt, und wenn sie nicht spurten, würde er die ganze Bande am Schlafittchen nehmen.

Peter Waring war wütend und aufgebracht. Er ärgerte sich, weil Joe Willis gekommen war und den Fall Tarrant an sich gezogen hatte. Die meisten Schreibtischtäter waren wenigstens ein, zwei Jahre im Außendienst gewesen. Aber wenn man im Einatz etwas taugte, wurde man nicht in den Innendienst versetzt. Normalerweise waren diese Schreibtischbeamten verkrachte Akademiker oder sogenannte geborene Verwaltungskräfte. Waring hatte Willis in dem Quartier an der Kantstraße untergebracht, in dem zuvor Tarrant gewohnt hatte. Willis konnte hier gar nichts tun. Keiner von ihnen konnte irgend etwas tun. Tarrant war zum Deibel, und damit hatte sich die Sache.

Und zu der Tarrant-Geschichte war obendrein noch die Maueröffnung gekommen, was wiederum bedeutete, daß alles, was sie hier in den letzten ein, zwei Jahren aufgebaut hatten, im Eimer war. Sie hatten Notfallmaßnahmen für jede voraussehbare Situation eingeplant, aber der Fall der Mauer war nicht voraussehbar gewesen, und die damit verbunden Aufgaben waren selbst dann nicht zu bewältigen, wenn man sich auf die allernotwendigsten sicherheitstechnischen Maßnahmen beschränkte. Unter den Menschenmassen, die tagtäglich durch die Kontrollpunkte drängten, konnten sich alle möglichen KGB-Leute, Stasi-Spione oder arabischen Terroristen verbergen, aber kein Mensch konnte sie aussieben. Nicht einmal stichprobenhafte Kontrollen durfte er von Gesetzes wegen durchführen. Und darüber hinaus hatte er auch noch Willis am Hals, der sich hinter Warings Rücken mit allerlei wilden Vorschlägen, darunter die Schließung aller Kontrollpunkte auf alliierter Seite, an London gewandt hatte.

Georg Steiner zog die schwarze Königin und blickte zu Tarrant auf. »Schach und matt.«

Tarrant musterte einen Moment lang die Aufstellung der Figuren in der Ecke des Spielbretts. Er war kein guter Schachspieler, aber selbst ihm war klar, daß er vier Züge zuvor eine Rochade hätte vornehmen müssen. Lächelnd schaute er den Stasi-Wachmann an. »Danke, daß Sie mit mir gespielt haben, Georg.«

»Herr Schultz kommt gegen Mittag vorbei. Sie sollten sich vorher lieber rasieren.«

Tarrant lächelte. »Keine Sorge. Der ist in Ordnung. Er steht auf meiner Seite.«

»Dann haben Sie Glück gehabt. Er ist ein hohes Tier.«

Tante Olga war eine klassische Eckkneipe an der Linienstraße. Besucht wurde sie hauptsächlich von Arbeitern und Handwerkern, die auf den zahllosen Baustellen im Herzen der Stadt beschäftigt waren. An dem Tisch in der hinteren Ecke tummelte sich für gewöhnlich eine Horde Journalisten. Niemand hatte eine Erklärung dafür, warum die Zeitungsleute sich ausgerechnet diese Kneipe ausgesucht hatten, doch die übrigen Gäste hatten sich damit abgefunden – etwa so, wie sich eine Antilopenherde damit abfindet, daß sie von einem Rudel satter Löwen beobachtet wird.

Georg Steiner kam hauptsächlich wegen der Journalisten hierher. Genauer gesagt, wegen eines Journalisten, eines gewissen Alwyn Lewis, der als freischaffender Korrespondent für mehrere britische Zeitungen und zwei, drei Agenturen arbeitete. Sie zogen sich an einen Tisch in einem kleinen Nebenraum zurück, der normalerweise für Stammgäste reserviert war.

Als Lewis zwei Glas Bier besorgt hatte, sagte Steiner: »Können wir ins Geschäft kommen?«

»Kommt drauf an, was Sie zu bieten haben, Georg.«

»Es geht um einen der Häftlinge.«

»Schießen Sie los.«

»Er ist Engländer. Wegen Spionage festgenommen.«

Lewis zuckte die Achseln. »Bei euch gilt man doch schon als Spion, wenn man im Telefonbuch eine Nummer nachschlägt.«

»Der hier ist ein Profi, ein Geheimdienstler. Wurde aus London geschickt. Er sitzt in der Stasi-Zentrale, aber der Deutsche, der für das KGB arbeitet, ist jetzt für ihn zuständig. Der Engländer ist kooperativ.«

»Wie heißt er, dieser Engländer?«

»Tarrant. John Tarrant.« Steiner buchstabierte den Namen, sah, wie Lewis ihn in sein Notizbuch schrieb.

»Wie lange ist der schon bei euch?«

»Etwa zwei Wochen. Kam ein paar Tage vor Maueröffnung.«

»Und was soll er genau gemacht haben?«

»Das weiß ich noch nicht.«

»Okay, mein Bester.« Lewis griff in seine Jackentasche und holte einen zusammengefalteten Geldschein heraus. »Hundert D-Mark. Wenn Sie mehr wissen, gibt's mehr. Okay?« Er schwieg einen Moment. »Warum erzählen Sie mir das?«

»Ich möchte mich beim britischen Nachrichtendienst in Westberlin empfehlen.«

»Warum?«

»Um mit denen zusammenzuarbeiten.«

Lewis lächelte. »Gedenken Sie, die Seite zu wechseln?«

Steiner lächelte ebenfalls. »Kann sein. Helfen Sie mir dabei?«

»Mal sehen, wie es läuft.« Er stand auf. »Wissen Sie, unter welcher Nummer Sie mich erreichen können?«

»Ja.«

Der diensttuende Offizier der Nachtschicht zog den üblichen Stapel mit den Frühausgaben der Zeitungen vom nächsten Tag zu sich. Normalerweise nahm er sich zuerst die Boulevardblätter vor. Die brachten selten etwas, das für den SIS verwertbar war. Beim MI-5 interessierte man sich für die kleinen Sünden der Parlamentarier, Gewerkschaftsbonzen und Wirtschaftsbosse, nicht aber beim MI-6. In der Kopfzeile, die sich quer über die Titelseite des *Daily Mirror* zog, stand: »Krauts verhaften britischen Spion – Seite 2«. Er schlug die Seite auf. Eine riesige Schlagzeile, aber nur wenig Text. Doch was er da las, genügte ihm. Er griff zum Telefon. Als sich die Telefonzentrale meldete, sagte er: »Geben Sie mir Mister Powell, egal, wo er ist.«

»Laut Eintragung ist er zu Hause.«

»Holen Sie ihn ran – wie, ist mir egal.«

Powell verabschiedete gerade die letzten Gäste seiner Dinnerparty, als seine Frau herauskam und ihm mitteilte, daß er am Telefon verlangt werde.

»Wer ist dran, Marion?« Er schaute auf seine Uhr. »Um Himmels willen, es ist fast ein Uhr.«

»Es ist die Firma.«

Er winkte dem Wagen der Gäste hinterher, ging hinein und meldete sich von dem Apparat in der Halle aus.

»Ja?«

»Offizier vom Dienst, Sir. Sprechen Sie über Zerhacker?«

»Nein.«

»Ich hielte es für ratsam, Sir.«

»Einen Moment, ich gehe nur in mein Arbeitszimmer und rufe von dort aus zurück.«

»In Ordnung, Sir.«

Powell begab sich an seinen Schreibtisch, drückte auf den roten Knopf am Zerhacker, nahm den Hörer ab und vernahm das leise Zirpen, als der Apparat die Codierung auswählte. Als der Diensttuende sich meldete, kam er umgehend zur Sache.

»Was ist los?«

»Im *Mirror* steht ein Artikel über uns, mit einer riesigen Schlagzeile, dazu ein paar Absätze im *Guardian.* Die Schlagzeile im *Mirror* lautet ›Britischer Spion in Ostdeutschland in Haft‹, dann kommen etwa dreißig bis fünfunddreißig Zeilen Text.«

»Wie lautet der? Nur das Wesentliche.«

»Wie aus zuverlässiger Quelle zu erfahren – britischer Spion namens John Tarrant – von der Stasi verhaftet – arbeitet mit KGB zusammen – Geheimdienst einmal mehr einen Bock geschossen. Keine Namenszeile.« Er hielt inne. »Der Artikel im *Guardian* ist ...«

»Trommeln Sie meine Leute zusammen – das Notfallteam. In genau einer Stunde, und schicken Sie mir einen Wagen. Ich bin zu Hause. In Putney, nicht im Cottage.«

»In Ordnung, Sir.«

Mittlerweile war es hell, und sie fläzten sich mit hochgekrempelten Hemdsärmeln und gelockerten Krawatten in den Sesseln um den langen Konferenztisch, auf dem sich im Verlauf der langen Nacht allerlei Cola-Dosen, Tee- und Kaffeegeschirr sowie die Überreste diverser Sandwiches angesammelt hatten. Powell stand am Fenster und blickte über die Hausdächer auf der gegenüberliegenden Straßenseite hinweg. Er schaute auf seine Uhr – in etwa einer Stunde würden die Telefone heißlaufen. Dann hatten sie die Klugscheißer am Hals, die einen mit Fragen über Fragen bombardierten, einen ständig unterbrachen, noch ehe man ausgeredet hatte – die nur nach kurzen, knackigen Formulierungen suchten, aus denen sie eine Schlagzeile zimmern konnten.

Er drehte sich zu den anderen vier Männern um, die erschöpft in den Ledersesseln lehnten, und ließ den Blick von einem zum anderen schweifen.

»Okay, Roger, wir machen es so. Meiner Ansicht nach haben wir keine andere Wahl. Sie übernehmen sämtliche Anrufe von den Redaktionen, und ich kümmere mich um die Verleger, falls wir sie erreichen.« Er fuchtelte mit der Hand herum wie ein Dirigent vor versammeltem Orchester. »Ganz ruhig – die unrichtigen Darstellungen überraschen uns – wir sind eher besorgt und so weiter und so fort – Tarrant ist nicht bei uns – ein Freischaffender, der für diverse Regierungen tätig ist – manchmal auch für uns – ist uns zu unerfahren – nicht zuverlässig genug – ein Söldner. Traurige Geschichte, aber so läuft das nun mal.« Er deutete auf einen der Männer. »Okay, Roger? Sind Sie damit zufrieden?«

Roger nickte. »Wir beide sollten vielleicht beim Frühstück ein paar Interviewfragen durchspielen. Sie wissen ja, gute Vorbereitung kann nie schaden.« Und im Aufstehen fügte er hinzu: »Außerdem müssen wir uns noch entscheiden, ob wir ihn als Überläufer hinstellen oder einfach als einen ganz gewöhnlichen Pfuscher. Was ist Ihnen lieber?«

»Wir sagen einfach, das wissen wir nicht. Aber sollte sich herausstellen, daß er ein Überläufer ist, dann werden wir ihn uns holen – was ja nun, nach dem Fall der Mauer, möglich ist – und vor Gericht stellen.«

Roger lachte. »Geben Sie's Ihnen, Tony. Blöde Bande – alle miteinander.«

Die Berichterstattung in den Mittagsnachrichten in Rundfunk und Fernsehen war eher zurückhaltend. Die Meldung kam, offenbar in gegenseitiger Absprache, erst an fünfter Stelle. Am nächsten Morgen wurde der Vorfall in sämtlichen Tageszeitungen erwähnt, aber man brachte allenfalls fünf Absätze. Da stand zwar alles drin, aber anscheinend war es dem Century House gelungen, den Medien durch ein geschicktes Ablenkungsmanöver Sand in die Augen zu streuen.

Am folgenden Tag stand die Nachricht in den westdeutschen Zeitungen, aber das Fernsehen brachte nichts. In einem Artikel der *Frankfurter Allgemeinen* hieß es jedoch, ein Vertreter des Außenministeriums der DDR habe auf eine entsprechende Anfrage hin energisch dementiert.

Hartmann war überrascht, wie wütend Foster reagierte, als er ihm den Bericht in einer britischen Zeitung zeigte.

»Woher, zum Teufel, haben die das mit Tarrant erfahren? Und alles andere dazu?«

»Einer der Wärter im Zellenblock an der Normannenstraße hat es an einen Journalisten weitergegeben. Er sitzt bereits in Cottbus im Gefängnis.«

»Ich nehme an, er hat es für viel Geld getan.«

»Nein. Er hat nur ein paar D-Mark bekommen, aber man versprach, ihn an die SIS-Niederlassung in Berlin weiterzuempfehlen. Seit dem Fall der Mauer sind viele Leute vom Staatssicherheitsdienst in heller Panik. Die Bevölkerung hat bereits zahlreiche Stasi-Niederlassungen gestürmt und nach Akten gesucht. Außerdem werden Rufe nach strafrechtlichen Konsequenzen laut, vor allem für die Grenzposten, die auf Republikflüchtige geschossen haben.«

»Geschieht den Mistkerlen recht.«

»Sie sollten lieber mit Tarrant sprechen. Soweit ich weiß, hat ihn das schwer getroffen.«

Foster saß fünf Minuten lang da und ließ Tarrants wütenden Wortschwall geduldig über sich ergehen. Als das Gröbste vorüber war, sagte er: »Kein Grund, sich so aufzuregen. Sie haben sich in geheimdienstlichem Auftrag in Ostberlin herumgetrieben, wollten mich aufspüren. Man hat Sie erwischt. Da gibt's nichts zu beschweren. Und daß man Sie in London fallengelassen hat wie eine heiße Kartoffel, als die Sache publik wurde – nun, das ist doch die übliche Verfahrensweise.«

»Ist es nicht, verdammt noch mal. Charlie, ich hatte den offiziellen Auftrag, Sie aufzuspüren. Auf deren Befehl hin.«

»Und Sie wurden dabei erwischt. Man hat Ihnen doch bestimmt zigmal erklärt, wie das läuft. Wenn Sie kassiert werden, wird man schwören, man habe nie von Ihnen gehört. Stimmt's?«

»Vermutlich ja. Aber dabei hat man es ja nicht belassen. Die stellen mich als Überläufer hin.«

»Mit mir haben sie's genauso gemacht. Na und?«

»Aber Sie *sind* übergelaufen. Aus ehrenwerten Gründen, das gebe ich ja zu, aber Sie haben nach Ihrem Übertritt für die gearbeitet. Auch wenn Sie nur Ihren Kurieren helfen wollten.«

»Ich kann auch Ihnen helfen, wenn Sie sich beruhigen.«

»Wie denn? Alle, die mich kennen, haben doch diesen Dreck in den Zeitungen gelesen. Das kann man doch niemals richtigstellen.«

»Nun ja – das Wichtige zuerst. Möchten Sie, daß man Sie freiläßt?«

»Selbstverständlich. Aber nicht, wenn das bedeutet, daß ich für diese Mistbande hier arbeiten muß.«

»Mal angenommen, wir würden Sie morgen freilassen – wohin würden Sie gehen, und was würden Sie tun?«

An Tarrants langem Zögern, ehe er antwortete, erkannte Foster, daß ihm bewußt war, worum es ging.

»Ich nehme an, ich würde nach Hause fahren«, sagte er, doch es klang nicht allzu überzeugend.

»Und was dann?«

Tarrant schüttelte langsam den Kopf. »Keine Ahnung.«

»Kommen wir doch mal zum Kern der Sache. Ich bin bereit, Sie laufenzulassen. Sie können wieder nach drüben gehen – liegt bei Ihnen. Aber dort wird man Sie drankriegen. Die müssen ihr Gesicht wahren.

Aber es gibt einen Ausweg. Finden Sie sich einfach damit ab, daß die es nicht schlucken werden, wenn Sie sich in England herumtreiben. Man wird Sie in Nullkommanichts hopsnehmen. Aber ich glaube, ich könnte die Herren in London ein bißchen unter Druck setzen, damit man Sie in ein anderes Land ziehen läßt – sagen wir mal, für ein paar Jahre, bei voller Pension. Und nach zwei Jahren können Sie jederzeit zurück, wenn Sie wollen.«

»Warum, zum Teufel, sollten die sich darauf einlassen?«

»Wären Sie damit einverstanden, wenn ich das so regeln könnte?«

»Und Sie garantieren, daß man mir nichts anhaben wird?«

»Ja.«

»Okay, dann bleibt mir wohl keine andere Wahl.«

»Welche Sprachen außer Deutsch beherrschen Sie noch?«

»Spanisch und Schwedisch.«

»Okay. Wir wär's mit Argentinien?«

»Nichts dagegen.«

»Es wird vermutlich ein, zwei Wochen dauern.«

»Warum helfen Sie mir?«

»Reiner Freundschaftsdienst, mein Lieber.«

35. KAPITEL

Als der Ausdruck bei Powell landete, las er ihn nur einmal durch und griff dann zum Telefon. Diese Sache ließ sich vom Schreibtisch aus nicht mehr lösen. Jetzt war rasches Handeln gefordert, sonst entglitt sie ihnen gänzlich. Es war ein Auftrag für McBride.

An dem Stechapfel im Gewächshaus hingen noch drei lange, trichterförmige Blüten, doch in der Gärtnerei hatte man gesagt, bis spätestens Ende des Monats müsse die Pflanze radikal zurückgeschnitten werden. Mindestens ein Drittel müsse weg, dazu sämtliche dünnen Stengel in der Mitte. Er wollte die Gartenschere gerade wieder weglegen, als seine Frau zu der offenen zweiflügeligen Loggiatür kam, die ins Innere des Hauses führte.

»Telefon für dich, Mac.«

»Wer ist dran?«

»Ein Mann. Hat sich nicht vorgestellt.«

Er zog die Gärtnerhandschuhe aus, die er wohlweislich trug, da der wunderschöne Stechapfel hoch giftig war, und ging zu dem weißen Telefon, das auf dem Tisch im Vorsaal stand.

»McBride.«

»Powell hier, Mac. Ich muß Sie dringend sprechen. Können Sie vorbeikommen?«

»Etwa 'ne Stunde, plus Parkplatzsuche.«

»Kommen Sie zum Travellers', okay?«

»Okay.«

Er hatte sich noch nicht rasiert, daher steckte er den Philishave zusammen mit der Morgenzeitung in seine Reisetasche. Er wollte mit dem Zug fahren. Das ging schneller als mit dem Auto, und am Bahnhof in Frant fand man jederzeit einen Parkplatz.

Am Bahnhof stellte er den Wagen ab, ohne sich um das Hinweisschild zu kümmern, wonach er 70 Pence Parkplatzgebühr berappen sollte, und besorgte sich eine Fahrkarte erster Klasse. Da bis zur Ankunft des Zuges aus Hastings noch fünf Minuten Zeit waren, plauderte er ein bißchen mit Peter, dem Schalterbeamten, der in seiner Freizeit wunderschöne Violinen baute, über die Vor- und Nachteile von Nigel Kennedy.

Er hatte ein Abteil für sich, so daß er sich noch vor der Einfahrt in Tunbridge Wells in aller Ruhe rasieren konnte. Am Bahnhof Charing Cross nahm er sich ein Taxi zum Travellers' Club. Er hätte zwar bequem zu Fuß gehen können, doch ein scharfer Wind fegte durch die Mall und über den Trafalgar Square.

Ein Clubdiener brachte ihn zu dem Privatzimmer, in dem Powell ihn erwartete. Nachdem Powell ihm einen Glenfiddich eingeschenkt hatte, nahmen sie in zwei gegenüberstehenden Ledersesseln Platz.

»Ich habe ein Problem, Mac. Ich muß Sie und Ihre Leute einsetzen. Und es ist äußerst dringend. Wie sieht's mit Ihren Terminen aus?«

»Wie lange wird es dauern?«

»Keine Ahnung, aber wenn es länger als zwei, drei Wochen dauert, ist ohnehin alles zu spät.«

»Sie sollten mir lieber sagen, worum es geht.«

Powell berichtete von Foster und Tarrant und ging auf die jüngsten Vorkommnisse ein. Er beantwortete ein paar Fragen und sagte dann: »Heute morgen erhielt ich eine Nachricht von Foster. Darin stand kurz und knapp, daß er Unterlagen über sämtliche Stasi-Kontakte und -Informanten in Westdeutschland und Großbritannien besitze, BND und SIS eingeschlossen. Er verlangt, daß wir Tarrant nach Südamerika ziehen lassen, ihm volle Pension gewähren und keinerlei Maßnahmen gegen ihn ergreifen, andernfalls werde er alle Einzelheiten, Namen und so weiter nach und nach an die Öffentlichkeit bringen.«

McBride zog die Augenbrauen hoch. »Das ist ein Haufen Sprengstoff für einen Mann, Tony. Irgendeine Ahnung, was er weiß?«

»Nein, aber anscheinend hat er sowohl für die Stasi als auch für das KGB gearbeitet. Es gäbe ein gewaltiges Köpferollen. Und es würde niemals aufhören. Es ist wie bei einem Erpresser, der einem zwar die Fotos überläßt, die Negative aber behält.«

»Und?«

»Und wir wollen, daß damit Schluß ist. Von uns aus kann Tarrant jederzeit nach Buenos Aires oder Rio. Aber diese Unterlagen – die sind die Crux an der Sache. Wir müssen uns Foster vorknöpfen – baldmöglichst.«

»Endgültig?«

»Ja. Und Tarrant ebenfalls.«

»Wissen Sie, wo die beiden sind?«

»In Ostberlin, soweit wir wissen.«

»Wie wurde die Nachricht übermittelt?«

»Per Funk, Morsezeichen und zudem verschlüsselt. Foster war bei der Fernmeldesicherheit, bevor wir ihn übernommen haben.«

»Wurde die Nachricht auf Band aufgezeichnet?«

»Ich nehme es an.«

»Dann sollten wir lieber in Ihr Büro gehen und uns an die Arbeit machen.«

»Wir würden uns sehr, sehr dankbar zeigen, Mac. Etwa dreimal so dankbar wie üblich. Dazu sämtliche Spesen, keinerlei Fragen. Jede technische Unterstützung, die Sie benötigen ...« Powell zuckte die Achseln. »Irgendwelche Fragen?«

»Garantiert keine Komplikationen mit Verwaltung und Finanzen?«

»Absolut nicht – es läuft direkt über mich.«

»Und es geht ganz nach meinem Ermessen?«

»Ja.«

Powell hatte einen Dienstwagen, einen Daimler, samt Fahrer dabei, und obwohl sich, wie freitags üblich, bereits die ersten Staus zum Wochenende bildeten, waren sie eine halbe Stunde später im Century House.

Powell war erleichtert, das alles so glatt vonstatten gegangen war. McBride konnte ziemlich zickig sein, aber er verstand etwas von seiner Arbeit.

Powell brachte McBride im Nebenraum seines Büros unter und stellte ihm seine Sekretärin zur Verfügung. Sie besorgte ihm einen Computer und einen Kassettenrecorder.

McBride setzte sich in Hemdsärmeln an den Tisch und ließ das Band ablaufen. Er hörte das vertraute »Tschiep-Tschiep« und vermutete, daß es sich entweder um Sitor-A oder um Sitor-B handelte.

Entscheidend aber war, daß die Meldung nicht mechanisch übermittelt worden war. Sie war von Hand gefunkt worden, per Morsetaste. Er würde Farmer darauf ansetzen. Er griff zum Telefon, und während er auf den Anschluß wartete, las er den entschlüsselten Text. Er war militärisch kurz und knapp. Kein Bitte, kein Danke. Er fragte sich, wer Malins sein mochte. Dann meldete sich Farmer.

Eine Stunde später ging er zu Powell.

»Wie läuft es, Mac?«

»Es läßt sich an. Aber Sie vergessen die Sache ab jetzt. Halten Sie sich schön raus. Nur um eins sollten Sie sich kümmern. Ich weiß nicht, warum dieser Foster sich über Funk gemeldet hat und nicht per Telefon. Vielleicht weil er ausgebildeter Funker ist. Jedenfalls besteht dadurch die Chance, daß wir ihn mit der guten, altmodischen Funkpeilung orten können, wenn er wieder sendet. Deshalb möchte ich, daß Sie den Funkverkehr mit ihm über mindestens eine Woche verschleppen. Lassen Sie durchklingen, daß Sie bereit wären, aber es gebe da gewisse Probleme. Dies und das müsse geklärt werden, zum Beispiel die Höhe der Pension, die Zahlungsmodalitäten, auf welchen Namen und so weiter – damit können Sie ihn tagelang hinhalten. Okay?«

»Okay. Ihre Leute kümmern sich um den Funkverkehr?«

»Ja. Aber Sie liefern den Text.« Er schwieg einen Moment. »Und noch was. Ich möchte, daß Sie den BND einweihen. Die sind wahrscheinlich genauso zugeknöpft wie Sie, und die könnten mir eine große Hilfe sein und hinterher trotzdem behaupten, sie hätten nichts damit zu tun, falls irgendwas schiefgeht. Nennen Sie mir einen Ansprechpartner beim BND. Muß aber jemand von ganz oben sein.« Er lächelte. »Ich habe Ihre Kleine gebeten, mir im Nebenzimmer ein Bett aufzuschlagen. Aber ab morgen früh will ich für meine Leute eine der Suiten im Obergeschoß.«

Powell nickte, während er sich Notizen machte.

McBride zog sich wieder in den Nebenraum zurück und trug der Sekretärin auf, Fosters Namen über den IBM laufenzulassen und ihm von jeder Eintragung, so unwichtig sie auch sein mochte, einen Ausdruck zu liefern.

Um 20 Uhr 30 rief er zu Hause an und teilte Julie mit, daß er nicht heimkommen werde. Er wisse nicht, wann er zurückkehre, werde sich aber wieder melden. Und er erinnerte sie daran, daß der Öltank für die Zentralheizung aufgefüllt werden müsse.

Um Mitternacht waren sie zu viert am Werk – McBride, Farmer, Walker und Hooper. Farmer hatte sich mit den Fernmeldeausbildern in Catterick in Verbindung gesetzt und sie gebeten, irgendeine Aufzeichnung von Fosters Funkübungen herauszusuchen. Innerhalb einer Stunde hatte man eine gefunden und per Kabelverbindung überspielt. Leider war sie wertlos, zu langsam, als daß sie irgendwelche Anhaltspunkte hätte liefern können. Aber Farmer bestätigte, daß Fosters Funkmeldung per Morsetaste abgesetzt worden war und nicht mechanisch. Siemens, so sagte er, stelle einen Konverter her, mit dessen Hilfe die Verschlüsselung erfolgt sein könnte.

Sie legten sich ein paar Stunden aufs Ohr und gingen anschließend in einem Café in der Nähe der Victoria Station frühstücken. Sie hatten noch allerhand Arbeit vor sich, denn sonnabends stand im Century House nur die Notbesetzung zur Verfügung. Um neun Uhr morgens waren sie wieder an der Arbeit. McBride ließ von Powell zwei Multi-Frequenzband-Funkgeräte vom Typ ICOM 751A, ein Universal M-7000-Terminal und zwei Funkkompasse besorgen. Farmer und Hooper flogen mittags nach Berlin, um die entsprechenden Standorte für die Peilortung von Fosters Sender vorzubereiten.

McBride folgte zwei Stunden später. Powell hatte ihm ein Empfehlungsschreiben an Max Keller vom BND in Berlin und eine Nachricht an Peter Waring mitgegeben, in der dieser aufgefordert wurde, McBride jede notwendige Unterstützung zu gewähren.

Niemand vom SIS holte ihn in Tegel ab, doch das war er gewohnt. Man brauchte ihn, aber man mochte ihn nicht. Wenn er eingeschaltet wurde, hatte alles andere versagt. Und niemand wollte wissen, wie er ein Problem löste. Er war Profi, und man achtete ihn. Aber man wollte nichts von ihm wissen.

Bei der Information lag eine Nachricht für ihn, auf der lediglich »MAX« und dazu eine Nummer stand, offenbar eine Berliner Telefonnummer. Er besorgte sich am Zeitungsstand etwas Kleingeld und wählte sie. Palmer meldete sich und nannte ihm eine Hausnummer an der Kochstraße, unmittelbar an der Mauer gelegen, wo sie eine Wohnung gemietet hatten.

Im Taxi las er Fosters Meldung noch einmal durch. Als Beweis dafür, daß er die entsprechenden Unterlagen besaß, hatte er jeweils Höhe und Zeitpunkt der Zahlungen aufgeführt, die ein gewisser Malins von der Stasi erhalten hatte. Als McBride sich bei Powell danach erkundigt hatte, hatte er erfahren, daß man Malins seit einiger Zeit verdächtigt habe und dieser vor etlichen Monaten in »Ruhestand« gegangen sei. Offenbar war Malins in Berlin geblieben, wo er ein Reisebüro und mehrere Immobilien besaß.

Palmer hatte bereits eine Peilantenne auf dem Gebäude angebracht, und Walker war mit dem zweiten Ortungsgerät in einer Dachgeschoßwohnung am äußersten Ende der Oranienstraße in Stellung gegangen. Der Schnittwinkel war spitzer, als ihnen lieb war, aber mehr ließ sich in der Kürze der Zeit nicht machen, und sie waren immerhin so nah wie möglich an der Mauer. Er rief Powell an und nannte ihm ihre Telefonnummer. Eine der Außenstellen des britischen Fernmeldenachrichtendienstes in London hatte Fosters erste Meldung aufgefangen und die Sendefrequenz aufgezeichnet, und genau auf diese Frequenz, 7,658 Kilohertz, waren nun die beiden ICOMs eingestellt.

McBride verfaßte die erste Antwort, in der er den Empfang von Fosters Nachricht bestätigte, um nähere Angaben zur gewünschten Pensionszahlung bat und irgendeinen Beweis dafür verlangte, daß Tarrant sich im Gewahrsam des Absenders befinde. Könne man ihm die Zulassungsnummer von Tarrants Wagen sowie Baujahr und Fabrikat mitteilen? Sie setzten diese Mitteilung zur gleichen Zeit ab, in der Fosters Nachricht eingegangen war, und baten um unverzügliche Bestätigung, daß man sie empfangen habe. Genau zehn Minuten später traf sie ein.

Die Kompaßpeilung ergab einen Schnittpunkt im Bereich der Stasi-Zentrale an der Normannenstraße, allerdings nicht auf dem Gelände selbst. Damit war McBride klar, daß sich der genaue Standort des Senders unmöglich feststellen ließ, solange sie das fragliche Gebiet nicht näher eingrenzen konnten.

Die Antwort traf tags darauf zur gleichen Zeit ein. Sämtliche gewünschten Auskünfte wurden geliefert. Tarrant verlangte eine steuerfreie Pension in Höhe von 4000 Pfund monatlich. Die Angaben zu dem Wagen wurden zur Überprüfung an Powell weitergeleitet. Gleichzeitig bat McBride Powell um eine sofortige Übersendung der

Akte Malins. Powell teilte ihm mit, daß beim SIS in Berlin alles Wissenswerte über Malins vorliege.

Waring wollte die Akte nicht freigeben, und fotokopieren durfte McBride sie auch nicht. Ein Anruf bei Powell, und Waring hätte sie aushändigen müssen, aber McBride brauchte das Material über Malins dringend.

Es waren alles in allem nur sechs Seiten, doch je öfter er sie las, desto mehr war er davon überzeugt, daß Malins der Schlüssel zu Foster war. Anhand der Zahlungen, die Malins über zwei, drei Jahre hinweg erhalten hatte, und der Summen, die er neuerdings für seine Dienste kassierte, war das klar ersichtlich. McBride kopierte sich einige Eintragungen, darunter die Adresse der Autowerkstatt, die Malins als Treffpunkt diente, und die Anschrift des Reisebüros. Die Funkpeilung war reine Zeitverschwendung, wenn er die entsprechende Auskunft auch von Malins bekommen konnte.

McBride rief zweimal in England an. Anruf Nummer eins galt dem Besitzer eines Pubs in Brecon, Anruf Nummer zwei einem Mann, der in der Nähe von Chichester eine Farm bewirtschaftete. Beide waren ehemalige Paras.

Es war bereits später Nachmittag, als er im Archiv des SIS fertig war, doch bevor er ging, rief er den Ansprechpartner beim BND an, den Powell ihm genannt hatte. Max Keller klang reserviert, war aber sofort zu einer Zusammenkunft bereit. Er schlug vor, daß sie sich in einer halben Stunde an der Bar des *Savoy* an der Fasanenstraße treffen sollten.

Die Bar des *Savoy* hätte auch zu einem englischen Club gepaßt. Altmodisch und gemütlich. Beide bestellten Malt-Whisky pur, und bis die Drinks kamen, unterhielten sie sich über Boris Becker und Steffi Graf. Keller war Mitglied beim Berliner Tennis-Club Blau-Weiß, für den Gottfried von Cramm so oft gespielt hatte.

Doch als die Gläser kamen, rückten sie die Sessel näher zusammen und gingen zum Dienstlichen über.

»Hat Powell Sie über die Hintergründe informiert?«

»Ja. Ich glaube schon.« Keller lächelte. »Hundertprozentig läßt sich das natürlich nie sagen.«

»Ich möchte mit Ihnen über einen Engländer sprechen. Einen gewissen Malins. War früher beim SIS.«

»Und jetzt ist er erfolgreicher Geschäftsmann und Millionär«, erwiderte Keller mit einem breiten, spöttischen Grinsen.

»Sind diese Geschäfte reell?«

»O ja. Sehr reell und sehr einträglich.«

»Und wo ist das Geld?«

»Bei deutschen, bei Schweizer und französischen Banken. Dazu Immobilien in Berlin und Frankfurt.«

»War beziehungsweise ist Ihnen bekannt, daß er für den Staatssicherheitsdienst der DDR gearbeitet hat?«

»Wir haben es vermutet, und wir haben ihn von Zeit zu Zeit observiert. War aber nix.«

»Warum haben Sie ihn verdächtigt?«

»Er war Captain, aber im Ruhestand, und er hat gelebt wie ein arabischer Ölscheich. Wir haben seine Banken überprüft und festgestellt, das dort hohe Summen eingingen. Er besitzt einen Pornoladen am Bahnhof Zoo, eine Autoreparaturwerkstatt, vier oder fünf Häuser in bester Lage und dazu eine Villa mit Seegrundstück an der Havel. Wir dachten zunächst an Drogengeschäfte. Das KGB hatte seinerzeit eine Weile mit Drogen gedealt, war aber vom SIS unterwandert worden, und Malins ist damals mit von der Partie gewesen. Aber es gab keinerlei diesbezügliche Hinweise.«

»Was steht's mit Familie, Freundinnen oder Geschäftskontakten?«

»Geschäftliche Verbindungen gibt's keine. Er ist ein Einzelgänger. Hat weder Partner noch Teilhaber. Eine sehr nette Frau, der er meiner Meinung nach aufrichtig und von Herzen zugetan ist. Hat sich ein-, zweimal mit erstklassigen Callgirls eingelassen, aber mehr war da nicht. Und wenn, dann ging's ihm allenfalls um Sex.«

»Hat man sein Telefon angezapft?«

Keller lächelte. »Nein. Selbstverständlich nicht.«

»Irgendwas erfahren?«

»Als Powell mich anrief, um Sie anzukündigen, sagte er, Foster habe behauptet, daß die Tankstelle ein Stasi-Treffpunkt sei. Unsere Aufzeichnungen deuten ebenfalls darauf hin. Malins war immer sehr zurückhaltend, wenn er von dort aus telefonierte. Wir haben die Werkstatt observieren lassen, aber ohne Ergebnis.«

»Ist Malins irgendwie politisch engagiert?«

»Nein. Er ist reiner Geschäftsmann.«

»Was wissen Sie über Tarrant?«

»Ja nun, wie Sie wissen, hat er sich dienstlich an mich gewandt. Wir haben in aller Freundschaft miteinander geplaudert. Er hat mir nichts erzählt, und ich habe mich dementsprechend verhalten.«

»Haben Sie ihn observiert?«

»Wir haben ihn stichprobenhaft überwacht, sobald er nach Berlin kam.« Er lächelte. »Machen wir bei allen neuen Jungs beim SIS. Kam aber nichts Besonderes bei raus. Er ist schon in Berlin gewesen, kennt sich aus. Er hat sich bei einer Ex-Freundin namens Lena gemeldet. Wohnt an der Marburger Straße. Hat bei ihr ein Zimmer gemietet, in dem er, soweit wir wissen, nie abgestiegen ist. Vermutlich war es für Foster gedacht, falls der mitspielen sollte.«

»Diese Drohung von ihm, daß er westdeutsche Stasi-Zuträger entlarven würde – wie stehen Ihre Leute dazu?«

»Deswegen bin ich ja hier, Mister.«

»Wollen Sie sich an unserem Einsatz beteiligen?«

»Wir sind gern bereit, Ihnen zu helfen. Aber beteiligen – nein. Je weniger man in diesem Gewerbe weiß, desto besser.«

»Inwieweit würden Sie mir helfen?«

»Soweit wie möglich, aber ohne aktive Beteiligung. Fermeldetechnisch, bei der Observierung, beim Transport – was Sie wollen.«

»Können Sie Waffen besorgen?«

»Ja. Uns ist ebenso daran gelegen wie Ihnen, daß man sich seiner annimmt – vielleicht sogar noch mehr. Pullach hat mich beauftragt, alle anderen Angelegenheiten meinem Assistenten zu übertragen und Ihnen meine ganze Unterstützung zu gewähren.«

»Ich brauche eventuell ein Haus, in dem ich jemanden festhalten kann, der nicht festgehalten werden möchte. Haben Sie etwas Entsprechendes?«

»Haben wir. Sie können noch heute abend dort einziehen. Es liegt unmittelbar an der Mauer, steht allein. Wir benutzen es für Ausbildungszwecke, aber im Augenblick ist dort niemand.«

»Wie wär's, wenn wir etwas essen gehen, Max? Ich habe seit gestern abend nichts mehr zu beißen gehabt.«

»Die Küche hier im Hotel ist sehr gut.«

»Okay. Dann nichts wie ran.«

Ein großer, kräftiger Mann öffnete die Tür, ein zweiter hielt sich im Hintergrund. Beide begegneten Max Keller mit ausgesprochener Hochachtung, als er McBride durch das Haus führte.

Es verfügte über fünf Schlafzimmer, ein großes Zimmer im Erdgeschoß sowie mehrere kleinere Räume. Dazu kamen drei Arrestzellen im Keller. In einem der kleineren Zimmer waren etliche Computer sowie Funkausrüstung, Zerhackertelefone und Fax-Geräte untergebracht.

McBride wandte sich an den BND-Mann: »Übrigens, haben Sie gewußt, daß ich in Berlin bin?«

»Ja.«

»Woher?«

»Der Zoll in Tegel rief uns wegen der Ausrüstung an, die Sie mitgebracht haben. Wir sind Ihnen vom Flughafen aus gefolgt. Aber wir hatten keine Ahnung, was Sie vorhatten. Wir dachten, es handle sich um hochsichere Kommunikationstechnik, möglicherweise für ein Agentennetz auf der anderen Seite.«

McBride schüttelte den Kopf. »Dafür wäre die Fernmeldesicherheit zuständig gewesen. Wir haben versucht, den Standort seines Senders zu orten. Aber das in Frage kommende Gebiet ist zu groß.« Er schwieg einen Moment. »Diese beiden Männer – sind die vom BND?«

»Der eine ja, der andere ist von der Polizei.« Keller lächelte. »Er macht uns darauf aufmerksam, wenn wir gegen irgendwelche Gesetze verstoßen. Berät uns, wie wir's besser machen sollen.«

Sie gingen in die Küche, gossen sich Kaffee ein und ließen sich nieder.

»Morgen werde ich die beiden Jungs, die mit mir hier sind, auf die Insel zurückschicken ...« – er lächelte – »... mitsamt ihrer Ausrüstung. Statt dessen kommen zwei andere Freunde. Sie werden morgen hier sein und können dann mit mir einziehen. Ich werde bei dem Mann ansetzen, der die Tankstelle leitet. Er müßte mitbekommen haben, wenn Malins sich mit seinen Ansprechpartnern von der Stasi getroffen hat.« Er griff in seine Jackentasche und legte einen Briefumschlag auf den Tisch. »Da sind Fotos von Tarrant und Foster drin. Ich brauche von beiden jeweils zehn Abzüge.«

»Was haben Sie mit Tarrant und Foster vor, falls Sie sie finden sollten?«

»Tarrant ist unwichtig. Der weiß nichts. Aber Foster steht auf einem anderen Blatt. Er ist ein Verräter, egal, wie man's dreht und wendet. Und jetzt betätigt er sich auch noch als Erpresser.«

»Aber die Erpressung dient nicht der persönlichen Bereicherung.«

McBride blickte überrascht auf. »Ist das die offizielle Bonner Haltung?«

»Nein. Dort ist man ebenso besorgt wie auf Ihrer Seite. Vermutlich, weil unsere Leute eher noch tiefer drinstecken. Über diese Sache könnte die Regierung stürzen. Und der BND käme auch nicht besonders gut dabei weg.«

»Und warum nimmt mir Pullach dann nicht die Arbeit ab?«

Keller zuckte die Achseln. »Vermutlich, weil man weiß, daß London Sie auf die Sache angesetzt hat. Immerhin ist Foster Brite.« Er seufzte. »Bei uns fand eine Lagebesprechung nach der anderen statt, glauben Sie mir. Und wenn Sie nicht bereits in Aktion getreten wären, hätten wir etwas unternommen.«

»Werden Sie ebenfalls hier einziehen?«

»Wenn Sie wollen.«

»Ich will.«

McBride stand an der Sperre und verfolgte, wie die Fluggäste durch die Paß- und Zollkontrolle kamen. Baird und Kind waren am Ende der Schlange. Beide waren ehemalige Paras, Einzelkämpfer, die sich während der Springerausbildung bei der 1. Fallschirmjägersstaffel kennengelernt und dann gemeinsam den Abschlußkursus in Brize Norton absolviert hatten. Sie hatten am Falkland-Krieg teilgenommen und waren anschließend lange in Nordirland stationiert gewesen, wo auch McBride beim SAS gedient hatte. Baird und King arbeiteten von Zeit zu Zeit für McBride. Sie waren verschwiegen, zuverlässig und verdienten bei diesen Aufträgen in einer Woche mehr als in ihren bürgerlichen Berufen im ganzen Jahr. Insgesamt waren sie etwa vier Wochen pro Jahr für McBride tätig. King war Sohn eines Army-Offiziers, in Deutschland aufgewachsen und sprach fließend Deutsch.

Sie sahen ihn, als sie durch die Kontrolle kamen, aber Baird grüßte ihn lediglich mit einem kaum wahrnehmbaren Kopfnicken. Sie folgten ihm hinaus zum Taxistand, nahmen sich aber ein eigenes Taxi und befahlen dem Chauffeur, er solle McBrides Wagen hinterherfahren.

Er brachte sie zu ihrem Quartier in dem Haus an der Mauer, stellte sie Max Keller vor und führte dann alle zum Essen aus. Bei der Einweisung erklärte er ihnen lediglich in groben Zügen, wie er vorzugehen gedachte.

Keller chauffierte sie zu der Tankstelle, wo sie ausstiegen und sich reckten, als hätten sie eine lange Fahrt hinter sich. Gegenüber von den Zapfsäulen befand sich der Autoshop, in dem man Lackpflegemittel, Farbdosen und allerlei sonstiges Kfz-Zubehör sowie diverse Süßigkeiten kaufen konnte, die neben der Registrierkasse auslagen. Die Jalouisien am Fenster des hinter dem Laden gelegenen Büros waren zugezogen. Die Toiletten befanden sich draußen, unmittelbar neben dem Büro.

Auf den Regalen des Pornoladens stapelten sich Unmengen von Magazinen und Videos. Auf einem Tisch wurden diverse Sex-Hilfsmittel angeboten, und an der engen, nach unten führenden Treppe hing ein Schild, das auf die Peep-Show-Kabuffs im Kellergeschoß verwies. Mindestens ein Dutzend Männer standen vor den Auslagen und betrachteten das Angebot, doch in dem Laden war es still wie in einer Kirche. Ein großer, schlanker Mann mit kahlrasiertem Kopf und Zweitagebart stand an der Kasse, nahm das Geld in Empfang und steckte die Ware in braune Papiertütetn. Er trug ein T-Shirt mit dem Aufdruck »UCLA – University of California in Los Angeles«.

Die Fahrt zu Malins' Haus im Grunewald dauerte fünfundvierzig Minuten. Es war eine wunderschöne weiße Villa mit einem weitläufigen Grundstück, das sanft zu einem hölzernen Bootssteg an der Havel abfiel, wo eine zehn Meter lange Jacht an altmodischen Eisenpollern vertäut lag. Nirgendwo waren besondere Sicherheitsvorkehrungen zu erkennen. Weder eine hohe Mauer noch Stacheldraht. Nur ein schmiedeeisernes Tor an der kiesbestreuten Auffahrt, die zum Haus führte, und das diente eher zur Zierde und stand zudem offen.

Als sie wieder im Auto saßen, sagte Max Keller leise: »Ich habe Fotos, unter anderem auch Luftaufnahmen vom Grundstück, dazu die Baupläne des Hauses.«

Auf der Rückfahrt fing es so heftig an zu schneien, daß selbst die Scheibenwischer eines Mercedes überfordert waren. Sie mußten Heizung und Gebläse auf volle Leistung stellen, um überhaupt etwas erkennen zu können.

Im Haus angekommen, setzten sich alle um den Küchentisch. McBride ergriff das Wort. »In der Autowerkstatt hat Malins sich mit seinen Ansprechpartnern von der Stasi getroffen. Und aufgrund gewisser Andeutungen in Fosters Text habe ich das Gefühl, daß er höchstpersönlich dieser Ansprechpartner war, zumindest in den letzten Monaten. Ich möchte heute abend mal dort vorbeischauen und ein paar Takte mit dem Geschäftsführer reden. Ich werde ihm ein Foto von Foster zeigen. Vielleicht erkennt er ihn wieder.«

»Und wenn er nicht mitspielen will?« sagte Baird.

McBride schüttelte den Kopf. »Er wird mitspielen.« Er wandte sich an Keller. »Kommen Sie mit? Sie sehen zumindest halbwegs aus wie eine Amtsperson, was man von uns nicht gerade behaupten kann.«

Keller lächelte. »Soll ich etwa den Bösewicht abgeben?«

»Sie haben's kapiert, Max.«

36. KAPITEL

Um 23 Uhr 30 fuhren sie auf die Tankstelle zu und hielten neben einer Reihe Zapfsäulen an. In dem Autoshop brannte Licht. Baird, der am Lenkrad saß, stellte den Motor ab, und McBride, Keller und King stiegen aus.

Langsam gingen sie zu dem Shop. McBride trat zuerst ein. Der Mann an der Kasse trank Kaffee aus einem Styroporbecher. Er blickte McBride über den Rand hinweg an.

»Hier ist Selbstbedienung, der Herr.«

»Wie heißen Sie?«

»Wer will das wissen?« sagte der Mann, stellte den Becher ab und griff zum Telefon auf dem Ladentisch.

»Lassen Sie das, mein Lieber. Sonst könnte Ihnen etwas zustoßen.«

Und der Mann sah die aus McBrides Manteltasche ragende Schußwaffe. Er zog die Hand vom Telefon zurück.

»Was soll das überhaupt?«

»Ich will mit Ihnen reden.«

McBrides Deutsch war holprig, doch er sprach flüssig und mit einem Selbstvertrauen, das keiner Bestätigung bedurfte.

»Worüber?«

McBride nickte King zu, der ein Foto von Tarrant auf den Ladentisch legte und es so drehte, daß der Mann es erkennen konnte.

»Haben Sie den schon mal gesehen?«

Der Mann schüttelte den Kopf. »Nein. Noch nie.«

King nahm das Foto wieder an sich und legte ein Bild von Foster auf die Theke.

»Was ist mit dem?« sagte McBride. »Haben Sie den schon mal gesehen?«

Zögernd berührte der Mann das Foto, ließ sich mehrere Sekunden Zeit und blickte dann wieder zu McBride auf. »Nein. Den habe ich auch noch nie gesehen.«

McBride nickte. »Okay. Jetzt schließen Sie den Laden ab und kommen mit uns nach hinten ins Büro.«

»Ich habe keinen Schlüssel dafür.«

»Schon okay. Wir brechen es auf. Aber wenn ein Schlüssel da ist, sparen Sie sich die Reparaturkosten.«

Der Mann wollte zur Registrierkasse greifen, doch McBride riß die Waffe hoch und sagte: »Weg da. Legen Sie die Hände auf den Tisch.«

»Ich wollte bloß den Schlüssel holen.«

McBride nickte King zu, der die Ladentischklappe hochhob, auf die andere Seite ging und auf eine Taste an der Kasse drückte, worauf die Schublade aufsprang. Er hielt den einzigen Schlüssel hoch, der in der Kasse lag.

McBride wandte sich an den Mann von der Werkstatt. »Sind Sie verheiratet?«

»Ja.«

»Rufen Sie Ihre Frau an, und sagen Sie ihr, daß Sie heute nacht nicht nach Hause kommen. Sie werden sich in ein paar Tagen wieder melden – das heißt, vielleicht.«

Der Mann seufzte. »Schon gut, schon gut. Ich hab' den Typ gesehen, den zweiten.«

»Was für eine Haarfarbe hatte er?«

»Er hat rote Haare.«

McBride schaute ihn an. »Sind Sie bereit, uns zu helfen?«

Der Mann nickte energisch. »Ja.«

»Okay. Vergessen Sie den Anruf. Schließen Sie ab, und dann unterhalten wir uns im Büro.«

Sie warteten, bis der Mann die beiden Schlösser verriegelt und die Alarmanlage angestellt hatte. King öffnete die Bürotür, löschte das Licht im Autoshop und schaltete die Lampe im Büro ein. Dann schubste McBride den Angestellten in das Hinterzimmer.

McBride deutete auf einen Sessel, und der Mann nahm Platz, während King die Jalousien an den Fenstern zuzog.

»Na schön. Wie heißen Sie?«

»Franz.«

»Okay, Franz. Erzählen Sie mir von dem Kerl auf dem Foto.«

»Er ist ab und zu vorbeigekommen.«

»Wie oft haben Sie ihn gesehen?«

»Fünf-, sechsmal ungefähr.«

»Wie war der Ablauf?«

»Er ist einfach vorbeigekommen und hat mit dem Chef geredet.«

»Meinen Sie Herrn Malins?«

»Ja.«

»Wie hieß der Typ?«

»Schultz.«

McBride war einen Moment lang verblüfft. Er hatte nicht mit einer Antwort gerechnet. An der Reaktion der anderen merkte er, daß auch sie nicht mit einem Namen gerechnet hatten.

»Woher wissen Sie, wie er hieß?«

»Ich habe gehört, wie ihn der Chef angeredet hat.« Er stockte. »Anscheinend haben sich die beiden gut gekannt.«

»Haben Sie sich auf deutsch oder auf englisch unterhalten?«

»Das weiß ich nicht.«

»Hat man Ihnen vorher Bescheid gesagt, wenn Schultz vorbeikam?«

»Erst an dem jeweiligen Tag.«

»Wie lange haben sich die beiden unterhalten?«

»Zwei, vielleicht auch drei Stunden.«

»Wer hat Ihnen mitgeteilt, daß Schultz kommt?«

»Der Typ aus dem Pornoladen.«

»Fällt Ihnen sonst noch was ein?«

»Nein. Ich habe mich nicht weiter drum gekümmert.«

»Okay. Jetzt hören Sie mal genau zu. Erzählen Sie niemandem, nicht einmal Ihrer Frau, daß wir Sie heute nacht aufgesucht und ein bißchen miteinander geredet haben. Haben Sie kapiert?«

»Ja.« Er zögerte. »Sie sind Bullen, stimmt's?«

»Wie kommen Sie darauf?« versetzte McBride.

Der Mann zuckte die Achseln. »Sie sehen aus wie Bullen.«

»Denken Sie daran, was ich gesagt habe, Franz. Wir werden es erfahren, wenn Sie so blöde sein und jemandem was erzählen sollten, und dann stecken Sie gewaltig im Schlamassel. Verstanden?«

»Jawohl.«

Als sie wieder in dem Haus an der Mauer waren, sagte McBride: »Uns bleibt nichts anderes übrig, wir müssen Malins in die Finger kriegen. Der Typ in dem Pornoladen führt lediglich Malins' Befehle aus. Einverstanden?«

King und Baird nickten, doch Keller zeigte keine Reaktion. McBride schaute ihn an. »Nicht einverstanden, Max?«

»Nicht unbedingt. Aber wir sollten uns die Sache vorher genau überlegen. Wir können da nicht einfach so reinplatzen wie heute nacht. Wenn es nicht hinhaut, werden wir alle einen Kopf kürzer gemacht. Ich heimlich, still und leise drunten in Pullach, ihr in aller Öffentlichkeit. Und man wird uns wer weiß was alles vorwerfen. Von der Polizei dürfen wir dabei keinerlei Entgegenkommen erwarten. Nicht einmal wir vom BND. Wenn wir schon schweres Geschütz auffahren, dann müssen wir auch aufs Ganze gehen. Keine Halbheiten. Und wir können uns nicht aufs nationale Interesse berufen.«

Es dauerte eine Weile, bis McBride sich wieder zu Wort meldete.

»Meinen Sie, Malins hat irgendwelche Beziehungen zur Polizei?«

»Schwer zu sagen. Sehr schwer sogar. Er hat viel Geld, aber er ist Engländer. Er wird gewisse Kontakte zur Polizei gehabt haben, als er noch beim SIS war. Aber irgendwie – ich bin mir nicht sicher, warum – glaube ich nicht, daß er sich Freunde bei der Polizei geschaffen hat.«

»Wie steht's mit Ihnen? Haben Sie Freunde bei der Polizei?«

»Selbstverständlich. Ich arbeite eng mit der Polizei zusammen, vor allem hier in Berlin.«

»Auf welcher Ebene?«

»Ganz weit oben.«

»Angenommen, Sie wären Polizeichef und jemand würde Ihnen erzählen, daß offizielle Unterlagen über sämtliche Stasi-Agenten und -Informanten in Westdeutschland vorliegen und weltweit an die Presse weitergeleitet werden, wenn der dafür verantwortliche Mann nicht ausgeschaltet wird. Würden Sie einfach die Augen zudrücken, oder würden Sie Ihren Informanten festnehmen lassen?«

Keller lächelte. »Sie sind ein ausgekochter Lumpenhund, stimmt's, McBride?«

McBride grinste zurück. »Will ich doch hoffen. Wie lautet die Antwort?«

»Ich glaube, Sie setzen mit Ihrer Rückversicherung zu tief an.«

»Was soll das heißen?«

»Warum sorgen Sie nicht dafür, daß die Politiker hinter Ihnen stehen. Lassen Sie Powell mit unserem Außenministerium sprechen. Sollen die doch ihren offiziellen Segen dazu geben.«

»Wenn ich das Powell vorschlüge, sagt er, ich soll die ganze verfluchte Sache einfach vergessen.«

»Warum?«

»Weil ich nur aus einem einzigen Grund hier bin. Die wollen etwas erledigt haben, aber sie wollen weder wissen, wie ich es erledige, noch, was ich gemacht habe. Bei Ihren Politikern ist das ganz genauso. Die hätten die Hose gestrichen voll, wenn sie wüßten, worauf es hinausläuft. Genau wie meine Leute. Die wollen nicht in die Drecksarbeit hineingezogen werden. Wer will es ihnen vorwerfen?«

Keller zuckte die Achseln. »Vielleicht haben Sie recht. Vielleicht denke ich zu sehr in deutschen Maßstäben, als Beamter.«

»Nein. Sie sind bloß ein ehrlicher Mensch, der Spione jagt, aber sie hinterher vor Gericht stellt. Powell ist ganz genauso. Die Sache ist nur die: Man weiß zwar, daß jemand spioniert, aber vor Gericht sieht alles ganz anders aus, weil man *beweisen* muß, daß er ein Spion ist.« Er zuckte die Achseln. »Vielleicht sollten Sie an dieser Stelle lieber aussteigen, Max.«

»Nein. Ich habe den Auftrag, Ihnen zu helfen, und das werde ich auch tun.«

McBride lächelte. »Wie sagt man doch bei Ihnen? Befehl ist Befehl.«

»Ich nehme an, so kann man es ausdrücken«, sagte Keller leise. »Gehen wir lieber schlafen.«

Es dauerte noch eine Stunde, bis sie alle vier im Bett lagen, doch bis dahin hatte McBride sich die nächsten Schritte zurechtgelegt. Der Plan war noch nicht niet- und nagelfest, aber das ließ sich später noch beheben.

McBride und Keller saßen allein am Frühstückstisch. Keller war sichtlich erleichtert, als McBride ihm die einzelnen Schritte des Plans, den er sich sich zurechtgelegt hatte, genau erklärte.

Sie fuhren mit dem Taxi in die Innenstadt und ließen sich kurz vor dem Fußgängerüberweg an der Gedächtniskirche absetzen. Sie mußten eine Weile warten, ehe die Ampel umsprang und sie die Straße überqueren konnten. Es war bitterkalt, und ein eisiger Polarwind pfiff durch die Straßen.

Beim Reisebüro angekommen, stieß McBride die Tür auf und trat ein. Keller folgte ihm. Zwei junge Frauen trafen die letzten Vorbereitungen für das Tagesgeschäft. Sie nahmen gerade die Plastikhüllen von den Computern ab und gaben die neuesten Wechselkurse ein.

Die vordere blickte zu McBride auf. »Bin gleich für Sie da, mein Herr.«

»Wir möchten Herrn Malins sprechen.«

»Der müßte gleich kommen.« Sie schaute auf ihre Uhr. »Dauert allenfalls noch fünf Minuten.«

Fast im gleichen Augenblick ging die Tür auf, und Malins trat ein. Er stampfte den Schnee von den Schuhen und rief den Mädchen ein fröhliches »Guten Morgen« zu.

»Die Herren hier möchten Sie sprechen«, sagte die junge Frau.

Malins schaute zu ihnen und schüttelte den Kopf. »Tut mir leid, meine Herren. Sie müssen sich einen Termin geben lassen. Susi wird sich darum kümmern.«

Er wollte gerade entschwinden, als Keller sagte: »Einen Moment, Mister Malins.«

Malins fuhr unwirsch herum. »Sie haben doch gehört …«

Keller schlug seinen Ausweis auf und zeigte Malins die Seite mit dem Foto, dem Prägestempel und dem roten Querbalken mit den Buchstaben BND. Malins beugte sich vor und musterte das Dokument. Langsam richtete er sich wieder auf. »In zehn Minuten können Sie mich sprechen«, sagte er, drehte sich um und ging forschen Schrittes nach hinten. McBride und Keller nahmen auf der für Kunden bestimmten Bank Platz, und die beiden Mädchen widmeten sich ihrer Arbeit.

McBride wartete voller Vorfreude. Er wußte, daß er die nächsten Minuten genießen würde. Nichts tat er lieber, als einen aufgeblasenen kleinen Kerl zurechtzustutzen, der es gewohnt war, daß alle vor ihm katzbuckelten.

Das Telefon auf dem nächststehenden Schreibtisch klingelte, und das Mädchen nahm ab, hörte zu und nickte. Sie hatte den Hörer noch in der Hand, als sie McBride zulächelte. »Er ist jetzt für Sie zu sprechen. Gehen Sie die Treppe hoch. Die Bürotür ist offen. Treten Sie einfach ein.«

Malins hatte am Schreibtisch Platz genommen, und McBride stellte fest, daß er selbst im Sitzen noch wichtigtuerisch wirkte.

Malins deutete auf die Stühle vor dem Schreibtisch, und als sie sich niederließen, kam eine junge Frau mit einer Tasse Kaffee und einem Teller voller feiner Biskuits, die sie vor Malins hinstellte. Den Besuchern bot man weder Kaffee noch Gebäck an.

»Also«, sagte Malins, »worum geht es überhaupt? Und wer, zum Teufel, *sind* Sie?«

»Mein Kollege ist Beamter beim Bundesnachrichtendienst«, sagte McBride. »Sein Name ist Keller. Ich heiße McBride, und was ich bin, spielt keine Rolle.«

Malins schlug mit der Hand auf den Schreibtisch. »Sie unverschämter Kerl. Kommen Sie mir nicht auf die Freche.«

»Was passiert sonst, Malins?«

»Sonst kriegen Sie kein Bein mehr auf den Boden.«

»Lassen Sie den Quatsch, Malins«, erwiderte McBride freundlich. »Nimmt Ihnen eh keiner ab. Und …« – er drohte ihm mit dem Finger – »… und wenn Sie sich nicht benehmen , schaff' ich Sie in den Verhörraum an Ihrem alten Arbeitsplatz beim Olympiastadion.« Er hielt inne und wartete auf eine Antwort, doch Malins sagte nichts. »Erzählen Sie mir von Foster.«

»Wer ist Foster?«

»Der Typ, mit dem Sie sich an der Tankstelle getroffen haben. Derjenige, der Ihnen das Geld von der Stasi aushändigt.«

»Raus jetzt«, schrie Malins, »hauen Sie ab, oder ich lasse Sie rauswerfen.« Wutentbrannt sprang er auf, ballte die Fäuste und stieß wüste Beschimpfungen aus. Er hatte regelrecht Schaum vor dem Mund. Aufgeblasen wie ein Frosch bei der Paarung, dachte McBride.

McBride betrachtete ihn einen Moment, dann stand er kurzerhand auf, streckte die Arme aus, packte Malins an der Hemdbrust und zog ihn mit dem Gesicht nach unten über den Schreibtisch. Mit der rechten Hand zerrte er seinen Kopf hoch und beugte sich dicht an Malins' Gesicht. Malins rang nach Luft, während McBride ihn seelenruhig musterte, ehe er leise sagte: »Setzen Sie sich hin, und benehmen Sie sich, Malins, sonst überlasse ich Sie Waring.« Er stieß Malins weg, worauf dieser zurücktorkelte und in seinen Sessel sackte. Sobald er wieder zu Atem gekommen war, stieß Malins aus: »Dafür werden Sie büßen. Das hat Folgen, ich schwör's Ihnen.«

»Foster hat London sämtliche Daten über Ihre Zusammenarbeit mit der Stasi geliefert, Zeitpunkt der Zusammenkünfte, die jeweilige Geldsumme. Und zwar nicht nur aus der Zeit, in der er mit Ihnen zusammengearbeitet hat, sondern auch aus früheren Jahren. Sie wissen ja, was Sie vor einem britischen Gericht erwartet. Ich bin hier, um Ihnen ein Angebot zu machen, Malins, aber Sie sind kein einfacher Gesprächspartner.«

Malins, der nach wie vor schwer atmete, zog seinen Schlips zurecht. »Was bieten Sie?«

»Ganz einfach. Sie arbeiten mit uns zusammen, und dafür werden Sie wegen Ihrer Stasi-Beziehungen von London nicht zur Rechenschaft gezogen.«

Malins schwieg eine ganze Weile, dann sagte er: »Wie soll diese Zusammenarbeit aussehen?«

»Wir möchten, daß Sie Foster wie üblich davon verständigen, daß Sie sich hier drüben mit ihm treffen wollen.«

Malins schloß die Augen, lehnte sich zurück, schlug sie wieder auf und schaute McBride an. »Wieviel Bedenkzeit geben Sie mir?«

»Wie wär's, wenn Sie uns 'ne Tasse Kaffe bringen lassen? Bis wir ausgetrunken haben, können Sie es sich überlegen.«

»Steckt Waring dahinter?«

»Nein. Er hat nichts damit zu tun.«

»Slaney?«

McBride ging nicht auf die Frage ein. »Was macht der Kaffee?«

Man brachte ihnen zwei Tassen. Sie tranken langsam, doch McBride wußte, daß Malins sich bereits entschieden hatte, noch ehe er dem Mädchen geklingelt hatte.

»Wann soll das stattfinden?«

»Wie lange dauert es normalerweise?«

»Zwei, drei Stunden, wenn's dringend ist. Ansonsten bis zum nächsten Tag.«

»Gibt es ein Kennwort?«

»Ja.«

»Wie lautet es?«

Malins seufzte. »Möwe.«

»Wieso das – hat es irgendeine Bedeutung?«

»Keine Ahnung. Das war seit jeher das Kennwort, lange bevor Foster aufgetaucht ist.«

»Sie haben Tarrant kennengelernt, stimmt's?«

»Ist das der Typ, der Foster gesucht hat?«

»Ja.«
»Ich bin ihm nur einmal begegnet.«
»Wissen Sie, daß man ihn einkassiert hat?«
»Ich hab' das Zeug in der Zeitung gelesen. Kam mir vor, als wollte da jemand was tricksen. Oder aber man hat einen unglaublichen Bock geschossen.«
»Haben Sie sich seitdem mit Foster getroffen?«
»Weiß ich nicht mehr. Ich glaube nicht. Und wenn ja, hat er nichts davon erwähnt, daß Tarrant im Knast sitzt.«
»Wie verabreden Sie sich mit Foster?«
»Ich rufe unter einer bestimmten Telefonnummer an.« Er stockte. »Übrigens nennt er sich jetzt Schultz.«
»Warum ausgerechnet Schultz?«
»Keine Ahnung.«
»Gut, Sie rufen also dort an. Was dann?«
»Manchmal meldet er sich selbst, manchmal der Anrufbeantworter. Ich nenne nur den Tag und den Zeitpunkt.«
»Und wenn er sich mit Ihnen in Verbindung setzen will?«
»Er ruft den Macker im Sexshop an, und der ruft mich an.«
»Schön.« McBride schaute Malins eindringlich an. »Spielen Sie nun mit oder nicht?«
»Und Sie unternehmen nichts wegen dieser alten Sünden meinerseits?«
»So ist es.«
»Okay. Ich bin dabei.«
»Aber keine Tricks.«
»Nein. Sagen Sie mir einfach, was Sie von mir wollen.«
»Zunächst einmal möchte ich, daß Sie ein dringendes Treffen mit ihm vereinbaren. Verständigen Sie mich, sobald der Termin steht.«
»Was soll ich ihm sagen, wenn wir uns treffen? Ich brauche eine Begründung.«
»Sagen Sie ihm, daß London ein Einsatzteam losgeschickt hat, das ihn schnappen soll, weil er nicht zur Zusammenarbeit bereit ist. Wenn er fragt, zu welcher Zusammenarbeit, sagen Sie, das wüßten Sie nicht. Jemand vom SIS in Berlin hätte das lediglich im Gespräch erwähnt. Möglicherweise stimme es nicht, aber Sie hätten es jedenfalls gehört.«
»Okay. Was noch?«

»Zwei Tage später melden Sie sich wieder bei ihm. Ein weiterer dringender Termin.«

»Und was erzähle ich ihm diesmal?«

McBride grinste nur. »Diesmal werden Sie sich nicht mit ihm treffen. Ihr Teil ist damit erledigt. Sie sind fein heraus.« Er schwieg einen Moment. »Schreiben Sie mir die Nummer auf, unter der Sie ihn anrufen?«

Malins schrieb sie auf einen neben dem Telefon liegenden Notizblock und schob ihn McBride zu. »Wo kann ich Sie erreichen?«

McBride reichte ihm eine Ansichtskarte vom Brandenburger Tor. »Sie steht auf der Rückseite. Rund um die Uhr erreichbar. Nennen Sie nur Datum und Zeitpunkt des Treffens.«

Malins streckte die Hand zum Gruß aus, doch McBride übersah sie.

»Machen Sie einfach, was ich Ihnen gesagt habe, dann passiert Ihnen nichts.«

Auf der Rückfahrt zum Haus verfluchte McBride sich, weil er Malins nicht angewiesen hatte, noch am gleichen Abend ein Treffen zu vereinbaren. Doch als der Anruf einging, verflog sein Unmut. Das Treffen fand an diesem Abend um 21 Uhr statt.

Sie studierten den Stadtplan, bis sie sämtliche Strecken, auf denen Foster nach Ostberlin zurückfahren konnte, auswendig kannten, und setzten sich dann in den VW, um noch einmal die Umgebung der Tankstelle zu erkunden. Tagsüber herrschte dort soviel Verkehr, daß man den Wagen nirgendwo am Straßenrand abstellen konnte, doch beim British Council an der Hardenbergstraße wurden sie fündig. Hier konnte man abends wahrscheinlich parken.

King sollte auf der anderen Straßenseite Stellung beziehen und per Walkie-talkie auf der UHF-Frequenz 452,750 mit McBride, der seinerseits mit einem Funkgerät hinten im Wagen sitzen würde, Kontakt halten. Keller sollte fahren, weil er sich in Ostberlin besser auskannte als die anderen.

Kurz vor 20 Uhr trafen sie am British Council ein. Der kleine Parkplatz vor dem Gebäude war leer, und der Wachmann winkte sie achselzuckend durch, als Keller ihm seinen Ausweis zeigte. King begab sich auf die andere Straßenseite und stapfte mit hochgeschlagenem

Mantelkragen auf dem verharschten Gehsteig zwischen dem Bundesverwaltungsgericht und der Hauptniederlassung der Berliner Bank auf und ab. Kellers Ansicht nach war es zu kalt, als daß es in dieser Nacht noch schneien würde. Trotzdem konnte die Autofahrt durch Ostberlin heikel werden, denn dort wurden nicht einmal die Hauptstraßen anständig geräumt. Von Zeit zu Zeit ließ er den Motor an und die Heizung laufen.

Kurz vor 21 Uhr piepte das Funkgerät.

»Betreffende Person ist gerade in einem schwarzen BMW eingetroffen. Ein zweiter Mann am Steuer ... Zielperson steigt aus ... Fahrer bleibt sitzen ... Zielperson auf Tankstellenvorplatz ... geht in den Autoshop ... spricht mit dem Tankwart ... öffnet Bürotür ... Bürolicht ist an, aber Jalousien geschlossen. Over.«

McBride drückte auf die Sprechtaste.

»Okay. Den Fahrer weiter beobachten. Keine Rückmeldung nötig, solange er nicht aussteigt. In welche Richtung steht das Auto?«

»Kam von der Budapester Straße und steht jetzt in Richtung Ernst-Reuter-Platz. Over.«

»Okay. Ende.«

Es dauerte fast eine Viertelstunde, bis King meldete, daß Foster das Tankstellengebäude verlasse und zum Wagen gehe, der jetzt mit eingeschaltetem Licht und laufendem Motor warte. Als der BMW sich in Bewegung setzte, fädelten sie sich ein paar Autos dahinter in den fließenden Verkehr ein. Sie sahen, wie der BMW etwa hundert Meter vor ihnen rechts in den Kreisverkehr am Ernst-Reuter-Platz einscherte und dann in die Straße des 17. Juni abbog. Sie folgten dem BMW durch das mittlerweile geöffnete Brandenburger Tor, Unter den Linden entlang, über die Karl-Liebknecht-Straße und am Alexanderplatz vorbei, bis er rechts in die Karl-Marx-Allee einbog. In diesem Augenblick wußte Keller, wohin der Weg führte. Ihm war klar, daß sie in Richtung Karlshorst unterwegs waren, zum Hauptquartier der sowjetischen Streitkräfte. Es würde eine lange Fahrt werden.

Schließlich hielt der BMW vor einem Haus mit einem großen Garten. McBride fluchte leise vor sich hin, als er sah, daß zwei Männer in Rotarmistenuniform das Tor zur Auffahrt öffneten. Im ganzen Haus brannte Licht; mehrere Strahler leuchteten den Garten aus. Sie hielten in der nächsten Querstraße, und McBride und Keller gingen langsam zurück, um einen weiteren Blick auf das Haus zu werfen. Aber McBride war klar, daß der erste Teil seines Plans – Foster aufgreifen und seine Unterkunft durchsuchen – nicht mehr in Frage kam.

Er und Keller mimten zwei Betrunkene und gingen langsam an dem Haus vorbei. Offenbar gaben sie eine ganz passable Vorstellung, denn einer der Wachposten stand an dem offenen Tor und rief ihnen in gebrochenem Deutsch einen Schwall Schimpfwörter zu. Aus dem Haus ertönte leise Musik. Es klang so, als spiele jemand Klavier. Harmonien, wie man sie zur Teestunde im *Park Hotel* in Maifair geboten bekam. McBride traf sich dort häufig mit Kunden. Wenn sie aus Amerika waren, spendierten sie dem Pianisten manchmal einen Drink und baten ihn, »Manhattan« zu spielen. Er wünschte, er wäre in diesem Augenblick in Mayfair und müßte nicht über verschneite Gehsteige zum VW zurücklaufen.

Nach Mitternacht waren sie wieder in dem Haus an der Mauer. Baird erwartete sie nicht mit einem heißen Grog. Er lag bereits im Bett.

37. KAPITEL

In Amerika wäre Gunter Vass von den Medien als »Crony« bezeichnet worden, als alter Kamerad, ein Begriff, der in Deutschland einen etwas anderen Beigeschmack hatte. Aber zweifellos stand er dem Kanzler der Bundesrepublik Deutschland sehr nahe. Sie kannten sich seit ihrer Schulzeit und hatten, obwohl jeder beruflich seinen eigenen Weg gegangen war, ihre Freundschaft stets gepflegt. Vass war Journalist gewesen, ein scharfsinniger Beobachter, der die deutsche Innen- und Außenpolitik mit spitzer Feder kommentierte. Nach und nach war er in den inneren Kreis aufgenommen worden, ins sogenannte »Küchenkabinett«, wie es von der kritischen Presse bezeichnet wurde. Eine erlauchte Runde, deren Mitglieder zumeist keine Politiker waren, sondern erfolgreiche Geschäftsleute und Juristen. Sie erhielten keinerlei Vergütung, weder von der Partei des Kanzlers noch von der öffentlichen Hand. Und weil sie ehrenamtlich und uneigennützig tätig waren, schenkte ihnen der Kanzler Gehör und achtete auf ihre Aussagen. Sie gaben ihm keine Ratschläge. Das gehörte sich nicht. Sie waren Freigeister, und wenn sie überhaupt etwas verband – was sie rundweg verneint hätten –, dann war es eine gewisse Nostalgie. Eine Sehnsucht nach einer Zeit, die sie nie erlebt hatten. Einer Zeit, in der Musik, Malerei, Theater und Literatur mindestens genauso wichtig waren wie Geschäftserfolge, wirtschaftliches Wohlergehen und die Belange der Bundesbank.

Der Kanzler wandte sich daher zunächst an Vass und bat ihn um eine Stellungnahme zu der dünnen Akte, die als »Diverses II« ausgewiesen war.

Vass las den etwa zehn Seiten langen Bericht und wandte sich dann an seinen Freund.

»›Dynamit‹ wäre die treffendere Bezeichnung.«

»Meinst du?«

»Selbstverständlich. Du nicht?«

»Bei aller Hochachtung vor unseren Freunden vom Bundesnachrichtendienst – aber deren Berichte über künftige Katastrophen genieße ich eher mit Vorsicht. Sagen wir mal ...« – er lächelte –, »... ich nehme sie mir nicht zu Herzen.«

»Verläßt du dich etwa darauf, daß sich die Engländer um den Mann kümmern?«

»Warum nicht?«

»Weil die am wenigsten zu verlieren haben, falls sie scheitern.«

»Weiter.«

»Wenn dieser Bericht stimmt – und allem Anschein nach tut er das –, dann sind die Kontakte der Engländer zum Staatssicherheitsdienst eher mager. Der DDR geht es doch vor allem darum, wie *wir* uns verhalten. Die haben hier drüben Hunderte, wenn nicht Tausende von Zuträgern sitzen. Der eine oder andere mag das gelassen hinnehmen, aber die Mehrzahl wird zusehen, daß sie aus ihrem Wissen das Bestmögliche herausschlagen kann. Immerhin geht es um Spionage, Verrat. So etwas würde selbst die sauberste Regierung zu Fall bringen.«

»Was würdest du an meiner Stelle tun?«

»Ich würde sofort eine Spezialeinheit aufstellen und diesen Mann suchen lassen.«

»Und was würdest du ihm bieten?«

»Gar nichts. Er ist ein Erpresser. Und Erpresser wird man nicht los. Frag die Polizei. Ich würde ihn liquidieren lassen.«

»Andere könnten die gleichen Auskünfte liefern.«

Vass lächelte. »Es kommt auf die Glaubwürdigkeit an, auf die Herkunft, genau wie in der Kunst. Einem Engländer glauben die Menschen. Einem Geheimdienstler zumal. Aber wer würde diese Unterlagen für echt halten, wenn sie von einem Stasi-Offizier oder gar von einem der unteren Chargen stammten? Selbst wenn Wort für Wort das gleiche darin stünde, würde es niemand glauben. Der Stasi traut kein Mensch mehr. Einem Engländer schon.« Er schwieg einen Moment. »Wenn diese Informationen aus Stasi-Kreisen stammen würden, könntest du sie einfach als lächerlich hinstellen. Als die letzten Anstalten eines abgewirtschafteten Staatsapparates, Unruhe zu stiften. Aus Neid auf die wirtschaftlichen Erfolge unseres Landes, aus Neid auf die führende Rolle, die wir in Europa spielen.« Er zuckte mit der Schulter. »Denk dran, was Dietrich Bonhoeffer in seinem Buch *Widerstand und Ergebung* geschrieben hat: ›Es ist der Vorzug und das Wesen der Starken, daß sie die großen Entscheidungsfragen stellen und zu ihnen klar Stellung nehmen können. Die Schwachen müssen sich immer zwischen Alternativen entscheiden, die nicht die ihren sind.‹«

Der Kanzler lächelte. »Immerhin mal was anderes. Sonst zitierst du immer aus der Ethik des Aristoteles. Wird Zeit, daß ich ins Konzert gehe. Heute abend gibt es Brahms.«

In Pullach entschied man sich gegen die Aufstellung einer Spezialeinheit. Man hatte den Briten bereits einen fähigen Mann untergeschoben, so daß man allenfalls noch ein, zwei Leute brauchte, die ihm zuarbeiteten. Problematisch war bislang nur, daß McBride sich nicht dazu äußern wollte, was er mit Foster anzustellen gedachte. Von Pullachs Seite aus hatte man Keller deutlich gemacht, wie man sich das Endergebnis vorstellte. Man sprach es nicht ausdrücklich an, aber die Aussage war deutlich genug. Nur ein »Ja« am Telefon. Die Unterlagen sollten, soweit zugänglich, vernichtet werden, ohne daß sie jemand las oder sich etwas notierte.

Foster ging mit Gala im *Rathauskeller* essen. Das Restaurant befand sich im Untergeschoß des Roten Rathauses in Ostberlin, das nicht etwa wegen der dort residierenden kommunistischen Statthalter so genannt wurde, sondern weil es aus roten Backsteinen gebaut war. Die Gaststätte war in zwei Bereiche unterteilt – ein Speiserestaurant und eine Bierschenke. Foster und Gala setzten sich an einen Tisch im Speiserestaurant.

Als sie beim Kaffee saßen, ergriff sie seine Hand.

»Du wirkst so besorgt. Was ist los? Kann ich dir irgendwie helfen?«

Foster schüttelte den Kopf. »Ich mache mir tatsächlich Sorgen. Ich habe gestern abend gehört, daß London einen Killertrupp auf mich angesetzt hat.«

Sie runzelte die Stirn. »Um Himmels willen. Das klingt ja wie ein schlechter Krimi. Wie ›Cobra, übernehmen Sie‹ oder so ähnlich. Nimmst du das etwa ernst?«

Er seufzte. »Ja. Zuzutrauen wär's ihnen, und ich kann mir nicht vorstellen, daß es sich nur um ein Scheinmanöver handelt.«

»Hast du Hartmann Bescheid gesagt?«

»Ja. Aber der hat im Augenblick selber genug um die Ohren.«

»Als da wäre?«

»In Moskau herrscht derzeit innenpolitisch das reinste Chaos. Die einen sind für Gorbatschow, die anderen gegen ihn, die einen plädieren für eine Machtergreifung durch das KGB, die anderen für die Rote Armee. Dazu kommen die Altkommunisten, denen es vor allem darum geht, daß die Partei wieder an die Macht kommt. Das gärt zwar schon alles seit Monaten, aber derzeit kocht es hoch, und alle warten darauf, daß es zum offnen Konflikt kommt.«

»Wird Hartmann da hineingezogen?«

»Man hat ihn nach Moskau zitiert.«

»Wird er hinfahren?«

»Ich glaube nicht. Meiner Ansicht nach überlegt er, wie er sich absetzen kann.«

»Und wohin?«

»Ich glaube, es zieht ihn in die Vereinigten Staaten oder nach Kanada.«

»Ich komme mir manchmal vor, als würde ich das Ende der Welt miterleben. Die Mauer ist gefallen, der Kommunismus zusammengebrochen. Nichts ist mehr von Bestand.«

»Du hast recht«, sagte Foster. »Es gibt da ein Gedicht von William Butler Yeats: ›*Alles zerfällt, die Mitte hält nicht mehr, von Anarchie befallen ist die Welt.*‹ Und später heißt es: ›*Welch rohes Tier kriecht, wenn die Stunde kommt, zu seiner Geburt gen Bethlehem.*‹«

Sie schaute ihn an. »Und was ist mit dir?«

»Ich glaube, es wird Zeit, daß ich weiterziehe.« Er schwieg einen Moment. »Bist du sicher, daß du mit mir kommen möchtest?«

»Aber natürlich.« Sie lächelte. »Ich kenne ebenfalls ein Zitat: ›*Wo du hingehst, da will auch ich hingehen; wo du bleibst, da bleibe ich auch. Dein Volk ist mein Volk, und dein Gott ist mein Gott.*‹« Sie streichelte seine Hand. »Als ich klein war, wollte ich mich in Ruth umbenennen, aber das hätte meinen Vater sehr verletzt.« Sie hielt inne. »Und wohin wollen wir? Ich brauche zwei Tage Zeit, um ein paar Sachen zu organisieren – Geld vor allem, deines und meines. Sagen wir Hartmann Bescheid?«

»Ja. Überlaß das mir.«

»Dieser Hinweis auf ein Killerkommando – hat man deswegen die Wachen verdoppelt?«

»Ja.«

Der Schnee war an den Fenstern haften geblieben und gefroren, so daß der Raum in ein weiches, gleichmäßiges Licht getaucht war, wie Fotografen es gern für Modeaufnahmen einsetzen. Bei dem Mann, der am Tisch saß und ein Glas Milch trank, nutze es nichts. Foster musterte Tarrant, während er darauf wartete, daß er austrank. Das Glas schepperte, als Tarrant es mit zittriger Hand auf den Tisch stellte.

»Und was wollen Sie machen?«

Tarrant seufzte. »Sagen Sie's mir noch mal. Ich bin so müde, daß ich kaum etwas aufnehmen kann.«

»Ich glaube, daß man in London irgendeinen faulen Zauber plant. Die gehen anscheinend nicht auf mein Angebot ein. Meine Vermutung lautet, daß sie mit uns beiden reinen Tisch machen möchten.« Er stockte. »Verstehen Sie, was ich damit sagen will?«

Tarrant nickte wortlos.

»Die Mauer ist weg, Sie können also rüber nach Westberlin, wenn ich Sie gehen lasse. Können Sie dort irgendwo unterkommen, ohne daß es der SIS erfährt?«

Tarrant seufzte. »Ja. Ich habe ein Zimmer, von dem sie nichts wissen. Aber die werden nach wie vor hinter mir her sein, stimmt's?«

»Vermutlich ja. Aber Sie könnten Deutschland verlassen. Mit dem Zug, nach Amsterdam oder Wien.«

»Und dann?«

»Haben Sie in dieser Unterkunft etwas Geld?«

»Etwa fünfhundert D-Mark.«

»Ich gebe Ihnen tausend US-Dollar mit, aber danach müssen Sie selber sehen, wie Sie weiterkommen. Okay?«

Tarrant nickte. »Wann kann ich gehen?«

»Vermutlich morgen. Man wird Ihnen noch heute Ihre Papiere zurückgeben. Sie sollten sich lieber noch etwas ausruhen.«

Foster wartete einen Moment lang, doch von der verlorenen Gestalt auf dem Stuhl kam weder ein Dankeswort noch eine Reaktion. Er konnte sich nicht vorstellen, daß der lange durchhielt. Zu schwer hatte ihn der Verrat getroffen, den London an ihm begangen hatte.

Foster hielt sich zwei Stunden bei Hartmann auf und fuhr dann zurück zum Haus, wo Gala bereits mit Kaffee und belegten Broten auf ihn wartete. Sie wirkte trotz aller Geschehnisse beschwingt und zuversichtlich.

»Hat Hartmann dir wegen des Geldes Bescheid gesagt?«

»Er hat lediglich gesagt, daß du dich darum kümmerst.«

»Eine Viertelmillion in Einhundert-Dollar-Noten. Alle garantiert echt. Die Mehrzahl gebrauchte Scheine.« Sie lachte. »Stammen alle aus KGB-Mitteln.«

»Danke.«

»Möchtest du sonst noch etwas mitnehmen?«

»Nur Rasierzeug und Kleidung zum Wechseln.«

»Ich habe Hemden und Hosen für dich besorgt, aber du solltest dir morgen noch ein Paar Schuhe kaufen.«

»Okay.« Er lächelte. »Rate mal, wo Hartmann hin will.«

Sie lächelte. »Nach San Francisco?«

»Er hat es dir bereits gesagt?«

»Nein. Ich habe es erraten.«

»Wie das?«

»Er ist schwul. Hast du das nicht bemerkt?«

Und allmählich verstand er vieles besser. Das gute Aussehen, der Charme, die sanfte Art, die ungewöhnliche Freundlichkeit. Eigenschaften, die er zwar immer für echt gehalten hatte, die aber auch gut zu Hartmanns Rolle als Gegenpol zum klassischen Klischeebild vom narbengesichtigen KGB-Obristen paßten. Plötzlich wurde vieles klar. Er konnte durchaus verstehen, daß junge Männer jemanden wie ihn liebten.

»Ah ja«, sagte er schließlich. »Man lernt nie aus. Ich verdanke ihm sehr viel. Vermutlich mein Leben. Ich hoffe, er wird in San Francisco glücklich.«

Sie lächelte. »Falls es dich tröstet, die Mädchen fahren auch alle auf ihn ab.«

McBride war mit Malins in dessen Büro über dem Reiseunternehmen.

»Nageln Sie ihn auf heute abend fest. Lassen Sie durchklingen, daß es gute Nachrichten gäbe. Und daß es dringend sei. Sehr dringend.«

»Und wenn er's auf morgen ansetzen will?«

»Dann tun Sie geheimnisvoll. Sie hätten irgendwas ganz im Vertrauen gehört. London wolle offenbar einen Deal anbieten. Sie wüßten nicht, worum es geht. Aber bis zu dem Treffen würden Sie mehr erfahren. Okay?«

»Ich werd's probieren.«

»Sie sollen es nicht probieren, mein Bester. Sie sollen es machen.«

McBride nahm den Anruf entgegen und zeigte Keller, der ein Taschenbuch las, den erhobenen Daumen. Foster traf sich um 22 Uhr mit Malins.

Sie wollten wieder genauso vorgehen wie beim letzten Mal, doch diesmal sollte Foster aufgegriffen werden, bevor er den Autoshop betrat.

McBride ging auf sein Zimmer und setzte sich mit seiner Pistole, einem Öllappen und einer Dose WD40 auf sein Bett. Die Waffe war eine 45er 1911A1-Automatik, von der Ithaca Gun Company im Jahr 1945 hergestellt. Als er die Kappe von der Öldose schraubte, mußte er an die Zeiten zurückdenken, als ihnen lediglich Singer-Nähmaschinenöl zur Pflege und Reinigung ihrer Waffen zur Verfügung gestanden hatte. Er hatte nicht vor, sie vollständig auseinanderzunehmen, aber er wollte zumindest die Verschlußfeder überprüfen und reinigen. Er nahm das Magazin heraus und überzeugte sich davon, daß sie nicht durchgeladen war. Vorsichtig löste er den Bolzen und hielt die Hand über den Lauf, damit die Feder nicht heraussprang. Er untersuchte die Feder, sprühte etwas Öl in den Lauf und drückte den Bolzen wieder fest. Langsam und gewissenhaft schob er sieben Patronen in das Magazin, setzte es wieder ein und drückte zu, bis es mit einem Klicken einrastete. Dann zog er den Schlitten bis zum Anschlag zurück, lud durch und legte mit dem Daumen den Sicherungsriegel um. Während er dasaß und das Reservemagazin reinigte und lud, sang er leise vor sich hin: *»Für Jesus will ich ein Sonnenstrahl sein, der täglich für ihn scheint ...«* Schließlich legte er die Pistole neben sich aufs Bett.

Eine Stunde probten sie anhand einer Lageskizze, auf der Keller in großem Maßstab die Straßen rund um die Tankstelle eingezeichnet hatte, den genauen Ablauf. Zwei Zigarettenschachteln stellten die Autos dar, drei Streichholzschachteln und zwei Eierbecher die Beteiligten.

Keller sollte am Steuer sitzen bleiben, während McBride und King Foster ergriffen, zum Wagen brachten und ihn neben McBride auf den Rücksitz verfrachteten. Danach wollten sie sofort zu dem Haus zurückfahren, wo Baird unterdessen wartete.

Um 21 Uhr 15 waren sie vor Ort. Diesmal mußten sie an der Straße parken. Der Platz vor dem British Council war zu weit weg, und sie konnten nicht riskieren, daß man sie sah, wenn sie ihn wegbrachten. Aber diesmal konnten sie zumindest im Wagen warten. Sie saßen da und hörten sich eine Jazz-Sendung im RIAS an, als McBride sagte: »Da ist er, er bremst ab und parkt ein.«

Sie warteten, bis Foster aus dem BMW stieg, einen Blick zu der hell erleuchteten Tankstelle warf und die Fahrertür abschloß. McBride und King traten hinter ihn, und McBride sagte: »Ganz ruhig bleiben, Foster. Kommen Sie einfach mit zu dem VW.«

Foster fuhr herum, schaute McBride an und sah dann die Pistole in dessen Hand. McBride und King drängten ihn zum Wagen, Keller beugte sich zur Beifahrerseite und klappte den Sitz nach vorn, dann stießen sie ihn auf die Rückbank. McBride setzte sich neben ihn, King schlug die Tür zu, und der Wagen fuhr los.

»Ziehen Sie den Mantel aus, Foster.« McBride winkte mit der Pistole. Langsam schälte sich Foster aus dem Mantel. McBride ließ ihn auf der Rückfahrt zum Haus nicht aus den Augen, doch Foster schwieg und rührte sich nicht.

Baird erwartete sie. Sie brachten Foster in den Keller, führten ihn in eine der Zellen und verschlossen die Stahltür. In der Ecke lag eine Matratze, dazu ein Stuhl und ein Wassereimer. Hinter einem Gitter an der Decke brannte eine blanke 40-Watt-Glühbirne. Baird nahm in einem alten Lehnsessel vor der Zellentür Platz. Es war eine ganz normale Gefängnistür – senkrechte Gitterstäbe im Abstand von etwa fünfzehn Zentimetern, durch vier Querstreben unterteilt.

Sie bereiteten eines der Schlafzimmer als Verhörraum vor, und kurz vor Mitternacht rief McBride, daß Blair den Gefangenen nach oben bringen solle.

McBride deutete auf den freien Stuhl, und Foster setzte sich hin, ohne McBride eines Blickes zu würdigen. Auf dem Tisch lagen Fosters Habseligkeiten. 20 US-Dollar, 30 Ostmark und 50 D-Mark. Eine angerissene Packung Papiertaschentücher, eine Quittung über

Speisen und Getränke für zwei Personen aus dem *Rathauskeller.* Dazu ein Ring mit fünf Schlüsseln, darunter auch die Autoschlüssel für den BMW.

»Es geht um das Angebot, das Sie uns in Sachen Tarrant gemacht haben, Foster. Warum liegt Ihnen soviel an dem?«

Foster zuckte die Achseln. »Er ist dumm gewesen, mehr nicht. Aber als Ihre Auftraggeber verbreitet haben, er sei ein Überläufer, habt ihr bewiesen, was für Scheißkerle ihr alle seid.«

»Wo befindet er sich jetzt?«

Lächelnd schüttelte Foster den Kopf. »Sie kommen zu spät, Mister.«

»Diese Unterlagen, die Sie erwähnt haben – wo sind die?«

»Wie heißen Sie?«

»Mein Name spielt keine Rolle. Wo sind die Unterlagen?«

»Stellen Sie sich nicht blöde, Mister. Die sind meine Rückversicherung.«

»Nicht vor mir. Sind sie in dem Haus, in dem Sie wohnen? In der Nähe der Stasi-Zentrale?«

Er bemerkte Fosters kurzen, überraschten Blick.

In diesem Augenblick kam Keller herein, bedeutete ihnen aber mit einem Handzeichen, daß sie nicht auf ihn achten sollten. Er trat hinter Fosters Stuhl und lehnte sich an die Wand.

»Wo ist Tarrant?«

»Wird Zeit, daß Sie es endlich begreifen, wer immer Sie auch sein mögen. Wir haben vermutlich die gleiche Ausbildung genossen, was Verhörtechnik angeht, und wir haben beide gelernt, wie man ihr widersteht. Sie wissen also, was Sache ist.« Er lächelte verkniffen. »Wir brauchen uns nicht mal mit Name, Dienstrang und -nummer abzugeben.«

Eine Viertelstunde lang versuchte McBride Foster zum Reden zu bringen, aber ohne Ergebnis. Doch McBride bemerkte, daß Keller den Kopf schüttelte, als er Foster fragte, ob er die Unterlagen als Verhandlungsmasse verwenden wolle.

Foster wurde in seine Zelle zurückgebracht, und Keller und McBride begaben sich wie üblich in die Küche.

Als sie bei Käsebroten und einer Kanne Kaffee am Tisch saßen, erkundigte McBride sich bei Keller, warum er den Kopf geschüttelt habe, als er Foster auf einen Handel angesprochen hatte.

»Kommt nicht in Frage, Mac. Das Ganze könnte ein Bluff sein.«

McBride lächelte. »Sie halten es aber nicht für einen Bluff, stimmt's?«

Keller zuckte die Achseln. »Wer weiß das schon?« Er schwieg einen Moment und sah zu, wie McBride eine weitere Scheibe Käse auf ein Brot packte. »Wie ist Ihr Eindruck von unserem Freund Foster?«

»Ich halte ihn für einen arroganten Scheißer.«

»Aber er ist übergelaufen, um seine Kuriere zu retten.«

»Das ist doch der beste Beweis für seine Arroganz. Er arbeitet in einem Team, aber weil die anderen nicht der gleichen Meinung sind wie er, läßt er sie einfach sitzen. Für wen, zum Teufel, hält der sich eigentlich? Für den lieben Gott?«

»Er hat lediglich einen Knacks weg, was Vorgesetzte angeht. Vor allem die vom SIS hier in Berlin und in London.«

»Quatsch. Ich kann Vorgesetzte auch nicht leiden. Aber das gibt mir noch lange nicht das Recht, mich einfach über Befehle hinwegzusetzen, wenn sie mir nicht passen. Unter Umständen kenne ich ja nicht mal alle Fakten, über die sie verfügen. Aber nein, der junge Herr muß mit dem Kopf durch die Wand.«

»Es war eine Konfliktsituation. Er mußte sich entscheiden, wem er mehr zu Treue verpflichtet war, seinen Leuten oder dem SIS.«

»Niemals. Er hat sich für die andere Seite entschieden. Er ist ein Überläufer. Und das ist lediglich eine schöne Umschreibung. Er ist ein verfluchter Verräter, nicht besser als George Blake und Kim Philby. Die spielen alle gegeneinander aus. Und wenn es hart auf hart kommt, setzen sie sich auf die andere Seite ab.«

»Und was haben Sie morgen mit ihm vor?«

McBride schüttelte den Kopf. »Ich sag' Ihnen Bescheid, wenn ich's erledigt habe und wir alle wieder nach Hause können. Wenn er unbedingt den Helden spielen will – von mir aus.«

»Sie könnten vielleicht herausfinden, was er da drüben gemacht hat.«

McBride wurde ungehalten. »Ich weiß, was er gemacht hat«, schrie er, »er hat für den Feind gearbeitet. Das genügt mir.«

»Vermutlich liegt soviel gegen ihn vor, daß es zu einer Verurteilung vor Gericht reichen dürfte.«

»Na klar. Ein echtes Freudenfest für die verfluchten Medien. Niemals.«

Dann hörten sie oben das Telefon klingeln. McBride schaute auf seine Uhr. Es war halb fünf Uhr morgens. »Wer, zum Teufel, kann das sein? Niemand kennt die Nummer hier.«

Keller stand auf. »Ich habe meinen Leuten die Nummer gegeben. Für den Notfall. Könnten sie sein.«

Zehn Minuten später kehrte Keller wutschäumend zurück.

»Haben Sie gewußt, daß Tarrant in Berlin einen Unterschlupf hatte?«

»Er war doch in der SIS-Wohnung an der Kantstraße abgestiegen.«

»Er hatte noch eine andere Wohnung. Hat er von einer Ex-Freundin gemietet. Meine Leute haben sie observiert.« Er schwieg einen Moment. »Ich gehe doch recht in der Annahme, daß Tarrant rote Haare hat?«

»Ja.«

»Er ist um drei Uhr morgens dort aufgetaucht. Meine Jungs sagen, sie konnten mich nicht erreichen. Sie haben eine Weile gewartet und dann an die Tür geklopft.« Er seufzte. »Um es kurz zu machen: Sie haben auf ihn geschossen. Er hatte einen elektrischen Rasierapparat in der Hand, als er die Tür öffnete. Mein Mann dachte, es wäre eine Schußwaffe. Und er meinte, er hätte es mit Foster zu tun.«

»Ist er tot?«

»Nein. Er hat eine Schulterverletzung. Meine Leute haben sich an Pullach gewandt, und von dort aus hat man Waring verständigt. Man hat Tarrant unter Bewachung ins britische Militärhospital gebracht und ihn sich dort vorgeknöpft. Waring hat unterdessen Rücksprache mit London gehalten. Tarrant wird gerade nach Gatow gebracht und soll mit einer Maschine der Royal Air Force zurückgeflogen werden.« Er schwieg einen Moment. »Wollen Sie sich mit London in Verbindung setzen?«

McBride schüttelte den Kopf. »Nein. Sollen die sich ruhig Tarrant vorknöpfen. Ich kümmere mich morgen um Foster und fliege hinterher zurück.« Er schaute Keller an. »Was ist mit der Presse – haben die Wind davon bekommen?«

»Nein. Nur die Kleine, der die Wohnung gehört, weiß, das irgendwas vorgefallen ist. Aber man hat sie gewarnt. Sie wird nicht reden.«

Am nächsten Morgen rief McBride in London an. Powell pflichtete ihm bei, daß es besser sei, wenn er mit der Royal Air Force zurückfliege. Zumal sich dadurch lästige Buchungsvermerke vermeiden ließen. Daraufhin wurde eine Maschine bereitgestellt, die um 23 Uhr in Gatow starten sollte.

Eine Woche später wurde im Keller einer verfallenden Mietskaserne, die seit dem Mauerbau leer stand, eine unbekannte Männerleiche entdeckt. Bei der Autopsie stellte man fest, daß der Mann höchstwahrscheinlich erdrosselt worden war. Ein Polizeisprecher deutete an, daß es sich bei dem Opfer möglicherweise um einen türkischen Gastarbeiter handle, der in einen Bandenkrieg verwickelt gewesen sei.

38. KAPITEL

Peter Hartmann kam nicht nach San Francisco. Als er hörte, daß Igor Serow in Moskau verhaftet worden war, wußte er, daß er nicht mehr genügend Zeit hatte, sich die entsprechenden amerikanischen Papiere zu besorgen. Er ging nach Spanien und wohnt heute in einer kleinen, aber hübschen Villa in den Bergen außerhalb von Javea. In dem kleinen Ort, in dem er geschätzt und geachtet wird, hält man ihn für einen Schriftsteller.

Gala zog einen Tag nach Hartmanns Abreise nach Spanien aus dem Haus aus. Sie hinterließ Foster eine Nachricht an der Tür und wohnte etwas über einen Monat lang bei Freunden, bis ihr Vater sie dazu überreden konnte, mit ihm an die Costa Ligura zu fahren und in seinem zwischen Portofino und Santa Margharita gelegenen Haus zu wohnen.

Sechs Monate später zog sie mit ihrem Vater nach Kalifornien. Zunächst nach Los Angeles, wegen der Arbeit ihres Vaters, doch ein Jahr darauf ließ sie sich, nachdem sie sich die entsprechenden Fertigkeiten angeeignet und einen gewissen Bekanntheitsgrad erworben hatte, als Fotografin in Carmel nieder. Sie richtete sich ein eigenes Atelier ein und verdiente soviel, daß sie ein angenehmes Leben führen konnte. Lange Zeit dachte sie jeden Tag an Foster. Ihr war längst klar, daß er tot sein mußte. Sie spielte Kassetten von Fats Waller und Nat King Cole und wünschte, sie hätte ihm gesagt, wie sehr sie ihn liebte. Das Atelier lag im Obergeschoß eines Flachbaus, und manchmal stand sie an den Panoramafenstern, blickte über das Tal hinweg und versuchte an ihn zu denken, ohne darüber nachzugrübeln, was ihm zugestoßen sein mochte. Sie hatte viele Freunde, darunter auch manche Männer, aber sie ließ sich mit keinem näher ein.

In der Garage stand ein Aluminiumkoffer mit verstärkten Kanten, auf dem in schwarzer Farbe »Arriflex-Kamera + Zubehör« stand. In dem Koffer befand sich eine Million Dollar in Hundert-Dollar-Noten. Manchmal fragte sie sich, weshalb sie ihn so geliebt hatte. Er hatte sie nicht einmal nach ihrem Geburtstag gefragt. Hartmann hatte gesagt, er sei durch die Ausbildung so geworden. Woran es auch gelegen haben mochte – er fehlte ihr jedenfalls.

Als Eddie Foster über ein Jahr lang keine Nachricht mehr bekommen hatte, rief er im Century House an, ohne sich allzu große Hoffnungen zu machen, daß man ihm weiterhelfen würde. Die Personalabteilung verwies ihn an Willis, der ihn wiederum an Sir Anthony Powell verwies. Der schien aufrichtig überrascht, daß man ihn an Charlie Foster erinnerte, und gab sich sehr »betroffen«, beteuerte aber, daß er leider nicht behilflich sein könne.

Das Elektrogeschäft ging gut, und als Eddie Foster zwei Jahre später immer noch nichts von seinem Sohn gehört hatte, beschloß er sich zur Ruhe zu setzen. Er verkaufte den Laden und das Haus zu höchstem Marktwert, erstand ein schmuckes Stadthaus im Zentrum von Chichester und legte sich eine Broom 33 zu, die er in Birdham Pool liegen hatte und mit der er manchmal bis nach Honfleur schipperte.

Als er kurz vor dem Umzug seine Sachen packte, öffnete er das Päckchen im Safe. Er meinte zu wissen, was sich darin befand – immerhin hatte er in dem Laden auch CDs und Kassetten verkauft. Die kleine Silberscheibe war unbeschriftet, und als er sie in einem der CD-Player im Laden abspielte, kam kein Ton aus den Lautsprechern. Er zögerte einen Moment, überlegte, ob er sie wegwerfen sollte, und steckte sie dann in den schwarzen Plastikmüllsack.

Johnny Tarrant wurde mit einem Krankenwagen von Brize Norton nach Sandown auf der Isle of Wight gebracht. Das Haus wurde gut bewacht, doch Tarrant durfte sich auf dem Grundstück frei bewegen. Slaney hatte sich mit Tarrants Vater in Verbindung gesetzt, und nach allerlei Drohgebärden und gegenseitigen Schuldzuweisungen wurde man handelseinig. Man wollte noch zwei Monate warten, bis Arm und Schulter ordentlich verheilt und der Knochen wieder zusammengewachsen war, dann sollte Johnny nach Irland ausreisen. Sein Vater würde ihm dort ein Cottage kaufen, und der SIS wollte ihm eine Pension gewähren. Eine kleine Pension. Große Sprünge konnte man damit nicht machen. Aber nach fünf Jahren sollte er tun und lassen können, was er wollte.

Tommy Tarrant war alles andere als zufrieden, als er auf die Fähre fuhr. Seiner Meinung nach war sein Sohn töricht gewesen, und seine Vorgesetzten waren nicht nur unfähig, sondern verantwortungslos und hinterhältig. So einfach ließ er sich nicht besänftigen. Dazu war mehr nötig als ein Essen im *Garrick*. Aber zumindest hatte er für seinen Sohn mehr herausgeschlagen, als diese Mistkerle ihm ursprünglich hatten bieten wollen.

Er war mit dem MG hergefahren und wollte ihn hierlassen, damit Johnny ihn benutzen konnte, sobald er wieder dazu in der Lage war. Der Wagen würde ihn etwas aufmuntern. Tarrant schaute auf seine Uhr. Er mußte sich noch eine Stunde gedulden, ehe man ihn zu Johnny ließ. Er lief am Kai entlang. Die meisten Boote waren winterfest verzurrt, aber auf den Sonnenterrassen der großen Ausflugslokale lag zentimetertiefer Schnee. Mit dem Stiefel fegte er einen Poller frei, setzte sich darauf und wollte seine Zigaretten aus der Anoraktasche holen. Dann fiel ihm ein, daß er sie in seiner Segeltuchreisetasche verstaut hatte. Er zog den Reißverschluß auf und schob ein Paar dicke, zusammengerollte Wollsocken beiseite. Dann sah er die Zigaretten und daneben den Stapel Post, die er seinem Sohn mitgebracht hatte. Den offensichtlichen Müll hatte er weggeworfen – die Postwurfsendungen, die mit Millionengewinnen lockten, wenn man sie sofort aufriß. Das Briefbündel wurde von einem Gummiring zusammengehalten, und als er es beiseite schob, fiel ihm der Brief in seiner Tasche ein. Er war an ihn adressiert, betraf aber Johnny. Er zog ihn heraus und faltete ihn auf. Er hatte ihn schon mehrmals gelesen. Er stammte von Johnnys Freund Tony Martin, dem Rechtsanwalt. Er war ziemlich kurz.

Lieber Tommy,

Wie Sie wissen, habe ich unzählige Male versucht, Johnny zu erreichen, aber er ist anscheinend wie vom Erdboden verschluckt.

Ich dachte, ich sollte Ihnen zumindest halb offiziell Bescheid sagen, was vorgefallen ist.

Die Tage, die sie mit Johnny verbringen durfte, haben Jenny sehr gutgetan, doch mit der Zeit hat sich ihr Zustand weiter verschlechtert. Ich muß Ihnen leider mitteilen, daß sie vor einer Woche an einer Überdosis gestorben ist. Die Leichenschau verlief erwartungsgemäß.

Offensichtlich trifft niemanden eine Schuld. Sie war ein armer Mensch, ein Opfer ihrer familiären Verhältnisse. Ich dachte, Johnny sollte das wissen.

Ihr ergebener

Tony

PS: Der Mann von der Personalabteilung im Century House, mit dem ich gesprochen habe, sagte mir, er habe noch nie von einem Johnny Tarrant gehört. Merkwürdige Menschen.